Renate Krohn

Warum musste Helenchen sterben

Kommissar Deterlich ermittelt
Roman

Für meine Leserinnen und Leser mit
allen guten Wünschen

Renate Krohn

Renate Krohn
Warum musste Helenchen sterben

Erstmals erschienen unter dem Titel
Tod in der Bibliothek Mai 2009
Eigenverlag

Impressum

Herstellung und Verlag: BoD, Books on Demand, Norderstedt
ISBN 978-3-7504-4658-8

Lektorat	Renate Krohn, Leverkusen
Coverbild	BoD Norderstedt
Satz	Renate Krohn, Leverkusen

Vorwort

Benno Gullis, stadtbekannter Trinker macht seit fünfzehn Jahren Platte und tut keiner Fliege etwas zuleide. Ausgerechnet er soll den Mord an der ältlichen Bibliothekarin begangen haben. Selbst Kommissar Deterlich hat Zweifel. Innerhalb von vierundzwanzig Stunden, die Benno bereits in Untersuchungshaft verbringt, geschieht ein weiterer Mord, damit ist der Stadtstreicher entlastet.
Kommissar Rolf Deterlich hat nicht nur ein Problem, sondern auch eine Leiche mehr. Es ist nicht die letzte.
…und wie schnell geht es, einen Menschen zu ruinieren.

Renate Krohn, *1948, schrieb 1999 ihr erstes Buch mit dem Titel „…und zum Frühstück Spaghetti". Ein herrlich entspannter Roman mit Tiefgang über die Zeit des Wirtschaftswunders und des sozialen Verhaltens der Menschen in der damaligen Bundesrepublik Deutschland.
Sie lebt heute mit ihrem Mann in Leverkusen.

Personen

Helene Matthies	Bibliothekarin mit Sonderaufgaben
Benno Gullis	stadtbekannter Stromer
Felicitas Hammermann	Leiterin der Stadtbücherei
Romina Carras	deren junge Kollegin
Hartmut Sauerteig	Chef der Kriminalpolizei
Gundula Fabbri	seine Sekretärin
Rolf Deterlich	Kriminalkommissar
Helga Mittland	seine Sekretärin
Kanter und Schwarz	Streifenpolizisten
Kallmann und Holler	Spurensicherung
Ibo Golalal	Polizeiarzt
Hannes Mehring	Polizeiarzt und Nachfolger von Ibo Golalal
Dr. Penelope Angelika	Pathologin
Oliver Klemm	ihr Gehilfe
Leonhard Angelika	Ehemann der Pathologin
Dr. Bernd Hellwig	Notarzt im mobilen Dienst
Dr. Hanser	Ambulanzarzt im Krankenhaus
Dr. Karlheinz Hollmann	dito
Hans Tellhaber	Besitzer der Bar *Kajüte*
Annelore Mathern	Animierdame in der Kajüte
Ottokar Fallwind	Bordellbesucher
Simone Fallwind	seine Frau + Besitzerin von *Simones Traumwelt*
Johann Lossmacher	Zeuge auf dem Friedhof
Hein Gerlach	Suchtbeauftragter
Dr. Michael Brader	Chefarzt Wolkenberg-Klinik
Schwester Hermine	Stationsschwester
Harald Schuster	Rechtsanwalt

Feixend knuffte Romina ihrer Kollegin den Ellbogen in die Rippen: „Guck mal, unsere fromme Helene ist im Anmarsch."

Während Romina mit einer geschmeidigen Bewegung unter dem Tresen verschwand, schluckte Felicitas das aufsteigende Lachen hinunter und begrüßte stattdessen die ältere Kollegin freundlich: „Guten Morgen Frau Matthies. Geht es Ihnen gut?"

Helene Matthies grüßte zurück und beantwortete die Frage nach ihrem Befinden. Felicitas Hammermann stand trotzdem unter dem Eindruck, dass sie im Grunde nicht wahrgenommen wurde.

„He, komm rauf, Helenchen ist weg", ermunterte Felicitas die immer noch unter dem Tresen hockende, kichernde Romina.

Stöhnend wurde der dunkle Lockenkopf wieder sichtbar. „Oh Mann, kann mir mal einer sagen, warum die keiner nach Hause schickt? Sie wird bald sechsundsechzig und weigert sich seit fast sechs Jahren, in Pension zu gehen. Dabei stört sie nur noch."

Felicitas sah auf die inzwischen geschlossene Tür und empfand fast so etwas wie Mitleid mit Helene Matthies. „Sie liebt ihren Beruf und braucht die Kundenkontakte", murmelte Felicitas.

„Mich nervt sie nur; sie ist zu alt für unseren Kreis und gehört hinter den Ofen. Oder kannst du dir vorstellen, dass sie auch nur einen oder eine unserer Kunden/innen in moderner Literatur beraten kann? Die hat doch keine Ahnung von sowas." Romina Carras zuckte die Achseln. „Aber man darf ja nichts mehr laut sagen."

„Mag sein, dass sie davon keine Ahnung hat", wütete Felicitas halblaut, „trotzdem solltest du mit Äußerungen dieser Art vorsichtig sein. Auch du wirst älter und das geht schneller, als du es dir vorstellst. Dann wirst du selber vor dem Problem stehen, dass Andere *dich* für zu alt halten und du ganz sicher anderer Meinung bist, weil du nämlich deine Erfahrung einbringen könntest und das auch möchtest. Immerhin hat sie studiert, für ein Mädchen ihres Jahrganges war das nicht selbstverständlich. Nach dem Studium bekam sie, damals noch in der DDR, eine Stelle in der Bücherei des Nachbarortes." Mit nunmehr einem leichten Grinsen im Gesicht führte Felicitas weiter aus:

„Ihre Eltern, *Hermann Theodor* und *Thekla Louise* Matthies, hielten dieses Studium für völlig überflüssig. Da herrschte noch das Argument vor: *warum soll ein Mädchen überhaupt studieren. Die heiratet doch irgendwann und dann haben wir das Geld umsonst rausgeschmissen.* Immerhin kostete damals so eine Ausbildung Schulgeld. Das heißt", resümmierte Felicitas, „das stimmt so nicht ganz. Bei uns, jedenfalls in Nordrheinwestfalen, kostete das Schulgeld, in der DDR war studieren frei. Nebenkosten fielen natürlich an – doch das Studium als solches, war gebührenfrei. Allerdings war das hier-zulande nicht unbedingt bekannt. Doch Helene setzte ihren Kopf durch. Gott sei Dank. Als nämlich dann die Wende kam, die ich deshalb eher als *Zusammenbruch* bezeichne, als dass sämtliche Unzulänglichkeiten der Regierung(en) zutage traten, und ihr NVA-Offizier sie ohne Wenn und Aber sitzen ließ, war sie froh, einen Beruf und ein eigenes Einkommen zu haben. Überdies liebt sie Bücher, ist mehr als kompetent und, von dir einmal abgesehen, bei Kollegen und Kunden gleichermaßen beliebt. Ich weiß gar nicht, warum du so schlecht auf sie zu sprechen bist."

Romina zuckte einmal mit den Schultern, murmelte mit einer weiteren unverständlichen Bemerkung halblaut: „Was du so alles weißt" und schnappte sich einen Stapel Bücher, um sie in die entsprechenden Regale einzuräumen. Währenddessen betraten zwei Bibliothekskundinnen den Raum, grüßten, legten mehrere Rückgaben auf die Theke und begaben sich schwatzend zur Rubrik Frauenromane.

Die alte Stadtbibliothek war ein weitläufiger Gebäudetrakt, der im Erdgeschoss den Lesern reichlich literarische Abwechslung bot. Auf der linken Seite befanden sich einige Türen und, wenn man die Treppe in den ersten Stock hinauf ging, landete man in diversen Büros der Verwaltung. Helene Matthies betreute seit einigen Jahren in einem gesonderten Leseraum die Büchereikunden mit etwas ausgefalleneren Wünschen. Regale bis an die Decke, vollgestopft mit Folianten, waren ihr Reich. Stadtgeschichte, Geschichte des Bergischen

Landes, Kriminalfälle, die sich tatsächlich ereignet hatten, aber bis dato ungelöst waren, alles was über den normalen Lesestoff hinausging. Ferner fand man in ihrer Obhut auch die abgelaufenen Zeitschriften und Journale, die Leute, die sich dergleichen nicht kaufen konnten, dort abholen durften. Dieser Raum war einmal von der Bücherei her zugänglich, aber auch von einem parallel laufenden Flur. Diese, am Ende des Ganges befindliche Tür, war indessen immer abgeschlossen. Gelegentlich wurde sie von der Putzfrau geöffnet, die peinlich darauf achten sollte, den Zugang nach Beendigung ihrer Arbeit wieder sorgfältig abzuschließen. Sollte...

Mittagspause! Die letzten beiden Kunden hatten gerade die Bibliothek verlassen und Helene Matthies freute sich darauf, in den kommenden beiden Ruhestunden ihrem alten Hobby frönen zu können. In einer kleinen Nische, neben dem eigentlichen Bibliotheksraum, standen ihre Lieblinge. Alte, wunderbar gebundene Bücher, die sorgfältig gehütet und niemals ausgeliehen wurden. Einsehen durfte man etwas, aber nur unter Aufsicht. Ein wenig kurzatmig erklomm Helene die wenigen Stufen der Trittleiter, um aus dem oberen Regal einen der wertvollen alten Folianten zu holen. Ein großes, in Goldschnitt gearbeitetes Buch mit Ledereinband, dessen Titel ebenfalls in goldener Schrift auf dem Deckel geprägt war, in den Händen, kletterte sie vorsichtig wieder hinunter und murmelte leise vor sich hin: *Helene du bist wirklich nicht mehr die Jüngste.*
Vorsichtig legte sie den Band auf das Stehpult und wandte sich zu ihrem Schreibtisch, um einen Zettel und einen Kugelschreiber zu holen. Dabei strich sie sich mit einer unbewussten Bewegung über die Haare, steckte eine herausgerutschte Strähne ihres Knotens fest und wollte gerade ihre Brille aufsetzen, als sie ein furchtbares Brennen im Rücken spürte. Ein greller Blitz durchzuckte sie, dann wurde es dunkel. Während sie zu Boden glitt, hielt sie ihre Brille krampfhaft fest, damit das teure Stück nicht zu Schaden kam.

*

Zu Beginn der Mittagspause verließen die beiden jungen Frauen kurz ihren Arbeitsplatz, um sich bei Master Chick eine Currywurst, Pommes und Salat zu holen. Während sie auf die Fertigstellung der Gerichte warteten, betrachtete Felicitas eingehend das Aquamobil.

„Scheußlich", murmelte sie halblaut.

„Was ist scheußlich?", fragte Romina.

„Alles! Dieses grausige Wasser-Gestell (!) und das noch grausigere Rathaus. Warum musste man bloß den schönen alten Bau abreißen. O.k.", hob sie die Hände, „ich weiß ja – nicht wirtschaftlich, Heizung zu teuer, von Grund auf sanierungsbedürftig. Und so weiter. Doch was ist jetzt? Knapp dreißig Jahre nach dem Bau ist dieses Ding maroder als der Alte und es werden verzweifelt Ausweichmöglichkeiten gesucht. Immerhin", fügte sie mit einer Portion Sarkasmus hinzu, „sie lassen wenigstens das Wahrzeichen der Stadt stehen."

„Ja und?", murmelte Romina. „Ich bin, weiß Gott, nicht nostalgisch veranlagt; trotzdem wäre es mir lieber, sie würden dieses Hochhaus abreißen, als das beleuchtete, weithin sichtbare, Firmenzeichen zu demontieren. Das ist das eigentliche Wahrzeichen der Stadt. Aber", sie musste schlucken, „soziale Komponenten oder auch nur die geringste Solidarisierung mit der Stadt, deren Bevölkerung oder der Belegschaft ist doch schon vor Jahren in die Binsen gegangen. Nämlich in dem Moment, als man die Werkszeitung umtaufte und mit einem nichts sagenden Namen versah. Das war für all die treuen Mitarbeiter wie eine Faust ins Gesicht. Und genauso hat es sich weiter entwickelt."

Bevor Felicitas darauf antworten konnte, ertönte die Stimme von Master Chick: „So, meine Damen – Ihre Speisen."

Die Beiden zahlten und begaben sich zurück an ihren Arbeitsplatz, um dort in Ruhe zu essen. Etwas angewidert blickten sie auf einen matschigen Salat, den man ihnen als erntefrisch verkauft hatte und Felicitas seufzte: „Ich weiß nicht, vielleicht sollte ich doch kochen lernen. Dieses Zeug ist wirklich nicht das Wahre."

8

„Du und kochen ..." Romina lachte. „Dafür hast du doch gar keine Zeit. Tagsüber hockst du hier, abends rennst du zum Sport oder in die Abendschule. Warum eigentlich? Glaubst du denn, das würde dir etwas bringen?"

„Ich wünsche es mir ganz einfach. Irgendwann muss diese Jobmisere doch mal aufhören. Dann bekomme ich meine Chance. Hoffentlich. Und du, meine Liebe, wirst vermutlich das Nachsehen haben, weil du dich kein bisschen weiterbildest."

Romina zog in altbekannter Manier die Schultern hoch. „So Gott will, habe ich bis dahin einen stinkreichen Mann kennen gelernt und geheiratet. Kinder kann er von mir aus schon mitbringen, die muss ich nicht selber kriegen. Schadet nur meiner Figur."

Felicitas kannte die Einstellung ihrer Kollegin und ging nicht weiter darauf ein. Mit einem halbherzigen Lächeln meinte sie: „Na, dann wünsche ich dir recht viel Glück."

Kurze Zeit später öffnete sich die Tür und die beiden Damen vom Vormittag erschienen noch einmal. „Haben Sie etwas vergessen", fragte Felicitas.

Katharina Selbstmann, fünfzig Jahre alt, Friseuse, rabenschwarzes Haar, mit extrem langen, auffallend grell lackierten Fingernägeln und einer Vorliebe für *Romänchen* der Kategorie Arzt, Krankenhaus und Adel meinte mit leicht angewidertem Gesichtsausdruck: „Nein, das nicht; nur ... draußen kommt so ein abgerissener, stinkender Landstreicher, dem wir aus dem Weg gehen wollten."

Marianne Adelheid Dunkel, ihre Begleiterin, nickte nur. Mit ihren achtundvierzig Jahren etwas jünger als Katharina Selbstmann, wirkte sie um etliches älter. Besser: altbackener. Geschnürte Schuhe, grauer Faltenrock, altrosa Pullover. Eine Brille mit dunklem Horngestell, ohne Pfiff, die obendrein so groß war, dass sie das Gesicht regelrecht zerschnitt. Dazu kamen eine auffallend große Nase, schmale Lippen, bernsteinfarbene Augen und aschblonde Haare mit grauen Strähnen. Sie selbst bezeichnete ihre Haarfarbe ironisch als *straßenköterblond*, lehnte es aber rigoros ab, irgendwelche Farbe *hineinschmieren* zu lassen. Katharina Selbstmann, die nicht nur Lesegefährtin sondern auch ihre Friseuse war, hatte Beratungen dieser Art inzwischen aufgegeben. Romina sah sie an und schob sie in das Fach: Gouvernante aus dem vorigen Jahrhundert. Ihr Lesegeschmack stand im krassen Gegensatz zu ihrem Äußeren. Sie liebte Horror-Romane à la Stephen King. Selbst Felicitas, die wesentlich toleranter als ihre Kollegin war, lächelte in sich hinein und dachte, dass Katharina Selbstmann ihre eigene *Schönheit* wohl durch die Begleitung dieses unscheinbaren Wesens herausstrich.

Benno Gullis, der Landstreicher, dem die Damen aus dem Weg gehen wollten, stand in der Tür. Romina verzog ebenso angeekelt das Gesicht wie die Kundinnen und Felicitas sagte leise: „Der ist gar nicht so schlimm. Ich kenne ihn schon lange. Abgesehen davon, dass er zwar ärmlich, aber verhältnismäßig sauber gekleidet ist, fällt er einfach dadurch auf, dass seine Sachen nie richtig passen. Er bezieht sie von der Sozialhilfe und die nehmen es nicht immer so genau. Mich stört eigentlich mehr dieser grausige Dreitagebart. Dadurch sieht er herunter gekommener aus als er ist. Gottlob stinkt er nicht. Benno kommt mindestens einmal die Woche, um sich alte Zeitungen auszuleihen."
„Was will der denn damit?" zischte Romina zurück. „Kann der überhaupt lesen?"
„Der kann! Er ist studierter Pädagoge und vor etlichen Jahren auf die schiefe Bahn geraten. Alkohol und Drogen. Wenn ich das korrekt mitbekommen habe, wollte er seinen Schülern demonstrieren, wie sie es nicht machen sollten und kam bei diesem Versuch selbst unter die Räder."
„Entziehung?"
„Ja, öfter. Doch dann hängte ihm so ein frühreifes Flittchen exhibitionistische Handlungen an und das war es. Daraufhin musste Benno Gullis die Schule verlassen, obwohl es mehr als genug Zeugen gab, die für ihn aussagten und bestätigten, dass das junge Mädchen von

10

nichts die Finger ließ, was Hosen trug. Das war übrigens Karola Altmann. Die Eltern waren reich und hatten Einfluss ...“

„Etwa *die* Altmanns?“

„Genau“, wisperte Felicitas weiter. „Das sagt wohl alles. Dabei gehörte er zu den Pädagogen, deren Schwerpunkt auf der Erziehung der Schüler oberer Klassen lag mit einem besonderen Augenmerk auf die sozial Schwächeren. Er feiert übrigens am gleichen Tag Geburtstag wie unser Helenchen, ist allerdings zehn Jahre jünger. Und *Platte* macht er seit fünfzehn Jahren.“

„Platte???“

Bevor Felicitas erklären konnte, was man unter *Platte machen* verstand, war Benno Gullis an den Tresen getreten und bat sie: „Kann ich bitte zu Frau Matthies? Sie erwartete mich bereits vor einer viertel Stunde ...“

„Natürlich – warum gehen Sie nicht einfach durch? Sie kennen doch den Weg.“

„Dann muss ich doch durch die ganze Bücherei ...“ Verschämt blickte Benno an sich herunter.

„Kommen Sie, Benno“, lächelte Felicitas und händigte ihm, entgegen der Anweisungen ihres Chefs, den Schlüssel für die Nebentür aus. „Aber dass sie mir den gleich wieder zurück geben (!), wenn Sie bei Frau Matthies fertig sind!“

Benno versprach es hoch und heilig, drehte sich um und verließ die Bücherei durch die gleiche Tür, durch die er sie kurz zuvor betreten hatte.

Maliziös lächelnd sahen Marianne Dunkel und Katharina Selbstmann hinter ihm her.

„Bist du wahnsinnig geworden!“ Romina verschlug es fast die Sprache, „wenn das der Alte mitkriegt!“

„Kann er nicht, weil er die ganze Woche nicht im Haus ist. Ausserdem: Hab dich nicht so. Ich möchte nicht wissen, wie viele Leute da raus und rein gehen, was wir hier vorne nicht bemerken, weil unsere Putzfrau nämlich gar nicht so sorgfältig ist, wie sie sein sollte. Erst vorgestern habe ich die Tür selbst wieder zuschließen müssen."

Benno Gullis lief den Gang hinunter und wich einer großgewachsenen, dunkel gekleideten Person aus, die schnellen Schrittes dem Ausgang zustrebte. Er sah ihr kopfschüttelnd nach und dachte, dass es sich, trotz der geraden, stabilen Statur, wohl um eine Frau handelte. Sie schien gar nicht wahrgenommen zu haben, dass sie Benno fast umgerannt hätte. *Aufgeblasene Kuh*, murmelte er leise hinter ihr her und sah, dass sie an ihrer schwarzbehandschuhten Hand einen auffallend klobigen Ring mit einem riesigen Brillianten trug, der so gar nicht zu dieser Erscheinung passen wollte. Außerdem bemerkte er, dass die Person einen oder mehrere Zettel in der Hand hielt, die sie während des Laufens versuchte, in ihre Umhängetasche zu stopfen. Am Ende des Ganges angekommen, drückte Benno kopfschüttelnd die Klinke nieder und blieb wie erstarrt stehen. Ein dumpfer Laut entrang sich seiner Kehle. Er ging ein paar Schritte in den Raum und sah bestürzt auf die am Boden liegende Helene Matthies. Deren linke Hand umfasste den eigenen Hals, als hätte sie etwas herunter reißen oder sich selbst erdrosseln wollen. Fassungslos beugte Benno sich hinunter und stellte fest: tot. Vorsichtig, als könne er ihr noch wehtun, berührte er seine alte Freundin und bemerkte, dass der Körper noch warm war. Das Geschehen konnte demnach nicht lange zurück liegen. Hilflos sah er auf die Gestalt zu seinen Füßen und überlegte, wie sie zu Tode gekommen sein könnte. Äußerlich waren keine Anzeichen von Gewaltanwendung zu sehen, aber umdrehen wollte er sie auch nicht. So, wie sie da lag, konnte sie sich aber auch keinesfalls selbst erwürgt haben. *Man kann sich nicht selbst erwürgen*, stellte Benno für sich fest. Ungewöhnlich fand er nur, dass sie in der rechten Hand ihre Brille hielt, die linke Hand um ihren Hals lag, während um sie herum einige Zettel verstreut auf dem Boden lagen. Noch während er über diesen seltsamen Umstand nachdachte, ging hinter ihm die Tür von der Bibliothek auf. Die beiden Angestellten,

Felicitas Hammermann und Romina Carras hatten sich Minuten zuvor über das Zuschlagen der vorderen Außentür gewundert, weil sie niemanden gesehen hatten. Jetzt standen sie im Türrahmen und wollten fragen, was passiert sei. Hinter ihnen kamen die beiden neugierigen Besucherinnen, und, angesichts des vermeintlich offenkundigen Tatbestandes lärmten sie los: „Der da, der ist es gewesen! Was will man von so einem auch erwarten!"

Völlig verblüfft stand Benno auf und betrachtete die Ansammlung hinter ihm. „Felicitas", stotterte er, „Sie glauben das doch nicht wirklich – oder?"

„Nein!"

Resolut schob diese sowohl ihre Kollegin als auch die beiden Kundinnen zur Tür hinaus. Kommen Sie mit, Benno, wir rufen die Polizei ..."

Benno Gullis unterdrückte ein *muss das sein*. Ihm war klar, dass es sein musste und auch, dass die beiden Weiber kein gutes Haar an ihm lassen würden. Mit gesenktem Kopf trottete er hinter den Frauen her und konnte sich nicht erklären, wer ein Wesen wie Helene Matthies, das keiner Menschenseele etwas zuleide tat, ins Jenseits beförderte. Nicht nur das Wie, vor allem das Warum machte ihm mächtig zu schaffen.

Felicitas Hammermann ging zum Telefon und bemerkte, dass sie am ganzen Körper zitterte. Ihre Zähne schlugen hörbar aufeinander. Sie sah sich nach Romina um und stellte mit einem Blick fest, dass von dort keine Hilfe zu erwarten sei. Ihre Kollegin saß mit kalkweißem Gesicht auf einem Stuhl und machte den Eindruck, dass ihr ziemlich übel war. „Wer ..." schluckte sie, „wer bloß und vor allen Dingen ... warum???"

Felicitas zuckte die Schultern, murmelte etwas von *Benno war's bestimmt nicht* und wählte mit immer noch zitternden Händen die 110.

„Polizeirevier Heymannstraße, Deterlich", meldete sich eine ruhige, sonore Stimme.

13

Felicitas räusperte sich, zwang sich eisern zur Ruhe und sagte: „Herr Deterlich, hier ist die Stadtbibliothek. Hammermann ist mein Name. Wir haben eine Tote in einem unserer Nebenräume. Bitte schicken Sie jemanden hierher und auch einen Arzt. Ich – wir – ...“ Sie begann hoffnungslos zu stottern und der Beamte am anderen Ende der Leitung versuchte sie mit den Worten: „Wir kommen sofort, bitte bleiben Sie gelassen“, zu beruhigen. Ein aussichtsloses Unterfangen. Der Schock hatte die junge Frau fest im Griff und bevor sie den Hörer auflegen konnte, kippte sie einfach um.

Katharina Selbstmann, der man umsichtiges Verhalten am allerwenigsten zugetraut hätte, hockte sich auf die Erde und herrschte die herum sitzende Romina an: „Vielleicht holen Sie mal ein Glas Wasser – oder besser zwei. Eines brauche ich, um es ihr ins Gesicht zu kippen; das andere soll sie dann trinken.“ Schwankend erhob Romina sich. Auf dem Weg in die kleine Küche musste sie an Benno Gullis vorbei, der wie erstarrt mitten im Weg stand. Noch während sie den Gang hinunter ging hörte sie das Martinshorn des Streifenwagens. Direkt dahinter kam der Notarzt.

„Deterlich“, stellte sich der Beamte vor. „Wir hatten soeben miteinander telefoniert.“ Dabei wandte er sich an Katharina Selbstmann, die immer noch vor Felicitas auf dem Boden kniete. „Ist das das Opfer?“, fragte er.

„Nein“, knurrte die zurück, „sie müssten eigentlich sehen, dass die junge Dame atmet.“

Deterlich schluckte eine Zurechtweisung bezüglich des Tones hinunter. Ihm war klar, dass alle im Raum befindlichen Personen derzeit völlig neben der Spur liefen. Romina kam mit zwei Gläsern Wasser in der Hand zurück und Katharina Selbstmann schaffte es gerade, Felicitas eine Ladung Wasser ins Gesicht zu schütten als von hinten eine weitere Stimme kam: „Lassen Sie mich bitte durch.“ Der Polizeiarzt Ibo Golalal verschaffte sich Zugang und meinte gleichzeitig: „Himmel, das war zwar nicht gerade vornehm, aber wirksam und ... wo ist die betreffende Person?“

14

Felicitas, die gerade wieder das Bewusstsein erlangte und sich schüttelnd aufrichtete krächzte: „Da hinten durch, in dem anderen Raum." In diesem Moment zeigte Marianne Adelheid Dunkel, die sich bislang völlig im Hintergrund gehalten hatte, mit ausgestrecktem Zeigefinder auf Benno Gullis und kreischte: „Der da – der war das! Ich habe gesehen, wie er sich über die Leiche beugte!"

Der Polizeiarzt ging währenddessen in den Nebenraum. Kommissar Deterlich sowie die beiden Streifenbeamten Kanter und Schwarz folgten ihm. Benno Gullis blieb unbeweglich auf der Stelle stehen. Er dachte nur: *Das werden sie mir anhängen wollen. Ganz bestimmt. Aber ich war es nicht!* Er hatte gar nicht bemerkt, dass er den letzten Satz laut sagte. Ibo Golalal drehte sich noch im Türrahmen um: „Obwohl ich das nicht sagen dürfte; ich weiß es und Sie wissen, dass *ich* Ihnen glaube, Herr Gullis, immerhin kennen wir uns schon eine ganze Weile."
Deterlich, der diesen Wortlaut am Rande mitbekam, rief Benno zu sich. „Sie kennen unseren Polizeiarzt? Wie das?"
Gullis hüstelte verlegen: „Ich habe mal seinen kleinen Sohn aus einer Pfütze gefischt. Seine Klassenkameraden, falls man die so nennen kann, haben ihn, mit dem Gesicht nach unten, hinein geschubst und wollten ihn tauchen."
„Nun, gut! Trotzdem Herr Gullis, Sie sind ein Verdächtiger. Allein aufgrund der Aussage dieser Frau. Tut mir leid, alle Indizien sprechen gegen Sie und wir müssen Sie erst einmal mitnehmen. Nicht nur Sie", fügte er hinzu, „die anderen auch alle." Was bei den beiden Kundinnen ein wütendes Schnaufen hervorrief. „Wir müssen nach Hause! Unsere Männer warten!"
„Abgesehen davon, dass Sie in den vergangenen fünfzehn Minuten den Eindruck machten, als hätten sie alle Zeit der Welt, werden Ihre beiden Herren jetzt eben noch ein wenig länger warten müssen. Wir werden Sie so schnell wie möglich vernehmen und dann können Sie zunächst einmal wieder gehen."

Die beiden Streifenpolizisten kamen mit Handschellen, doch Deterlich schüttelte den Kopf. „Nee, Kinners – das ist nicht nötig. Der läuft uns nicht weg." Damit drehte er sich zu Benno um. Dieser schüttelte nur den Kopf. „Bestimmt nicht." Er griff in seine Hosentasche, um ein Taschentuch herauszuholen. Dabei berührte er den Schlüssel, zog ihn heraus und gab ihn an Felicitas mit den Worten zurück: „Entschuldigen Sie bitte, in der ganzen Aufregung habe ich vergessen, Ihnen den Schlüssel wiederzugeben. Ich habe ihn übrigens nicht gebraucht – die Seitentür war offen."

„Wie bitte? Offen!" Felicitas geriet außer sich. „Ich werde unserer Putzfrau nachher ordentlich Bescheid sagen. Das geht nicht. In den letzten beiden Wochen fand ich die Tür schon häufiger unverschlossen. Dabei tönt sie immer so vollmundig, wie besonders penibel sie sei ...!"

Dieter Schwarz und sein Kollege befassten sich mit der Aussage der beiden Frauen, während Ibo Golalal sich um Helene Matthies kümmerte. Deterlich stand daneben und wartete auf den ersten Kommentar.

Mit dem Kommissar und Ibo Golalal war auch der Polizeifotograf gekommen. Bevor Ibo die Leiche eingehend betrachtete, wurden eine Menge Fotos vom Fundort gemacht und dabei eindeutig festgestellt, dass dieser mit dem Tatort identisch war. Nachdem auch die Spurensicherung das bestätigte, durfte der Polizeiarzt in Aktion treten. Er begutachtete die Leiche von allen Seiten, stellte deren Tod offiziell fest und bemerkte zunächst, dass sie äußerlich unverletzt aussähe. Dieser Eindruck änderte sich aber, als er Helene umdrehte. Jemand hatte ihr einen Brieföffner in den Rücken gejagt. „So etwas habe ich auch noch nicht gesehen", meinte Golalal. „Sehen sie sich das an, der Griff des Öffners ist so kurz abgesägt, dass die Leiche auf dem Rücken liegen bleiben konnte und niemand auf den ersten Blick eine Verletzung sieht. Blut ist auch kaum ausgetreten. Derjenige muss verdammt genau zugestochen haben."

16

„Oder diejenige", fügte der Kommissar hinzu.

„Ja, oder diejenige." Der Polizeiarzt setzte sich per Handy mit der Gerichtsmedizin in Verbindung und die versprachen, sofort alles Erforderliche zu veranlassen. Zu Deterlich gewandt meinte er: „Im Augenblick kann ich noch nicht viel sagen. Sie ist auf jeden Fall hinterrücks erstochen worden und nach dem Gesichtsausdruck zu urteilen, kam der Überfall völlig überraschend. Ihren Mörder hat sie wahrscheinlich weder gehört noch gesehen, da sie offensichtlich mit irgendetwas beschäftigt war. Dafür spricht, dass sie noch immer die Brille in der Hand hält. Auffallend ist allerdings, dass die linke Hand um ihren Hals liegt – so als wollte sie ihre Kehle schützen … oder sich erwürgen."

„Vielleicht sollte zunächst auch dieser Eindruck entstehen?"

„Quatsch", polterte Golalal, „welcher Depp versucht denn, sich selber zu erwürgen?"

Deterlich grinste und bemerkte: „Für einen Iraner sprechen Sie ganz gut bayrisch. Scherz beiseite. So, wie ich vorhin ein paar Bemerkungen von unseren *Zufallszeuginnen*", er dehnte das Wort spöttisch, "mitbekam, fiel dieser Tatbestand bereits Benno Gullis auf. Er muss ziemlich konsterniert gesagt haben, gerade als diese beiden Frauen den Raum betraten, dass er das nicht verstünde, Helene Matthies sei Rechtshänderin gewesen."

„Hm, das spricht doch für seine Unschuld, oder?"

„Sicher", Deterlich nickte, „trotzdem kann ich ihn nicht gehen lassen. An seiner kurzen Aussage hege ich absolut keinen Zweifel, aber er besaß einen Schlüssel zu der anderen Tür."

Ibo Golalal räumte seine Sachen zusammen, deckte ein kleines Tuch über Helenes Gesicht und meinte: „Ich lasse sie abholen. Kommen Sie, hier können wir leider nichts mehr tun. Wir sehen uns in der Gerichtsmedizin. Spätestens morgen wissen wir mehr."

„Wer nimmt die Obduktion vor?", fragte Deterlich mehr routinemässig als aus echtem Interesse. Er wollte so schnell wie möglich ein Ergebnis; wer es lieferte, war ihm egal. Es war eine reine Höflichkeits-floskel.

„Wahrscheinlich Doktor Angelika", antwortete der Arzt.

„Wer?"

„Doktor Penelope Angelika." Ibo Golalal grinste. "Ich kann nicht dafür, sie heißt wirklich so."

Deterlich grinste zurück: „Ich hatte Sie akustisch nicht verstanden, mit dem Namen *Angelika* haben Sie wohl ein Problem, doch ich kenne die Dame und schätze sie sehr."

Noch einer, grinste Ibo Golalal in sich hinein, *der auf die attraktive Frau Doktor scharf ist.*

*

Annelo räkelte sich auf der Couch; bekleidet mit einem knallroten Nichts von Slip und einem Spitzen-BH, der mindestens zwei Nummern zu klein war, als das Telefon unangenehm laut schrillte. Wenngleich Sternzeichen Waage, gehörte sie zu den streitsüchtigen Menschen. Dementsprechend widerwillig klang ihre Stimme als sie sich meldete: „Mathern". Doch dann setzte sie sich gerade hin und hörte zu. „Nein", kam nach kurzer Zeit ihr Kommentar, „ich habe Ihnen schon mehrmals gesagt, dass ich das nicht mache. Als Animierdame in Ihrem Club, das ist okay – aber ich gehe auf kein Zimmer. Und wenn Sie hundertmal Personalprobleme haben. Ich bin keine Nutte – merken Sie sich das."

Sie donnerte den Hörer auf die Gabel und bemerkte für sich: *so eine Unverschämtheit...!*

Annelo's Laune war versaut. Auf bloßen Füßen marschierte sie in die Küche und öffnete den Kühlschrank. In der Sektflasche war nur noch ein Tropfen und Nachschub war nicht im Haus. *Mist, elender. Jetzt muss ich mir doch tatsächlich Kaffee machen.* Noch immer zornig setzte sie die Kaffeemaschine in Gang. Während das Wasser durchlief ging sie ins Schlafzimmer und stellte sich vor den Spiegel. Um auf andere Gedanken zu kommen, betrachtete sie ihren grazilen

Körper mit den langen, wohlgeformten Beinen. *Der Busen dürfte ein bisschen größer sein,* dachte sie, *aber wofür gibt es entsprechendes Füllmaterial und den Wonderbra.* Auffallend war, dass sie sich einer sehr gewählten Sprache bediente. Diese Redeweise hatte ihr bislang immer ein gewisses Image garantiert, was bedeutete, dass niemand in ihrer näheren Umgebung auch nur im geringsten ahnte, welchem Beruf sie nachging. Sowohl den Nachbarn im Haus als auch denen, die nebenan und gegenüber wohnten, hatte sie erzählt, dass sie in einem nahegelegenen Reha-Zentrum im Bergischen Land Nachtdienst mache. Bislang war noch niemand auf die Idee gekommen, das in Zweifel zu ziehen. Ihre Aufmachung erregte zwar entsprechendes Aufsehen, doch sie konnte bislang glaubhaft versichern, dass es ihr einfach Spaß mache, sich etwas auffallend anzuziehen oder herzurichten. Frau Klingenbein, ihre direkte Nachbarin machte sich dessen ungeachtet ihre Gedanken, war jedoch sehr vorsichtig mit Äußerungen. Sie wurde selbst einmal Opfer einer Verleumdungskampagne und wusste, was es bedeutete, sich im Zweifelsfall nicht wehren zu können. *Der, der verleumdet wird, erfährt es immer zuletzt,* dachte sie und hielt den Mund.

In dem Einzugsgebiet, in dem Annelo wohnte, gingen die (Ehe-) Männer nicht in die *Kajüte,* die Bar, in der sie arbeitete. Und nicht schlecht verdiente, wie sie für sich lächelnd feststellte. Trotzdem sollte Hans Tellhaber, der Boss, ihr mit seinen Plänen vom Hals bleiben. Sie hatte was sie brauchte und demnächst würde sie noch viel mehr haben. Bloß das wusste *er* nicht. Und Annelo würde es ihm auch bestimmt nicht erzählen.

Sie ging zurück in die Küche, wo die Kaffeemaschine pfiff. Diesen Typ hatte ihr eine Freundin aus Österreich mitgebracht; in Deutschland gab es eine solche Ausführung nicht. Sie goss sich einen Kaffee ein, verzichtete aus Kaloriengründen auf Milch und Zucker und schlürfte das pechschwarze Getränk. Danach ging sie wieder ins Schlafzimmer und begann, sich für die Arbeit zurechtzumachen. Ihre mittelbraunen, glatten Haare kämmte sie zurück, drehte sie auf dem

Oberkopf zu einer Wurst zusammen und stülpte die Perücke darüber. Hüftlange, goldblonde Haare, fielen wie in einer Kaskade über ihren Rücken. BH und Slip konnten bleiben, überlegte sie, aber was ziehe ich darüber? Sie entschied sich für den silberfarbenen, durchsichtigen Top und einer knallengen schwarzen Caprihose mit Silberlamee; hochhackige Sandaletten vervollständigten das Outfit. Allerdings zog sie diese erst in der *Kajüte* an. Mit diesen Dingern Auto zu fahren, grenzte an Selbstmord.

Schmuck, überlegte Annelo. *Schmuck brauche ich noch. Was nehme ich denn heute?* Ihre Wahl fiel auf echten Schmuck und sie war sicher, dass niemand das vermuten würde. Doch sie besaß tatsächlich wertvolle Sachen. Ehe sie sich zum Schminken noch einmal vor den Spiegel setzte, schaute sie in ihre Handtasche, nahm eines der Portemonnaies heraus und deponierte es im Kleiderschrank. Sorgfältig verschloss sie die Tür und steckte den Schlüssel in ihre Abendtasche. Über die auffallende Kleidung zog sie einen diskreten Übergangsmantel, nahm die Tüte mit den Schuhen in die Hand und machte sich, immer noch missgelaunt, auf den Weg zur Kajüte. Vor der Tür stand ihr Auto, ein kleiner Fiat Punto. Knallgelb. Die Nachbarn hatten schon öfter als einmal über die Farbe des Autos gelästert, doch Annelo meinte immer schmunzelnd: „Das klaut so schnell keiner. Es fällt überall auf."

Was natürlich niemand auch nur ahnte war, dass sie mit diesem Auto lediglich bis zur Tiefgarage in der Stadtmitte fuhr. Den Stellplatz hatte sie notgedrungen nehmen müssen, weil keiner aus ihrer unmittelbaren Umgebung wissen sollte, dass der Punto eine Art Tarnfahrzeug war. Dort ließ sie ihren kleinen Fiat stehen und stieg in einen silbergrauen Porsche neunhundertelf mit roten Ledersitzen um, obwohl ihr Arbeitsplatz in wenigen Minuten zu Fuß zu erreichen war.

*

Am nächsten Morgen beugte Doktor Penelope Angelika sich über die Leiche von Helene Matthies und begann mit der routinemäßigen

Obduktion. Die Tote wies, von dem äußerst gezielten Stich in den Rücken einmal abgesehen, keine weiteren Verletzungen auf. Doktor Angelika zog die eng anliegenden Latexhandschuhe aus, warf sie in den bereit stehenden Abfalleimer und ging zum Schreibtisch. Da sie meistens in Zeitnot war, hatte man ihr sogar einen Sprachcomputer genehmigt. Inzwischen übersetzte dieses vermaledeite Ding, wie sie den PC nannte, wirklich das, was sie sagte. Anfangs musste sie fast alles nachbessern, doch inzwischen war er eine echte Arbeitserleichterung. Während sie diktierte, öffnete Deterlich die Tür und stand im Rahmen. Sie mochte ihren Kollegen, doch im Augenblick kam er zu einem äußerst ungünstigen Zeitpunkt.

„Liebe Frau Kollegin", begann Deterlich ...

Doktor Angelika stellte den Computer ab und musste sich bemühen, freundlich zu bleiben. „Lieber Herr Kollege", erwiderte sie, „kann es sein, dass ich schon einmal darauf hingewiesen habe, dass, wenn ich diktiere, niemand dazwischen sprechen darf. Der Computer nimmt sofort falsche Daten auf und ich muss hinterher alles nacharbeiten!"

„Entschuldigung, das konnte ich nicht wissen; Sie haben versäumt, das rote Licht einzuschalten."

„Oh! Sorry, das war meine eigene Dummheit. Aber trotzdem", vollendete sie den Satz, „wenn ich spreche, denken Sie bitte einfach daran, nichts dazwischen sagen. Okay?"

„Sicher", nickte Deterlich. „Jetzt ist es aber sowieso passiert und dann kann ich ja auch gleich fragen, ob Sie schon was wissen."

„Hm – ja. Es wird Sie nicht sonderlich erfreuen, denke ich. Der Toten wurde, wie Doktor Golalal bereits feststellte, ein Brieföffner gezielt in den Rücken gestoßen. Sie hat vermutlich kaum etwas bemerkt, außer vielleicht ein kurzes Brennen. Der Tod ist gestern Vormittag zwischen elf und zwölf Uhr eingetreten. Andere Krankheiten sind nicht festzustellen. Falsche Zähne hatte sie auch nicht. Der Brieföffner liegt übrigens dort drüben in der Plastiktüte. Ich denke, die Spurensicherung braucht ihn noch mal. Obwohl ich kaum glaube, dass die etwas finden werden. Der Mörder wäre schön blöd, wenn er nicht mit Handschuhen gearbeitet hätte. Trotzdem", schloss sie seufzend ihren Bericht, „begreifen kann ich das nicht. Wer bringt eine harmlose Bibliothekarin um? Und warum?"

„Wenn wir das wüssten, wären wir einen Schritt weiter", murmelte Deterlich und fügte hinzu: „der augenscheinliche Mörder ist mit an Sicherheit grenzender Wahrscheinlichkeit nicht der wirkliche Mörder. Er hatte zwar einen Schlüssel zur Nebentür, doch den gab er in meinem Beisein der jungen Bibliotheksleiterin, dieser Felicitas Hammermann, mit den Worten, *ich habe ihn gar nicht gebraucht, die Tür war offen*, zurück. Daraufhin bekam Frau Hammermann einen Wutanfall, der sich allerdings gegen die Putzfrau richtete. Die werde ich mir dann auch vornehmen müssen. Zunächst einmal meinen Dank, Frau Kollegin. Wie wäre es dann und wann mal mit einem gemeinsamen Mittagessen?"

„Nichts dagegen", lachte sie, „sobald ich hier fertig bin, melde ich mich. Solche Ideen sollte man am besten sofort umsetzen."

„Ganz meine Meinung."

Mit diesen Worten verließ Deterlich die Gerichtsmedizin und machte sich auf den Weg zum Untersuchungsgefängnis.

Benno Gullis hatte äußerst schlecht geschlafen und war entsprechend mies gelaunt. Er überdachte seine Lage und kam zu dem Schluss, dass sich seine Unschuld umgehend erweisen müsste. Er hatte nichts angefasst, nur neben der Leiche gehockt. Selbst der Kommissar und auch der Polizeiarzt, der sowieso schon für ihn sprach, standen auf seiner Seite. Benno, bekannt als Stadtstreicher, aber auch dafür, dass er harmlos und gutmütig war, tat keiner Fliege etwas zuleide und bekam selbst genau das oft genug zu spüren, als dass man *ihn* ausraubte. Da er dazu neigte, den Weg des geringsten Widerstandes zu gehen, verpfiff er seine Kumpane nie, sondern versuchte immer, aus eigener Kraft wieder auf die Beine zu kommen. Soweit das in seiner Situation überhaupt möglich war. Und jetzt saß er hier. Im Gefängnis. Angeklagt eines Mordes, den er nicht begangen haben konnte.

22

Er wartete auf den Kommissar, der ihm versprochen hatte, heute noch einmal reinzuschauen. Benno war klar, dass der nichts sagen durfte, aber er spürte, dass Deterlich selber nicht glaubte, in Benno Gullis den Mörder vor sich zu haben. Geistesabwesend stützte er seinen Kopf in die Hand und ließ noch einmal alles an sich vorüber ziehen. Die beiden Frauen, von denen ihn die eine per Fingerzeig des Mordes beschuldigte, kannte er nicht. Außerdem waren sie beide vor ihm in die Bücherei gegangen und standen noch dort, als er von Felicitas Hammermann den Schlüssel zur Nebentür bekam. Er sah sich im Geiste den Flur entlang gehen und da kam ihm eine auffallend große Person entgegen. Richtig – die Frau! Jedenfalls war er überzeugt davon, dass es eine Frau gewesen war. Ganz in schwarz. Mit einem übergroßen Hut, Handschuhen und dem auffallenden Ring an der linken Hand. Benno überlegte: es war doch die Linke? Ja, kam er zu dem Schluss, sie trug den Ring links. Er musste unbedingt daran denken, dies dem Kommissar zu berichten. Hoffentlich kam er bald; durch den häufigen Alkoholgenuss war sein Gedächtnis nicht mehr das Beste und Papier zum Schreiben hatte er nicht. Das Personal behandelte ihn sowieso nicht gerade nett, doch, so folgerte er, was wollte einer wie er denn auch noch erwarten...

Draußen hörte er die große Stahltür, die den Untersuchungstrakt vom Treppenhaus trennte. Offensichtlich bekam er Besuch. Benno setzte sich aufrecht hin, erwartete den Kommissar und war erstaunt als Ibo Golalal eintrat.

Der Polizeiarzt war im Iran geboren, das sah man ihm auch an. Vorausgesetzt man kannte sich ein wenig in den Menschenrassen aus. Viele hielten ihn dagegen für einen Griechen. Benno tippte damals gleich richtig und sammelte damit Pluspunkte bei ihm. Ibo Golalal räusperte sich: „Sie sind bestimmt erstaunt, mich hier zu sehen", hub er an. „Doch der Kommissar kommt gleich. Ich hatte darum gebeten, vorher mit Ihnen kurz sprechen zu dürfen. Ich möchte Ihnen etwas anbieten ..." Ibo Golalal machte eine kleine Pause und als Benno nichts sagte, sondern ihn nur erwartungsvoll ansah, fuhr er fort:

„Herr Gullis, ich habe an Ihnen etwas gutzumachen, das wissen Sie." Er hob die Hand, weil Benno Einspruch erheben wollte und sagte weiter: „Sie haben meinen Jungen vor den Übergriffen randalierender Klassenkameraden beschützt und jetzt habe ich endlich eine Gelegenheit, Ihnen wirklich zu danken. Lassen Sie mich einen Anwalt für Sie besorgen. Bitte."

Benno senkte den Kopf und kämpfte mit Tränen. Da gab es jemanden, der ihm, dem abgerissenen Trinker, helfen wollte. Er verknotete seine Finger regelrecht ineinander und es dauerte eine Weile, bis er antworten konnte: „Sie meinen es sicher sehr gut, Herr Golalal, aber ich kann das nicht bezahlen ..."

„Himmel, Gullis", platzte der Polizeiarzt heraus, „Sie sollen diesen Menschen auch nicht bezahlen. Das mache ich. Aber...!" Machte er eine eindrucksvolle Pause, „danach – und das müssen Sie mir ganz fest versprechen – machen Sie noch einmal eine Entziehung. Ich bin absolut davon überzeugt, dass Sie es diesmal schaffen. Klar?!"

Benno schluckte. „Sie setzen viel Vertrauen in mich. Und was, wenn ich wieder rückfällig werde?"

„Dazu werden Sie keine Gelegenheit mehr haben. Doch darüber erzähle ich Ihnen jetzt noch nichts. Sie müssen an sich glauben und ich werde ihnen dabei helfen. Alles andere besprechen wir, wenn die Geschichte ausgestanden ist." Mit diesen Worten wandte sich Ibo Golalal zum Gehen als der Wärter erneut die Tür öffnete und Kommissar Deterlich eintrat.

„Kommen Sie, Benno, wir dürfen in den Aufenthaltsraum gehen. Da kriegen Sie auch einen Kaffee."

Bei dem Gedanken an Kaffee drehte sich Gullis' Magen um. Gleichzeitig dachte er an das Angebot des Polizeiarztes, der noch in der Tür stand und offensichtlich auf eine Reaktion wartete.

„Gern, Herr Kommissar", würgte er heraus. „Vielleicht kann ich einen Tee haben. Ich glaube Kaffee bekommt mir jetzt nicht so besonders gut."

„Klar, es gibt auch Tee. Nur", und dabei sah er Benno streng an, „Alkohol gibt es nicht."

„Das ist mir schon klar, Herr Deterlich. Ich muss ja davon runter und weiß das auch. Wenn die Entzugserscheinungen nur nicht so furchtbar wären. Und die Sucht ist einfach da, ich hätte doch damals nie gedacht, dass ich mir mit diesen Demonstrationsversuchen ein solches Eigentor schießen würde. Ich wusste nicht, dass in mir überhaupt eine Veranlagung dazu steckte. Im Nachhinein: ich hätte es wissen *müssen*. Mein richtiger Vater war starker Raucher und trank in jungen Jahren gern; öfter auch mehr als nur einen über den Durst. Meine Mutter war bereits im Alter von Ende Zwanzig depressiv … Alles Gegebenheiten, die ich mir als Pädagoge hätte vor Augen halten müssen. Erbanlagen, die man nicht wegreden kann, sondern lediglich nur mit eiserner Disziplin selbst in den Griff bekommt. Und dennoch ist es passiert." Müde ließ Benno Gullis die Schultern hängen; seine Gedanken fuhren Karussell und er fügte hinzu: „Ich will es halt noch einmal versuchen."

Ibo Golalal nickte, schloss leise die Tür hinter sich und ließ die beiden noch einen kurzen Moment allein, bis sie sich auf den Weg zur Kantine machten. Ob er den Durchbruch ins normale Leben zurück schaffen würde? Er wünschte sich das nicht nur für Benno Gullis, sondern auch für sich. Ibo Golalal hatte sich zum Ziel gesetzt, mit Benno gemeinsam eine Entziehung zu machen. Offiziell als sein Therapeut. Bisher konnte er vor allen verbergen, dass er süchtig war. Haschisch, Kokain, Marihuana … Er redete sich selber ein, dies seien keine harten Drogen, ebenso wusste er, dass er nur einen Schritt vor dem Abgrund stand. Heute Abend würde er es noch einmal machen. Nur noch dieses eine Mal. Dann war Schluss – endgültig. Nur heute sollte ihm Annelo noch etwas verkaufen. Er nahm sein Handy und versuchte, sie daheim zu erreichen.

*

25

Normalerweise parkte sie ihren Fiat neben dem Porsche und ging zu Fuß zur Bar. Heute fuhr Annelo Mathern die wenigen hundert Meter von einer Tiefgarage in die andere, stieg aus dem Wagen, zog ihre hochhackigen Sandaletten an und verstaute die anderen Schuhe in einer Tüte. Die kleine Abendtasche unter dem Arm und die Plastiktüte in der Hand machte sie sich auf den Weg in die Kellerbar. *Himmel, stinkt das hier wieder*, dachte sie. *Es ist doch immer dasselbe. Keiner achtet darauf, dass die Penner nicht in die Ecken pinkeln.* Abschließen konnte man die Aufzüge aber auch nicht. Wie sollten die Parker nach zwanzig Uhr rauskommen? Annelo seufzte: *Bald brauche ich das alles nicht mehr. Bald!*

Damit hielt der Lift und sie ging zur *Kajüte*. Sie war immer die Erste und besaß einen Schlüssel. Die Bardame öffnete die Tür, betrat den Vorraum und sorgte zunächst einmal für die bengalische Beleuchtung, wie sie ironisch bemerkte. Dunkelheit war ihr verhasst. Immer wieder hörte sie die Worte ihrer Großmutter: *Mach das Licht aus, das kostet Geld.* Damals schwor sie sich: wenn ich einmal erwachsen bin, werde ich nie wieder frieren, nie wieder im Dunkeln sitzen und immer das tun, was ich will. Letzteres konnte sie bislang nicht. Wie jeder normale Mensch war sie fremdbestimmt. Arbeitnehmerin, wenn auch in einem Metier, das der bürgerlichen Bevölkerung mehr oder minder suspekt war. Gewiss, die Medien berichteten ausführlich, wenn mal wieder eine Prostituierte umgebracht wurde und dann kam sogar eine gewisse *Entrüstung* hoch, dass diese Damen immerhin auch Menschen seien, doch ehrlich – nein, ehrlich war das alles nicht gemeint. Wenn ihre Nachbarinnen wüssten, was sie täte, obwohl sie keine Nutte war, sie würden kein Wort mehr mit ihr wechseln. Grinsend fiel ihr Udo Jürgens Schlager *Das ehrenwerte Haus* ein. Genau so wäre es auch bei ihr.

Inzwischen brannten alle Lichter. Annelo ging noch einmal durch sämtliche Räume und kontrollierte, ob die Videoüberwachung funktionierte, als das Telefon läutete. „Ibo Golalal", meldete sich eine gestresste Stimme und Annelo ging innerlich auf Abwehr. *Nein*, dachte sie, *bitte nicht schon wieder der*. Ibo war ihr denkbar unsympathisch; sie konnte allerdings nicht begründen, warum. Er kaufte Koks oder Marihuana-Zigaretten, ab und zu auch mal Hasch, bezahlte prompt und, wie sie bislang hörte, behandelte er die Mädchen, die er von Zeit zu Zeit aufsuchte, anständig. Nur einmal nicht. Im letzten Sommer. Er hatte zuviel konsumiert und obendrein Alkohol getrunken. An diesem Abend wollte er unbedingt zu Ilonka und vergewaltigte sie regelrecht. Am nächsten Abend kam er mit einem riesigen Blumenstrauß und entschuldigte sich. Doch das Unbehagen blieb.

Außerdem hatte Annelo ganz private Gründe, ausgerechnet einem *Polizei*arzt aus dem Weg zu gehen. Bei dem Gedanken wurde ihr wieder einmal mulmig und sie stellte für sich fest, dass sie im Grunde eine blöde Kuh sei. Ein Doppelleben zu führen war anstrengend; sie lief täglich Gefahr, aufzufallen. Im gewissen Sinne war ihr das einerlei; nicht egal war ihr allerdings, wo sie dann wohnen würde. Bis jetzt reichten ihre Finanzen bei weiten nicht für eine Maisonette-Wohnung in der Düsseldorfer Altstadt – und genau eine solche war ihr Bestreben. Also hieß es, dieses Leben noch ein bisschen weiterzuführen und, wenn auch widerwillig musste sie zugeben, dass Ibo Golalal ihr dabei half. Von den Drogenverkäufen behielt sie einen kleinen Anteil, den sie schön brav in einem gemieteten Banksafe verschwinden ließ. Auf ihrem Konto war kein Geld, dessen Herkunft sie nicht einwandfrei erklären konnte und sie war auch gewissermaßen stolz darauf, selbst niemals einer Droge verfallen zu sein. Ausgenommen vielleicht ihrer täglichen Zigarette. Annelo neigte zur Fülle; ein Erbteil aus der Familie ihres Vaters und das konnte sie bei ihrem Job nicht brauchen. Sie zählte brav jeden Tag ihre Kalorien. Seitdem ihr eine Ärztin sagte, dass nur eine Zigarette am Tag ihren Stoffwechsel in Schwung, das heißt: auf dem gewohnten Level, halten würde, hatte sie sich quasi das Dauerrauchen *ab*gewöhnt und diese eine Zigarette täglich *an*gewöhnt. Es klappte und sie konnte auf diesem Wege wenigstens einigermaßen ihre Figur halten. Im Vorbeigehen warf sie noch einen kurzen Blick in den Spiegel und ging zur

Tür. Sie hatte Schritte vernommen, die nur zu Ibo gehören konnten. Sonst war niemand avisiert. Schnell schaute sie im Spiegelschrank nach und überschlug die Menge Hasch, die sie an ihn verkaufen wollte.

„Hallo Ibo! Komm rein – ich habe eine Portion zurückgelegt. Hasch, wenn es recht ist."

Geschäftig wollte Annelo zum Schrank gehen als sie von Ibo unterbrochen wurde: „Nein, danke, Annelo – ich möchte heute nur eine Marihuana-Zigarette und dann verschwinde ich wieder. Ich habe mir vorgenommen, dass endgültig Schluss sein soll."

„Ich drücke dir alle verfügbaren Daumen, am besten die Zehen auch mit", entgegnete Annelo. „Meinst du, du schaffst es diesmal?"

„Ich denke schon. Wir haben da gerade so einen vertrackten Fall auf dem Revier. Und dieser Mann, ein Pädagoge mit besten Anlagen, der sich selbst ruiniert hat, ist mir ein Beispiel dafür, wie es mir in ein paar Jahren gehen könnte. Und genau das will ich vermeiden. Ich werde es schaffen. Ganz bestimmt!"

Annelo lächelte verbindlich und dachte: *Du Heini, ausgerechnet du willst das schaffen. Du beherrschst ja noch nicht einmal deinen Trieb, geschweige denn deine Sucht.* Laut sagte sie: „Na denn – rück ein bisschen Kohle raus und dann verdünnisierst du dich. Es geht hier bald los und ich denke, du möchtest nicht unbedingt gesehen werden, oder?"

„Das ganz sicher nicht. Kommen denn Leute aus meinem Dunstkreis auch hierher?", wollte Ibo wissen.

„Das werde ich dir auch gerade erzählen!", lachte Annelo. „Außerdem weißt du, dass ich das nicht darf. Wenn du sie selber hier siehst ist das eine Sache, aber drüber reden ... nein mein Lieber, das werde ich bestimmt nicht."

Ibo Golalal hob abwehrend die Hände: „Sorry, ich weiß. Das war eigentlich auch gar nicht so gemeint. Du kennst mich doch."

„Ja eben", murmelte Annelo. „Also", schloss sie, „nun mach's gut. Bis irgendwann einmal." Damit drückte sie die Tür hinter ihm ins

Schloss und wandte sich ihrer Arbeit zu.

*

Deterlich brachte Benno in die Zelle zurück und blieb nachdenklich auf dem Flur stehen. Er hatte das Gefühl, dass der Mann in allem die Wahrheit sprach und nahm sich vor, im Büro das Protokoll noch einmal ganz gründlich zu lesen. Aufgenommen hatten es seine beiden Kollegen von der Streife, Kanter und Schwarz. Die zwei waren sehr gewissenhaft, das wusste er. Er müsste wohl, stellte Deterlich seufzend fest, nicht nur lesen, sondern auch das Band noch einmal abhören. Bei Benno Gullis konnte man an der Stimme erkennen, ob er die Wahrheit sagte oder nicht. Zunächst musste er aber noch mal mit Ibo Golalal sprechen. Der hatte einen Anwalt für Benno vorgeschlagen, den er auch bezahlen wollte. Warum wohl? Dass Benno seinen Sohn mal aus einer Pfütze befreit hatte, konnte doch nicht der einzige Grund sein, oder? Immerhin gehörte der Polizeiarzt zu dem Personenkreis, der in seinem Umfeld als hartgesotten galt. Das Verhalten passte nicht zu ihm. Mit diesen Gedanken machte Rolf Deterlich sich auf den Weg zurück ins Büro. Dabei fiel ihm ein, dass Benno möglichst schnell verlegt werden sollte. Die JVA in der Gerichtsstraße war bereits geschlossen; man wartete auf die Abrissbirne und hatte Gullis nur behelfsmäßig direkt neben dem Gericht einquartiert. Bevor er seinen Schreibtisch erreichte, fing ihn die Ärztin aus der Gerichtsmedizin ab. Immer wenn er Doktor Penelope Angelika sah, konnte er sich des Gedankens nicht erwehren, dass ihre Eltern einen Ratsch gehabt hatten. Diese mittelgroße Frau mit den grünen Augen und dem kupferroten Haar hätte alle möglichen Namen verdient, Penelope passte aber überhaupt nicht zu ihr. Lachend erzählte sie ihm einmal, dass man sie eigentlich Carmen taufen wollte. Doch ihr Vater sei dagegen gewesen, weil niemand in der Familie jemals dunkle Haare hatte. Und eine blonde Carmen konnte er sich nicht vorstellen. Stattdessen kam sie ganz offensichtlich auf den keltischen Teil ihrer

Abstammung mit roten Haaren und grünen Augen. Von der väterlichen Linie geerbt. „Faszinierend", murmelte Deterlich.

„Bitte?"

„Entschuldigen Sie, Frau Doktor Angelika, und nehmen Sie es mir bitte nicht übel. Immer wenn ich Sie sehe, muss ich an die Geschichte *Carmen* denken und finde Ihre herrlich grünen Augen von mal zu mal hinreißender."

Die Pathologin errötete ein wenig, wusste aber, wie Deterlich das meinte. Sie mochte den Kommissar, weil er einer der wenigen Männer in ihrem Umkreis war, der sie wirklich akzeptierte. Sie holte tief Luft und meinte dann: „Ich habe mir Helene Matthies gründlich angesehen und dabei festgestellt, dass zwischen dem Auffinden der Leiche, wenn man das überhaupt so nennen will, und dem Zeitpunkt des Todes weniger als eine Stunde lag. Dieser … Benno Gullis ..."

„Benno war es sicher nicht", entgegnete Deterlich. „Ich weiß, dass ich das gar nicht sagen dürfte, doch ich bin hundertprozentig davon überzeugt, dass Gullis unschuldig ist. Er ist ein stadtbekannter Herumtreiber, aber jeder weiß, dass er keiner Fliege etwas zuleide tut. Ich werde gleich zum Präsidium zurück fahren und mir das Protokoll noch einmal ganz genau anhören und auch durchlesen. Irgendwie werde ich das Gefühl nicht los, dass ich etwas übersehen habe."

Doktor Angelika nickte: „Wenn Ihnen etwas Entsprechendes unterkommt lassen Sie es mich bitte wissen. Vielleicht gibt es Aufschluss darüber, warum die Frau mit einem Brieföffner von hinten erstochen wurde. Außerdem lag ihre linke Hand um dem Hals ..."

„Das hatten Kanter und Schwarz schon festgestellt. Außerdem Benno, der zielsicher auch noch von sich gab, dass kein Mensch sich selber erwürgen könne." Deterlich schüttelte ratlos den Kopf. „Natürlich sitzt uns der Alte schon wieder im Nacken. Ihm wäre es am liebsten, wenn er von einem neuen Fall hört, dass wir ihm den Täter gleich mit präsentieren.

„Das sehe ich genauso. Und dann ganz groß in der Presse glänzen –

das kann er besonders gut. Ich höre noch den Kommentar von vor zwei Wochen: *Ach ja,* ... *Deterlich,* machte Penelope Angelika den obersten Chef gekonnt nach, *es tut mir leid, aber es ergab sich keine Gelegenheit zu erwähnen, wie groß ihr Verdienst bei dieser Geschichte war ...*

So ungern der Kommissar sich daran erinnerte, der Tonfall der Pathologin reizte ihn zum Lachen. „Lassen Sie es gut sein. Ich hatte und habe einen unbändigen Zorn; es nützt nur nichts. Er ist nun mal der Alte und hat ganz einfach den längeren Arm. So, jetzt fahre ich ins Büro", schloss Deterlich. „Wir sehen uns spätestens morgen zu dem eigentlich für heute geplanten Mittagessen?"

„Ja, gern", lachte Penelope, „in der Polizeikantine?"

„Damit alle was zu quatschen haben?"

Penelope grinste: „Warum eigentlich nicht!"

Der Kommissar lächelte und mit einem: „Dann also bis morgen", verließ Deterlich den Raum. Unterwegs zu seinem Auto weilten seine Gedanken bereits im Büro, so dass er beinahe seinen Chef über den Haufen gerannt hätte. Im letzten Moment ging sein Kopf in die Höhe als er unmittelbar vor sich ein paar Schuhe sah, in denen offensichtlich der dazu gehörende Mensch steckte.

„Na, Deterlich", tönte die joviale Stimme seines Bosses, „wie kommen wir denn voran?"

Dem Kommissar schwoll angesichts des provokanten *wir* der Kamm, doch er konnte sich noch dazu überwinden zu antworten: „Oh, *wir* kommen recht gut voran", mit der Betonung auf wir und fügte hinzu: „Immerhin hat es seitens der Bevölkerung insofern bereits eine Vorverurteilung gegeben, als dass die örtliche Presse die Aussage von zwei zufällig anwesenden Leserinnen übernahm und Benno Gullis als den Täter hinstellte."

„Ja, und? War er es nicht? Es spricht doch wohl alles gegen ihn, oder?"

„Könnte ich nicht sagen. Zumal noch ein gravierender Punkt dazu kommt. Benno sagte aus, dass er auf dem Gang eine Person gesehen

31

habe.“

„Ja, ja, und das glauben Sie? Ich hätte Sie für intelligenter gehalten!“ Wütend schoss Deterlich zurück: „Mag sein, dass ich in Ihren Augen dämlich bin; ich neige jedenfalls nicht dazu, ohne absolut schlagende Beweise einen Menschen zu verurteilen. So, wenn noch etwas ist, finden Sie mich in meinem Büro. Ich werde mir noch einmal das Band mit Bennos Aussage vornehmen. Wiedersehen.“

Wutschnaubend stürmte Deterlich davon und der Boss grinste hinter ihm her. Wieder einmal hatte er es geschafft, seinen Kommissar bis zur Weißglut zu reizen. Warum ihm das soviel Spaß machte, konnte er sich selbst nicht erklären. Der Polizeipsychologe hätte es sicher gekonnt ... Hartmut Sauerteig, der allseits gefürchtete Boss, konnte nicht mit Macht umgehen. Doch wer kann das schon und dazu mit so einem Namen!

Als Deterlich in seinem Büro ankam, ließ er sich zunächst einmal auf seinen Stuhl fallen und atmete tief durch. *Du Rindvieh*, ging er mit sich ins Gericht, *warum lässt du dich eigentlich immer und immer wieder von diesem Sauerteig aus der Ruhe bringen. Inzwischen müsstest du ihn doch kennen. Er wird dich nie in Frieden lassen und wird auch immer allein die Lorbeeren einheimsen. Auch wenn du hundertmal die Dreckarbeit getan hast. Er ist der Boss, und das soll vor allen Dingen das breite Publikum bemerken.*

Langsam beruhigte er sich und ging ins Vorzimmer. Zu seiner Überraschung war Helga Mittland, seine Sekretärin, noch anwesend und er fragte sie: „Hoppla, Mittländerin, was tun Sie denn noch hier?“

„Ganz einfach“, seufzte diese, „Sauerteig war vor einer halben Stunde da und wollte unbedingt wissen, wer der Mörder ist.“

Deterlich grinste: „Das haben Sie ihm natürlich auch gesagt, nicht wahr?“

Helga guckte erst ein wenig verdutzt, bis sie merkte, dass ihr Chef sie auf den Arm nehmen wollte. „Na klar“, reagierte sie, „ich habe ihm gleich ein ganzes Dutzend genannt!“

„Das war Klasse! So, nun aber im Ernst: Was, in drei Teufels Namen wollte Sauerteig bei Ihnen?"

Helga Mittland zuckte die Achseln: „Er wollte wirklich wissen, wer der Mörder ist. Natürlich habe ich ihn darauf verwiesen, dass er diesbezüglich mit Ihnen sprechen müsse und Sie seien, wie er unschwer feststellen könne, momentan nicht anwesend."

„Er hat mich unterwegs abgefangen."

„Deshalb haben Sie so eine miese Laune!", rutschte ihr heraus, doch der Kommissar nahm das nicht einmal übel. „Stimmt", erwiderte er, „ich werde mich jetzt abreagieren und mir noch einmal in aller Ruhe Bennos Aussage vornehmen."

„Das habe ich zwischendurch auch noch einmal getan und dabei ist mir etwas aufgefallen."

„Nämlich?", fragte Deterlich.

„Außer ihm hat niemand die ominöse Person in Schwarz gesehen, von der er spricht."

„Ich glaube ihm trotzdem", entgegnete Deterlich und schnappte sich die Fernbedienung. Wenige Sekunden später erklang Bennos etwas heisere Stimme ...

„Herr Kommissar, Sie kennen mich doch nun wirklich lange genug, trauen Sie mir so was zu?"

„Darum geht es nicht, Benno. Was ich Ihnen zutraue oder nicht, darf hier nicht zur Debatte stehen. Am besten tun wir so, als würden wir uns nicht kennen. Das macht die Geschichte bestimmt einfacher und Sie erzählen von Anfang an. Okay?"

Eine kurze Pause entstand und Deterlich erinnerte sich, dass Benno zusammen gesunken vor ihm saß und mit dem Kopf nickte. Dann begann er: *„Tja, ich kam, wie ein- oder zweimal in der Woche üblich, in die Stadtbücherei, um mir die abgelaufenen Zeitschriften zu holen. Mit Helene Matthies hatte ich ein Abkommen, dass ich, falls Publikum im großen Lesesaal sein sollte, über den Parallelgang zur Nebentür gehen und von dort hinein kommen könnte. Dafür gab mir die junge Bibliothekarin vorne, Felicitas Hammermann, den Schlüssel, den ich ihr nach meinem Besuch stets sofort wieder zurückgab.*

Ich kam auch fast immer zur gleichen Zeit. Zum Ersten, weil es für Frau Matthies einfacher war, denn ich störte sonst ihre Mittagspause, und zum Zweite, so konnte sich auch die junge Bibliothekarin darauf einstellen. Manchmal fing sie mich bereits draußen ab, wenn es sehr voll war, damit ich nicht erst in den Lesesaal hinein musste. Ähnlich war es auch an diesem Tag. Als ich die Bibliothek betrat, gingen kurz zuvor zwei Frauen hinein, die mich nicht gerade freundlich musterten. Felicitas hatte nicht auf die Uhr gesehen, sonst hätte sie mich draußen abgefangen. So drückte sie mir, angesichts dieser beiden Damen, *den Schlüssel im Leseraum in die Hand und ich ging zur Vordertür, durch die ich kurz vorher den Raum betreten hatte, auch wieder hinaus. Dann rechts um die Ecke, durch die Pendeltür. Während ich den Gang hinunter lief, kam mir eine Person entgegen. Ich erinnere mich deshalb so genau, weil sie irgendwie nicht stimmig war ...*"

„Was heißt das – nicht stimmig war?" Kommissar Deterlich konnte damit nichts anfangen und hakte nach. „Nicht stimmig. Darunter könnte ich mir lediglich eine Disharmonie in Bezug auf Geräusche vorstellen."

Benno nickte wieder mit dem Kopf: „*Genau so könnte man es ausdrücken. Die Frau war disharmonisch.*"

„Geht es vielleicht doch ein bisschen genauer?", schmunzelte Deterlich. Und Benno versuchte erneut, seine Empfindungen in Worte zu fassen: „*Nun, ja, Herr Kommissar: die Frau war für meinen Begriff ungewöhnlich groß, irgendwie ... maskulin, ganz schwarz gekleidet, trug einen überdimensionalen Hut, der die Hälfte ihres Gesichtes überschattete, schwarze Handschuhe und an der linken Hand, über dem Handschuh, einen auffallenden Ring. Meines Erachtens mit einem riesigen Diamanten. Kann natürlich auch Glas gewesen sein. Doch das hätte, trotz der Unstimmigkeit in der Person wiederum auch irgendwie nicht gepasst. Es ist einfach schwer zu erklären.*"

„Immerhin wäre da noch jemand gewesen. Leider hat niemand sonst die Person gesehen."

34

„*Was ich mir nicht vorstellen kann*", erwiderte Benno Gullis. „*Jemand muss sie gesehen haben, denn sie ist den Parallelgang vom oberen Ende herunter gekommen. Und da kommt man nur hinein, wenn man vorher an der Glastür der Bibliothek vorbei geht. Entweder Felicitas Hammermann oder die andere Kleine – wie heißt die doch gleich? Ach ja, Romina Carras – eine von beiden muss die Person gesehen haben. Wurden die beiden denn überhaupt danach gefragt?*", hielt Benno inne.

„Weiß ich augenblicklich nicht, allerdings gehe ich davon aus. Ich werde aber das Protokoll entsprechend durchsehen", notierte Deterlich sich diese Bemerkung. „So, und nun weiter..."

Benno überlegte einen kleinen Moment und erzählte weiter: „*Also, die Frau ... wobei ich immer davon ausgehe, dass das wirklich eine Frau war*", resümierte Benno, „*lief mich fast um. Sie hatte ein strammes Tempo drauf, was mich insofern wunderte, als dass Leute, die in eine Bücherei gehen, doch Zeit haben. Nun, egal. Ich ging also zum Ende des Ganges, steckte den Schlüssel in das Schloss der Nebentür und war erstaunt, diese offen vor zu finden. Ich weiß, dass Felicitas immer ganz besonderen Wert darauf legt, dass dieser Zugang verschlossen bleibt. Die Folianten darin sind ja auch wirklich sehr wertvoll*", fügte Benno fast geistesabwesend hinzu, um dann fortzufahren: „*Ich trat also ein und blieb wie vom Donner gerührt stehen. Helene Matthies lag am Boden und rührte sich nicht. Ich beugte mich zu ihr hinunter, stellte fest, dass sie ihre Brille krampfhaft in der rechten Hand hielt und ihre linke um den Hals lag. Das fand ich zwar äußerst komisch, nahm mir aber nicht die Zeit darüber nachzudenken. Ich stand erst einmal auf, weil ich zum Telefon gehen wollte ... dabei sah ich, dass auf dem Stehpult einer dieser großen Folianten aufgeschlagen dort lag. Daneben befand sich ein kleiner Stapel Zettel. Einige waren auf den Boden gefallen, andere guckten irgendwo oben aus dem Buch heraus. Ich weiß das deshalb*", sagte Benno Gullis, „*weil ich, wie gesagt, ein Telefon suchte. Ich wusste nicht, dass es in diesem Raum keinen Anschluss gab. Nachdem mein*

Umsehen erfolglos war, beugte ich mich noch einmal zu Helene Mat-
thies hinunter und berührte sie sanft. In diesem Moment ging die Tür
auf und das einzige, an das ich mich dann erinnere ist, dass eine von
den Frauen aus dem Lesesaal losschrie: der ist es gewesen. Und
dann", erinnerte Benno sich noch, *„habe ich Felicitas den Schlüssel*
zurück gegeben und ihr dazu gesagt, dass die Tür offen gewesen sei.
Das war alles, Herr Kommissar", schloss Benno.

Die Aussage deckte sich in allen Punkten mit der ersten kurzen Vernehmung; Rolf Deterlich lehnte sich zurück und ließ die Aussage ein
zweites Mal ablaufen. Irgendwas schien auch ihm *nicht stimmig.*
Verdrießlich gebrauchte er im Geiste Benno Gullis' Ausdrucksweise
und murmelte leise vor sich hin: Der war das mit Sicherheit nicht.
Aber wer dann, zum Teufel? Und: wie ist der oder die hereingekom-
men? Außerdem, das Wichtigste von allem: Warum gerade Helene
Matthies. Eine ältliche Bibliothekarin, die nichts anderes tat, als täglich ihren Job zu versehen, der ihr Leben war. Auch der Kommissar
wusste, dass sie eigentlich schon pensioniert sein sollte. Ratlos stützte Deterlich seinen Kopf in die Hände als ihn das Telefon unsanft
aus seinen Betrachtungen riss.

„Deterlich", bellte er in den Hörer. Fassungslos hörte er gleich darauf die Stimme seines Streifenkollegen Kanter: „Kommissar, Sie
sollten sofort zum Friedhof kommen. Reuschenberg. Wie es scheint,
hat man Ibo Golalal ... zusammen geschlagen!"

Alarmiert sprang Deterlich auf: „Wie bitte? Lebt er noch?"

„Ja. Er scheint allerdings schwer verletzt zu sein, es ist wohl besser,
Sie kommen gleich her", schloss Kanter, wohl ahnend, dass letztlich
die Mordkommission in diesem Fall tätig werden müsste.

„Pffff", atmete der Kommissar hörbar aus, „jetzt wird's richtig gemütlich. Vor allen Dingen, was macht der auf dem Friedhof und
dann um diese Zeit." Ein Blick zum Handgelenk zeigte ihm, dass es
fast einundzwanzig Uhr war; gleichzeitig hörte er, wie im Vorzimmer ein Schreibtisch abgeschlossen wurde. Erschrocken sprang er
auf und öffnete die Tür: „Du lieber Himmel, Mittländerin, sind Sie

noch bei Trost? Ich wähnte Sie längst daheim; sie können doch nicht bis in die Nacht hier herum hocken. Es genügt, wenn einer schon kein Zuhause mehr hat. Jetzt aber Marsch!"

Helga Mittland lächelte auf ihre verschmitzte Art: „Herr Kommissar", strafte der strenge Ton das milde Lächeln Lügen, „ich habe niemanden, der auf mich wartet. Also, warum soll ich nicht hier bleiben, wenn ich das Gefühl habe, Sie bräuchten mich eventuell? Und, wie es aussieht, ist das durchaus der Fall. Oder glauben Sie, ich lasse Sie jetzt ohne Protokollführerin zum Friedhof düsen? Mal abgesehen davon, dass mich ebenso interessiert, was unser Polizeiarzt am Abend auf *diesem* Friedhof zu suchen hat."

„Was meinen Sie mit *diesem* Friedhof?", fragte Deterlich zurück.

„Ganz einfach", antwortete seine Sekretärin, „ich weiß, dass er keine nahen Verwandten mehr hat, aber alle, die in Deutschland beerdigt sind, liegen auf dem Friedhof Birkenberg."

„Das ist ja wirklich interessant! Wissen Sie sonst noch etwas über ihn? Ich meine, etwas, was ich nicht weiß", schloss der Kommissar ein wenig verlegen.

Helga Mittland lachte: „Nee, auf andere Gebiete bezogen ist mein Wissen begrenzt. Obwohl ..."

„Was ist mit obwohl?", hakte er nach.

„Nun", zog sich Helga ein wenig, „da ist etwas, was ich nicht weiß, sondern nur annehme und schließlich bin ich lange genug bei der Polizei um zu wissen, mit Vermutungen ist das immer so eine schwierige Sache."

„Machen Sie schon hin" murmelte Deterlich unwirsch, „wir sind unter uns ...!"

Die Sekretärin holte noch einmal tief Luft und sagte heiser: „Ich habe den Eindruck, dass er süchtig ist. Kein Alkohol, das hätte ich schon lange gemerkt, nein, irgendetwas anderes. Hasch, Koks oder so." Sie senkte den Kopf und fügte hinzu: „Ich schäme mich fast, das gesagt zu haben. Vielleicht tu ich ihm ganz furchtbar Unrecht."

„Wenn", tröstete Deterlich seine Vorzimmerdame, „dann geht das über diese vier Wände nicht hinaus. Da machen Sie sich mal keine Gedanken. Aber, wissen Sie, da kommt jetzt etwas ganz anderes ins Spiel ..." Sinnend hob der Kommissar den Kopf und meinte: „Wenn Sie nun schon noch da sind, kommen Sie jetzt wirklich mit. Wir können uns im Auto weiter unterhalten. Da gibt es nämlich einen ganz kuriosen Punkt." Mit diesen Worten schnappte er seine Waffe, steckte sie zurück in das Halfter, zog die Jacke darüber und hielt Helga die Tür auf. „Weiß Doktor Angelika schon Bescheid?"

Helga Mittland zuckte die Schultern. „Glaube ich nicht; wer sollte ihr etwas gesagt haben – abgesehen, davon, dass sie bestimmt nicht mehr im Haus ist."

„Von wegen", tönte hinter ihnen eine Stimme über den Flur. „Ich bin nicht nur noch hier, ich bin auch gleich wieder weg. Kanter hat mich angerufen, dass unser lieber Ibo Golalal auf dem Friedhof wohl in erheblichen Schwierigkeiten steckt."

„Schwierigkeiten hört sich noch gut an. Ich denke eher, da hat sich jemand einen reichlich makabren Ort ausgesucht, um unserem Polizeiarzt, der gar nicht so beliebt war, wie er immer glaubte, vermutlich einen Denkzettel zu verpassen, der, wie Kanter sich mir gegenüber geäußert hat, übel ausgegangen ist."

Doktor Penelope Angelika sah Deterlich fragend an: „Was heißt das? Kanter hat mich nur davon in Kenntnis gesetzt, dass Ibo verletzt sei; mehr hat er nicht gesagt."

„Sehr detailliert hat er sich mir gegenüber auch nicht ausgelassen. Und genau das ist für mich ein Zeichen dafür, dass es schlimmer ist als wir vermuten. Was ist", fragte er im gleichen Atemzug, „kommen Sie mit? Wir fahren mit meinem Auto, meine Sekretärin Helga Mittland wird ebenfalls dabei sein, und nehmen gleich den Tatort in Augenschein. Wie ich von Kanter hörte, sind die Anderen schon da; wir als Mordkommission haben im Grunde dort nichts verloren. Wenigstens momentan noch nicht. Nach Kanters Aussagen ..."

„Ja gewiss", unterbrach ihn Doktor Angelika, „ich komme gern mit. Können Sie mich hinterher zu meinem Wagen zurück bringen?"

Mit einem *selbstverständlich* seitens Deterlich stieg die Pathologin ins Auto und setzte sich nach hinten. Schweigend drehte der Kommissar den Zündschlüssel herum und begann auch erst wieder laut zu denken, als sie die Hauptstraße erreichten. „Irgendwie kommt mir das Ganze hochgradig grotesk vor. Weiß jemand von Ihnen beiden, ob es irgendwelche Zeugen gab. Hat Kanter zufällig etwas verlauten lassen?", fragte Deterlich.

Verneinendes Kopfschütteln auf den Rücksitzen. Mit einem Seufzer des Unverständnisses bog der Kommissar auf das Friedhofsgelände, wo die Lichter der Polizeiwagen ringsum blau zuckten. Einer der Polizisten wies dem Kommissar den Weg. Der Krankenwagen war den Hauptweg bis zum kleinen Brunnen entlang gefahren und bog dann rechts am Feld fünf, knapp zwanzig Meter vom nächsten Querweg entfernt ein. Und als die drei ankamen, hörten sie gerade noch, wie der Notarzt sagte: „Da ist nichts mehr zu machen ..."

Rolf Deterlich verlor die Farbe. Er konnte zwar nicht unbedingt behaupten, dass Ibo Golalal sein Intimus gewesen sei, tot wünschte er ihn aber bestimmt nicht. Der Notarzt wollte gerade loslegen, was die drei denn hier wollten, als sein Blick auf Doktor Angelika fiel. „Was machen Sie denn hier?", fragte er verwundert.

„Ich wurde von unserem Streifenpolizisten Kanter informiert, dass man Ibo Golalal zusammen geschlagen habe und das ausgerechnet auf dem Friedhof. Deshalb bin ich gleich mitgekommen. Aber wieso ...", brach sie unvermittelt ab. Der Notarzt gab Auskunft: „Man hat ihn zusammen geschlagen, das ist richtig. Aber daran ist er nicht gestorben. Der Mann wurde hinterrücks erstochen, mit einem Brieföffner, dessen Griff kurz abgesägt war. So etwa", zeigte er mit der Hand einige Zentimeter. „Wie ich in der Eile feststellen konnte, wird er nach innen verblutet sein." „Dazu kommt, dass er auf dem Rücken lag, als wir ihn fanden", mischte sich Kanter ein.

„Mit einem Brieföffner? Das ist ein Ding!" Die Pathologin atmete hörbar ein. „Genauso wie Helene Matthies. Haben wir es hier mit einem Irren zu tun? Das gibt doch keinen Sinn!"

Deterlich hatte sich inzwischen soweit gefasst, dass er sich mit der Frage: „Gibt es denn irgend einen Zeugen?", an Kanter wandte.

„Hm", nickte der. „Da drüben sitzt er; auf dem Grabstein."

Unmittelbar an der Ecke zwischen den Gräberfeldern fünf und zwei, harmonisch eingebettet in uralten Baumbestand, sah der Kommissar seinen unfreiwilligen Zeugen.

„Und wenn Ihnen Johann Lossmacher, so heißt der Zeuge, gleich erzählt, was er gesehen hat, fallen Ihnen die Schuhe aus ...!"

Der Kommissar drehte sich fragend um und der ältere Mann erhob sich. Eine schlanke, mittelgroße Gestalt. Selbst in diesem milchigen Dämmerlicht war zu erkennen, dass er äußerst gepflegt auftrat. Schlohweißes Haar, Anzug mit akkurater Bügelfalte, sauber geputzte Schuhe. „Entschuldigen Sie, Herr Kommissar", hob er an, „dass ich nicht sofort aufgestanden bin. Doch ich musste mich erst einmal erholen."

„Das verstehe ich. Wenn es Ihnen hilft, bleiben Sie ruhig hocken, während Sie mir erzählen, was Sie gesehen haben."

„Also ... ich kam, wie jeden Abend, vom Grab meiner Frau. Heute habe ich diesen Nebenweg gewählt, weil man vorne, zum Haupttor hin, ein riesiges Loch gebuddelt hat. Sie haben es sicherlich gesehen. Nur notdürftig abgedeckt, wollte ich in der Dunkelheit nicht stolpern. Während ich also langsam, und in Gedanken versunken, hier entlang ging, er deutete in etwa die Strecke an, die er gekommen war, höre ich ein halblautes Stöhnen. Kurz darauf ebenso einen unterdrückten Schrei. In der danach einsetzenden Stille bekam ich mit, dass sich eine Person eiligen Schrittes entfernte. Sie kam aus dem rechten Nebenweg und lief nur wenige Meter an mir vorbei. Ohne mich zu bemerken. Soweit ich das bei diesem diffusen Dämmerlicht ausmachen konnte: elegant gekleidet, grauer Anzug, blanke Schuhe und eine Kopfbedeckung. An der rechten Hand blitzte ein Ring im Licht der Laterne auf. Mehr konnte ich leider nicht erkennen. Was mich veranlasste, in den Weg einzubiegen, den die Person verlassen hatte. Mehr weiß ich nicht. Ich ging jedenfalls hin und fand einen Mann. Am Boden liegend. Er stöhnte und bat mich, die 110 anzurufen und nach einem Kommissar Deterlich zu fragen. Ich habe das Gefühl, dass er danach starb. Auf eine weitere Frage meinerseits bekam ich keine Antwort. Ich lief also hin, rief die 110 an und landete bei diesem Herrn", deutete er auf Kanter. Der nickte. „Ich bin sofort losgefahren und habe von unterwegs noch zwei weitere Streifen angefordert. Sie stehen immer noch vor dem Haupteingang. Danach rief ich den Krankenwagen und anschließend bei Ihnen an. Das war es im Grunde", schloss er. Und nun stehen wir entsetzt vor einem Toten, dessen Ableben erst mal absolut keinen Sinn ergibt."

„Stimmt", meinte Deterlich grimmig, „aber ein Gutes, sofern man in diesem Zusammenhang davon sprechen kann, hat die Geschichte. Nun wissen wir, dass Benno Gullis die Wahrheit gesagt hat. Dieser Mord wurde mit dem gleichen Instrument ausgeführt, doch Benno saß zu diesem Zeitpunkt bereits in U-Haft."

„Himmel", mischte sich Penelope Angelika ein, „ich werd' verrückt. Stimmt ja auch!"

Rolf Deterlich zog die Schultern zusammen. Helga Mittland hatte, soweit das bei diesem Licht möglich war, mitgeschrieben, was sie für wichtig erachtete und sah nun auf. Inzwischen war ein Leichenwagen eingetroffen und man war gerade dabei, Ibo Golalal in den Zinksarg zu legen. Die Spurensicherung hatte ihre Arbeit bereits beendet, da es seit Wochen nicht mehr geregnet hatte und demzufolge kaum Abdrücke auszumachen waren. Anderes fand sich nicht im Umkreis. Auch nicht der Griff des abgesägten Brieföffners. Müde, mit vorgebeugten Schultern ging er hinüber zu seinem verstorbenen Kollegen, beugte sich Abschied nehmend über ihn und stutzte. Ein leicht süßlicher Geruch zog in seine Nase und er überlegte, woher er diesen Duft kannte. Kanter stand hinter ihm und sagte in das ratlose Gesicht seines Vorgesetzten: „Ich hab's auch schon wahrgenommen. Riecht, als hätte er Marihuana geraucht."

„Auch das noch", räusperte sich der Kommissar. „Kinners, so verteufelt das alles ist, hier können wir nichts mehr tun. Ich schlage vor, wir gehen alle nach Hause, versuchen ein paar Mützen Schlaf zu kriegen und sehen uns morgen früh in der Dienststelle wieder. Und Sie", wandte er sich an Kanter, „sehen zu, dass Sie noch einige Stunden mehr als die anderen kriegen. Wenn ich richtig gerechnet habe, sind Sie mehr als vierundzwanzig Stunden auf den Beinen."

Was Kanter gähnend bestätigte und während er sich umdrehte fragte er:„Kann ich noch jemanden mitnehmen. Sie, Frau Doktor oder Sie, Frau Mittland?"

Helga Mittland nahm das Angebot gern an: „Ich nehme dann morgen früh den Bus ins Büro. Ich fahre gern mit Ihnen. Wenn ich ehrlich bin, habe ich keine große Lust, mich hier an der Haltestelle als eventuelle Zielscheibe hinzustellen."

„Hätte ich auch nicht", antwortete Kanter und hielt ihr die Autotür auf.

Penelope Angelika stieg zu dem Kommissar ins Auto und lehnte sich zurück. „Oh Mann", brach es aus ihr heraus, „ich kann nicht sagen, dass ich für unseren Ibo eine besondere Vorliebe hegte; das habe ich ihm wirklich nicht gewünscht. Hier stellt sich die Frage nach dem Warum und wer war die Person im Anzug? Ich kriege da irgendwie keinen Sinn rein."

Rolf Deterlich konnte nur nicken und fragte leise: „Bleibt es trotzdem bei unserem geplanten Mittagessen?"

"Klar. Ändert es etwas, wenn wir nicht zusammen essen?"

Mit einem *Gute Nacht* verließ Doktor Angelika eine viertel Stunde später das Auto. Sie schloss das Gartentor auf und betrat den Kiesweg zum Haus.

*

Annelo Mathern reckte sich auf ihrem Barhocker, dass die Gelenke knackten und dachte, *hoffentlich ist diese Nacht bald rum. Ich habe die Schnauze voll und jetzt kommt schon wieder so ein Fettsack und fragt, ob ich mit ihm nach oben gehen will. Nein, knurrte sie unhör-*

bar, ich will nicht und ich werde auch nicht. In diesem Moment hatte Ottokar Fallwind, der sowohl unter seiner Fettleibigkeit als auch seinem Namen litt, Annelo erreicht, bot ihr den Arm und hechelte kurzatmig: „Kommen Sie, Fräuleinchen, Sie bringen mich jetzt bitte nach oben und wir machen uns noch ein paar gemütliche Stunden. Das soll auch privat Ihr Schaden nicht sein", flüsterte er verschwörerisch. „Der Champagner ist schon bestellt ...!"

Annelo lächelte ihn freundlich an: „Ich glaube, Herr Adipositas, Sie sind bei mir an der falschen Adresse."

Verdutzt erwiderte Ottokar: „Ich heiße nicht Adipositas; mein Name ist Fallwind. Ottokar Fallwind."

„Ich finde Adipositas aber viel schöner; es hört sich so griechisch an und hat den Schmelz eines Adonis, oder nicht?"

Ottokar war nicht sicher, ob er nicht gewaltig vergackeiert wurde. In diesem Moment sahen er und Annelo Hans Tellhaber, den Besitzer der *Kajüte*, auf sich zusteuern. Schon von der Eingangstür her winkte er mit beiden Armen und rief im Näherkommen: „Ottokar, das ist aber schön, dass du dich auch wieder einmal hier sehen lässt. Und Annelo hast du dir für heute Abend ausgesucht! Das ist gut, sie ist unsere Beste."

Annelo kochte vor Wut, war sich aber im Klaren darüber, dass sie ihren Chef nicht einfach zusammenstauchen konnte, wie sie es einige Stunden zuvor am Telefon gemacht hatte. Zuckersüß erwiderte Sie: „Ja richtig! Ottokar heißen Sie. Wie schön. Leider kann ich Ihnen für eine traute Zweisamkeit heute nicht zur Verfügung stehen. Mein Chef hat sicherlich ganz vergessen, dass ich mir vor einiger Zeit eine Infektion eingefangen habe. Um es mal vorsichtig auszudrücken. Ich könnte mir vorstellen, dass Ihre Frau sicherlich nicht erfahren soll, wo Sie gewesen sind." Noch immer hinterhältig und freundlich lächelnd drehte Annelo sich um und meinte zu Tellhaber: „Dann kann ich doch sicher für heute nach Hause gehen, oder?"

Hans Tellhaber knirschte mit den Zähnen und erwiderte ebenso maliziös lächelnd: „Selbstverständlich, wenn wir zumachen, Sie alles abgeschlossen und die Lichter gelöscht haben, können Sie nach Hause gehen."

Ottokar Fallwind stand wie doof daneben und gewann den Eindruck, einem kalten Krieg beizuwohnen. Da es aufgrund seiner Fettleibigkeit und auch des Alters mit seiner Libido ohnehin nicht zum Besten stand, verzichtete er auf das Angebot, für den Rest der Nacht Ilona zu buchen und verabschiedete sich. Auf dem Heimweg nahm er sich vor, im Lexikon nachzuschlagen, *wer* (!) Adipositas gewesen sei...

Nachdem Ottokar das Feld geräumt hatte, standen sich Annelo und Tellhaber wie Kampfhähne gegenüber. „Eines kann ich Ihnen sagen, Herr Tellhaber, das haben Sie zum letzten Mal mit mir gemacht. Ich bin nicht Ihre Nutte und lasse mich auch nicht dazu degradieren. Das habe ich nicht nötig!"

Beschwichtigend hob Tellhaber die Hände: „Liebe Annelo, gerade Sie will ich gewiss nicht degradieren. Auf keinen Fall! Ich dachte eigentlich, Ihnen einen Gefallen zu tun."

„Gefallen", schnaubte sie zurück. „Gefallen! Ich weiß doch genau, dass Sie schon lange darauf aus sind, mich in Ihre oberen Etagen zu kriegen. Ehrlich gesagt, verstehe ich ohnehin nicht, warum. Ich bin schließlich keine zwanzig mehr."

„Stimmt", erwiderte Tellhabe ungerührt, „dafür sind Sie wesentlich intelligenter als meine anderen Täubchen und vor allen Dingen hätten Sie mit Fallwind umgehen können. Da läuft nämlich nichts mehr und der zahlt allein dafür, dass Sie ihm zuhören."

„Sie Mistkerl, konnten Sie das nicht früher sagen?"

Hämisch grinste Tellhaber: „Sie haben mich ja nicht zu Wort kommen lassen. Außerdem gehe ich davon aus, dass Ihnen heute Abend einiges an Verdienst fehlt. Immerhin ist Golalal nicht gekommen."

„Golalal war hier, bevor wir öffneten. Aber er wollte sowieso nur eine Zigarette. Er ist mal wieder auf dem Abgewöhntrip. Dafür tummeln sich heute Abend sämtliche oberen Bosse aus dem Präsidium einer unserer schönen Nachbarstädte hier. Stoff bin ich ebenfalls reichlich losgeworden. Was mich nur ziemlich wundert, dass die heute Abend allesamt gesoffen haben. Ob die ganze Crew morgen keinen Dienst hat?"

„Kann ich mir nicht vorstellen. Aber trösten Sie sich, Schätzchen, die fahren auch besoffen noch Auto. Sogar mit ihren Dienstwagen, das können Sie ruhig glauben."

Annelo seufzte und meinte dann nachgiebig: „Na ja, sind doch auch bloß Menschen."

„Stimmt; und ich möchte in deren Haut oftmals nicht stecken. Stellen Sie sich vor, da kriegen die nach langem Hin und Her endlich einen von den verdammten Ganoven zu fassen und was passiert? Bloß weil der Kerl vielleicht einen festen Wohnsitz hat, müssen sie ihn laufen lassen. Oder, sie geraten in eine äußerst gefährliche Situation, schießen möglicherweise und werden anschließend dafür abgeurteilt. Die müssen den Buckel hinhalten und kriegen obendrein noch Dresche. Manchmal kann ich die Kerle wirklich verstehen."

Wobei Tellhaber tunlichst darüber hinwegsah, dass er auch in die Kategorie Ganoven fiel. Aber das bisschen Rauschgift fand er nicht so wichtig...

„Ja", räumte Annelo ein, „in dieser Beziehung bin ich durchaus Ihrer Meinung. Was ich aber nicht kapiere, dass die Vorbild für unsere Jugend sein sollen, selbst Kinder haben, die Gefahren von Rauschgift und Alkohol kennen und dann ..." Sie ließ den Rest des Satzes in der Luft hängen und drehte sich um. „Zwischenzeitlich hat sich alles verdünnisiert; ich sperre jetzt zu und dann gehe ich nach Hause. Ich bin wirklich hundemüde. Es war ein anstrengender und sehr langer Tag. Gute Nacht."

Der Boss erwiderte verdutzt den kurzen Gruß und schaute ihr nach. Er hatte das Gefühl, Annelore Mathern war irgendwie verändert. Er wusste nur nicht, wie. Das machte ihm zu schaffen. Er hatte gerne lückenlose Kenntnis über seine Mitarbeiter; schließlich konnte man nie wissen, wozu das gut war. Der vorige Besitzer der Kajüte war über solches Insiderwissen gestolpert und Hans Tellhaber rieb sich in Gedanken wieder einmal die Hände. Auf regulärem Wege hätte er sich den Ankauf der Bar niemals leisten können. Gut, dass das niemand wusste.

*

Auf dem Weg zum Hauseingang fröstelte Penelope. Sie hatte das Gefühl, nicht allein zu sein. Unsinn, schalt sie sich, wer sollte wohl ein Interesse daran haben, einer Pathologin aus der Gerichtsmedizin aufzulauern. Bislang war es doch wohl eher so, dass sich sämtliche Männer aus ihrem Dunstkreis verflüchtigten, wenn sie ihren Beruf nannte. Der meist folgende, dämliche Kommentar lautete: *aber liebe Frau Doktor, das ist doch kein Beruf für Frauen. Was soll denn ein Mann denken, der bei Ihnen im Bett liegt ...* grinsten sie anzüglich und suchten schnell das Weite. Den Begegnungen, die bis zu diesem Satz gediehen, gingen zumindest zwei Treffen voraus. Dieses weitere Treffen war dann in fast allen Fällen auch das Letzte. Von allen Männern, die ihr Leben bislang streiften, gab es nur zwei, die *sie* verlassen hatte. Sonst war es umgedreht. An dem Letzten dieser Gattung, wäre sie beinahe zerbrochen. Inzwischen hatte sie die Suche nach einem Mann aufgegeben und ihr Leben ohne männliche Begleitung eingerichtet. Penelope Angelika war zufrieden damit, ab und zu einmal mit einem Bekannten, oder wie morgen mit einem Kollegen, essen zu gehen und sich gut zu unterhalten, das genügte ihr. Sex hatte sie in den letzten Jahren völlig gestrichen und redete sich ein, den wirklich nicht zu brauchen.

Inzwischen trat sie in den Kreis des Bewegungsmelders und um sie wurde es taghell. Noch im Aufschließen der Haustür sah sie einen dunklen Schatten hinter dem Zaun verschwinden. Verflixt, knurrte sie, da war tatsächlich jemand. Ich habe also nicht geträumt. Nachdenklich schloss sie, nachdem sie eingetreten war, die Türe hinter sich ab, schaltete nur in der Diele das Licht ein und ging ins Badezimmer. Dort kletterte sie auf den Rand der Wanne und lugte aus dem kleinen Fester. Da war wer! Mit Sicherheit! Und Doktor Angelika hatte zum ersten Mal in ihrem Haus Angst. Wer wollte etwas von ihr? Warum? Ohne zusätzlich Licht einzuschalten, ging sie zum Telefon. Zögerlich wählte sie die private Nummer von Kommissar Deterlich, innerlich darauf eingestellt, seine Frau an der Strippe zu haben. Nach mehrmaligem Klingeln, Penelope wollte gerade wieder auflegen, als sich der Kommissar, ein wenig außer Atem, meldete: „Hier Deterlich."

„Hier ist Penelope Angelika. Entschuldigen Sie Herr Kommissar, aber ich ..." Hilflos brach sie ab. Rolf Deterlich am anderen Ende fühlte sich schlagartig alarmiert und fragte zurück: „Ich bin gerade zur Tür herein gekommen; was ist? Stimmt etwas nicht bei Ihnen?"

„So könnte man das nennen. Ich habe einen Besucher von dem ich weder weiß, wer es ist, noch was er von mir will."

„Im Haus?"

„Nein, im Garten – ich gehe davon aus, dass die Person noch da ist. Als ich nach Hause kam, hatte ich das Gefühl, nicht allein zu sein. Dann schaltete sich der Bewegungsmelder ein und tauchte alles um mich herum in grelles Licht. Dabei sah ich einen Schatten hinter dem Zaun verschwinden. Ja, schluckte sie, und jetzt fühle ich mich verdammt unsicher."

„Bleiben Sie bitte im Haus. Verriegeln und verrammeln Sie alles. Ich bin in ungefähr zehn Minuten bei Ihnen."

„Halt, Herr Kommissar, so war das nicht gemeint. Ich möchte nur von Ihnen wissen, was ich vielleicht tun kann. Keinesfalls will ich Ihren restlichen Feierabend – so man davon überhaupt noch sprechen kann – verhunzen und mir den Zorn Ihrer Frau zuziehen."

„Welcher Frau? Legen Sie auf, Doktorin. Ich bin gleich bei Ihnen!" Verdutzt legte sie den Hörer auf um, völlig verrückt, darüber nachzudenken, dass sie anscheinend ein Fossil aus vergangenen Zeiten sei. Sie hatte tatsächlich noch einen Festnetzanschluss. Beinahe musste sie lachen, bis ihr, angesichts der unbekannten Gefahr von draußen, eine Gänsehaut über den Rücken lief. Sie schaute an sich herunter und dachte, der Wunsch, sich umziehen zu können müsse wohl jetzt eine Weile warten; dabei freute sie sich auf eine heiße Dusche und ihr Bett. Doch der Kommissar meinte es gut, sie konnte ihn jetzt nicht einfach abwimmeln. In der Zwischenzeit waren etliche Minuten vergangen und sie hörte in der Ferne ein Auto kommen. Das wird er sein, dachte sie, knipste ein weiteres Licht an und wartete darauf, dass vor ihrem Haus ein Motor erstarb.

Deterlich hatte seinen Wagen genau vor der Einfahrt abgestellt, so, dass kein anderes Fahrzeug an das Haus heranfahren konnte. Er stieg aus, verschloss den Audi und ging langsamen Schrittes auf die Haustür zu. Auch er hatte das Gefühl im Rücken, nicht allein zu sein, hielt sich aber nun für übersensibel, da er diese Vermutung ungeprüft von Doktor Angelika übernommen hatte. *Dussel*, nuschelte er vor sich hin, als er den Klingelknopf drückte. Im Flur stehend wartete sie auf das Klingeln; jetzt verließen sie sämtliche Nerven auf einmal, Penelope riss die Tür auf und begann in Deterlichs Armen zu heulen.

„'ntschuldigung", schniefte sie, „das ist sonst nicht meine Art der Begrüßung. Aber ich bin zurzeit total von der Rolle und habe ganz einfach Angst."

„Es scheint, als sei die auch nicht ganz unberechtigt. Immerhin sind Sie, wenn auch nur als Rechtsmedizinerin, mit zwei seltsamen Mordfällen befasst, die außerdem innerhalb von vierundzwanzig Stunden passierten." Er legte den Arm um ihre Schultern und spürte, wie sie bebte. Penelope versuchte krampfhaft, sich zusammen zu nehmen, das machte es nur noch schlimmer. Der Griff um ihre Schultern verstärkte sich und Rolf Deterlich sagte: „Heulen Sie ruhig noch ein wenig, das erleichtert. Danach werden wir gemeinsam in die Küche gehen und zusehen, dass Sie, das heißt in diesem Falle wir, etwas Essbares in den Magen bekommen. Ein Cognac wäre jetzt zwar auch nicht verkehrt ..."

Erwartend sah der Kommissar sie an und Penelope überlegte, was er sie unausgesprochen fragen wollte. Bei ihr hatte das reale Denken ausgesetzt und sie musste auf alles mit der Nase gestoßen werden.

Offensichtlich hatte er das bemerkt und äußerte vorsichtig: „Wenn es Ihnen recht ist, so dachte ich, werde ich die Nacht hier im Sessel verbringen, was bedeutet, dass ich nicht mehr Auto fahren müsste und daher zu einem Cognac nicht nein sagen würde. Falls Sie dergleichen im Hause haben."

Penelope lächelte mit verschmierter Wimperntusche: „Entschuldigen Sie, Herr Kommissar, aber ich schalte augenblicklich etwas schlecht. Cognac nicht, aber Whisky und Ihr Angebot nehme ich gern an, woran Sie erkennen können, wie groß meine Angst ist. Normalerweise nächtigt in diesem Hause kein Mann mehr. Nach dem letzten Verhängnis mit der Spezies will ich nicht mehr. Und dieses *letzte Desaster* habe ich sogar geheiratet. Ich war sicher, ihn ändern zu können. Durch Liebe. Er musste in seinem Leben einen Haufen Elend mitmachen und ich hatte mir geschworen, das solle er nie, nie wieder erleben. Demzufolge stellte ich mein Leben auf ihn und seine Wünsche ab. Ich lebte ihm vor, dass man sich in der Öffentlichkeit nicht betrank. Das hat er allerdings nie wirklich verstanden oder akzeptiert. Trotzdem habe ich im gewissen Sinne geschafft, ihm eine andere Perspektive zu vermitteln. Zugegeben, das ging zu Lasten meiner Kraft. Ein Rest Unbehagen und diffuse Ängste blieben trotzdem."

„Wie soll ich das verstehen? Ist er handgreiflich geworden – oder so?"

„Nein, nein! Ich kann das gar nicht richtig erklären." Penelope holte tief Luft und schien vor allen Dingen zu überlegen, ob sie weiterreden sollte. Rolf Deterlich, der dieses Zaudern spürte und der Ansicht war, dass jetzt wohl eine der wenigen Gelegenheiten sei, bei denen seine Kollegin mal aus sich herausgehen würde, hakte sofort nach: „Nun, kommen Sie. Ich wiederhole mein Angebot: sprechen Sie sich einfach einmal aus. Ich habe den Eindruck, es könnte auch nicht schaden, wenn Sie Ihre Anspannung, wie bereits erwähnt, einfach rausheulen würden."

Scheinbar ohne weiteres Nachdenken, krampfte sie sich in Rolfs Arm fest und ihr Unterbewusstsein nahm das Angebot an. Was dann kam, glich eher einem Vulkanausbruch: „Manchmal fühlte ich mich diesem Druck einfach nicht mehr gewachsen. Mein Mann machte alles. Er war eine Seele von Mensch, solange er nicht zum Alkohol verführt wurde. Das bedeutet nicht, dass er unangenehm wurde, nein, vielmehr, dass ich nicht mehr den geringsten Einfluss auf ihn hatte. Solange wir beide gemeinsam weggingen, war das kein Problem. Kamen aber Andere ins Spiel, hatte Leonhard die Angst aller Männer, als Pantoffelheld dazustehen, wenn er zugab, dass seine Frau beispielsweise eine Alkoholfahne hasste. Abgesehen davon, dass er dann wirklich einen sitzen hatte. Das ging auch immer ganz schnell, weil mein Mann zu schnell trank und viel weniger vertrug als er sich einbildete. Und ich konnte mich dann auch nicht beherrschen und rastete förmlich aus. In solchen Momenten kamen alle Dinge hoch, die ich in meiner Kindheit bezüglich Alkohol erleben musste und später, in der ersten Zeit, noch schlimmer … mit ihm."

„Das ist also heute noch ein Trauma", unterbrach Deterlich sie.

„Ja, mehr als das. Ich kann es auch immer noch nicht steuern. Er hatte mir sogar einmal vorgeschlagen, einen Psychiater aufzusuchen, weil mein Verhalten nicht normal sei. Man muss sich das vorstellen! Damit ich keinen Anstoß daran nahm, wenn er mit seinen Kumpanen saufen wollte, sollte ich mich auf meinen Geisteszustand untersuchen lassen. Was da hochkam (und heute noch in Gedanken hochkommt) ist panische Angst und ein maßloser Hass. Auch auf die Personen, die ihn immer wieder verführten. Ich behaupte nämlich, dass alle in seinem Umfeld wussten, wie labil und diesbezüglich sehr leicht manipulierbar er war. Eben aus dem Grund heraus, vor seinen Kumpels – die oft nichts besseres zu tun hatten, als verbalen Primitivsex von sich zu geben und mit ihren entsprechend alkoholischen Exzessen zu prahlen – nicht als ein Mann dazustehen, dem an der Meinung seiner Frau etwas läge. In den Kreisen wurde nämlich ein Mann, der, na sagen wir, *anständig* war, ausgelacht. Bei denen hieß es doch immer bloß: meine Alte. Und welcher Mann will sich auslachen lassen. Irgendwie vermittelte er mir in diesen Momenten deutlich, dass ich ihm bei weitem nicht das wert war, was er *mir* bedeutete. Dazu kamen meinerseits Verlustängste. Ich war immer von dem Gedanken geplagt, dass er mich zugunsten seiner Kumpels und dieser vermeintlichen Freiheit, zu kommen und zu gehen, und vor allen Dingen trinken zu können wann, wo und wie viel er wollte, aufgeben würde. Da gab es immer welche, die kräftig mithalfen. Einige blickten auf mehrere kaputte Partnerschaften zurück und haben wohl bis heute nicht begriffen, dass man, wenn man in einer Gemeinschaft lebt, auch Rücksichten nehmen sollte. Nicht nur in der Hinsicht, dass man irgendetwas tun oder lassen *muss*, sondern eben auch Dinge unterlässt, die vielleicht den Partner verletzen. Damit hatten die alle nix am Hut und mein Mann tendierte in solchen Augenblicken, zumindest nach außen, auch zu diesem Verhalten. Das hat mich immer sehr verletzt. Er wusste, wie sensibel ich darauf reagierte. Irgendwann war es dann soweit, dass ich innerlich meinen Koffer gepackt habe und", unterbrach Penelope sich, „eigentlich habe ich den bis heute noch nicht wieder ausgepackt."

Deterlich seufzte. Da hatte er eine Schleuse geöffnet! Die Tragweite dieser Äußerungen konnte er gar nicht abschätzen. Fairerweise sagte er sich, dass er da nun durchmüsse. Immerhin hatte er seine Kollegin ermuntert, sich alles von der Seele zu reden, oder besser zu heulen. Was sie immer noch ausgiebig tat.

„Entschuldigen Sie bitte", schluchzte sie, „aber das brach jetzt alles auf einmal wieder aus mir heraus. Vielleicht liegt es auch an der Heidenangst, die ich gegenwärtig habe. Das hat zwar damit nichts zu tun, aber möglicherweise mit dem Druckaufbau. Und jetzt kam zuerst das Allerunterste nach oben."

Der Kommissar tröstete sie. „Egal, Frau Kollegin, ich habe den Eindruck, Sie sind noch nicht fertig. Was halten Sie davon, wenn Sie mir zwischendurch auf meine eingangs gestellte Frage antworten: ob ich denn nun diese Nacht im Sessel verbringen sollte?"

Penelope musste schlucken und gleichzeitig ein bisschen lächeln. „Sie haben Recht, ich wäre noch nicht fertig, aber dass sollte ich

Ihnen wohl ersparen ..."

„Darüber sprechen wir ganz einfach später", meinte Rolf Deterlich, „diese Nacht hat sowieso nur noch ein paar Stunden, okay?"

Sie nickte. „Ich bin sogar froh, dass Sie hier bleiben. Ich habe wirklich regelrechte Panik."

Innerlich ächzte Rolf Deterlich. So hatte er sich das nicht vorgestellt. Er war ehrlich zu sich selbst und hätte nichts dagegen gehabt, seiner Kollegin ein wenig näher zu kommen. Dienstlich verstanden sie sich sowieso gut, was auch daran lag, dass sie einander außerordentlich schätzten. Das war gerade in diesem Arbeitsgebiet nicht oft der Fall. Gegenseitige Achtung und Anerkennung.

Laut sagte er: „Liebe Kollegin, zunächst einmal bin ich gern gekommen und hoffe, dass Sie sich in meiner Gegenwart entsprechend sicher fühlen. Zum anderen würde ich es durchaus begrüßen, wenn wir, angesichts der außergewöhnlichen Umstände, das förmliche *Sie* fallen ließen. Und das nicht nur für den Moment. Ich halte nichts davon, sich privat zu duzen und dienstlich wieder zum Sie überzugehen. Das führt meistens zu Versprechern, die Kollegen dann völlig anders interpretieren als nötig. Ich verspreche Ihnen auch, nicht zudringlich zu werden, falls Sie diesbezüglich Befürchtungen hegen."

Erleichtert lachte Penelope kurz auf. „Nein, lieber Rolf", ging sie problemlos zum Du über, „diese Angst habe ich nicht. Nachdem, was ich gerade alles so heraus gesprudelt habe. Das war doch wohl eher abschreckend, oder? Außerdem glaube ich, wir achten uns zu sehr, um uns durch unbedachte – unbedachte ..." Sie steckte hoffnungslos fest und Rolf half ihr aus der Klemme: „Du meinst, wir sind viel zu charakterfest, um in etwas hineinzustolpern, was wir vielleicht hinterher bereuen können?"

„Ja", schluckte Penelope erlöst, „so was in der Richtung habe ich gemeint. Hättest du denn etwas dagegen, wenn ich meine Arbeitsklamotten gegen einen Hausanzug tauschen würde. Ich habe das Gefühl, noch aus allen Poren nach Tod zu riechen."

„Natürlich nicht. Schließlich bist du hier daheim."

„Was mich auf den Gedanken bringt, dass du ebenfalls noch in den gleichen Sachen herum rennst und diese morgen früh immer noch anhaben wirst. Willst du nicht wenigstens duschen?"

„Ehrlich gesagt, sehr gern! Ich habe mich nur nicht getraut, zu fragen."

„Wegen unserer Bedachtsamkeit?", griemelte sie fast ein wenig verschmitzt.

Rolf Deterlich nickte mit dem Kopf und besah sich mit Hingabe seine Schuhspitzen. Sein Herz legte eine unvermittelte Extrarunde ein und er hätte ihr im Moment nicht ins Gesicht sehen können. Zu seiner grossen Verwunderung stellte er fest, dass er sie begehrte. Dabei war er bislang der festen Überzeugung, nach dem Debakel mit Christine, die ihn seinerzeit nach Strich und Faden betrog, um anschließend auch noch ihm die Schuld dafür zu geben, gegen jede Art von Weiblichkeit gefeit zu sein. Offensichtlich war das nicht so. Er war sich der Tatsache, dass Doktor Penelope Angelika eine Frau war, dazu eine äußerst attraktive, noch nie so bewusst gewesen wie in diesem Augenblick. Nachdem er seine Gesichtszüge und vor allem seine Stimme nach einem intensiven Räuspern wieder unter Kontrolle bekam, lächelte er: „Danke. Wenn du nichts dagegen hast, fange ich mit dem Duschen an."

„Warte einen Moment", rief ihm Penelope zu, während sie in ihr Schlafzimmer eilte, „ich hole dir wenigstens ein paar Handtücher."

Sie hatte den Eindruck, vor sich selbst zu fliehen. Im Schlafzimmer lehnte sie sich an den Kleiderschrank und irrelevanter weise schoss ihr ein Hit von Vicky Leandros durch den Kopf. „Kalinichta", indem diese am Kleiderschrank lehnt und hofft, ihr Mann würde sie in Ruhe lassen. Verrücktes Huhn, schalt sie sich und holte tief Luft, um sich zu beruhigen. Himmel, was war bloß mit ihr los? Da warf sie sich ihrem Kollegen an den Hals, heulte sich die Seele aus dem Leib und war letztendlich auch noch froh, dass er im Haus blieb. Mit zitternden Händen öffnete sie den Schrank und holte gerade die beiden

Duschtücher heraus als irgendwo ein diffuses Geräusch ertönte.

*

Aufgrund der Aussage von Johann Lossmacher, dem Zeugen vom Friedhof, war eindeutig erwiesen, dass Benno Gullis die Wahrheit sagte. Demzufolge wurde er am kommenden Morgen aus der Untersuchungshaft entlassen. Man händigte ihm unter den üblichen Auflagen seine Utensilien aus und Dieter Schwarz legte ihm nahe, sich zur Verfügung zu halten.

„Wo soll ich denn hin?", stellte Benno in den Raum. „Ich kann sowieso nicht abhauen, ohne einen Cent in der Tasche!"

Schwarz, der Gullis durch seinen gemeinsamen Streifendienst mit Helmut Kanter schon längere Zeit kannte, lächelte ihn an: „Weiß ich doch, Benno. Es ist eine Schande. Sie sollten wirklich noch einmal versuchen, einen Entzug durchzustehen."

Benno seufzte: „Das wollte ich doch. Vorgestern suchte mich der Polizeiarzt auf und hat mir angeboten, die Kosten, die ich privat für diesen Aufenthalt hätte übernehmen müssen, für mich zu bezahlen. Er hat niemals vergessen, dass ich seinen Jungen vor den Übergriffen bedrohlicher Rabauken geschützt habe. Ibo Golalal wollte sogar als mein Arzt einen Teil des Entzuges mit durchstehen, um sich davon zu überzeugen, dass ich es auch wirklich schaffen würde. Gestern wollte er sich noch einmal melden, aber daraus wurde nichts mehr. Jetzt sieht es eher so aus, als könne ich diesen speziellen Entzug nicht machen, eben weil ich kein Geld habe. Eine Entgiftung im Krankenhaus ist eine Sache, doch die reicht nicht aus. Dass ich in dieser Misere durch eigene Schuld stecke, weiß ich selbst, bloß aus eigener Kraft komme ich nicht mehr raus. Dazu kommt, dass ich, selbst wenn ich es schaffte, arbeitslos bleiben würde, weil keiner einen stadtbekannten Trinker einstellt. Bei unserer derzeitigen Wirtschaftslage schon gar nicht mehr. Die Industriegiganten bauen Personal ab; tausende Stellen. Und dann – mein Alter!"

Insgeheim gab Dieter Schwarz ihm Recht; er war ja selbst froh, bei Vater Staat zu arbeiten und nicht in der freien Wirtschaft tätig zu sein. Immerhin bot dieser Job eine kleine Sicherheit. Obwohl auch hier schon gewaltig gespart wurde. Zuversichtlich antwortete er jedoch: „Na, vielleicht sollten Sie das nicht ganz so negativ sehen. Ich werde mich erkundigen, ob es irgendeine Möglichkeit gibt, Ihnen zu helfen."

„Tu ich Ihnen etwa leid?", fragte Benno ganz erstaunt zurück.

„Im gewissen Sinne schon. Etwas liegt mir vielmehr am Herzen; Ihre Fähigkeiten sollten nicht völlig den Bach hinunter gehen und deshalb bin ich der Ansicht, dass Ihnen auf jeden Fall geholfen werden muss. Den ersten, den ich ansprechen werde, wird Deterlich sein. Abgesehen davon, dass er Sie schon lange kennt, teilt er auch meine Meinung. Wenn alles gut geht ..." Hier hörte der Beamte ruckartig auf zu sprechen und fügte nach einer kleinen Pause ein wenig lahm hinzu: „Wir werden sehen; ich halte Sie auf dem Laufenden." Damit war Benno entlassen und verließ nachdenklich, mit gesenktem Kopf das Gebäude. Draußen schien eine fahle Sonne, die sich in Kürze hinter Wolken versteckt haben würde. Er konnte den herannahenden Regen fast riechen und überlegte, wohin er jetzt gehen sollte. Mechanisch lenkte Benno die Schritte zum Standort seiner Platte, die, wie konnte es anders sein, bereits in der vergangenen Nacht von einem anderen Herumtreiber in Beschlag genommen war. „He du!", rief Benno ihn an, „verschwinde. Das ist mein Platz!"

„Weiß ich", knurrte der Angesprochene zurück, „keiner hat damit gerechnet, dass sie dich wieder rauslassen würden. Mord! Sowas hätte dir niemand zugetraut."

„Ist ja auch richtig. Ich war's nicht. Und das wisst Ihr Brüder ganz genau. Also troll dich!" Benno machte einen drohenden Schritt auf den Anderen zu als sich urplötzlich alles vor ihm drehte und er zusammen sackte. Wilfried Engelmacher zuckte erschrocken hoch und beugte sich über Benno. „He, aufwachen, was machst du denn für einen Blödsinn!"

Benno reagierte nicht. Inzwischen waren einige Passanten, die ihrer Arbeitsstelle zustrebten aufmerksam geworden; einer zückte sein Handy und mit den Worten: „na ja, 'n Mensch ist der ja auch", rief er den Notarzt. Dann ging er weiter seines Weges. Der Notarzt traf knappe fünf Minuten später ein. Erstaunt stellte er fest, wen er vor sich hatte. Benno Gullis war ihm bekannt, zwar nicht als Patient, sondern öfter mal als Helfer in der Not, wenn in der Szene irgendwelche Schwierigkeiten mit Gewalt ausgetragen wurden und Benno schlichtend eingriff. Oft genug hatte der dann mit Blessuren zu kämpfen. Kopfschüttelnd beugte sich der Notarzt über den noch immer am Boden Liegenden, der nach einem kurzen Klaps rechts und links auf die Wangen mühsam die Augen aufschlug. „Hoppla, da sind wir ja wieder. Was ist denn mit dir los?"

Dieser versuchte, sich zu orientieren, doch mit enormen Schwierigkeiten. Es dauerte etliche Minuten, bis seine Augen festen Halt fanden und er sich verständlich artikulieren konnte. „Ich glaube, ich bin wohl ganz einfach umgekippt", murmelte er verlegen.

„Das sieht ganz so aus", lächelte der Arzt zurück, der keinen Alkoholgeruch bei ihm feststellen konnte. „Aber warum? Was ist denn passiert? Hast du Lust, mit mir darüber zu reden?"

Benno sah den Notarzt erst jetzt richtig und stellte erleichtert fest: „Ach Sie sind es, Herr Doktor. Ja, ich möchte gern mit Ihnen reden. Aber nicht hier. Kann ich mit in Ihren Wagen kommen?"

Bernd Hellwig nickte: „Komm – etwas abgeschirmt spricht es sich wirklich leichter." Beide gingen auf den Krankenwagen zu; der Stadtstreicher mit äußerst zittrigen Knien, was der Arzt verwundert registrierte. Im Auto angekommen, ließ Benno Gullis sich aufatmend auf den kleinen Hocker neben der Trage fallen und murmelte: „Ich habe seit zweiundsiebzig Stunden keinen Alkohol getrunken ..."

„Au Backe", meinte Doktor Hellwig, „deshalb also dieser Blackout."

Benno nickte und sprach dann weiter: „Doktor Golalal wollte mir einmal noch einen vernünftigen Entzug verpassen. Er wollte als mein Arzt sogar mitfahren und die Prozedur beaufsichtigen. Wissen

Sie, Herr Doktor, er hat nie vergessen, dass ich seinen kleinen Jungen mal beschützt habe ..."

Bernd Hellwig schluckte sein Erstaunen runter und lächelte. „Dann werden wir also versuchen, dich über eine Krankhaus-Entgiftung in dieses Institut zu bekommen. Ich weiß nämlich, wo Ibo Sie hinhaben wollte. Allerdings müsste Deterlich sein Einverständnis geben. Woran ich nicht zweifele", fügte er hinzu.

Benno nickte und stieg wieder aus. „Soll ich denn lieber zu Fuß zum Krankenhaus gehen?", fragte er.

„Auf keinen Fall. Sie können allerdings vorne einsteigen, ging er zum förmlichen Sie über, damit wir den Wagen nicht sterilisieren müssen. Dass Sie hier auf dem Hocker gesessen haben, hat außer mir niemand gesehen."

Kurz danach fuhr der Wagen los und Benno hatte das Gefühl, seine *Platte* auf diese Weise nicht mehr wieder zu sehen.

*

Penelope Angelika hielt die Luft an. Instinktiv duckte sie sich ohne das Licht zu löschen, um, wem auch immer, nicht das Gefühl zu geben, etwas mitbekommen zu haben. In gebückter Stellung öffnete sie die Schlafzimmertür und schlich ins Wohnzimmer zurück. Dort hatte Rolf Deterlich bereits hinter der Balkontür Stellung bezogen, da ihm dieses Geräusch ebenfalls nicht entgangen war. Er legte den Finger auf den Mund und flüsterte ganz leise: „Bleib auf dem Boden; ich gehe in die Diele und versuche, nach draußen zu schauen. Es scheint, hier ist wirklich wer."

„Sonst hätte ich dich nicht angerufen", wisperte sie zurück und versuchte gleichzeitig einen nervösen Lachreiz zu unterdrücken. Rolf sah, wie es in ihrem Gesicht zuckte und raunte: „Bei allen Heiligen, was immer noch auf uns zukommt, verrate mir doch zwischendurch wenigstens, wer dir den Namen Penelope verpasst hat."

„Meine Tante Charlotte. So sollte ich eigentlich heißen, aber meine

Mutter mochte weder die Tante noch den Namen Charlotte. Diese Tante, die auch als Erbtante fungieren sollte, bestand dann allerdings darauf, den Namen für mich auszusuchen und dabei kam es zu Penelope. Sie hatte meine Mutter damit geködert, dass mir in diesem Fall alles von ihr vermacht würde. Vielleicht hätte sie sogar Wort gehalten, aber dann kam die Währungsreform und alles was sie besaß, war zum Umtausch zu wenig und verfiel demzufolge. Das einzige, was übrig blieb, war eine Nähmaschine, die mir auch schriftlich vererbt wurde. Abgesehen davon, dass dieses Ding weg ist, habe ich das Testament zwischen den Unterlagen meiner Mutter auch erst vor ein paar Monaten gefunden. War also nix mit Erbmasse, dafür heiße ich nun so und nicht Carmen. Ich habe mich daran gewöhnt und hadere auch nicht mehr damit. Blöd finde ich nur die Zusammensetzung mit meinem Nachnamen, aber ich kann ihn auch nicht ablegen. Immerhin bin ich noch mit ihm verheiratet", wisperte Penelope.

Rolf Deterlich vergaß das Atmen. „Wieso verheiratet?", krächzte er. Ich denke, seit Jahren gibt es keinen Mann mehr in deinem Leben?"

„Stimmt", sagte sie mit normaler Stimme, „verheiratet bin ich trotzdem immer noch."

„???"

„Das ist so. Ich wollte mich nicht scheiden lassen, weil ich ihm sonst die Existenz vernichtet hätte. Das verdient er nicht. Mein Mann kann nicht für seine Labilität und ich nicht für meine Sensibilität. Außerdem haben wir uns einmal sehr geliebt. Nur zusammen leben können wir nicht. Ich kann seine eigenständigen Touren nicht ertragen und er nicht das Gefühl, auf mich Rücksicht nehmen zu müssen. Also haben wir uns getrennt. So einfach ist das."

„Einfach!" Der Kommissar schluckte. Was immer er erwartet hatte, das sicher nicht. Trotzdem behielt er äußerlich die Ruhe und ging in den Flur, der im Dunkeln lag. Vorsichtig spähte er durch den Spion; nichts zu sehen. „Vielleicht war es auch was ganz Harmloses", meinte er und bückte sich, um seine Schuhe auszuziehen. „Ich glaube, ich gehe jetzt erst einmal duschen."

Penelope nickte mechanisch mit dem Kopf und dachte gleichzeitig darüber nach, ob es richtig war, ihr Innenleben so spontan, unkontrolliert und detailliert offen gelegt zu haben.

Rolf Deterlich nahm die beiden Duschhandtücher und ließ sich zeigen, wo das Badezimmer war. Er nickte Penelope zu und meinte abschließend: „Während ich in der Dusche bin, wird sich hoffentlich nichts mehr rühren. Vielleicht kann man hier irgendwo Jalousien herunter lassen. Das wäre immerhin insofern eine Sicherheit, als dass von außen niemand hineinsehen oder hereinkommen kann."

Penelope nickte. „Das werde ich machen. An den kleinen Fenstern der beiden Bäder sind keine Schutzvorrichtungen. Da kann keiner einsteigen, man kann höchstens etwas hineinwerfen. Worauf mit dem Ende des Satzes irgendetwas mit einem lauten Knall auf dem gefliesten Boden des Badezimmers landete. Beide zuckten zusammen und Rolf öffnete die Tür vorsichtig einen Spalt. Ein Zettel, um einen Stein gewickelt, hatte der mittleren Fliese, die mit ihrem wunderhübschen Muster den Ausgang zu dem Dekor der anderen Kacheln darstellte, in der Nasszelle den Garaus gemacht. Verärgert besah Penelope sich den Schaden, doch Rolf meinte: „Das ist jetzt erst einmal zweitrangig. Viel wichtiger ist, was hier mit diesem Zettel los ist. Er strich das Papier glatt und sah seine Kollegin ratlos an.

„Nichts!"

„Wie – nichts?!"

„Nichts. Das heißt, es steht nichts drauf." Rolf Deterlich drehte das Blatt auch herum; es blieb beim Nichts.

„Das verstehe ich ja nun gar nicht", seufzte Penelope. „Geh duschen; wir werden uns später den Kopf darüber zerbrechen. In der Zwischenzeit werde ich versuchen, etwas Essbares zu zaubern."

„Oh, das wäre nicht verkehrt." Wie auf Kommando knurrte Rolfs Magen vernehmlich.

*

59

Benno stieg vor dem Krankenhaus aus dem Sanitätswagen und Doktor Hanser, der Dienst habende Arzt sah ihn widerwillig an. „Sie habe ich doch heute schon einmal gesehen, oder?"

„Stimmt", nickte Benno. „Und dass ich jetzt hier bin, liegt nicht an mir und ist auch gewiss nicht freiwillig." Benno war wütend, fühlte sich abgeschätzt, für zu leicht befunden und wusste, dass auch das eine Folge seiner Lebensweise war, die ihn in den vergangenen Jahren eben stadtbekannt gemacht hatte. Doktor Hellwig legte ihm mit sanftem Druck seine Hand auf die Schulter, was bedeuten sollte: „Psst, nicht aufregen. Wir kriegen das schon hin. Gibt es irgendjemanden, den Sie bezüglich Ihres Aufenthaltes hier in Kenntnis setzen möchten oder müssen?", fragte er.

„Ja", erwiderte Benno, „Kommissar Deterlich. „Allerdings glaube ich nicht, dass er noch im Büro ist. Er hatte ebenfalls eine lange Nacht und wird wohl daheim sein. Für den Notfall hat er mir sogar seine Handynummer gegeben. Ich weiß nur nicht – bin ich ein Notfall?"

„Doktor Hellwig sah Benno eindringlich an. „Nicht im eigentlichen Sinne. Ich halte es aber für besser, den Kommissar anzurufen, damit Sie genau dahin kommen, wo ich Sie gern hinhaben möchte. Nämlich auf die Innere. Sie müssen dringend entgiftet werden, denn Sie wissen, dass das die Voraussetzung dafür ist, um in diese Spezialklinik eingewiesen zu werden. Ich muss gleichzeitig auch noch mit Deterlich abklären, wie wir Sie da hinein bekommen und wer die Kosten übernimmt. Sie haben schließlich kein Geld."

„So ist es", resümierte Benno. „Vielleicht findet sich eine mitleidige Seele, die was spendet ..." Das Lachen, das diese Worte begleitete, war eher bitter. „Wenn man den Aufrufen im Fernsehen glaubt, spenden die Deutschen für Alles und Jeden. Fragt sich nur, ob einer wie ich, auch dazu gehört. Eher nicht", schloss er resigniert. „Ich komme aus keinem Kriegsgebiet und werde nicht verfolgt; für meine Mitmenschen *bin ich Krieg.*"

Nachdenklich sah Bernd Hellwig den Stadtstreicher an. „Benno", schüttelte er den Kopf, „ich kann immer noch nicht begreifen, dass es soweit mit Ihnen gekommen ist. Ein Mensch Ihres Intelligenzquotienten! Es ist unfassbar."

Plötzlich war Gullis wieder kalkweiß geworden, so dass der Notarzt ihn auf dem nächsten Stuhl platzierte. Der Ambulanzarzt sah ihn immer noch an wie ein lästiges Insekt und wunderte sich, dass Hellwig sich so intensiv mit diesem Penner unterhielt. Doktor Hanser war noch nicht so lange am Krankenhaus und kannte den Stromer nicht. Hellwig stand auf, nahm sein Handy heraus und begann, die Nummer von Deterlich zu wählen. Zu seiner Überraschung meldete sich eine Frauenstimme: „Hier Anschluss Kommissar Deterlich. Kann ich etwas für Sie tun?"

Hellwig schluckte, fing sich aber gleich und antwortete: „Hier ist Bernd Hellwig; ich bin der diensthabende Notarzt und müsste mal den Herrn Kommissar sprechen. Ist das möglich?"

„Grüß Gott Doktor Hellwig"; ertönte die Stimme aus dem Gerät, „im Augenblick ist er nicht zu sprechen", fuhr Penelope fort, ohne sich selbst vorzustellen, „doch ich denke, in zehn bis fünfzehn Minuten. Kann er Sie zurückrufen?" Um Haaresbreite wäre ihr rausgerutscht, dass der Kommissar unter der Dusche stand. Innerlich grinsend malte sie sich aus, was der Notarzt wohl denken würde. Sie kannte Doktor Bernd Hellwig flüchtig, er gehörte zu den wenigen Ärzten, die ihr mit einer gewissen Freundschaftlichkeit begegneten. Zudem wussten die anderen Kollegen offensichtlich alle, dass Deterlich nicht verheiratet war. Nur ihr war das unbekannt. In die Gedankenpause hinein erklang noch einmal die Stimme von Bernd Hellwig: „Das wäre nett. Bitte notieren Sie sich meine Nummer."

Während Penelope eifrig kritzelte, hörte sie, wie sich hinter ihr die Tür des Badezimmers öffnete. Der Kommissar stand, mit nacktem Oberkörper, im Türrahmen und fragte: „Hallo, Penelope, war das mein Handy, das gerade geläutet hat?"

Doktor Angelika hatte zwar noch den Finger auf die Lippen gelegt, doch es war zu spät. Bernd Hellwig hatte am anderen Ende der Leitung die Stimme des Kommissars vernommen und auch den Namen Penelope gehört. Und die Pathologin war, aufgrund ihres außergewöhnlichen Vornamens, überall bekannt. Der Kommissar nahm stillschweigend das Telefon entgegen und bedeutete ihr, dazubleiben.

„Deterlich", meldete er sich.

„Hier ist Bernd Hellwig. Ich musste Benno Gullis ins Krankenhaus einweisen. Er ging nach seiner Entlassung aus der U-Haft zu seinem Stammplatz, fand ihn besetzt, hat sich anscheinend aufgeregt und ist zusammen geklappt. Allerdings gehe ich eher davon aus, dass das eine Folge des plötzlichen Alkoholentzuges ist. Wenn ich richtig informiert bin, hat Benno sich etwas über zwei Tage in der JVA aufgehalten und natürlich dort keinen Alkohol bekommen."

„Das ist richtig. Ich überlege schon die ganze Zeit, wie ich, oder mit wessen Hilfe auch immer – *wir!*, es schaffen könnten, ihn in eine vernünftige Klinik zu bekommen. Ich bin sicher, es lohnte sich. Benno ist selbst auch gewillt, einen neuen Versuch zu starten und hatte von unserem Ibo Golalal das Angebot, er würde diesen Aufenthalt finanziell übernehmen."

„Warum denn das?"

„Das ist eine längere Geschichte, die ich Ihnen gern mal in einer stillen Stunde erzähle. Fest steht, dass sich das ja nun leider erledigt hat."

„Ich möchte bloß mal wissen, wer ein Interesse daran hatte, unseren smarten Ibo zu beseitigen."

„Das wüsste ich auch gern. Wir suchen fieberhaft, doch bislang haben wir nicht den geringsten Anhaltspunkt. Kommen wir zurück zu Benno. Wäre es nicht möglich, ihn erst einmal in die Klinik Wolkenberg zu bringen? Wenn er einmal drin ist, finden wir möglicherweise ein finanzielles Schlupfloch?"

Deterlich konnte nicht sehen, dass Hellwig am anderen Ende nickte und hakte deshalb nach: „Sind Sie noch da?"

„Ja, ich überlege gerade. Vielleicht schaffen wir es über eine karitative Einrichtung. Ich meine, die tönen doch immer so laut, dass sie sich für jeden Gestrauchelten einsetzen und unser Benno ist schließlich über seine Selbstversuche, im Sinne der allgemeinen Fürsorge für seine Schützlinge, gestolpert. Vielleicht können uns die AA's, die Anonymen Alkoholiker, helfen? Auf dieser Basis müsste etwas zu machen sein. Ich kümmere mich darum. Im Augenblick werde ich dafür sorgen, dass er erst einmal auf die Beine gestellt wird. Außerdem braucht er anständige Kleidung. Was er anhat ist ja sauber ..."

„Würde mich auch wundern, wenn es anders wäre. Er hat, trotz seines desolaten Zustandes immer darauf geachtet, nicht abgerissen herumzulaufen."

„Bewundernswert. Also, Herr Kommissar, ich melde mich wieder, und", entschuldigend unterbrach er sich, „es geht mich ja nichts an, aber ist es möglich, dass ich vorhin die Stimme unserer Gerichtspathologin gehört habe?"

„Ja", antwortete Deterlich, das ich richtig. „Nicht, dass Sie auf krumme Gedanken kommen", lachte er nun doch ein wenig verlegen, „sie rief mich an, weil sie sich verfolgt fühlte und so, wie es aussieht, stimmt das. Bislang konnten wir in ihrer Nähe nur keine Person ausmachen. Das einzige, was wir haben, ist ein mit Papier umwickelter Stein, der in ihr Badezimmer geworfen wurde. Bloß, dass auf dem Papier nichts drauf steht. Ich bin sozusagen dienstlich hier."

„Seltsam! Es sieht fast so aus, als wolle ihr jemand Angst einjagen. Fragt sich nur, warum. Weiß sie etwas, was nicht rauskommen soll?"

„Keine Ahnung. Sie selbst überlegt auch. Zwar ist sie mit der Obduktion der beiden Leichen befasst ..."

„Wieso mit *beiden* Leichen? Ich weiß nur von Ibo Golalal, gibt es denn noch jemanden?"

„Ja, die Bibliothekarin. Helene Matthies."

„Ach herrje, die hatte ich ganz vergessen. So makaber das klingt, aber es war wohl kein auffallender Mord?"

Deterlich lachte verhalten. „Nein, im gewissen Sinne vielleicht nicht. Aber Benno hing insofern drin, als dass man ihn beschuldigte, der Täter zu sein. Durch die unerklärliche Tat an Ibo, die ja als zweiter

Mord im Zeitrahmen von vierundzwanzig Stunden passierte, kam heraus, dass Benno es tatsächlich nicht war, gar nicht gewesen sein konnte. Er hatte in der Bücherei eine schwarz gekleidete Person gesehen, was man ihm nicht abnahm. Nun stellte sich heraus, dass es doch jemanden gegeben haben muss. Der Zeuge auf dem Friedhof, der beinahe auch Zeuge des Mordes gewesen wäre, sah eine solche Person ebenfalls. Wäre der Mann doch bloß ein paar Minuten früher gekommen! Er hätte den Mörder oder die Mörderin noch gesehen und wir ein Problem weniger."

„Oder eine Leiche mehr. – Na, das ist ja ein Ding! Ich habe gehört, dass Ibo mit einem Brieföffner umgebracht wurde. Stimmt das?"

„Ja. Wir müssen nur noch abklären, woher der stammt. Ein deutsches Fabrikat ist es nicht, so viel steht fest."

Hellwig verabschiedete sich mit den Worten: „Na, dann viel Glück", von Deterlich und legte auf.

Rolf setzte sich in den Sessel, da Penelope zwischenzeitlich in der Dusche verschwunden war, und dachte nach.

Zum gleichen Zeitpunkt ließ Penelope sich das heiße Wasser über den Körper rieseln und drehte sich genüsslich hin und her. Nach dem Abtrocknen stand sie vor dem leicht beschlagenen Spiegel und betrachtete ihren Körper. Die Haut war immer noch glatt und faltenlos. Bislang hatte sie sorgfältig darauf geachtet, ihr Alter nicht preiszugeben. Nicht, dass sie persönlich damit Probleme hätte, es war nur so, dass in dem heutigen Jugendwahn auch im Gericht mal einer auf die Idee kommen könnte, dass sie für den Job zu alt sei. Dies wollte sie vermeiden. Sie liebte ihre Arbeit; außerdem benötigte sie den Verdienst. Von ihrem Noch-Ehemann wurde sie zwar insofern unterstützt, als dass er ihr mit rund hundert Euro monatlich eine Beihilfe zur Hypothek zahlte, sonst bekam sie nichts. Sie wollte das auch nicht. Das hatte sie bei der Trennung klar gemacht: Der Grund der Entzweiung sei in ihrer unterschiedlichen Lebensauffassung zu suchen und nicht darin, dass sie sich wie eine Schmarotzerin von ihm aushalten ließe. Dass sie ihm nach wie vor treu war, brauchte er gar nicht zu wissen. Ob er es war? ... Penelope schüttelte sich. *Weiß ich nicht,* dachte sie, *will ich auch nicht wissen. Ich sehe es ja nicht.* Dabei schrie jede Faser ihres Körpers nach Zärtlichkeit und Berührung. Auf ihrer Haut stellten sich alle Härchen hoch und ein Schauer durchfloss sie bis hinunter zu den Füßen. Sie schluckte hart und kam zu dem Entschluss, es sei besser, so weiter zu leben, wie bisher. Rolf wäre keine Lösung, sondern ein Zwischenspiel. Zu mehr war sie derzeit nicht bereit. Er ist ein guter Freund, das soll er auch bleiben. Außerdem, und das gab sie sich äußerst selten zu, war sie nicht sicher, ob sie nicht insgeheim darauf wartete, dass ihr Mann zu ihr zurück fand. Hart schlug Penelope mit der Hand auf den Rand des Waschbeckens, schalt sich eine dumme Gans und wischte aufgebracht die Tränen weg. *Geliebter, elender Leonhard Angelika, mit deinem irrsinnigen Nachnamen, den ich mir nicht nur verpassen ließ, sondern auch noch behalten habe ...* wütete sie in Gedanken wieder einmal, *konntest du nicht einmal ein Zugeständnis machen.* Obwohl sie sich im Klaren darüber war, dass sie dieses Zugeständnis nur für eine Sache beanspruchte und für alles, was immer wieder damit in der Verknüpfung auftrat. Und das war es, an dem letztendlich ihr Zusammenleben scheiterte. Während sie sich langsam anzog, verarbeitete sie den Gedanken, wie so oft, weiter: *Könnte ich, nach nunmehr zwei Jahren, damit leben, wenn er unverändert wieder käme? Nein,* stellte sie fest, *könnte ich nicht. Was hält dich dann ab, einen anderen Mann zu wollen?* Wie immer siegte ihre Ehrlichkeit, auch gegen sich selbst. Ablehnend sagte sie leise zu ihrem Spiegelbild: *nicht Rolf. Ich mag ihn und ich habe das Gefühl, dass er auch ein Päckchen mit sich herum trägt. Vertrauen ist gut, aber eine Beziehung würde diese Basis zerstören.* Klar wie selten, erwog sie Vor- und Nachteile und kam zu einem weiteren Schluss. *Wenn du schon anfängst zu überlegen, dann lass es.*

Penelope rang sich mühsam ein Lächeln ab und ... ließ es. Vorläufig.

Hans Tellhaber verließ die Kajüte und Annelo begann, in den einzelnen Räumen die Lichter zu löschen. Im ersten Stock waren keine Kunden mehr, nur noch die drei Mädchen, die hier im Hause wohnten. Nachdem sie geprüft hatte, ob alle Türen verschlossen waren, ging sie nach Hause. Auf dem Weg zum Parkplatz bemerkte sie, dass sie immer noch die Schuhe mit den hohen Absätzen trug und ausserdem ihre kleine Handtasche in der Bar vergessen hatte. Missmutig drehte sie um und ging noch einmal zurück. Diese Tasche brauchte sie; weil sich darin die Autoschlüssel für den Punto befanden. Im Haus wechselte sie schnell noch die Schuhe; der Weg zum Parkplatz war zwar nicht lang, aber so gepflastert, dass Damen, die hochhackige Schuhe trugen, allesamt wütend auf die Verantwortlichen dieser Bauobjekte waren. Man konnte immer nur mit der Fußspitze auftreten und selbst dann konnte es passieren, dass man mit dem Absatz in der nächsten Ritze stecken blieb. Annelo hatte darin ein besonderes Talent. *Eine Ritze weit und breit, ich treffe sie mit Sicherheit,* pflegte sie ironisch zu bemerken, wenn wieder mal ein paar solcher Schuhe den Bach runter gegangen waren. Das heißt, sie landeten im Mülleimer. An ihrem Punto angekommen, schloss sie den Wagen auf und warf ihre Utensilien auf den Rücksitz. Aufatmend ließ sie sich auf dem Fahrersitz nieder und dachte zum x-ten Male in dieser Nacht: *Bald, bald habe ich das alles hinter mir ...!* Dann drehte sie den Zündschlüssel um und gab Gas.

Was, um Himmels Willen, war denn das? Ihr Auto fuhr seltsam schlingernd an, so dass sie halten, noch einmal aussteigen und nachsehen musste. Alle vier Reifen platt! Von allein? Wohl kaum. Na, prima – das hatte ihr gerade noch gefehlt. Jetzt blieb Annelo nichts weiter übrig, als mit öffentlichen Verkehrsmitteln heim zu fahren. Verärgert ließ sie ihr Auto auf den Parkplatz zurückwackeln. Vorsichtshalber sah sie noch einmal in dem geparkten Porsche nach, ob auch nichts sichtbar herumliegen würde, was auf ihre Person schliessen ließe und machte sich auf den Weg zur Haltestelle. Die Polizei würde sie am späteren Vormittag benachrichtigen. Sie musste erst ein wenig schlafen und dann gründlich überlegen, was sie sagen wollte. Am besten nahm sie wirklich den Bus zurück in die Stadt und wäre dann *angeblich* vom Nachtdienst gekommen.

Es war fast fünf Uhr früh als sie daheim ankam und sie war froh, dass ihr niemand begegnete. Bislang war es immer gutgegangen. Sie ging die Treppe hoch, schloss ihre Wohnungstür auf, machte Licht und ließ sich aufatmend auf dem kleinen Hocker in der Diele nieder. Vom Treppensteigen kam sie immer ein bisschen aus der Puste. Feixend bemerkte sie zu sich selber: *du wirst auch nicht jünger, altes Mädchen*. Dann begann sie, sich zu entkleiden. Mit der Dusche wartete sie noch bis kurz vor sechs; dann waren im Haus schon einige Mitbewohner auf, die ebenfalls ihre Duschen in Betrieb setzten. Um kurz vor fünf unter die Brause zu gehen, hätte im Haus die Frage *wer duscht denn um diese Zeit* aufwerfen können und das wollte sie vermeiden. Danach legte sie sich hin.

Gerade fest eingeschlafen, riss das Telefon sie gegen neun Uhr unsanft aus ihren Träumen. „Mathern", meldete sie sich verschlafen.

„Du widerliches kleines Biest", zischte es erbost aus dem Telefonhörer, „das zahle ich dir heim! Beim nächsten Mal servierst du mich nicht so ab!!!"

Völlig verdattert sah Annelo den Hörer an und fragte vorsichtig zurück: „Wer ist denn da? Haben Sie sich vielleicht verwählt?"

„Oh nein, ich habe mich bestimmt nicht verwählt. Hier ist ihr Herr Adipositas", säuselte die Stimme, Annelo's Tonfall täuschend nachahmend.

Annelore schluckte. Au backe, an Ottokar Fallwind hatte sie überhaupt nicht mehr gedacht, und daran, dass der auf die Idee kommen könnte nachzuforschen, was der Ausdruck Adipositas bedeutete, nun mal schon gar nicht. Schlagartig war sie hellwach und antwortete mit gebührendem Ernst und Bedauern in der Stimme: „Entschuldigung, Herr Fallwind, das habe ich nicht böse gemeint. Ich hatte nur so eine Stinkwut auf meinen Chef, dass ich meinen Frust einfach abgelassen habe. Und das Opfer waren sie. Es tut mir leid."

Doch Ottokar Fallwind war nicht zu bremsen. Er beschimpfte sie noch eine Weile weiter und Annelo wurde inzwischen misstrauisch. Es kam ihr in den Sinn, dass Fallwind ihre Reifen zerstochen haben könnte. Während sie noch überlegte, wie sie diese Bemerkung, ohne dass daraus eine Anschuldigung wurde, anbringen konnte, spottete Fallwind ins Telefon: „Aber gut nach Hause sind Sie doch wohl gekommen, Schätzchen, oder? Sonst könnte ich jetzt nicht mit Ihnen telefonieren."

„Jetzt reicht es, Ottokar!" Wütend donnerte Annelore in das Telefon zurück: „Okay, ich habe mich vielleicht nicht ganz fein benommen, aber das gibt Ihnen nicht das Recht, meinen Wagen zu demolieren. Ich bestehe darauf, dass der Schaden von Ihnen bezahlt wird. Vier neue Reifen! Sollten Sie sich dazu nicht bereit erklären, werde ich in einer knappen Stunde bei der örtlichen Polizei vorstellig und erstatte Anzeige. Gegen Sie! Sie können sich also aussuchen, ob Ihr Besuch in der *Kajüte* durch zufällige Post der Polizei, die zu Ihnen nach Hause kommt, Ihrer Frau bekannt wird, oder ob Sie das Geld, das Sie für ein Schäferstündchen mit mir ausgeben wollten, in einen Satz neuer Reifen stecken."

Ottokar Fallwind bemerkte, dass er mit seiner Häme unbedacht etwas in Gang setzte, das ihm zum Verhängnis werden könnte und lenkte ein: „Naja – überlegen Sie mal wie Ihnen zumute wäre, wenn Sie feststellen würden, dass ausgerechnet die Frau, mit der Sie sich gern unterhalten hätten, Sie als Fettwanst bezeichnet. Ich weiß selber, dass ich kein Adonis bin; das Einzige was ich wollte, war ein wenig Gesellschaft. Ihre Gesellschaft", klang es nunmehr weinerlich aus dem Hörer. „Trotzdem, um das klarzustellen – Ihre Autoreifen habe ich nicht zerstochen. Ich demoliere doch kein so feines Auto."

Annelore überlegte. Stimmt. Der weiß ja gar nicht, dass ich einen zweiten Wagen habe. Mist, dabei hätte der mir jetzt wunderschön den Schaden bezahlen können. Das sollte wohl nicht sein. Laut sagte sie: „Also gut, Herr Fallwind, ich gehe aber trotzdem davon aus, dass der häusliche Friede Ihnen ein Satz neuer Reifen wert ist und denke, wir sollten uns treffen. Am besten am frühen Nachmittag im Café Nörten – in der Nähe des Parkhauses."

„Einverstanden. Was die zerstochenen Reifen angeht, will ich Ihnen gern aus einer eventuellen finanziellen Patsche helfen. Ich betone aber noch einmal: Ich habe diesen Schaden nicht verursacht. Bei unserem Treffen möchte ich noch etwas anderes mit Ihnen besprechen. Kann es sein", fügte er in völlig normalem Tonfall ernsthaft hinzu, dass Sie in einen solchen Laden wie die *Kajüte* eigentlich gar nicht hineingehören?"

Vorsichtig antwortete Annlore: „Wie meinen Sie das?"

Ottokar Fallwind schnitt ihr das Wort ab: „Das klären wir am Nachmittag. Also – bis dann. Und ... nichts für ungut. Wir waren wohl beide nicht ganz fair, oder?"

Das konnte sie nur bestätigen. Aufatmend steckte sie das mobile Telefon wieder in die Halterung und entschloss sich, aufzustehen. An schlafen war sowieso nicht mehr zu denken; auf der Straße hatte der Berufsverkehr eingesetzt und dieser Lärmpegel würde sich im Laufe des Tages noch steigern. Müde und unlustig machte sie sich ein kleines Frühstück. Die Inspizierung des Kühlschrankes ergab, dass sie sich heute mal wieder von Vogelfutter ernähren musste. *Müsli*, stöhnte sie, *als ob ich nicht schon genug Ärger hätte.* Während sie missmutig die Körner in sich hineinschaufelte und darauf wartete, dass der Kaffee fertig wurde, dachte sie darüber nach, was Fallwind damit gemeint haben könnte, dass sie in die *Kajüte* nicht hinein passte. Im Nachhinein tat er ihr fast ein bisschen Leid; na ja – aber eben nur ein bisschen.

Nach dem Frühstück ging sie ins Schlafzimmer und räumte ihre Handtasche aus. Für ihren Besuch in der Stadt brauchte sie etwas Biederes, bis ihr einfiel, dass Fallwind sie *bieder* gar nicht kannte. Was jetzt? Die Aufmachung á la Kajüte war nicht angebracht, aber als Otto Normalverbraucherin Fallwind gegenüber zu stehen...? Annelore steckte in einem Zwiespalt. Nach einer Zigarette und mehrmaligem tiefen Durchatmen, mit Rauch natürlich, kam sie zu dem

Schluss, dass sie *bieder* gehen würde. Je nach dem was Fallwind ihr zu verkaufen gedachte, war das vielleicht gar nicht so schlecht. Sie begann, ihren Kleiderschrank zu durchforsten und stellte die Garderobe zusammen. Mittelgraues Kostüm mit schmalen Rock, passende Strümpfe ... rote oder altrosafarbene Bluse? Sie entschied sich für rot, ebensolche Schuhe und die Tasche. So, dachte sie vor dem Spiegel, ein bisschen bieder und trotzdem nicht langweilig. Wenn ich jetzt der Tusnelda von gegenüber begegne, fragt die bestimmt, ob ich was Besonderes vorhabe. Die rennt immer in einer Kittelschürze á la fünfziger Jahre herum und wundert sich, dass ihr Mann jede Woche einmal angeblich Überstunden machen muss. Komisch, grinste Annelore in sich hinein, immer donnerstags. In der *Kajüte* hatte sie ihn allerdings noch nicht gesehen. Na ja, das soll nicht meine Sorge sein, beendete sie den Gedankengang, öffnete den Schuhschrank und holte ihre roten Pumps heraus. Jetzt fehlte nur noch der letzte Pfiff bezüglich Frisur und sie wäre fertig. Nachdenklich ließ sie ihre Haare durch die Finger gleiten. Ihre Naturfarbe war ein langweilig stumpfes Mittelbraun. Doch das war nun einmal so. Die blonde Ersatzmähne war zwar nicht ihre einzige Perücke, doch angesichts des Wetters zog Annelo es vor, ohne Verkleidung zu gehen. Sollte Fallwind doch erst einmal richtig dumm gucken. Ein Blick auf die Uhr zeigte, dass sie noch jede Menge Zeit hatte und die wollte sie nutzen, um sich ihre Bankgeschäfte wieder einmal genauer vorzunehmen. Da sie so tun musste, als hätte sie kein Auto, konnte sie wählen: entweder zu Fuß in die Stadt zu pilgern, den Bus oder ein Taxi zu nehmen. Um die Aura der schwer arbeitenden Mitmieterin aufrecht zu erhalten, entschied sie sich, zu Fuß zu gehen. Schaden kann es mir ja nicht, dachte sie. Wann war ich eigentlich das letzte Mal an der frischen Luft? Das muss schon Ewigkeiten her sein. Mit diesen Gedanken verpasste sie sich endgültig den letzten Schliff, packte den Inhalt ihrer Handtasche noch einmal um und verließ das Haus.

*

70

Benno lag inzwischen auf der *Inneren*. Bernd Hellwig setzte sich mit dem Ambulanzarzt zusammen und erklärte ihm, um was es im Falle Benno Gullis ging. Der zeigte dann auch ein Einsehen. Vor allem deshalb, weil er glaubte, sich mit diesem Verhalten bei seinen Kollegen und Vorgesetzten einen Namen machen zu können. So kurz er am Krankenhaus war, so schnell begriff er, dass niemand zu seinen Freunden zählte. Er wurde Karlheinz Hollmann vor die Nase gesetzt und das verzieh der ihm nicht. Hollmann war verschiedentlich wegen Unregelmäßigkeiten aufgefallen; man wollte ihn nicht vor die Tür setzen, doch er musste sich eine Degradierung gefallen lassen. Und – das ist bei Ärzten nicht anders als in jedem Industriebetrieb – gab dieser natürlich dem neuen Kollegen die Schuld. Der war völlig ahnungslos und konnte sich die Feindseligkeit nicht erklären, aber er musste damit leben. Nun gab es den Fall Benno Gullis.

Aufmerksam hörte er sich Bernd Hellwig's Ausführungen an und nickte dann mit dem Kopf. „Herr Kollege, bei aller Liebe, aber was die Einweisung in die Wolkenberg-Klinik angeht, befürchte ich, dass das nicht klappt. Da kommen nur Leute rein, die eine Lobby haben und die hat unser Benno doch wohl nicht, oder?"

„Nein. Oder – doch! Bloß sein Gönner hat das Zeitliche gesegnet. Sie werden davon gehört oder gelesen haben. Ibo Golalal."

„Klar habe ich davon gehört. Soll der Benno den nicht umgebracht haben?"

„Um Himmels Willen, nein! Da verwechseln Sie etwas. Benno soll die Bibliothekarin umgebracht haben, einen Tag zuvor. Doch das war er auch nicht. Vierundzwanzig Stunden später wurde dann unser Polizeiarzt auf dem Friedhof erstochen – zu dieser Zeit saß Benno bereits in der JVA in Untersuchungshaft. Also, er war es eindeutig nicht. Bloß mit dem Tod von Ibo Golalal fehlt uns der Geldgeber für die Wolkenberg-Klinik. Ibo wollte das finanzieren. Fragen Sie mich bitte nicht, warum. Ich kenne da zwar eine Geschichte ... weil Benno mal seinen Jungen vor irgendjemandem beschützt hat, aber, ehrlich gesagt, so ganz kann ich das nicht nachvollziehen."

„Könnte ich auch nicht. Aber, Herr Doktor Hellwig, ich habe ein ganz komisches Gefühl in Bezug auf meine Tätigkeit hier, Ihrem erstochenen Polizeiarzt und Karlheinz Hollmann."

„Wie bitte?" Verdutzt sah Hellwig seinen Kollegen an. „Was hat das Eine mit dem Anderen zu tun?"

„Das weiß ich auch noch nicht; ich habe nur einen Verdacht. Da ich aber weiß, dass man mit Verdachtsmomenten äußerst vorsichtig umgehen muss, schlage ich vor, wir treffen uns mal außerhalb unserer Dienstzeiten. Vielleicht kommt bei einem längeren Gespräch etwas heraus. Etwas, was Licht in zwei verschiedene Geschichten bringen könnte." Mit dieser unbestimmten Äußerung verließ Doktor Hanser die Ambulanz und sagte abschließend: „Auch wenn ich da nix mehr verloren habe, ich guck noch mal nach unserem Freund Benno. Ist das recht?"

„Immer. Halten Sie mich auf dem Laufenden, wenn es etwas Bemerkenswertes geben sollte." Hellwig hob grüßend die Hand und bewegte sich zurück zum Sanitätsfahrzeug. Für den Rest der Nacht blieb es ruhig.

Benno lag in seinem Krankenbett, abgeschoben in ein Badezimmer mit schallschluckenden Wänden. Die junge Schwester hatte ihn nicht gerade zimperlich angefasst, doch das war er gewöhnt. Jetzt kämpfte er mit Übelkeit, Brechreiz und dem wahnsinnigen Wunsch, nur einen einzigen Tropfen Alkohol zu ergattern. Vorher hatte er den Dienst habenden Arzt gesprochen und ihm seinen Lebens- und Leidensweg erzählt. Anfangs stand dieser – Doktor Karlheinz Hollmann – Benno äußerst skeptisch und ablehnend gegenüber; doch im Laufe des Gespräches hörte er Benno immer aufmerksamer zu. Jedesmal, wenn sein Patient erschöpft innehielt um würgend Luft zuholen, fasste Hollmann nach seiner Hand und redete ihm aufmunternd zu. „Ich würde Ihnen sogar etwas geben, weil es Ihnen für einen Moment besser ginge, das wissen Sie", sagte der Arzt, „doch Sie wissen auch, dass eine solche Medikamentengabe genau das Gegenteil von dem

72

bewirken könnte, was wir beabsichtigen. Es hilft nichts, Herr Gullis, da müssen Sie durch. Ich werde aber versuchen, Ihnen im Anschluss an die Entgiftung einen Therapieplatz zu besorgen. Vielleicht kann ich mich auf den Polizeiarzt berufen und habe Glück."

Trotz seines Elendes wurde Benno hellhörig: „Kennen – ach nein *kannten* – Sie Ibo Golalal?", fragte er.

„Ja. Wir haben zusammen studiert. Was mich nur wundert, dass er Sie begleiten wollte. Das hat Hellwig mir erzählt."

Benno zuckte im Liegen mit den Schultern: „Darüber weiß ich auch nichts." Nachdenklich wollte er weiter erzählen, als er von einer neuen Übelkeitswelle erfasst wurde.

„Liegen bleiben!", befahl Hollmann, „ganz ruhig liegen bleiben. Es geht Ihnen gleich besser."

Benno versuchte mit verzerrtem Gesicht zu grinsen was ihm nur mit großer Anstrengung gelang. „Ich gebe mir alle Mühe, Herr Doktor, aber Sie sehen ja selbst ..." beugte er sich wieder über die Spuckschale. „Oh, wenn das doch bloß endlich aufhören würde!

Der Arzt nickte und betrachtete Benno seinerseits gedankenvoll. „Ich kann mir nicht helfen", meinte er, „Ibo Golalal musste einen Grund haben. Diese Verhaltensweise war nicht normal." Bevor er seine Gedanken weiter ausführen konnte, mischte Benno sich noch einmal ein. „Vielleicht hilft es Ihnen, aber ich habe einmal zufällig beobachtet, wie der Polizeiarzt aus der *Kajüte* kam. Damals hatte ich nicht den Eindruck, dass er zum Vergnügen dort war. Er sah sich beim Heraustreten vorsichtig um, als wolle er nicht gesehen werden und hielt etwas in der Hand. Später entpuppte sich das als Zigarette, was mich umso mehr wunderte, weil ich Ibo niemals rauchen sah. Jedenfalls nicht, wenn ich mit ihm zusammengetroffen bin."

„Ich überlege mir gerade", führte Hollmann den Satz weiter, „dass in der Kajüte bekannterweise Rauschgifte umgeschlagen werden."

„Wie bitte", fuhr Benno krächzend dazwischen, „und dagegen unternimmt niemand etwas? Himmel, das darf doch nicht wahr sein!"

„Stopp", hob Hollmann die Hand, „nicht so voreilig. Natürlich wurden und werden immer Razzien durchgeführt, doch man hat niemals auch nur einen Krümel gefunden. Der Besitzer, ein Hans Tellhaber, ist absolut sauber. Er hat sich sogar freiwillig einer Blutprobe unterzogen um auszuschließen, dass man ihn des Rauschgiftkonsums beschuldigen könnte. Befund negativ. Seine Empfangsdame, Annelore Mathern ebenfalls. Was aber nicht heißt, dass sie das Zeug nicht verkaufen. Nur gefunden wurde nichts."

Benno hatte sich inzwischen ein wenig erholt und richtete sich im Bett auf. „Doktor, glauben Sie mir, da ist etwas oberfaul. Ich kenne den Laden noch aus meiner aktiven Zeit. Also, als ich gerade begann abzurutschen, habe ich die *Kajüte* öfter aufgesucht. Da drücken sich eine Menge Leute herum, die jeder kennt und die kommen ganz normal zur Vordertüre rein. Wenn sie genug haben, und das gilt nicht nur für Alkohol, verschwinden sie durch den Hinterausgang. Dabei hilft ihnen Annelore Mathern." *...wie ein kurzer Blitz schoss Benno die Erkenntnis durch den Kopf, dass Annelo Mathern genau die Figur und Größe der ominösen Person aus der Bücherei hatte. Doch das konnte nicht sein. Was sollte eine Bardame wie Annelo mit einer ältlichen Bibliothekarin zu tun haben?* „Die ist auch nicht astrein. Glaube ich", fügte er leise hin, „aber das darf ich wohl nicht laut sagen. Es ist nur eine Vermutung. Trotzdem gibt das Ganze keinen Sinn. Ibo Golalal war ein Lebemann, das war sogar im Präsidium bekannt. Im Dienst untadelig, und das war für seine Vorgesetzten maßgebend, aber privat – nun, mit dem moslemischen Glauben ließ sich sein Lebensstil jedenfalls nicht vereinbaren."

„Inwiefern?"

„Er trank Alkohol. Als man mich gerade mal wieder erwischt hatte, roch ich das und sprach ihn darauf an. Er entgegnete lediglich, dass er erstens eigentlich schon dienstfrei habe und zum zweiten sei Allah weit weg. Nun, diese Einstellung habe ich schon öfter gehört. Ich will diesen Leuten noch nicht einmal unterstellen, dass sie ihre religiösen Vorgaben nicht achten, ich glaube vielmehr, dass das ein falscher Versuch ist, sich den hiesigen Gegebenheiten anzupassen. In unserer Konsumgesellschaft nicht aufzufallen; in diesem Umfeld mitzuhalten, um akzeptiert zu werden – darin sehe ich eher die Beweggründe. Vielleicht ist es so, vielleicht auch nicht. Es war nur so ein Einfall."

Hollmann wiegte gedankenverloren seinen Kopf hin und her und Benno, der nach der letzten Übelkeitsattacke seinen bissigen Humor ein wenig wieder gefunden hatte, dachte: er sieht aus, wie ein verhaltensgestörter Eisbär im Zoo. Als der Arzt dann wieder zu sprechen begann, verlor sich der Eindruck schlagartig. „Benno", ging er unbewusst zu dem vertraulichen du über, „ich glaube, du hast gar nicht Unrecht. Mir ist gerade etwas eingefallen. Es war in unserer gemeinsamen Studienzeit, als Ibo plötzlich von seinem Onkel für etwas mehr als einen Monat abgeholt wurde, weil angeblich daheim ein Todesfall eingetreten wäre. Er müsse mit nach Teheran und würde, falls es erforderlich sei, das laufende Semester halt noch einmal machen. Golalal kam nach knapp sechs Wochen zurück. Ein anderer Mensch. Abgemagert und mürrisch. Als ich ihn fragte, fuhr er mich nur an, dass ich den Mund halten solle. Diese Phase hielt noch einmal ungefähr sechs Wochen. Danach wurde er schrittweise wieder der Alte. Sollte er selber Drogen genommen haben?"

Benno zuckte die Schultern und meinte: „Diese Beobachtung wäre doch bestimmt für die Gerichtsmedizinerin wichtig. Wenn das wirklich so war, stellt sie das sicherlich fest – aber ein Hinweis kann bestimmt nicht schaden, finde ich."

Karlheinz Hollmann reckte sich und bemerkte abschließend: „Egal, Benno, wichtig ist momentan nur, wie es mit dir weitergeht. Wie bereits gesagt, ich werde versuchen, dich im Wolkenberg unterzubringen. Mit Hilfe von Hellwig schaffe ich das bestimmt. Vielleicht steht uns ja noch jemand anders bei. Und, schmunzelte der Arzt ermunternd, denke mal darüber nach, dein Leben aufzuschreiben. Es könnte sein, dass dir das eine Menge hilft. Die guten und schlechten Tage, den ganzen Frust und das Elend auf der Straße. Ich könnte mir vorstellen, dabei analysierst du dich selbst und es hilft dir ein wenig. Na, was meinst du?"

„Glauben Sie, Doktor?", fragte Benno zurück. „Ich denke eher, dass das kein Mensch lesen will."

„Ich habe nicht davon gesprochen, dass du ein Buch schreiben sollst. Obwohl", wog er ab, „die Idee ist gar nicht schlecht. So, jetzt muss ich aber los. Ich denke, das Schlimmste ist überstanden. Ich sage der Schwester, sie soll dir ein leichtes Schlafmittel geben. Morgen früh sieht die Welt dann ein wenig rosiger aus. Gute Nacht!"

Mit diesen Worten verließ Hollmann das Krankenzimmer und Benno blieb mit seinen Gedanken allein. *Ein Buch schreiben ... Warum eigentlich nicht.*

*

Der Kommissar, immer noch mit dem Stein in der Hand, überlegte, ob er auf dem Revier anrufen sollte. Einerseits würde es Sinn machen, eine Streife herzubestellen; andererseits wäre die Person gewarnt. Fragt sich nur, murmelte er halblaut vor sich hin, ist es nur eine Person oder sind es mehrere? Wer hat Interesse daran, Penelope zu schaden? Die Leiche der Helene Matthies war ohne besonderen Befund. Sie wurde erstochen und hielt zu diesem Zeitpunkt ihre Brille in der Hand. Das bedeutete, dass sie völlig überrascht wurde. Ibo Golalal wurde ebenfalls erstochen. Beide mit einem Brieföffner und zielgenau ins Herz. Wo ist da ein Zusammenhang? Rolf Deterlich stand wie angenagelt im Wohnzimmer während er versuchte, Klarheit in diese mysteriösen Todesfälle zu bekommen, als Penelope, eingewickelt in ein Saunatuch und mit einem Turban auf dem Kopf, aus der Dusche kam. Ein leichtes Lächeln umspielte ihre Lippen als sie den Kommissar mit dem Stein in der Hand mitten im Zimmer stehen sah. „Was ist?", fragte sie. „Schon analysiert, wer mir da an den Kragen will?"

Deterlich schüttelte den Kopf. „Ich habe eher das Gefühl, dass diese Geschichte von unseren beiden Morden völlig unabhängig ist.

„Für einen simplen Scherz halte ich es aber auch nicht", erwiderte Penelope.

„Hm, vielleicht ja, vielleicht auch nein. Ich denke, wir werden es herausfinden, ohne dass wir dabei Kopf und Kragen riskieren. Das Ganze gibt einfach keinen Sinn."

„Ja", seufzte sie, „es gibt keinen Sinn. Trotzdem muss ich zugeben, dass ich ganz schön durcheinander bin. Ich bin ängstlich und das ist ein Gefühl, das ich äußerst selten habe. Vielleicht spüle ich die seltsame Geschichte mit einem Glas Rotwein hinunter?"

Der Kommissar lachte. „Keine schlechte Idee. Ich schlage allerdings vor, zwischen dem genossenen Whisky und vielleicht bevorstehendem Rotwein etwas zu essen einzuschieben."

Penelope bedachte ihn mit einem schiefen Seitenblick. „Aha – und was bitte schön. Sieh mal auf die Uhr. Mein Kühlschrank atmet völlig geruchfreie Luft; kaufen können wir um diese Zeit nirgendwo etwas. Bleiben nur ein paar kleine Bruschette oder der Pizza-Service."

Seufzend legte Deterlich endlich den Stein zur Seite und den Arm um ihre Schultern. Während er antwortete: „das reicht doch ..." stellte er fest, wie schmal und zierlich sie war. *Und so was* beschäftigt sich unter anderem mit forensischer Anthropologie.

Penelope konnte offensichtlich Gedanken lesen als sie übers ganze Gesicht grinsend zurückgab: „Gehörst du auch zu der Sorte, die uns Frauen keinen – na, sagen wir – außergewöhnlichen Beruf zutrauen? Oder passt mein Beruf nicht in die derzeitige Situation?"

Rolf Deterlich zuckte ein wenig zusammen. Sie hatte, vielleicht unbewusst, genau den Punkt getroffen, der ihm augenblicklich zusetzte. Im Dienst war es irgendwie normal. *Doktor* Penelope Angelika war die Gerichtsmedizinerin. Hier, in ihrem Hause, wollte er ausschließlich die Frau sehen und dazu passte das Bild einer Ärztin, die Leichen obduzierte oder, was noch schlimmer war, Knochen, Zähne, Haare und andere, oft arg verweste Teile auf ihrem Tisch hatte, überhaupt nicht. Er holte tief Luft und platzte heraus: „Entschuldige bitte – ich gehöre ganz sicher nicht zu der von dir angesprochenen

Sorte Männer. Schließlich kenne ich dich vom Dienst her und akzeptiere dich auch dort. Ich arbeite besonders gern mit dir zusammen, weil du sehr konkret bist und niemals Blödsinn redest. Außerdem hältst du deine Zusagen ein. Wenn du sagst, dass der Befund bis Nachmittag um vier auf meinem Tisch liegt, dann liegt er auch da. Alles das schätze ich sehr an dir. Trotzdem ist genau das für mich im Moment unvorstellbar. In wenigen Stunden wirst du wieder am Seziertisch stehen und Leichen auseinander nehmen. So, wie du jetzt vor mir stehst, eingewickelt in ein Saunatuch, eine Duschhaube auf den Haaren, frisch und rosig ... einfach unerhört feminin und ebenso attraktiv. Es passt nicht. Nein, es passt einfach nicht", murmelte Rolf leise. „Ich weiß nicht, wie ich es richtig artikulieren soll."

„Ich habe dich durchaus verstanden und weiß auch, dass man bisweilen einfach etwas möchte. So wie du jetzt. Du möchtest, dass ich eine Frau bin, die sich fallen lässt. Ist es so?"

Deterlich nickte. „Vielleicht ist es so. Richtig beschreiben kann ich es nicht. Ich, ich ..." Er schluckte. „Ich glaube, ich wollte dir eigentlich gern näher kommen." Angestrengt betrachtete er seine Schuhspitzen als Penelope sich zu seinen Füßen auf dem Teppich niederließ. Mit schräg gelegtem Kopf sah sie zu ihm auf. „Weißt du, vorhin, als ich mich für die Dusche präpariert hatte, kam das gleiche Gefühl in mir hoch. Und dann war ich mir plötzlich nicht mehr sicher. Einerseits wollte ich ... andererseits, na ja, ich habe auch ein wenig die Befürchtung, dass es unserer Zusammenarbeit schaden könnte. Oder, dass Andere sich das Maul zerreißen. Oder, oder – ach – im Grunde sind das alles Ausflüchte." Sie schluckte heftig, bevor sie weitersprach: „Ja, Ausflüchte. Ich stand vor dem Spiegel und habe mich angesehen. Dabei stellte ich fest, dass mein Körper auch keine zwanzig mehr ist. Ich habe kein Problem mit dem Älterwerden, es ist nur so, dass ich nach meinem Noch-Ehemann nie wieder jemanden hatte und nicht weiß, ob ich wirklich will. Ich bin ganz einfach prüde!"

„Glaube ich nicht. Prüde bist du nicht. Du bist, wenn ich das mal so sagen darf, *alte Schule* und hegst Befürchtungen, wo keine sind. Oder traust du mir womöglich zu, dass ich mit unserer Beziehung, wenn man das überhaupt so nennen will, hausieren ginge?"

Penelope schüttelte den Kopf. „Nein, das traue ich dir keinesfalls zu. Ich halte dich für fair. Und darauf kannst du dir was einbilden, denn bis auf wenige Ausnahmen, von denen gerade eine mitten in meinem Wohnzimmer steht ... warum setzt du dich eigentlich nicht endlich", schob sie unwirsch ein. „Also, bis auf diese wenigen Ausnahmen, halte ich von Männern nicht viel bis gar nichts."

„Warum? Weil dich ein paar enttäuscht haben?"

„Nein. Es wäre falsch formuliert; dass sie mich enttäuscht haben, war ja nicht allein deren Schuld. Ich hätte es auch nicht soweit kommen lassen dürfen."

„Was wieweit kommen lassen dürfen?" Rolf Deterlich reagierte etwas irritiert, da er diesen Ausspruch nicht einordnen konnte.

„Nun", entgegnete Penelope, „ich habe im Zusammenleben schließlich auch Fehler gemacht. Abgesehen davon, dass es besser wäre, in meinem Beruf weder Ehemann noch Familie zu haben, liegt das Grundübel teilweise in meinem Verhalten. Ich bin von Verlustängsten geprägt, dominant und was wahrscheinlich das Schlimmste ist, was ich einmal habe, besitze ich für immer. Meine frühere Schwägerin sagte mir einmal: du kannst nicht festhalten, was dir nicht gehört. Damals war ich furchtbar beleidigt. Das bin ich auch heute noch, aber inzwischen sehe ich einige Gegebenheiten anders. Ich will immer alles festhalten. Doch manchmal, aber nur manchmal, wenn der innere Druck zu groß wird, merke ich, dass ich mich lösen muss. Es ist nicht gut, zuviel zu lieben. Es engt einen selbst furchtbar ein, aber auch den Anderen", schloss sie wehmütig. „Wenn du meinst, mit solchen Eigenschaften klarzukommen ...?", ließ sie den Rest des Satzes in der Luft hängen.

Deterlich musste sich erst einmal sammeln. Wenn er mit allem gerechnet hatte, aber bestimmt nicht damit, neben der Erklärung, einer engeren Bekanntschaft nicht abgeneigt zu sein, eine komplette Cha-

rakteranalyse serviert zu bekommen. Er war drauf und dran, diese Äußerungen als übersteigerte Selbstkritik abzutun, als ihm einfiel, dass er dazu neigte, ähnlich zu reagieren. In der Erinnerung kamen Szenen seines Zusammenlebens mit Christine hoch. Wie oft hatte sie ihm vorgeworfen, regelrecht von ihr Besitz zu nehmen. Immer und immer wieder hatten sie sich getrennt, zusammen gefunden, getrennt und erneut zusammen gefunden. Bis Christine eines Tages auf gepackten Koffern in der Wohnung auf ihn wartete. „Ich kam hundekaputt vom Dienst", sagte er wie zu sich selbst, stand auf und zog Penelope vom Boden hoch. „Da saß sie auf einem ihrer Koffer und sagte nur, dass sie auf mich gewartet habe, um wenigstens Auf Wiedersehen zu sagen. Sie hielt es nicht mehr aus mit mir. Ich würde ihr die Luft zum Atmen nehmen. Und dabei habe ich sie nur geliebt ...!"
Penelope hatte ihren Kopf in seine Schultermulde gebettet und hielt noch immer das Weinglas in der Hand. Als sie sich nachgießen wollte, schreckte Rolf regelrecht hoch: „Entschuldige, jetzt habe ich dich auch noch mit meiner Vergangenheit konfrontiert. Das wollte ich nicht. Trotzdem", schloss er nachdenklich, „Du siehst, keiner ist ohne sein ureigenstes Päckchen unterwegs. Aber du hörst jetzt bitte auf zu trinken; ich übrigens auch. Wir brauchen morgen beide einen klaren Kopf und außerdem machen sich rote Augen im Dienst nicht besonders gut."
Penelope lächelte. „Du hast recht. Trotzdem werden wir beide jetzt versuchen, noch eine Mütze voll Schlaf zu bekommen. Wenigstens ein paar Stunden. Wer immer mir ans Fell will; jetzt, wo du hier bist, kommt er bestimmt nicht mehr. Wir können uns ganz beruhigt hinlegen", zog sie ihn in Richtung Couch. „Klapp mal runter!", befahl sie. „Ich bleibe auch hier." Und dachte ganz tief drinnen, *hier ist es doch nicht so ganz intim.*

*

80

Annelo erreichte das Café vor Ottokar Fallwind und suchte sich einen Platz am Fenster. So konnte sie sehen, wenn er im Anmarsch war. Im Hinterstübchen ihres Kopfes legte sie sich einen Kommentar zurecht, der ein wenig als Entschuldigung für den verbalen Angriff herhalten sollte. Gleichzeitig konnte damit abgesteckt werden, dass sie, Annelo, sich nicht von einem Ottokar Fallwind einschüchtern ließe. Und dann kam alles ganz anders...

In Gedanken versunken starrte sie auf die Straße und ging in ihrer Phantasie einer Lieblingsbeschäftigung nach. Die Nummernschilder der vorbeifahrenden Autos zusammenzuziehen und Worte daraus zu bilden. Wie: LEV-EL gleich Level, oder: HER-NE; eben halt solche Kombinationen. Oftmals ergaben sich die seltsamsten Zusammenstellungen, die ihr auch dann und wann ein Schmunzeln entlockten. Heute war sie in Gedanken zwischendurch in ihrem Banksafe. Sie musste dringend verschiedene Papiere dort hinbringen; es war nicht gut, dass sie alles in der Tasche mit sich herum trug. Während sie sich überlegte, wann sie am günstigsten hinfahren könnte – immerhin musste ihr Auto erst einmal mit neuen Reifen bestückt werden, da sie mit dem Porsche nicht fahren wollte – steuerte Ottokar Fallwind auf das Café zu. Überraschenderweise war er in Begleitung einer Dame, die in etwa das gleiche Alter zu haben schien. Ein wenig korpulent, jedoch sehr damenhaft elegant angezogen. Donnerwetter, dachte Annelo, da sieht man auf einen Kilometer Entfernung die Qualität. Insgeheim bedauerte sie, dass sie sich nicht mehr gestylt hatte. Doch das ließ sich nicht mehr ändern. Ottokar hielt seiner Begleiterin ganz Gentlemanlike die Tür auf. Gemeinsam steuerten sie Annelos Tisch an. „Guten Tag, Frau Annelore", begrüßte Ottokar sie. „Darf ich Ihnen meine Frau vorstellen ..."

Annelo verschlug es die Sprache. Sie musste sich räuspern und krächzte leicht als sie die Begrüßung zurückgab. „Ja, einen schönen guten Tag. Bitte nehmen Sie Platz. Ich freue mich, Sie zu sehen."

Da Annelore nicht wusste, was Fallwind seiner Frau erzählt hatte, hielt sie sich vorsichtig zurück. Doch das war, wie sie nach wenigen

Sätzen feststellen konnte, nicht einmal nötig. Ottokar nahm lächelnd ihre Hand, sah seine Frau an und begann mit der Frage: „Liebe Annelore, haben Sie schon einmal darüber nachgedacht, dass ich Ihnen anriet, die Kajüte zu verlassen, weil Sie dort nicht hineinpassen?" Zu seiner Frau gewandt, sprach er weiter: „Ich hatte dir ja berichtet, dass ich Frau Annelore in der *Kajüte* kennen lernte. Sie ist dort am Empfang und hat sich in meinem Beisein heftig gegen die Zumutung, in den oberen Etagen *Kundendienst* zu tun, gewehrt. Hans Tellhaber war sauer ..."

„Und ich nicht minder", fiel Annelo ein, immer noch völlig verblüfft von der, für sie, undurchschaubaren Situation.

„Tja", lachte Fallwind, „das habe ich gemerkt. Sie müssen aber zugeben, dass Ihr Verhalten danach wirklich schäbig war", sah er Annelo eindringlich an. Diese konnte nur erwidern: „Das tut mir auch leid, Herr Fallwind. Ich sagte Ihnen ja schon am Telefon, ich musste meinen Frust loswerden und da waren Sie gerade ein dankbares Objekt."

Simone Fallwind mischte sich ein: „Jetzt werden wir erst einmal eine Kleinigkeit bestellen und dann kommen wir zur Sache. Sie, Frau Annelore ... wie heißen Sie denn mit vollständigem Namen?"

„Annelore Mathern", gab sie total verunsichert zurück.

„Nun", begann Simone Fallwind wieder, „also! Mein Mann hat mir von Ihnen berichtet und auch von Ihrer Tätigkeit. Er war ja nur zufällig in diesem Schuppen gelandet, weil sein Wagen in der Autowerkstatt stand, es zu regnen begann, er wie immer wieder einmal ohne Schirm unterwegs war und sich bei der Gelegenheit irgendwo ein Bier trinken wollte."

Mit einem unmerklichen Seitenblick auf Ottokar verkniff Annelore sich jeden Kommentar und Simone sprach auch schon weiter: „Ja, Sie machten auf ihn einen sehr integeren Eindruck und wir brauchen dringend eine Kraft, die in unserem Geschäft, nun sagen wir, die erste Geige spielt. Mein Mann ist nicht mehr der Jüngste, ich auch nicht und wir haben in unserem Leben so viel gearbeitet, dass wir

das eigentlich nun der Nachfolgegeneration überlassen möchte. Leider ist es so, dass dieser teilweise die Dummheit aus dem Gesicht guckt und wir brauchen jemanden, der weiß, worauf es ankommt."
Annelo schluckte schwer und brachte etwas mühsam heraus: „Aber Sie kennen mich doch gar nicht. Sie wissen noch nicht einmal, ob ich einem solchen Job gewachsen wäre. Immerhin arbeite ich seit etlichen Jahren bei Tellhaber und da brauche ich nicht viel mehr zu können, als freundlich zu sein und die Kunden mit den Mädchen zusammenzubringen, die deren Wünsche erfüllen."
Diese Äußerungen waren ihr zwar peinlich, doch sie wollte klarstellen, dass sie keine Bürokraft sei. Simone Fallwind ließ sich davon nicht beeindrucken. „Hören Sie, Kind (!)", meinte sie zu Annelo, „alles, was Ihnen an Wissen fehlt, werden wir Ihnen gemeinsam beibringen. Mein Mann und ich haben jahrelange Erfahrung und davon werden Sie profitieren. Ich werde Ihnen die fehlenden Grundlagen der Buchhaltung vermitteln und mein Mann übernimmt die Aufgabe, Sie in die restlichen Notwendigkeiten der Geschäftsführung einzuarbeiten. Sie brauchen die ersten Wochen nichts weiter zu tun, als zuzusehen und zuzuhören. Ich bin sicher, dass auf längere Sicht die Leitung in Ihren Händen bestens aufgehoben sein wird. Nun, was meinen Sie?"
Erwartungsvoll sah Simone Fallwind ihr Gegenüber an. Ottokar hing ebenso an ihren Lippen und formte unhörbar: „Sag ja ...!"
Annelore war ratlos und meinte ganz vorsichtig: „Abgesehen davon, dass ich gar nicht weiß, ob ich Ihren Anforderungen gewachsen bin, sollte ich vielleicht auch einmal wissen, um was für ein Geschäft es sich handelt. Immerhin gibt es Eigenarten einzelner Geschäftszweige, die man wohl kennen müsste."
„Aber natürlich, „ lächelte Ottokar freundlich, „daran dachte ich zuerst. Sie kennen unser Geschäft ganz bestimmt. Im Erdgeschoss ist der Beate-Uhse-Laden auf der Kölner Straße und darüber sind wir. *Simones Traumwelt* – ein Etablissement für gehobene Ansprüche. Nun, fügte er fragend hinzu, wäre das nicht etwas für Sie?"

Annelo fiel der Unterkiefer herunter.

*

Benno Gullis hatte eine grauenvolle Nacht hinter sich. Eine Übelkeitsattacke nach der anderen hatte ihn um den Schlaf gebracht, so
dass er mitten in der Nacht aufstand und im Schwesternzimmer um
Papier und Kugelschreiber bat. Inzwischen war es nun sechs Uhr in
der Früh und die Schwester, es war immer noch die gleiche, kam mit
dem Fieberthermometer.
„Guten Morgen", sagte Benno freundlich, doch die Schwester murmelte nur etwas Undeutliches zurück. Zwischenzeitlich im Kopf völlig klar, entgegnete Benno: „Es tut mir leid, Schwester, dass ich Ihnen solche Umstände mache. Sie brauchen mir das Frühstück nicht
zu bringen; das kann ich mir vom Wagen draußen holen. Sie hatten
die ganze Nacht Dienst und müssten doch vor Müdigkeit bald um-
fallen."
Verdutzt sah Schwester Hermine auf ihren Patienten. Solche Töne
war sie absolut nicht gewöhnt und von diesem hier hätte sie dergleichen schon nicht erwartet. Verwirrt antwortete sie: „Ja, danke schön,
aber das macht mir nichts aus."
„Lassen Sie nur, Schwester, ich bin jetzt völlig klar und es tut mir
sehr leid, dass ich auf Ihrer Station solche Probleme verursacht habe.
Gerade als Benno nach einem heiseren Räuspern weitersprechen
wollte, öffnete sich die Tür und Hellwig erschien. „Na, alter Junge",
strahlte er Benno an, „wie geht's uns denn heute?"
Fast war Gullis geneigt, unwirsch auf das *uns* zu reagieren, doch er
bezwang sich. „Soweit gut, Doktor", gab er zurück. „Die Nacht war
ziemlich be…scheiden, doch das war ja zu erwarten. Schwester Hermine hatte wohl die schlimmsten Probleme, da ich zweimal nicht
schnell genug die Toilette erreichte."
Schwester Hermine kniff die Lippen zusammen als sie bemerkte,
dass Doktor Hellwig mit dem *Penner* offensichtlich auf gutem Fuße

stand. Begreifen konnte sie dieses Verhalten nicht, aber es ging sie nichts an. Deshalb erwiderte sie nur: „Was sollte ich denn wohl sonst machen?"

Hellwig drehte sich zur Schwester um: „Ich komme gleich noch einmal zu Ihnen." Bevor er weiter sprechen konnte, mischte Benno sich ein: „Ich hatte ihr schon gesagt, dass sie mir kein Frühstück bringen braucht; das kann ich mir vom Wagen selber holen."

Hellwig lachte: „Meinen Sie nicht, dass es besser wäre, nicht gerade so über den Flur zu laufen?"

Mit einem *wieso* sah Benno an sich herunter und wurde rot. Er trug zwar noch seine Unterhose, ansonsten bestand seine Bekleidung lediglich aus dem *Engelchenhemd*, was in Krankenhäusern üblicherweise den OP-Patienten verpasst wurde. Da Benno über keine entsprechende Nachtwäsche verfügte, hatte man ihn kurzerhand in ein OP-Hemd gesteckt. Und in genau dieser Aufmachung war er in der Nacht ins Schwesternzimmer gegangen und hatte um Papier und einen Kugelschreiber gebeten. Heftig schluckend wandte er sich an Schwester Hermine: „Entschuldigen Sie bitte, doch ich habe in der vergangenen Nacht nicht registriert, dass ich nur unvollständig angezogen war. Ich hoffe, ich habe Sie nicht in Verlegenheit gebracht."

Schwester Hermine, die aufgrund Bennos Ausdrucksweise und seines offensichtlichen Bildungsstandes zusehends sprachloser wurde, entgegnete wesentlich liebenswürdiger: „Nein, Herr....? das haben Sie nicht. Wir sind immerhin den Anblick unvollständig angezogener Menschen gewöhnt."

„Das schon, aber ich zähle schließlich nicht unbedingt zu der Kategorie Mensch, nicht wahr?"

Die Schwester wurde rot und Hellwig mischte sich ein: „Schluss damit! Hören Sie endlich auf, sich selbst zu quälen. Benno, Sie sind ein Mensch und das wissen Sie und ich." Dabei sprang er immer zwischen dem vertraulichen Du und einer förmlichen Anrede hin und her. „Und die, die es noch nicht wissen, werden es lernen. So, soviel zu diesem Thema. Was mich übrigens interessiert, wieso Papier und

Kuli mitten in der Nacht?"

Benno wurde noch einmal ein bisschen rot und stotterte: „Wissen Sie, Doktor Hellwig, Ihr Kollege – der Doktor Hollmann – war gestern noch lange bei mir. Wir haben uns sehr ausführlich unterhalten und er hat versucht, mir die ersten Stunden mit diesen fürchterlichen Übelkeitsattacken zu erleichtern. Dass ihm das nur unzureichend gelingen konnte war klar, weil er mir ja nichts verabreichen durfte. Er hat lange bei mir ausgehalten und mir unter anderem geraten, mein Leben aufzuschreiben. Ob er damit eine Analyse ins Auge gefasst hat oder ob ich nur drauflos schreiben soll, um den inneren Druck, dieses Gefühl der Minderwertigkeit, meine Unzulänglichkeiten und was ich da sonst noch in meinem Gehirn spazieren trage, loszuwerden, weiß ich nicht. Ich habe begonnen, den Rat in die Tat umzusetzen. Gleichwohl ist das wesentlich schwerer als ich dachte. Und als Schriftsteller zu arbeiten, scheint wirklich kein leicht verdientes Brot zu sein."

„Bestimmt nicht", lachte Hellwig auf. „Darf ich denn lesen, was Sie geschrieben haben?"

„Ehrlich gesagt, nicht so gern. Ich habe noch nicht viel zu Papier gebracht und das, was ich aufgeschrieben habe, ist in meinen Augen absolutes Kauderwelsch. Im Nachhinein muss ich feststellen, dass mein Gehirn unter den jahrelangen Alkoholattacken gewaltig gelitten hat."

„Das mit Sicherheit. Und Etliches davon ist auch nicht mehr zu reparieren. Wir werden uns später ausführlich darüber unterhalten. Jetzt schlage ich vor, dass *ich* Ihnen ein leichtes Frühstück hole und dann sehen wir weiter. Ihnen ist klar, dass Ihr Magen derzeit nicht großartig belastet werden darf. Abgesehen davon, dass die Übelkeit Sie sofort wieder im Griff hätte, verträgt dieses Organ ohnehin nichts Schweres. Ich werde Ihnen einen Tee besorgen und ein wenig helles Brot. Obwohl ich sonst allen genau davon abrate, ist es bei Ihnen derzeit angebracht. Nach dem Frühstück werden wir verschiedene Untersuchungen vornehmen und dann ..." Mitten im Satz brach

Bernd Hellwig ab und ging hinaus. Schwester Hermine, die bis dahin unbemerkt der Szenerie gefolgt war, begleitete ihn.

Benno lehnte sich erschöpft an seine Kissen und dachte, dass er wohl verdammt weit unten sei. *Rindvieh, altes!* Schalt er sich selbst. *Musste es wirklich erst soweit kommen? Was hast du jetzt? Du bist darauf angewiesen, dass Andere dir helfen. Du bist und bleibst ein Kamel.* Mit diesen Gedanken kamen endlich die erlösenden Tränen und er war froh, allein zu sein. Nach ein paar Minuten hatte Benno sich soweit gefangen, dass er aufstehen und in die angrenzende Toilette gehen konnte. Er hörte, wie die Tür aufging und Hellwig offenbar mit dem Frühstückstablett erschien. „Ich bin hier, auf der Toilette", rief er, „ich komme gleich wieder."

„Gut", antwortete Hellwig, „dann warte ich hier. Ihr Frühstück werden Sie ab Morgen in einem vernünftigen Krankenzimmer einnehmen. Das ist mit den Ärzten abgesprochen. Außerdem laufen inzwischen die ersten Anfragen wegen der Wolkenberg-Klinik. Wir, das heißt, Hanser, Hollman und ich haben uns auf Ibo Golalal berufen und hoffen nun, dass dem Antrag stattgegeben wird. Zu unserer Verblüffung hatte Ibo nämlich am Tag seines Ablebens diesen Antrag bereits abgeschickt. Verstehen Sie das?"

„Nein", wunderte Benno sich, „wie ich Ihnen bereits erzählte, hatte er mich davon in Kenntnis gesetzt, dass er das wollte. Ich ahnte aber nicht, wie weit seine Idee schon gediehen war. Wissen Sie, sinnierte Benno leise, das Ganze kommt mir wie ein planloses Chaos vor, aus der ich gleich aufwache."

„Kommen Sie", schlug Hellwig vor, „jetzt werden wir erst einmal frühstücken."

Der Arzt platzte innerlich vor Neugier und sann auf eine Möglichkeit, die beschriebenen Seiten von Bennos Aufzeichnungen lesen zu können. Er wollte sie ihm nicht einfach wegnehmen und bedrängen wollte er ihn ebenso wenig. Trotzdem hielt er es für enorm wichtig, den Inhalt zu kennen. Er war der Ansicht, dass ihm das bei Benno

Gulli's Unterbringung im Wolkenberg helfen könnte. Vorerst saß er ihm beim Frühstück gegenüber und beobachtete, wie er verzweifelt versuchte, das Zittern seiner Hände unter Kontrolle zu bekommen. Ein wenig angestrengt lächelnd wies er den Arzt selbst darauf hin: „Sehen Sie, Doc, das kommt dabei raus."

Bernd Hellwig schluckte sein Mitleid herunter und antwortete brüsk: „Stimmt, aber jetzt sind Sie ja auf dem Weg, das endlich hinter sich zu lassen. Sie müssten nur mehr bereit sein, mir zu helfen."

Verdutzt und fragend sah Benno sein Gegenüber an: „Wie meinen Sie das? Ich will doch alles tun, damit mir geholfen werden kann. Und keiner weiß besser als Sie, wie viel Mut dazu gehört. Ich bin schließlich nicht der erste Alkoholiker, der Ihnen begegnet."

Das ist richtig", antwortete der Arzt, „umso weniger kann ich verstehen, dass Sie mich nicht in Ihre Unterlagen sehen lassen wollen. Die könnten äußerst wichtig werden. Einmal für die Begründung bei der Einweisung und natürlich auch für die Therapie."

„Ja", zog Benno sich ein bisschen und erwiderte, „das verstehe ich alles. Doch was ich in der letzten Nacht zusammen geschrieben habe, entbehrt in meinen Augen bislang eines jeglichen Zusammenhangs. Es ist wirr und ..."

„Na wunderbar! Dann ist es eben wirr, zeigt aber, aufgrund Ihres Erinnerungsvermögens, dass Ihr Gehirn noch brauchbar arbeitet. Also benötigen Sie eine gezielte Therapie, eine die ausschließlich auf Ihre Person zugeschnitten ist. Sie gehören ja nicht gerade zu den Deppen. Davon", schloss Bernd Hellwig, „haben die in diesen Kliniken nämlich genug."

Noch immer widerwillig ging Benno zu dem kleinen Nachtschrank neben seinem Bett. Er nahm einen ansehnlichen Packen beschriebener Blätter heraus und hielt sie dem Arzt hin. „Bitte", sagte er müde. „Ich finde es trotzdem nicht richtig, dass Sie das jetzt schon lesen. Es sollte besser formuliert und vollständiger sein. Und, wie schon erwähnt, Hollmann hat mir dazu geraten. Das heißt, er meinte, ich solle einfach mein Leben aufschreiben ..."

Bernd Hellwig nickte, rollte die Seiten ungelesen zusammen und steckte sie in die Seitentasche seines Kittels. Er wollte sich in aller Ruhe, vielleicht in einer Freistunde auf der Station, damit beschäftigen. Besänftigend sagte er noch zu Benno: „Sie bekommen alles zurück. Das verspreche ich Ihnen und ich hoffe auch, dass sie in der Zwischenzeit weiter schreiben. Das wird doch noch nicht alles gewesen sein, nicht wahr?" Mit einer aufmunternden Geste reichte er Benno die Hand und nickte ihm zu. „In ein paar Stunden komme ich noch einmal zu Ihnen. Dann haben wir hoffentlich etwas mehr Zeit um alles zu bereden. Bis dahin…"

Niedergeschlagen blickte Benno ihm nach. Er verfluchte sich dafür, dass er nachgegeben hatte und wurde das Gefühl nicht los, dass Hellwig, zumindest in diesem Fall, einfach nur neugierig war. *Ich hätte ihm die Blätter nicht geben sollen,* seufzte er leise. *Aber jetzt ist es zu spät. Nun kann ich nur noch hoffen, dass für mich dabei wirklich ein Klinikaufenthalt heraus kommt. Klinik Wolkenberg. Davon habe ich schon eine Menge gehört. Auch, dass sie nur für Privilegierte sein soll. Und das bin ich ja nun wirklich nicht.* Mit diesen missmutigen Gedanken ließ er sich auf der Bettkante nieder, stützte wieder einmal den Kopf in beide Hände und war kurze Zeit später in der unbequemen Stellung eingeschlafen.

Bernd Hellwig nahm sich noch die restlichen Patienten auf dem Flur vor und ging dann ins Schwesternzimmer. Hermine war gerade dabei, ihre Tasche zu packen, um endlich nach Hause zu fahren. Sie brauchte dringend ein paar Stunden Schlaf. „Stellen Sie sich vor, Doktor", gähnte sie hinter vorgehaltener Hand, „vor einer knappen halben Stunde hat Schwester Beate angerufen. Sie leidet unter einer Magen- Darmverstimmung und kann heute keinesfalls zum Dienst erscheinen. Vor wenigen Minuten rief Jens Borstig an, unser Zivi, der hat das gleiche Problem. Also, ich fahre jetzt trotzdem nach Hause und schlage vor, dass ich um drei am Nachmittag wieder hier bin. Wenn ich jetzt weitermache, passiert mir womöglich ein nicht zu reparierender Fehler und das wäre fatal. Vielleicht kann Gudrun von der Gynäkologischen für ein paar Stunden einspringen. Soweit ich weiß, ist es bei denen zurzeit sehr ruhig. Was meinen Sie dazu, Herr Doktor?"

Der Arzt gähnte zunächst einmal genauso ausgiebig und meinte: „Wir werden es so machen müssen, Hermine. Bitte warten Sie noch ein paar Minuten, ich will erst hören, ob Gudrun oder wer auch immer, wirklich zu uns herüber kommen kann. Wenn nicht, müssen wir uns nämlich was einfallen lassen. Heim müssen Sie mit Sicherheit. Sie schlafen ja schon fast im Stehen." Mit diesen Worten wandte er sich zur Tür und kam nur wenige Minuten später mit Schwester Gudrun im Schlepp zurück. „Hau ab, Hermine, und ruh' dich zumindest ein paar Stunden aus."

Gudrun mischte sich weiterhin ein: „Es langt, wenn du um fünf wieder hier bist. Wir kommen ganz sicher ein paar Stunden ohne dich zurecht. Schlaf gut – aber bitte erst, wenn du daheim bist!"

Mit lächelndem Dank ging Schwester Hermine hinaus und atmete vor dem Portal des Krankenhauses erst einmal tief durch.

Hellwig hatte mit Gudrun kurz das Nötigste besprochen und zog sich nun ins Bereitschaftszimmer zurück. Normalerweise wurde dieser Raum nur nachts benutzt. Es stand eine Liege darin, auf der sich die Dienst habenden Ärzte – manchmal sogar mit einer der Schwestern, das war ein offenes Geheimnis – ein wenig lang machen konnten. Bernd Hellwig holte sich einen Aschenbecher und grinste, als er sich eine Zigarette anzündete. *Das ist genau das, alter Junge,* sprach er zu sich selbst, *was du deinen Patienten als erstes verbietest.* Er setzte sich auf einen Stuhl, zog die Schuhe aus, legte seine Füße gekreuzt auf die Pritsche und vertiefte sich in Bennos Aufzeichnungen. Was hatte Benno ihm gesagt? Ach ja, richtig. Der Anfang sei wie ein Lebenslauf. Dann habe er bemerkt, dass er so nicht schreiben könne und noch einmal angefangen. Er lächelte, als er auf dem ersten Blatt las:

Ich, Benno Gullis, wurde am 21. März 1951 als Kind der Eheleute Johann Gullis und seiner Frau Josefa-Helene in Kaldekerk geboren. Mit sechs Jahren begann ich meine Grundschulzeit und wurde ohne Unterbrechung – das heißt, ich musste nie eine Ehrenrunde drehen – nach der sechsten Klasse auf eine weiterführende Schule geschickt. Normalerweise geschieht das nach dem 4. Schuljahr, doch das ging damals nicht. Zu dieser Zeit kostete eine solche Schule in NRW noch monatlich Geld, was meine Eltern nicht hatten. Als ich in die sechste Klasse kam, waren Gymnasien, Realschulen und, für Mädchen das Lyzeum, frei. Demzufolge kam ich zwei Jahre später als normalerweise auf ein Gymnasium. Es war für mich Ehrensache, ein Einser-Abitur zu bauen und dann so schnell wie möglich zu studieren. Pädagogik. Ich wollte immer schon ...

Hier brachen die Aufzeichnungen zum ersten Mal ab und Bernd Hellwig konnte Bennos Worte nur bestätigen. Das las sich wie der Beginn eines Lebenslaufes und war genauso uninteressant. Fast ein wenig enttäuscht, nahm er sich die nächsten Blätter vor. *Hoffentlich ist diese Lektüre etwas ergiebiger*, dachte der Arzt und las weiter.

Im Moment weiß ich nicht mehr, ob es mein dritter oder bereits mein vierter Vater war, der mich schlug und anbrüllte, dass ich ihm endlich sein Bier holen solle. Aus dem Keller; einen Kühlschrank hatten wir damals noch nicht. Meine Mutter hatte sich, wie so oft, in eine Ecke verkrochen und glaubte, unsichtbar zu sein. Sie war ein armes Geschöpf. Wenn er betrunken war, schlug er zu. Das geschah ein- oder zweimal in der Woche. Manchmal gelang es ihr, sich vor ihm zu verstecken, doch das klappte nicht immer. Wenn er sie erwischte, prügelte er auf sie ein, wenn nicht, musste ich dran glauben.

Ach du liebe Güte! Bernd Hellwig schüttelte mit dem Kopf. Das hatte er nicht erwartet.

Mein leiblicher Vater machte sich kurz nach meiner Geburt davon. Er hatte wohl auch eine Neigung zum Alkohol, doch meine Mutter sagte darüber nie etwas Konkretes. Sie glaubte wohl, mich in der damaligen Zeit nicht allein durchbringen zu können und heiratete ziemlich schnell wieder. Ich kann mich an diesen Mann noch erinnern. Es war sozusagen mein zweiter Vater, eine Seele von Mensch und außerdem ein angesehener Rechtsanwalt. Da war ich vier Jahre alt. Er hatte einmal einen Verbrecher für Jahrzehnte dorthin gebracht, wo er hingehörte; die Drohung: wenn ich wieder rauskomme, mache ich dich kalt, nahm er nicht erst. Das hätte er besser getan. Helge Martinsson, verurteilt wegen Raub und schwerer Körperverletzung, wurde wegen guter Führung und aufgrund der Unbedenklichkeitserklärung eines Gutachters vorzeitig aus der Haft entlassen. Er begann sofort, sein potentielles Opfer zu beobachten. Keiner bemerkte etwas. Mein Vater wähnte ihn noch im Gefängnis, meine Mutter kannte ihn nicht und ich, ja ich sah bloß tagtäglich einen Bettler an der Straßenecke. Nach knapp drei Wochen in Freiheit erschoss er meinen Vater vor unserer Haustür. Meine Mutter brach zusammen und hat sich psychisch von diesem Schock nie wieder erholt. Sie suchte für uns eine andere Wohnung in einem weit entfernt gelegenen Stadtteil und ging wieder arbeiten. Vormittags in einem Büro; abends ging sie putzen. Auf dem Heimweg sah sie jeden Abend denselben Mann, der auf der anderen Straßenseite auch ein Stück ihres Weges ging. Eines Abends sprach er sie an und begleitete sie nach Hause. Ich sah die beiden kommen. Obwohl ich schon schlafen sollte. Als sie später in mein Zimmer kam, tat ich so, als schliefe ich. Sie hat nichts bemerkt, vielleicht wollte sie auch nichts merken. Leise kletterte ich aus dem Bett und spionierte. Der Mann saß bei uns in der Küche und war mir vom ersten Moment an unsympathisch. Bevor ich am kommenden Morgen zur Schule ging, sagte ich meiner Mutter: „Den Kerl will ich aber nicht!" und fing mir eine der seltenen Ohrfeigen. Sie hatte wohl schon mit ihm geschlafen, denn im gleichen Atemzug teilte sie mir mit, dass sie ihn heiraten würde. Es sei nicht gut, dass ich ohne männliches Vorbild aufwüchse, sie wolle mir einen Vater geben, mit dem ich durch dick und dünn gehen könne und der sonntags auch mit mir zum Angeln fahren würde. Ich versuchte ihr klarzumachen, dass ich darauf keinen Wert legte, dass ich viel lieber mit meiner Mutter allein bliebe, doch sie reagierte äußerst unwirsch. Wenige Monate später war sie verheiratet, schwanger und ich hatte einen neuen Vater. Einen, der oft genug mehr trank als ihm gut tat, der meine Mutter nicht gerade mit Samthandschuhen anfasste und, was das Schlimmste war, er machte das Verhältnis zu meinen Großeltern kaputt. Es waren ja nicht meine leiblichen Großeltern väterlicherseits, die kannte ich nicht. Ebenso wenig, wie ich die Eltern meiner Mutter jemals kennenlernte. Der eiserne Vorhang war dazwischen und ständig fehlte das Geld, irgendetwas außer der Reihe tun zu können. Eine Zugfahrt in die damalige DDR gehörte zu den Dingen, die außer der Reihe gewesen wären. Jedenfalls billigten die Eltern meines ermordeten zweiten Vaters die neue Ehe meiner Mutter nicht und der neue Mann meiner Mutter rächte sich mit einem strikten Gebot, dass sein Junge (!), also ich, dort nichts mehr zu suchen hätte. Es dauerte nicht lange, da starben beide Großeltern kurz hintereinander. Sie hatten den Mord an ihrem einzigen Sohn nicht verkraftet.

Meine Mutter, das erzählte sie mir Jahre später, erlitt inzwischen eine Fehlgeburt. Es wären Zwillinge geworden. Der Arzt sagte ihr, dass die Natur sich normalerweise selbst hilft und fragte im gleichen Atemzug, ob meine Mutter oder der Erzeuger – ich kann heute noch nicht Vater sagen – Alkohol trinken würden. Beide Kinder wären schwer behindert zur Welt gekommen.

Dann begann dieser Mann, mich zu tyrannisieren. Ich bekam kaum die Zeit, meine Hausaufgaben vernünftig zu machen. Er scheuchte mich dauernd durch die Gegend und meine Mutter hatte nicht mehr die geringste Erziehungsgewalt. Zumal der Kerl dann auch noch arbeitslos wurde. Statt sich um was Neues zu bemühen, was zu dieser Zeit überhaupt kein Problem war, genoss er die Bequemlichkeit, die *er sich mit seiner Tyrannei geschaffen hatte. Gott sei Dank bewies meine Mutter dieses Mal Mut und gab ihm nach ein paar Jahren Ehe einen Tritt in den Hintern. Sie ließ sich scheiden, obwohl das in den Sechziger Jahren ein schweres Sakrileg war. Vor allem, wenn es von der Frau ausging. Die sogenannte Emanzipation hatte noch keinen Einzug gehalten. Schon gar nicht in die Ehen.*

Lange hielt meine Mutter es allein nicht aus. Der nächste Vater stand sozusagen schon vor der Tür. Inzwischen fing sie an, regelmäßig abends ihren Wein zu trinken. Auch Wermut oder einen Klaren lehnte Mutter nicht mehr ab und landete nach ihrer Putzarbeit oft genug auf dem Heimweg in einer Kneipe. Dort lernte sie dann meinen nächsten Vater kennen. Der war der Schlimmste von allen. Das einzig Gute, was er bei mir bewirkte, war, dass ich mich, gegen seinen und meiner Mutter Willen, die inzwischen ihr Geld in Alkohol umsetzte, entschloss zu studieren und nun unbedingt Pädagoge werden wollte. Es war mein großer Traum, den mir anvertrauten Kindern und Jugendlichen klarzumachen, wie wichtig ein freudvolles Leben wäre. Freudvoll, aber nicht durchsetzt von Alkohol oder Drogen, vor allem im Elternhaus. Das habe ich auch geschafft. Bis dahin lag jedoch noch ein schwieriger Weg vor mir ...

An der Stelle hörten seine Aufzeichnungen auf. Offensichtlich war die Nacht vorbei und Benno beim letzten Blatt angekommen. Erschüttert und nachdenklich saß Bernd Hellwig vor den Papieren und legte sie sorgfältig wieder übereinander. So war das also. Zumindest bis hierhin. Es erklärte aber noch nicht Bennos Abrutschen in die Gosse. Er musste mehr wissen.

*

Penelope ging noch einmal zurück ins Bad, um sich einen Schlafanzug anzuziehen. Das Saunatuch war auf die Dauer nicht *rutschfest* und sie fühlte sich so unsicher, wie schon lange nicht mehr. Rolf hatte inzwischen die Schlafcouch auseinander geklappt und meinte:

„Warum schläfst du die wenigen Stunden, die noch übrig sind, nicht wenigstens vernünftig in deinem Bett?"

„Ganz einfach", antwortete sie, „weil ich hier bleiben will. Ich fühle mich im Wohnzimmer sicherer. Und jetzt, fügte sie hinzu, mach dich endlich lang, damit ich neben dich kriechen kann."

Deterlich setzte sich auf die Sofakante, war von der Situation völlig überrumpelt und stotterte: „Willst du an der Wand oder hier vorne liegen?"

„Lieber an der Wand."

„Dann rutsch durch", machte er ihr Platz und streckte sich neben Penelope aus. Ihr Schlafanzug duftete nach Orangen und Rolf dachte, dass ihre Wäsche genauso roch, wie die seiner Mutter. Wie eine kleine Katze suchte sie sich die Mulde an seiner Achsel aus und murmelte: „Ich glaube, ich ziehe die Konsequenzen ..." Deterlich hatte akustisch nicht verstanden, was sie nuschelte und bevor er auf diese geflüsterte Aussage überhaupt reagieren konnte, war sie in einen bleiernen Schlaf gefallen.

Ratlos betrachtete er das Bündel in seinem Arm und sah sich um. Einen Wecker konnte er nirgends entdecken. *Himmel*, dachte er, *wenn ich Penelope nicht wecken oder sonst wie erschrecken will, muss ich wohl wach bleiben. Immerhin haben wir gerade mal etwas über zwei Stunden. Dann müssen wir sowieso wieder aufstehen.*

Trotz des eisernen Vorsatzes wach zu bleiben, forderte die Natur ihr Recht und sein unruhiger Halbschlaf wurde von wilden Träumen durchzogen. Ab und zu bewegte Penelope sich und er dachte, dass es wohl besser sei, sie zu wecken. Abgesehen davon, dass er sich denkbar unwohl fühlte, fürchtete er auch, dass sie, wenn sie aufwachte, gar nicht mehr so sorglos in seinem Arm liegen bleiben würde. Deterlich wurde wieder klar wach und wusste nicht, wie er mit der Situation umgehen sollte. Sein Verstand rebellierte ebenso wie sein Körper und mit einem hohlen Seufzen zog er vorsichtig seinen Arm unter Penelopes Schulter weg. Dieser war, im Gegensatz zu ihm, nun komplett eingeschlafen und erst nach einigen Minuten Massage kehrte mit dem bekannten Kribbeln auch das Gefühl zurück. Leise stand er auf, zog sich an, nahm eine Taschenlampe und vergewisserte sich, dass das Fenster im Wohnzimmer geschlossen war. Deterlich wollte kein Risiko eingehen. Er wusste nicht, was er suchte, aber er konnte auch nicht untätig sitzen bleiben. Sein Rundgang beschränkte sich zunächst auf die anderen Räume der Wohnung. Bis auf das demolierte kleine Fenster im Bad und die zerbrochene Kachel war nichts Ungewöhnliches festzustellen. Missmutig nahm er Penelopes Hausschlüssel und öffnete die Tür. Es herrschte ein diffuses Dämmerlicht und würde nicht mehr lange dauern, bis die Nacht dem neuen Tag weichen würde. Rolf zog die Tür hinter sich zu, drehte sich noch einmal um und musste angesichts der verrückten Lage den Kopf schütteln. Das hätte er sich nun wirklich nicht vorgestellt. Vorsichtig machte er sich auf den Weg und inspizierte den Garten. Er war nicht groß und auch nicht sonderlich gepflegt. Man konnte sehen, dass der Inhaber oder besser: die Inhaberin nicht allzu viel Zeit investierte. Vielleicht nicht investieren konnte. Mit wachen Augen schritt er die kurzen Wege ab, betrachtete die Blumen und achtete darauf, ob irgendwo Zeichen eines unbefugten Zutritts auszumachen wären. Penelope hatte in der Nacht davon gesprochen, einen Schatten gesehen zu haben, der in Richtung Zaun verschwand. Der Kommissar sah sich um. Einen Zaun gab es, der war jedoch auf der linken Seite des Gartens und begrenzte ein Nachbargrundstück. Das dazu gehörende Haus war etwas zurück gebaut, doch er hielt es für undenkbar, dass ein eventueller Einbrecher seine Flucht auf ein bebautes Nebengrundstück antreten würde. Es sei denn, er kennt sich nicht aus. An dieser Stelle waren allerdings keine Fußspuren auszumachen, wogegen am rückwärtigen Ende des Gartens, direkt vor der Abschlussmauer deutliche Abdrücke zu sehen waren. *Sie hatte also Recht,* murmelte Deterlich, *hier ist jemand gewesen; jemand, der vermutlich auch den Stein ins Bad geworfen hat. Eingewickelt in einen Zettel, auf dem* nichts *geschrieben stand. Was soll das?* Bevor er sich in weiteren Überlegungen erging zog er sein Handy aus der Tasche und rief in der Dienststelle an. Zu seinem Entsetzen meldete sich zu dieser ungewöhnlichen Zeit Hartmut Sauerteig, der sogleich losblaffte: „Können Sie mir mal sagen, wo Sie sind? Ich suche Sie seit Stunden!"

Der Kommissar unterdrückte sowohl ein kräftiges Gähnen als auch seinen aufsteigenden Zorn und fragte: „Ach, Sie suchen mich also seit Stunden. Das verstehe ich nicht. Abgesehen davon, dass ich bis gestern Abend spät im Hause war und es jetzt erst kurz nach fünf in der Früh ist, wurde ich gegen Mitternacht – ich hatte gerade daheim die Haustür aufgeschlossen – von unserer Pathologin angerufen. Daraufhin bin ich gleich wieder losgefahren und habe mich vorher noch im Büro gemeldet. Ich weiß nicht mehr, wer gerade Dienst tat, Semmeler war es wohl, wenn ich mich recht erinnere, und ich bat darum, Bescheid zu sagen, wo ich mich aufhalten würde. Außerdem hätten Sie sich auch an meine Sekretärin wenden können, die bis zum späten Abend erreichbar war. Soviel dazu und jetzt zum Rest Ihres Vorwurfs: Weshalb suchen Sie mich?"

Sauerteig, der, wie des Öfteren nur seinen Frust ablassen wollte, geriet insofern in Bedrängnis, als dass er nichts Konkretes vorbringen konnte. Außerdem war Deterlich, sein mit Abstand bester Mitarbeiter, mit der Leitung der Ermittlungen in Sachen Helene Matthies und Ibo Golalal befasst, so dass dieser sowieso größtmögliche Bewegungsfreiheit genoss. Wütend stieß er hervor: „Das kann ich Ihnen sagen. Ich warte bereits seit mehr als zwölf Stunden darauf, endlich schriftlich den Stand Ihrer Ermittlungen auf den Tisch zu bekommen. Immerhin müssen wir spätestens morgen Nachmittag eine Pressekonferenz geben und was, bitteschön, soll ich da sagen?"

Der Kommissar holte Luft. „Habe ich gerade richtig gehört? Wir suchen einen Mörder, der zwei Menschenleben auf dem Gewissen hat. Vielleicht sogar mehrere Mörder. Einer der Toten war unser Kollege. ...und Sie erwarten von mir einen schriftlichen Bericht wegen einer Pressekonferenz??? Sagen Sie das noch mal! Außerdem, wieso wissen *Sie* nicht, was *Sie* sagen sollen? Seit wann leiten *Sie* eine Pres-

sekonferenz? Meines Wissens war und ist das Sache des Staatsanwaltes ...!" Deterlich brach abrupt ab; nicht weil ihm weitere Worte gefehlt hätten, sondern weil er keine Luft mehr bekam. Er war sich klar, dass er seine Kompetenzen mit dieser Verbalattacke überschritten hatte, doch das war ihm derzeit völlig gleichgültig. Deterlich atmete ein paar Mal tief durch und konnte deshalb nicht hören, was Sauerteig antwortete. Er äußerte weiter: „Sorry Sir, ich habe zwar nicht gehört, was Sie jetzt gesagt haben, aber das ist mir auch nicht so wichtig. Es scheint Ihnen nämlich noch etwas entgangen zu sein. Während Sie gestern Abend nach dem Spielfilm vermutlich genüsslich ins Bett marschiert sind, bin ich, wie bereits kurz erwähnt, zu Frau Doktor Angelika gefahren und habe insofern Erste Hilfe geleistet, als dass ich allein durch meine Anwesenheit eine Panik verhindert habe. Unsere Frau Doktor wird entweder bedroht oder jemand versucht sie einzuschüchtern, wobei ich noch nicht weiß, was davon zutrifft. Damit wären wir jetzt beim Grund meines Anrufes. Ich benötige jemanden von der Spurensicherung; im Garten sind eindeutig Abdrücke einer unbefugten Person zu erkennen. Außerdem warf der Täter oder die Täterin einen Stein durch das Badezimmerfenster von Frau Doktor Angelika. Um diesen Stein war ein Zettel gewickelt, auf dem allerdings nichts zu lesen ist. Da muss jemand ran, der feststellen kann, ob wirklich nichts drauf steht oder ob dieses Prozedere vielleicht in die Zeit und Gepflogenheiten der ehemaligen Stasi-Mitarbeiter der DDR fällt. Also irgendwas mit unsichtbarer Tinte, eventuelle Fingerabdrücke – was ich bezweifle, so doof kann wohl niemand sein – oder sonstiger Blödsinn ...."
Sauerteig wurde unsicher. „Glauben Sie wirklich, jemand will unserer Pathologin Übles?", fragte er konsterniert.
„Wäre ich sonst mitten in der Nacht hier heraus gefahren?", antwortete Deterlich, nach wie vor ungehalten.
„Wohl kaum", musste Sauerteig zugeben und fügte hinzu: „ich weiß sowieso nicht, warum Sie kein Ermittlungsteam bilden. Es wäre doch sinnvoll, sich abzusprechen, wer was macht ...."

Deterlich schnappte nach Luft. „Ich glaube, Sie lesen zuviel Henning-Mankell-Krimis. Wenn ich mich recht erinnere, sitzt da laufend irgendein Team zusammen und konferiert."

„Was ist daran falsch?"

„Die Tatsache, dass wir dazu keine Leute haben. Sobald wir uns – und da frage ich mich obendrein, wen ich dazu nehmen soll? – zusammensetzen, fehlt die betreffende Person irgendwo anders. Haben Sie sich schon einmal klargemacht, dass wir alle inzwischen auf dem Zahnfleisch gehen? Ich wüsste nicht, wen ich in ein solches Team einbinden sollte, ohne dass uns der Rest zusammenbricht. Allein meine beiden direkten Mitarbeiter musste ich erst einmal ins Bett schicken, weil sie vor lauter Müdigkeit nicht mehr geradeaus sehen konnten ...“

„Wer ist das?"

Rolf Deterlich hielt den Hörer ein Stück vom Ohr weg und sagte halblaut: „Das ist doch wohl nicht wahr. Jetzt weiß der noch nicht einmal, wer in meinem unmittelbaren Dunstkreis arbeitet. Laut sagte er, das sind Kanter, Schwarz und meine Sekretärin, Helga Mittland."

„Naja", kam es maliziös vom anderen Ende, „Sie wollen doch nicht behaupten, dass Sie eine Sekretärin als vollwertiges Mitglied in Ermittlungsarbeiten bewerten wollen?"

Jetzt platzte dem Kommissar der Kragen: „Verdammt noch mal! Können Sie sich eigentlich noch vorstellen, wie es außerhalb Ihres Büros zugeht? Vermutlich nicht. So, und jetzt reicht es mir. Abgesehen davon, dass Helga Mittland sogar spätabends noch mit zum Friedhof hinaus gefahren ist, um sowohl mich als auch Frau Doktor Angelika zu unterstützen, verbitte ich mir derartige Äußerungen. Meine Sekretärin ist sehr wohl ein vollwertiges Mitglied unseres Teams und ich möchte nicht wissen, was wir ohne sie täten. Ausserdem wird sie es sein, die, wenn überhaupt, Ihnen diesen verteufelten Bericht schreibt ...!"

Damit Sauerteig nicht völlig sein Gesicht verlor hakte er nach: „Genau, denken Sie an diesen Bericht. Ich will ihn bis spätestens elf Uhr auf meinem Tisch haben." Bevor Deterlich eine weitere Antwort geben konnte, hatte sein Chef den Hörer aufgelegt. Der Kommissar schaltete das Handy aus und überlegte, dass dieser Anruf ihm wohl einen Haufen Ärger einbrachte, sonst nichts. Er dachte nach, wen er am besten direkt, ohne nochmalige Einschaltung der Dienststelle, anrufen könne. Normalerweise war von der Spurensicherung immer jemand erreichbar, doch er wusste, dass Kallmann und Holler vermutlich genauso wenig geschlafen hatten. Also – mit wem könnte er sonst sprechen?

*

Annelore Mathern klappte langsam den Mund wieder zu. „Sie sind Simone?", stotterte sie. „*Die* Simone?"
Sowohl Ottokar als auch seine Frau konnten angesichts der verblüfften Miene ein leises Lachen nicht unterdrücken. „Genau", antwortete Ottokar schmunzelnd und Simone führte den Satz mit den Worten weiter: „Mein Mann sagte mir, dass Sie in der *Kajüte* auf ihn den Eindruck machten, dass Sie nicht gerade glücklich seien."
„Das ist richtig, ich kann Ihnen aber nicht genau definieren, wie ich meine Einstellung zu diesem Job beschreiben soll. Irgendwann werde ich dort ohnehin aufhören, nur der Zeitpunkt ist noch nicht klar."
„Dann nehmen Sie doch einfach unser Angebot an", forderte Ottokar und Annelo zuckte die Achseln: „So einfach ist das nun auch wieder nicht. Abgesehen davon, dass mir Ihre Ausführungen nicht gehaltvoll genug erscheinen, muss ich genau wissen, wie Sie sich meinen Stellenwechsel vorstellen. Und warum Sie mich haben wollen. Sie kennen mich doch nun wirklich nicht gut und werden verstehen, dass ich mich auf jeden Fall verbessern muss, sonst hat das Ganze keinen Sinn."
„Logisch", mischte sich Simone ein. „Das sollen Sie auch – also, hören Sie zu. Dass Sie bei Tellhaber nicht glücklich sind, hatten wir bereits festgestellt. Außerdem berichtete mir mein Mann, dass er bei

100

seinem Besuch in der Kajüte Zeuge wurde, wie Sie sich mit Ihrem Chef deshalb anlegten, weil er Sie in die obere Etage haben wollte und Sie sich vehement wehrten. Dabei stellte sich heraus, dass Sie insofern einem Irrtum aufgesessen waren, als dass Tellhaber meinen Mann zu Ihnen lotsen wollte. Die zwei kennen sich übrigens von früher. Wenn ich das richtig verstanden habe", wandte sie sich an Ottokar, „wolltest du da schon mit Frau Mathern sprechen."

„So ist es", erwiderte Fallwind, „doch Annelo hatte das völlig falsch verstanden und sortierte mich in die Kategorie Kunden ein, für die sie sich nicht zuständig fühlte. Wie bereits erwähnt, resultierte daraus der Streit mit Tellhaber und ich schloss dementsprechend, dass Ihnen", wandte er sich an Annelo, „ein solches Angebot vielleicht nicht ungelegen käme." Erwartungsvoll lehnte er sich zurück und führte weiter aus: „Ich, das heißt wir, stellen uns vor, dass Sie die verwaltungstechnische Seite übernehmen. Das war auch mit dem Wort Geschäftsführung gemeint."

Annelore hob die Hand. „Moment! Dafür muss ich doch zumindest eine kaufmännische Ausbildung haben, oder?"

„J-ein" grinste Ottokar, „die bekommen Sie von mir."

Annelo protestierte. Nicht weil sie absolut keinen Wert auf die vermeintlich notwendige Ausbildung legte, sondern einfach deshalb, weil ihr davor graute, näher mit Ottokar zusammen arbeiten zu müssen. Dieser fuhr in seiner Rede fort: „Sie brauchen keine Befürchtungen zu haben, dass Sie den Anforderungen nicht gewachsen wären. Ich traue Ihnen eine ganze Menge zu und bislang habe ich mich diesbezüglich auch noch nie getäuscht. Uns würden Sie damit obendrein noch eine Freude machen, weil wir Sie ganz einfach schätzen."

Annelore Mathern fragte sich, wie die Beiden zu der Meinung gekommen seien, sie zu schätzen, enthielt sich aber wohlweißlich jeglichen Kommentars, sondern hörte weiter zu als Simone Fallwind erneut das Wort ergriff. „Mein Mann hat Recht; wir schätzen Sie – das heißt, ich ausschließlich durch die Schilderung meines Mannes – und

Sie täten sich und uns einen Gefallen. Abgesehen davon, dass wir Ihnen auf jeden Fall ein besseres Gehalt zahlen werden. Dabei gehe ich davon aus, dass Sie so fair sind und uns Ihre letzte Abrechnung mitbringen, damit wir auf dieser Basis entsprechende Verhandlungen mit Ihnen führen können ..."

Bevor Simone weiter sprechen konnte, schaltete Annelo sich ein: „Stopp – mit einer Gehaltsabrechnung kann ich nicht dienen. Ich werde stundenweise bezahlt und kriege lediglich eine Quittung über den jeweils ausgezahlten Betrag."

„Ist das denn nicht Schwarzarbeit?", tat Ottokar Fallwind erstaunt.

„Von meiner Seite aus nicht. Ich sammle diese Quittungen und mache am Jahresende eine Lohnsteuererklärung. Außerdem bin ich entsprechend versichert. Bei den derzeitigen Zuständen in unserem Land, weiß man nie, was man mal braucht. Besser, ich zahle ein Leben lang umsonst in eine Versicherung ein, als dass ich, wenn nötig, mal ohne einen Cent dastehe."

„Das wäre aber nicht unbedingt nötig, oder?" vergewisserte sich Simone.

„Das weiß ich nicht. Ich will mir jedenfalls nichts zuschulden kommen lassen." Mit diesen Worten sicherte sie sich weiteres Wohlwollen, da sie sich durchaus darüber klar war, dass sich hier eine einmalige Chance bot, endlich aus der verhassten Kajüte herauszukommen. Freundlich nickte sie Simone und Ottokar zu: „Ich glaube fast, dass ich mir das auch zutraue. Vielleicht sollten wir uns den künftigen *Tatort* einmal ansehen?"

Beide Fallwinds lächelten: „Klar", kam es unisono, „das machen wir".

„Fräulein – zahlen bitte!", rief Ottokar und Annelo stand ein wenig zu heftig von ihrem Stuhl auf. Bei der Gelegenheit rutschte ihre Handtasche unter den Tisch und, wie es peinlicher nicht sein konnte, ergoss sich der Inhalt auf den Teppichboden. Mit hochrotem Kopf begann Annelore die Sachen einzusammeln. Ottokar Fallwind half ihr dabei und hielt plötzlich einen seltsamen Gegenstand in der

Hand. „Was ist denn das?", fragte er verblüfft.

„Eine Metallspitze, mit der ich meine Briefe öffne", entgegnete Annelo und ließ sie schnell wieder in ihrer Handtasche verschwinden. Mit einem *schönen Dank* bewegte sie sich auf die Tür zu und nahm es als selbstverständlich hin, dass Ottokar Fallwind auch ihre Rechnung beglich. Wenige Minuten später saßen sie alle in seinem Auto und fuhren zu *Simones Traumwelt.*

*

Benno Gullis stand am Fenster und starrte in das Dämmerlicht. Der Morgen zog grau und trübe herauf. Obwohl er nicht genau wusste, was der Tag ihm bringen würde, hatte er erheblich bessere Laune als viele Wochen und Monate zuvor. Es ging ihm immer noch ziemlich schlecht. Die Übelkeitsattacken waren zwar abgeflaut, doch in Ordnung war das noch nicht. In sarkastischer Selbsteinschätzung grinste er sein Spiegelbild in der Fensterscheibe an: Alter Junge, du glaubst also diesmal wirklich daran? Vorsichtshalber versah er seine Euphorie mit einem unsichtbaren Fragezeichen und wandte sich um, als es an seiner Zimmertür klopfte. Schwester Hermine kam mit dem Fieberthermometer und bat ihn, sich wieder hinzulegen. Benno dachte, dass sie wesentlich freundlicher war, als bei der ersten Begegnung. Da kam es auch schon: „Herr Gullis", druckste sie, „ich möchte mich bei Ihnen entschuldigen. Ich ..." Verwirrt brach sie ab und er half ihr: „Sie meinen, dass Sie mich nicht gerade freundlich behandelt hätten. Anfangs?"

Schwester Hermine nickte. „Wissen Sie, wir kriegen so viele Alkoholiker und Drogensüchtige rein, dass es uns – und damit meinte sie alle ihre Kolleginnen gleich mit – manchmal bis hier steht. Sie hob bezeichnenderweise die Hand an die Kehle und Benno lächelte. Hermine sah dieses Lächeln und dachte, dass es ihn völlig veränderte. Hinter dem vom Alkohol verwüsteten Gesicht sah sie die einstigen Züge eines Menschen, der einmal ein ganz anderer war. Sie schluckte und sagte leise: „Was halten Sie davon, wenn ich Ihnen noch etwas Papier bringe, damit Sie weiter schreiben können. Ich habe einen Block mit Lochrand und auch einen Rehrücken ...“

„Was haben Sie?“ Verblüfft wiederholte Benno den Ausdruck Rehrücken und die Schwester klärte ihn auf: „Das ist so ein Heftstreifen; man kann die losen Blätter damit zusammenhalten.“

Benno lachte und stellte zu seiner Verwunderung fest, dass er es noch konnte. Lachen. Wie lange lag sein letztes Lachen zurück?

„Heftstreifen, das sagt mir was – aber Rehrücken?“

„Ich nenne das Ding immer so, weil es meistens grün ist. Grün erinnert mich an Wald und Wald an Rehe.“

„Das ist auch eine Variante. Aber die Idee ist gut. Mit dem Papier meine ich“, fügte Benno hinzu. „Vielleicht sollte ich wirklich weiter schreiben.“

„Natürlich, das tut Ihnen doch gut. Sie können sich den Frust von der Seele pinseln“, sagte sie schnodderig und überdeckte damit ihr Mitleid. Denn, was sie vor vierundzwanzig Stunden nicht geglaubt hätte, sie hatte wirklich Mitleid mit diesem Mann. Gleichzeitig verspürte sie eine ungewöhnliche Sympathie. Geschäftig wandte sie sich zur Tür: „Ich komme gleich wieder, dann können wir auch sehen, was Ihre Körpertemperatur macht. Ich glaube nicht, dass Sie Fieber haben, aber wir wollen sicher sein. Außerdem, blickte sie ihn fragend an, haben Sie Hunger?“

„Nein – allein der Gedanke an essen löst bei mir immer noch Übelkeitsattacken aus. Aber, seufzte Benno ergeben, ich werde wohl etwas essen müssen.“

Schwester Hermine drückte energisch die Klinke herunter. „Also bis gleich.“

Nachdenklich blieb er auf dem Bett liegen und dachte darüber nach, wie sich sein Aufenthalt in der Wolkenberg-Klinik wohl gestalten würde. Wenn es überhaupt dazu käme. Der Blick wanderte zu seinen Füßen, die genauso schäbig aussahen, wie er selbst. Bei diesem Anblick sank seine Euphorie wieder schlagartig und er war froh, dass die Schwester zurückkam. In der Hand die versprochenen Bogen Papier und den Rehrücken. Beides legte sie auf den kleinen Tisch am Fenster und nahm ihm zunächst das Fieberthermometer ab. „Nichts", meinte sie. „Sehr gut. Damit müssen wir uns also schon mal nicht befassen. Kommen wir noch einmal zum Thema essen. Ich schlage vor, dass Sie mit mir in die Schwesternküche kommen."

„Warum", fragte Benno verwirrt.

Hermine grinste. „Damit ich Sie unter Kontrolle habe", gab sie offen zu. „Abgesehen davon, dass Sie mir von unserem Stationsarzt besonders ans Herz gelegt wurden, wartet dort jemand auf Sie, mit dem ich Sie gern bekannt machen würde."

Abwehrend hob Benno die Hände. „Ich bin noch nicht in der Lage, jemanden kennen lernen zu wollen", erwiderte er.

„Doch, Sie können. Ich weiß das. Kommen Sie mit. Sie werden mit diesem Herrn gemeinsam frühstücken. Etwas ganz Leichtes und ich kann Ihnen versprechen, dass dieser Mann absolutes Verständnis für Sie aufbringen wird." Mit diesen Worten zog sie ihn in eine sitzende Position und befahl: „Schluffen anziehen und ab geht's."

Immer noch widerwillig folgte er der Schwester auf den Flur und ins Schwesternzimmer. Dort stand, mit dem Rücken zur Tür, ein Mann, dessen Haltung ihm bekannt vorkam. Nach seinem leisen *guten Morgen* drehte der Herr sich um und Benno erkannte zu seiner großen Verblüffung Hein Gerlach, seinen Suchtbeauftragten aus der Zeit, da er noch als Lehrer tätig gewesen war. Der sah ihn an und sagte nur: „Moin Benno, setz dich – ich freue mich, dich zu sehen!"

„Das kann ich kaum glauben", quetschte der so Angesprochene heraus. „So wie ich aussehe und was aus mir geworden ist ..."

„Quatsch keine Opern", erwiderte Gerlach ungerührt, „setz dich hin, frühstücke mit mir und wir werden reden. Du wirst dir ja denken können, dass ich nicht umsonst hier bin, oder? Immerhin kennen wir uns schon ein paar Tage und ich bin eigentlich enttäuscht, dass du mich nie angesprochen hast."

„Wie sollte ich? Ich habe doch im Traum nicht mehr daran gedacht, überhaupt jemanden anzusprechen. Die meiste Zeit war ich selber nicht mehr ansprechbar."

„Damit hast du allerdings recht", gab der Andere zu. „Das wird sich nun ändern. Also setz dich endlich und hör mir zu."

*

Der Kommissar stand immer noch im Garten als ihm einfiel, dass er Penelope wohl wecken müsste. Sie würde ihren Dienstbeginn glatt verschlafen und nach dem ekligen Auftritt mit Sauerteig legte er keinen Wert darauf, dass die Ärztin sich auch noch einen Rüffel einhandelte. Er war zwar der Überzeugung, dass es besser wäre, wenn sie noch ein paar Stunden schliefe, aber nach dem was gut oder nicht gut war, fragte sowieso niemand mehr. Das ganze Team war hoffnungslos überlastet und man musste sehen, mit der Situation fertig zu werden. Seufzend begab er sich ins Haus, um seine Kollegin zu wecken. Zu seiner Überraschung hörte er melodisches Pfeifen aus der Dusche und stellte fest, dass sie nicht nur wach, sondern ausgesprochen munter war.

„Hallo – guten Morgen", rief er in Richtung Dusche und erhielt ein ebenso munteres Guten Morgen zurück. Verblüfft fragte er sich, ob Frauen vielleicht doch widerstandsfähiger wären als Männer. Er für seinen Teil war hundemüde und machte auch keinen Hehl daraus, dass er wesentlich lieber schlafen würde als zum Dienst zu fahren.

Kurze Zeit später kam Penelope angekleidet und dezent geschminkt ins Wohnzimmer. „Noch einmal guten Morgen", meinte sie. „Habe ich dich diese Nacht arg strapaziert?", fragte sie.

„Nein", antwortete Rolf, „eigentlich eher verblüfft. Ich war nicht darauf vorbereitet..."

„Worauf?"

„Na – na ja, eben auf alles", erwiderte er lahm und Penelope grinste. „Ich weiß, dass dir jetzt etliche Fragen auf den Nägeln brennen, aber du musst dich noch ein wenig gedulden. Wir werden, trotz der Eile, erst einmal frühstücken und von mir aus soll Sauerteig noch saurer werden. Er kann mich mal."

Der Kommissar setzte sich auf einen Küchenhocker und fragte zurück: „Wie kommst du auf Sauerteig?"

„Ich habe zufällig dein Gespräch im Garten mitgehört. Das heißt, den Teil, den du gesagt hast. Daraus konnte ich schließen, dass unser Boss mal wieder ordentlich ins Fettnäpfchen getreten ist."

„Als ich rausging schliefst du aber doch noch?"

„Ich bin wach geworden, als du deinen Arm weggezogen hast. Allerdings habe ich das nur vage mitbekommen. Dann bemerkte ich, dass du durch die ganze Wohnung gingst."

„Ich wollte kontrollieren, ob alle Fenster geschlossen waren", warf er ein. Danach ging ich in den Garten, um im Hellen festzustellen, ob möglicherweise brauchbare Spuren sichtbar geworden waren. Ich habe auch etwas gefunden. Daraufhin rief ich im Büro an und landete bedauerlicherweise auf Sauerteigs Anschluss, da von unserer Crew anscheinend keiner anwesend war."

„Logisch, die müssen auch mal schlafen."

Rolf nickte mit dem Kopf und seufzte: „Den Rest hast du ja mitgekriegt." Er biss krachend in das frische Brötchen. „Hm, sag mal, woher hast du denn Brötchen. Du warst doch gar nicht draußen" und, ohne eine Antwort abzuwarten, vollendete er den Satz mit den Worten, ich überlege jetzt nur noch, wen ich ansprechen kann, sich deinen Garten einmal anzusehen."

Penelope setzte sich ebenfalls und griff zur Teekanne. „Ich habe Tee gemacht. Leider wusste ich nicht, ob du lieber Kaffee oder lieber Tee trinkst."

„Tee ist mir sehr recht", murmelte Rolf und kaute weiter.

„Prima. Zu deiner weiteren Frage, woher ich Brötchen habe. Tiefkühltruhe und aufgebacken. Ich kann doch nur alle paar Wochen mal vernünftig einkaufen, dann muss ich mich entsprechend eindecken. So, zum letzten Teil der Frage, wer sich mal im Garten umschaut. Zunächst noch einmal wir beide. Und dann schlage ich vor, Kallmann und Holler – sobald sie frei sind. Das hier ist nicht so wichtig, als dass wir sie von der Matthies/Golalal-Geschichte abziehen sollten. Womöglich noch ohne Genehmigung von Sauerteig. Der hat mich ohnehin auf dem Kieker."

„Wieso denn das", fragte Rolf verdutzt dazwischen, „wenn jemand seine Arbeit hundertprozentig korrekt macht, dann doch wohl du!"

„Solltest du übersehen haben, dass ich eine Frau bin?", fragte Penelope maliziös zurück.

„Das ist kaum zu übersehen. Aber – wieso? Mag er keine Frauen?"

„Sag bloß, das weißt du nicht? Der ist doch aus dem anderen Karton!"

„Nee!!!"

„Doch – aber jetzt iss endlich weiter, damit wir fahren können. Ich versuche inzwischen, einen von unseren beiden Spürhunden zu erreichen."

Mit diesen Worten nahm sie die halbvolle Teetasse und ging ins Wohnzimmer. Wieder einmal kam ihr der Gedanke, dass sie wohl doch unbedingt ein Handy, oder zumindest ein kabelloses Telefon bräuchte. Vorsichtig stellte sie die Tasse auf den Couchtisch als das Telefon neben ihr klingelte. Da sie selbst telefonieren wollte, überlegte sie, ob sie es einfach klingeln lassen sollte, bis derjenige aufgab, doch dann entschied sie sich doch, den Hörer abzunehmen.

„Angelika", meldete sie sich.

„Guten Morgen Frau Kollegin", röhrte eine aufreizend wache Stimme durch den Hörer. „Störe ich?"

„Nein", knurrte sie, „oder vielmehr ja ..."

„Was denn nun? Hier ist übrigens Holler."

„Das habe ich gehört. Was, in drei Teufels Namen, wollen Sie denn so früh am Morgen von mir? Ich wollte Sie auch gerade anrufen."

„Weiß ich, oder vielmehr, kann ich mir denken. Sauerteig hat mich auf Sie gehetzt. Sie hätten ein Problem. Meinte er."

„Sauerteig? Jetzt bin ich aber platt. Wie kommt der denn dazu, sich gerade um mich zu sorgen. Das sieht ihm gar nicht ähnlich."

108

„Stimmt. Sie vergessen aber anscheinend, dass Sie auf unabsehbare Zeit die einzige Gerichtsmedizinerin sind, die er hat und die mit entsprechend weitreichenden Vollmachten ausgestattet ist. Demzufolge muss er Sie bei Laune halten. Dazu gehört auch, dass Sie wohlauf bleiben müssen und keinesfalls beschädigt werden dürfen", kam es sarkastisch vom anderen Ende der Leitung.

Rolf war zwischenzeitlich dazu gekommen und sah Penelope fragend an. Sie legte den Finger an die Lippen und schaltete die Freisprechanlage ein. „Sie meinen also", sagte sie, „seine Fürsorge ginge auf krassen Eigennutz zurück."

„Klar. Er braucht Sie."

„Und Sie meinen, Zeit genug zu haben, um sich die Spuren in meinem Garten anzusehen?"

Rolf Deterlich hatte inzwischen einen Zettel geschrieben, den er ihr vor die Nase hielt: *Macht es dir etwas aus, wenn Holler erfährt, dass ich bei dir bin?*

Sie schüttelte den Kopf und hörte auf Hollers Antwort, mit der er bestätigte, dass soviel Zeit allemal sein müsse.

„Gut", sprach der Kommissar dazwischen und grinste, weil er das verdutzte Gesicht Hollers regelrecht vor sich sah, „wir werden hier auf Sie warten. Ich kann Ihnen vielleicht noch ein paar Details geben. Viel ist es nicht, aber man wird ja bescheiden."

Holler schien zu schlucken. „Guten Morgen Kommissar. Selbstverständlich ist es mir sehr recht, wenn Sie dort sind. Soll ich Kallmann auch mitbringen?"

„Halte ich angesichts der offensichtlichen Spuren und der Gesamtheit des Vorfalls nicht für erforderlich. Ich denke, der hat noch genug mit Ibo Golalal zu tun."

„Okay Boss – in einer halben Stunde bin ich da."

Dr. Angelika legte den Hörer auf und sagte: „Ja, jetzt haben wir noch ein bisschen Zeit. Beschäftigen wir uns also mit anderen Dingen. Zum Beispiel mit uns."

Penelope räumte die Bettdecke und Kissen notdürftig zur Seite und setzte sich auf die Couch. Rolf sah misstrauisch auf das Durcheinander und meinte: „Sollten wir vielleicht die Spuren des gemeinsamen Nächtigens tilgen?"

„Warum?", fragte sie zurück. „Haben wir was zu verbergen?"

„N-n-nein", stotterte Rolf, „bestimmt nicht. Aber wenn Holler gleich kommt..."

„Und was sieht er? Dass hier jemand geschlafen hat. Und er wird davon ausgehen, dass du es warst; etwas Anderes macht derzeit keinen Sinn. Außerdem", fügte sie hinzu, „geht es ihn einen Dreck an."

Rolf sah einmal mehr erstaunt auf seine, sonst so zurückhaltende Kollegin. Bevor er jedoch den Mund aufmachen konnte, sprach Penelope schon weiter: „So, und jetzt komme ich zu dem, was du vermutlich überhaupt nicht unterbringen kannst. Erinnere dich; ich erwähnte, dass ich noch verheiratet bin. Außerdem bildete ich mir ein, an diesen Mann gefühlsmäßig gebunden zu sein. In den vergangenen, verrückten Stunden ist mir klar geworden, dass ich einem Phantom nachjage. Abgesehen davon, dass ich nicht einmal weiß, ob er augenblicklich auch nur das Geringste für mich empfindet, weiß ich im Gegenzug eines mit Sicherheit – das Leben kann verdammt kurz sein. Ich habe Ibo nicht sonderlich gemocht, doch wenn ich mir vorstelle, dass er jetzt auf meinem Seziertisch liegt und niemand weiß, warum er beseitigt wurde, dann läuft es mir ziemlich kalt den Rücken herunter. Beide Todesfälle haben mich sozusagen geweckt. Ich habe beschlossen, mein Leben aufzuräumen und mich scheiden zu lassen. So, und gleich einen weiteren Satz hinterher ... ich will frei sein, denke aber bitte nicht, dass ich jetzt an dir klebe. Du hast, wenn man so will, nur bedingt mit diesem Entschluss zu tun. Dankbar bin ich dir, dass du mich, wenn auch unbewusst und ungewollt, dazu gebracht hast."

Deterlich hatte Schwierigkeiten diesem raschen Monolog zu folgen und schaute demzufolge etwas argwöhnisch drein. „Kann es sein, dass ich dir nicht folgen kann?", fragte er. „Ich bin dir doch wohl nicht irgendwie zu nahe getreten, oder wie soll ich das alles verstehen beziehungsweise nicht verstehen?"

Penelope grinste: „Vielleicht hättest du mir zu nahe treten sollen. Allerdings kann ich dir nicht sagen, wie meine Reaktion darauf gewesen wäre. Lass es gut sein, Rolf, ich hoffe ganz einfach, dass sich aus unserer guten und harmonischen Kollegialität auch auf privater Basis eine gute Beziehung entwickelt und den Rest überlassen wir der Zeit. Du sollst nur wissen, dass ich dich wirklich sehr schätze ..."

Bevor der Kommissar eine Antwort geben konnte, ertönte ein heftiges Hupen vor dem Haus und Holler sprang aus dem Wagen.

*

Benno Gullis setzte sich vorsichtig auf einen der Stühle, die am Fenster standen. Diese Position gab ihm die Möglichkeit, dem forschenden Blick seines Gegenübers auszuweichen. Gerlach bemerkte das sehr wohl, ließ ihn aber in Frieden. Ihm war klar, dass Benno Zeit brauchte. Zeit, zu verdauen, dass jemand aus seiner Vergangenheit auftauchte, der ihm *nicht* übel wollte. Er hatte vor Jahren mit der Welt abgeschlossen und nun sollte es wieder anders kommen. An einen solchen Gedanken musste er sich erstmal gewöhnen. Gerlach beobachtete ihn und dachte, dass Ibo Golalal gut daran getan hatte, ihm den Fall Gullis anzuvertrauen, allerdings begriff er nicht, wieso man den Polizeiarzt umbrachte, und das auf einem Friedhof. Sie waren nicht direkt Freunde gewesen, doch Hein Gerlach kannte die Probleme des Ermordeten und trauerte auch um ihn. Im gewissen Sinne sah er die bevorstehende Betreuung von Benno als dessen Vermächtnis an, das er unbedingt erfüllen wollte.

Benno starrte noch immer aus dem Fenster und sagte unvermittelt: „Wie kommt es, das du nach soviel Jahren auftauchst und, was für mich noch wichtiger ist zu wissen, was du von mir willst."

„Ich will nichts von dir. Jedenfalls nichts, was du nicht auch willst. Es sei denn, du hast deinen Entschluss, es noch einmal mit einem Entzug zu versuchen, ad acta gelegt."

111

Forschend sah Hein Gerlach ins Bennos Gesicht und dieser fuhr mit einer heftigen Bewegung herum. „Wie kommst du darauf? Außerdem: woher weißt du davon?"

Aufgrund des misstrauischen Blickes von Benno konnte Gerlach ein Grinsen nicht verkneifen. „Fangen wir mit dem zweiten Teil der Frage an. Ich weiß davon, weil Ibo Golalal sich vor etlichen Monaten an mich wandte. Er wollte unbedingt, dass du aus diesem Morast herauskommst. Der erste Teil deiner Frage hat sich wohl erledigt und wie ich dich einschätze, willst du eine solche Kur brennender als alles andere. Du bist dir hoffentlich klar darüber, dass das eine Tortur sein wird. Die ersten sechs Wochen keinerlei Kontakt zur Außenwelt ..."

Benno unterbrach ihn unwirsch. „Na und? Du vergisst, dass ich keine Außenwelt habe. Um mich herum ist nur Sumpf – da hatte Golalal schon Recht. Bloß, wieso wendet er sich an dich? Das verstehe ich immer noch nicht."

„Man soll über Tote nicht schlecht sprechen, doch ich verrate dir wahrscheinlich noch nicht einmal ein Geheimnis, wenn ich sage, dass Ibo selber süchtig war. Keinen Alkohol, aber Marihuana, Koks und Co. Er hatte es immer vertuschen können und wusste aber auch, dass er mit einem Fuß bereits über dem Abgrund hing. Er wollte auf jeden Fall, dass du in ein normales Leben zurück findest."

„Warum? Okay, ich habe mal sein Kind vor Übergriffen geschützt. Das kann es aber doch nicht sein. Schließlich war das keine Großtat, sondern eine völlig normale Reaktion auf das Verhalten ungebärdiger Jugendlicher."

Gerlach schüttelte den Kopf. „Nein, das wird es wirklich nicht gewesen sein. Jedenfalls nicht allein. Vielleicht erinnerst du dich noch, dass du vor ungefähr fünfzehn Jahren einmal einer älteren Dame in einem Geschäft mit ein paar Mark ausgeholfen hast, weil man ihr das Portemonnaie gestohlen hatte. Da gab es noch unsere DM und sie hätte noch nicht einmal das Brot bezahlen können."

Benno nickte: „Ja, ich erinnere mich. Arme Frau, sie hat mir so leid getan, zumal der Kassierer sie auch noch vor aller Augen barsch anfuhr, dass sie eben besser auf ihre Sachen hätte achten müssen. Zudem verstand die Frau kaum ein Wort deutsch."

„Siehst du", hakte Gerlach ein, „das wird's gewesen sein. Diese Frau war Ibos Mutter. Und das ist sein Dank dafür. Ich habe auch noch einen Brief an dich. Den werde ich dir später geben. Ich denke, Euer Schicksal war wohl immer irgendwie miteinander verwoben. Fernerhin, wenn ich seinen Erzählungen Glauben schenken darf, bewahrte er dich öfter als einmal vor der Ausnüchterungszelle indem er dich rechtzeitig aus dem Verkehr zog. Hast du dich niemals gewundert, dass er dich manchmal sogar unter der Brücke besucht hat?"

„Doch", wandte Benno zögernd ein, „das habe ich aber nie so richtig registriert."

„Konntest du vermutlich auch nicht, *zu* wie du immer warst. Bei diesen Gelegenheiten hat er dich jedesmal dort weggelockt. Die Anderen wurden einkassiert und du bliebst verschont."

„Das hört sich an, als hätte ich ihm eine Menge zu verdanken."

„Ganz sicher. Zu dem was jetzt kommt ... gebührt ihm gewiss der größte Dank. Doch es wird eine Weile dauern, bis du dazu in der Lage bist. Was dir bevorsteht, ist ..."

„Hör auf!", rief Benno. „Ich weiß es, oder besser – ich kann es mir denken. Aber ich will. Verstehst du! Ich will! Weil ich muss, sonst hat alles keinen Sinn mehr. Mehr als Ibo, befinde ich mich bereits im freien Fall. Hoch über dem Abgrund. Und was ich unter mir sehe …, nein, mit dem letzten Rest meines Verstandes: *Nein*!"

Benno hatte sich inzwischen hingesetzt und resigniert den Kopf in die Hände gestützt. Lächelnd registrierte Hein Gerlach, dass er seine alten Angewohnheiten anscheinend beibehalten hatte. Unbewusst. Es würde eine Menge Arbeit kosten. Gerlach dachte darüber nach, wie er am besten den Therapieplan aufstellen konnte. Ein wenig sarkastisch überlegte er, dass es wenigstens einen Punkt gäbe, bei dem Benno kein Problem darstellen würde: Frauen.

Offensichtlich hatte er damit nichts am Hut, wobei Gerlach nicht einmal wusste, ob er jemals verheiratet oder liiert gewesen war. In Gedanken machte er sich eine Notiz, dass das geklärt werden müsse. Immerhin waren im Wolkenberg auch Frauen. Und was für welche. Ein paar waren recht ansehnlich und hatten auch schon wieder Fuß gefasst, doch der größere Teil – igitt. Er wollte verhindern, dass Bennos Einstellung auf ein normales Leben unter Umständen auf der einen Seite gelang, dieser dafür auf einer anderen Seite abrutschte. Das wäre nicht der Sinn der Sache. Gott sei Dank brauchte man sich um die Finanzierung keine Sorgen zu machen. Da Ibo Golalal selbst einen Entzug plante und sowohl für seinen Anteil als auch für Benno Gullis bereits eine deftige A-Konto-Zahlung vorab leistete, war eine gründliche Therapie für seinen Schützling gewährleistet. Er dehnte sich und meinte: „Wie sieht es aus? Hast du Lust auf einen kleinen Spaziergang?"

„Ich weiß nicht, ob ich das Krankenhaus verlassen darf", erwiderte Benno fast gleichgültig. „Kann ja mal fragen. Die werden bestimmt Angst haben, dass ich mir, sobald ich rauskomme, Schnaps kaufe. Kann ich aber nicht. Ich habe nämlich keinen Cent mehr. Noch nicht einmal für Zigaretten." Gleichzeitig zeigte er mit dem Finger auf das Frühstück. „Meinst du, ich muss das noch essen?", er schüttelte sich.Gerlach sah seine erste Chance, durchzugreifen. Er würde in der Wolkenberg-Klinik auf jeden Fall mit dem Chefarzt, Dr. Brader, reden und darum bitten, Bennos Betreuung zu bekommen. „Benno Gullis", erwiderte er streng, „ich habe alles Verständnis der Welt für dich. Ich kann mir auch vorstellen, dass du das Gefühl hast, beim ersten Bissen kommt gleich alles wieder raus – aber es hilft nichts. Du musst. Und dieses *du musst* wirst du in den nächsten Monaten noch sehr, sehr oft hören. Denk daran."

Mit einem missmutigen Achselzucken schob Benno sich einen weiteren Bissen Toastbrot in den Mund und spülte mit einem Schluck Tee nach. Gerlach stand auf:" Ich gehe mal kurz fragen, ob du raus darfst; könnte mir aber vorstellen, dass das in meiner Begleitung keine Probleme macht …"

114

Wobei Gerlachs Absicht auf einem völlig anderen Aspekt lag. Er wollte Benno schnellstens aus der Klinik bekommen.

*

Penelope hatte ihren Kommissar mehr als nur verblüfft, als sie ihm antrug, doch bei ihr zu wohnen. Offizieller Aufhänger, an dem auch Pen sich festhielt, war die Unsicherheit, isoliert in ihrer Wohnung zu sein. Solange diese ominösen Morde nicht geklärt waren und sich herausgestellt hatte, wer ihr ganz persönlich übel wollte, hasste Pen es, allein im Haus zu sein. Der Kommissar nahm dieses Angebot, einschließlich des offiziellen Grundes gerne an.

Rolf Deterlich hatte seine Sachen in die Schränke geräumt und konnte immer noch nicht ganz fassen, dass er ab sofort bei Penelope wohnen würde. Unwirsch schüttelte er den Kopf, um seine konfusen Gedanken zu ordnen. Dabei machte er sich auf den Weg in die Küche. Im Vorbeigehen warf er einen Blick auf die Wohnzimmeruhr und bemerkte entgeistert, dass es bereits nach Mitternacht war. Wo blieb bloß Penelope? Langsam begann Rolf, sich Sorgen zu machen. Kurz vor siebzehn Uhr hatte Sauerteig ihn zu sich ins Büro gerufen. Als er dort ankam, war der nicht aufzufinden und auch die Sekretärin hatte keine Ahnung, wo sie ihren Boss vermuten sollte. Ratlos hatte sie zu dem Kommissar bemerkt: „Fragen Sie mich bloß nicht, wo er steckt! In den letzten Tagen kommt oder geht er, ohne sich abzumelden. Ich weiß nicht, was mit dem los ist", schloss sie seufzend.
Rolf Deterlich hatte daraufhin Penelope, die er inzwischen einfach Pen nannte, auf ihrem Handy erreicht und Bescheid gesagt, dass er vorsichtshalber auf seinen Boss warten würde. Sie verblieben so, dass Rolf danach noch einmal in seine Wohnung fahren, einen Teil Sachen packen und bei Pen sozusagen einziehen würde. Sie hatte noch gesagt: „Prima Rolf – bei mir wird es heute auch nicht so spät. Im Institut sind wir fast fertig und das bisschen, was noch übrig ist,

kann Oliver machen. Ich denke, dass ich gegen neun spätestens daheim sein werde. Du kannst ja schon mal überlegen, ob und was wir uns dann zu essen basteln. Bis dahin und ciao!", schloss sie das Telefonat.

Rolf wollte noch anmerken, dass er neun Uhr am Abend nicht gerade als früh daheim bezeichnen würde, doch da hatte Penelope die Verbindung schon getrennt.

... und jetzt war es nach Mitternacht und sie war weder zu Hause, noch hatte sie sich gemeldet. Unruhig ging Rolf in die Küche, kramte zum x-ten Mal den Benno-Gullis-Bericht heraus und begann zu lesen. Immer wieder grübelte er darüber nach, ob er irgendwo vielleicht etwas übersehen hatte. Er war sicher, dass Benno unschuldig war, zumal der zweite Tote ausgerechnet Ibo Golalal hieß. Das hatte Benno eindeutig entlastet. Trotzdem war Rolf sicher, dass der Auslöser in dem völlig unsinnigen Mord an der Bibliothekarin zu suchen sei. Doch wo sollte er den Hebel ansetzen? Im Zuge dieser Überlegungen machten sich die durchwachten Nächte der vergangenen Tage und Wochen bemerkbar. Rolfs Kopf sank auf die Tischplatte und er schlief im Sitzen ein.

Penelope lehnte mit kalkweißem Gesicht im Türrahmen der Küchentür und versuchte, Rolf zu begrüßen, was ihr durch einen stakkatischen Schluckauf, durchsetzt mit Schluchzern, nur unzureichend gelang. Trotzdem durchdrangen diese seltsamen Geräusche Rolfs Tiefschlaf und er fuhr hoch: „Gott sei Dank", gähnte er, „da bist du ja endlich! Aber, stutzte er, wie siehst du denn aus? Ist dir der Satan persönlich begegnet?"

Penelope war nicht mehr in der Lage zu antworten. Sie wollte einen Satz formulieren, doch stattdessen drehte sie sich um, rannte ins Badezimmer und erbrach sich.

Rolf war inzwischen völlig wach und überlegte, ob er ihr ins Bad folgen sollte. Er entschied sich dagegen, weil das *Sich-übergeben-müssen* eine solch intime Angelegenheit sei, dass er auch nicht wusste, wie Penelope sich verhalten würde. In den vergangenen Tagen hatte er immer wieder festgestellt, dass sie manchmal unberechenbar reagierte.

Im Badezimmer wurde die Wasserspülung betätigt und kurze Zeit später kam sie in die Küche. Pen sah aus, wie das buchstäbliche Leiden Christi und Rolf wagte nicht, sie anzusprechen. Abwartend und forschend sah er sie an.

Penelope schluckte immer noch, versuchte aber, einigermaßen verständlich zu reden: „Weißt du ... es war einfach furchtbar! In meiner ganzen Praxis ist mir so etwas noch nicht passiert!"

Vorsichtig und leise fragte Rolf nach: „Was ist dir noch nicht passiert?"

„Auf dem Friedhof, demselben, auf dem man auch Ibo Golalal gefunden hat, lag eine neue Leiche. Kanter hatte mich angerufen, dass ich kommen sollte ..." Penelope sprang erneut auf und rannte zum zweiten Mal ins Bad. Offensichtlich hatte ihr Magen die absolute Grenze dessen, was ein Mensch verkraften konnte, erreicht. Rolf entschloss sich, Pen regelrecht ruhig zu stellen. Er ging an das Barfach und runzelte die Stirn. *Na, das ist ja nicht gerade was Besonderes.* In der hintersten Ecke fand er eine Flasche, deren Inhalt wie Wasser aussah. Beim Lesen des Etiketts entpuppte sich der Inhalt als Pisco sour, also ein Schnaps, der, wie er weiter las, ziemlich hochprozentig sein sollte. Das müsste das Richtige sein. Er öffnete die Flasche, die noch original verschlossen war, und goss ein gutes Drittel in ein Whiskyglas. Das trug er zum Wohnzimmertisch und ging dann zum Bad. Penelope kam gerade wieder heraus und klapperte hörbar mit den Zähnen. „Entschuldige bitte; ich glaube, ich habe wohl die Kontrolle über mich verloren ..."

„Nun mach' aber mal 'nen Punkt", schnappte Rolf. „Wenn dich etwas derart aus der Bahn wirft, muss es einen gravierenden Anlass gegeben haben. Du kommst jetzt mit ins Wohnzimmer, trinkst etwas zur Beruhigung und versuchst – bitte! – mir alles zu erzählen. Es scheint nämlich, als sei das auch für mich äußerst interessant."

„Stimmt", Penelope klapperte immer noch mit den Zähnen und folgte ihrem neuen Lebensgefährten, wie sie anfangs bemerkte *auf Zeit*, ins Wohnzimmer. „Ihh – Alkohol!" verzog sie das Gesicht: „Pico sour, ich mag dieses Zeug nicht!"
„Das habe ich bislang zwar nicht gewusst; es wäre mir im Augenblick aber auch egal. Setz dich hin und trink das. Von mir aus Augen und Nase zu, aber runter damit!"
Widerwillig schüttete Pen den Riesenschnaps herunter und ließ sich in den nächsten Sessel fallen.
Rolf ließ sie in Ruhe und bemerkte nach einigen Minuten, dass das Zähneklappern aufhörte und sie auch ruhiger atmete. Eine kleine Weile später atmete Pen tief durch und sagte unvermittelt und zusammenhanglos: „Du warst ja nicht zu finden."
Perplex schaute Rolf sie an: „Wer hat mich denn gesucht? Kann es sein, dass ich jetzt irgendetwas nicht verstehe?" Ratlos wartete er auf Antwort und bemerkte nur noch: „Versuche bitte, von Anfang an zu berichten."
Penelope schluckte, kämpfte mit ihrem Schluckauf und erneutem Brechreiz und begann: „Es war – vielleicht – so gegen siebzehn Uhr als das Telefon klingelte. Ich war gerade mit einem Fall aus dem Krankenhaus beschäftigt, so dass Hollmann, der zufällig bei mir unten war, an den Apparat ging. Ich sah aus den Augenwinkeln, wie er die Farbe verlor und sagte: nein! Nicht schon wieder! Dann legte er auf und erzählte ganz aufgeregt, dass Kanter am Telefon gewesen sei und ich so schnell wie möglich zum Friedhof kommen sollte. Genau zu dem Friedhof, auf dem man auch Ibo gefunden hatte. Also Reuschenberg. Da ich mich noch waschen und umziehen musste, dauerte es vielleicht fünfzehn Minuten, bis ich losfuhr."
„Und dann brauchtest du um diese Zeit doch bestimmt auch eine dreiviertel Stunde, bis du dort warst, oder?" unterbrach Rolf sie.
Penelope nickte: „Sogar länger. Auf dem Europaring war ein Unfall und ich stand mitten drin. Es ging weder vor noch zurück und als ich dann endlich auf dem Friedhof ankam, war es kurz vor sieben und

118

stockfinster. Ja – und dann war da etwas ganz seltsam. Am Eingang stand nicht *ein* Streifenwagen!"

„Wie bitte?"

„Ja! Ich stand mit meinem Auto mutterseelenallein auf dem Parkplatz. Einigermaßen irritiert stellte ich den Wagen ab und betrat den Friedhof. Ich fühlte mich äußerst unbehaglich und wusste nicht, ob ich überhaupt weitergehen sollte. Der Gedanke an Ibo wurde plötzlich aber so übermächtig, dass ich wie in Trance weiterlief. Genau auf die Stelle zu, an der Ibo gefunden wurde ...“

Rolf hakte ein: „Wieso bist du einfach weiter gelaufen? Da hätte es doch von Polizei wimmeln müssen!"

Pen nickte. „Hätte – das war aber nicht so. Stattdessen wohnte ich der widerlichsten Szene meines bisherigen Lebens bei.“ Pen räusperte sich und Rolf hatte den Eindruck, dass ihre Gesichtsfarbe noch um einen Ton blasser wurde.

„Also", begann sie, „ich näherte mich eben dieser Stelle, dem Parallelweg von der Kapelle, dort, wo an der Ecke der kleine Brunnen ist, und sah – das heißt, es war auch nicht zu überhören – eine Horde von neun besoffenen Kerlen, die regelrecht um eine Leiche herum tanzten. Einer war gerade dabei, den Leichnam unterhalb der Gürtellinie entkleiden zu wollen, als der, so besoffen wie er war, einen gellenden Schrei ausstieß. Der vermischte sich dann allerdings mit einer Stimme, die aus dem rechten Seitenweg erschallte: *Was ist denn hier los. Sind Sie denn alle wahnsinnig geworden!* Und diese Stimme, Penelope schluckte schwer, diese Stimme gehörte Hartmut Sauerteig!"

Rolf wollte einen Einwand machen, doch Pen hob die Hand. „Augenblick, jetzt kommt der absolut widerliche Rest! An dieser Leiche, die wie ein Mann gekleidet aber eine Frau war, hat sich wohl ein Abklatsch von Jack the Ripper ausgetobt. Der gesamte Unterbauchbereich war regelrecht heraus geschnitten, was allerdings nur der, der die Leiche entkleiden wollte, registriert hatte und deshalb so schrie; der Rest der viehischen Meute tanzte drum herum wie um das Goldene Kalb und hat noch dreckige Witze gemacht.“

119

Erschöpft lehnte Penelope sich zurück. „Mir ist immer noch miserabel. Gib mir doch bitte noch so ein fürchterliches Gesöff; irgendwie scheint das tatsächlich zu helfen."

Rolf schüttelte sich ebenfalls, stand aber auf und ging an das Barfach. Als er die Klappe öffnete, ging das Licht an und der rückwärtig eingebaute Spiegel warf auch sein Gesicht um etliche Spuren blasser als gewöhnlich zurück. Nachdem er einen zweiten, großen Schnaps für Pen eingegossen hatte, genehmigte er sich selbst auch einen und meinte mit belegter Stimme: „Abgesehen von dem widerlichen Verhalten dieser Gruppe gibt es in der ganzen Geschichte eine Menge Ungereimtheiten." In Rolf brach sich der Kommissar Bahn und auch Pen beruhigte sich angesichts der sachlichen Stimme zusehends.

„Nun", resümierte Rolf, „fangen wir mal von vorne an. Der Beginn ist nach meinem Verständnis der Anruf bei dir in der Pathologie. Hollmann ging also ans Telefon und berichtete anschließend, dass es Kanter gewesen sei, der dich, wegen eines erneuten Leichenfundes, zum Friedhof beorderte."

Pen nickte und warf ihrerseits ein: „Das Kuriose war eben auch, dass du nicht zu finden warst. Ich habe bei dir im Büro angerufen, aber es hob niemand ab."

„Das ist mir völlig klar" nickte Rolf, „ die Kuriositäten gehen aber weiter. Es war kurz vor fünf, als mich Gundula Fabbri, die Sekretärin, anrief und zu Sauerteig beorderte. Ich sagte ihr, es könne noch eine Zeitlang dauern, was letztlich zehn Minuten ausmachte. Als ich dann in Sauerteigs Vorzimmer auftauchte, stellte sich heraus, dass er nicht im Büro war. Das verblüffte Gundula völlig, da er kurz zuvor lediglich sagte, zur Toilette zu wollen. Gundi ging ebenfalls ein paar Minuten nach draußen und erzählte, dass die Tür zu Sauerteigs Büro, die zuvor offen stand, dann geschlossen war. Aufgrund dessen nahm sie an, dass ihr Chef wieder zurück sei. Nachdem ich fast eine viertel Stunde rumgesessen hatte, piepte Gundi Sauerteig über die Chefleitung an. Als sich dann niemand meldete, öffnete sie die Tür und wir stellten fest: leer! Wir konnten uns beide keinen Reim darauf machen. Ich wünschte Gundula einen schönen restlichen Feierabend und ging in mein Büro zurück. Dort nahm ich mir zum x-ten Mal die Akte von Benno Gullis vor. Gegen halb neun überlegte ich, dass ich genauso gut daheim weiter lesen könne und verließ, mit der Akte unter dem Arm, mein Büro und fuhr nach Hause. Ehm – ich meinte natürlich: hierher."

Unwirsch unterbrach Penelope ihn: „Du bist jetzt hier zu Hause! Aber erzähle erst einmal weiter. Was passierte dann?"

Rolf räusperte sich erneut. „Nichts. Ich machte mir einen Tee, nahm mir die Gullis-Unterlagen mit in die Küche und schlief offensichtlich darüber ein. Vielleicht solltest du jetzt weiter erzählen? Stehen geblieben waren wir dabei, dass Sauerteig aus einem Nebengang plötzlich auftauchte ..." Rolf kam es vor, als sei Penelope eine Puppe, als diese wiederum nur nickte und dann mit leiser Stimme fort fuhr: „Ich kann es nicht beschreiben, aber irgendwie kam mir dieses Auftauchen so unwirklich vor. So konstruiert." Hilflos sah sie auf Rolf. Der hatte den Kopf gesenkt und schien angestrengt nachzudenken.

„Erzähle bitte weiter", murmelte er dazwischen. Da muss doch noch etwas kommen."

„Ja, wie ich schon sagte, die ganze Angelegenheit trägt äußerst seltsame Züge. Natürlich kam da noch etwas. Sauerteig zog sein Funkgerät aus der Tasche, was mir eigentlich anfangs nur am Rande auffiel. Wieso hatte der sein Funkgerät in der Tasche, wenn er auf dem Friedhof spazieren geht?"

„Gute Frage", knurrte Rolf. „Aber weiter im Text."

„Also", begann Pen erneut, „Sauerteig zog nun sein Funkgerät heraus und beorderte genau die Polizisten zum Friedhof, die, zumindest nach meiner Information, bereits hätten da sein müssen, als ich ankam. Aber", erhob sie ihre Stimme, „er *kann* die Polizei gar nicht angefunkt haben. In dem Moment, als er das Gerät in Betrieb setzte, hörte ich die Polizeisirenen und Sekunden später stand Kanter vor mir. Völlig aufgelöst und noch mehr als verdutzt, als er meiner ansichtig wurde. Als ich ihn, also Kanter, dann noch daran erinnerte, dass er mich schließlich angerufen habe, betrachtete er mich wie ein Mondkalb. Es dauerte eine Weile, bis er kopfschüttelnd erwiderte: 'Aber nein, Frau Doktor, ich habe Sie nicht angerufen' ..." Danach war die Reihe an mir, reichlich dumm aus der Wäsche zu gucken. Angesichts dessen, was da auf der Erde lag und was sich inzwischen um uns herum abspielte, vertagten wir die Klärung dieser Ereignisse auf später. Inzwischen war Hannes Mehring mit seinem Stab eingetroffen und ..."

„Wer war eingetroffen?", fragte Rolf.

„Hannes Mehring. Das ist der Nachfolger von Ibo. Er kommt von der Kripo Krefeld und ist vom Typ her noch *edler* – Pen zog das Wort ungebührlich in die Länge – als Ibo. Schmales, sehr blasses Gesicht, mit dicken Lippen und stahlblauen Augen. Rabenschwarzes Haar und zu allem Überfluss ziert ein Menjou-Bärtchen seine Oberlippe", vervollständigte sie ihre Personenbeschreibung.

„Sag bloß", resümierte Deterlich, „dieser Lackaffe soll Ibo Golalal ersetzen? Nach deiner Beschreibung kann ich mir das überhaupt nicht vorstellen."

Penelope unterbrach ihn: „Täusche dich nicht. Er ist sicherlich ein Lackaffe, aber ein ganz gewiefter Hund. Wenn er mir nur nicht so unsympathisch wäre. Jedesmal wenn er mich ansah, fühlte ich mich ausgezogen. Er wollte mich unbedingt nach Hause bringen. Natürlich mit meinem Auto. Meinte er doch mit der größten Nonchalance, dass für ihn doch sicher ein Platz zum Schlafen zu finden sei. Da habe ich mein Auto stehen lassen; und bin mit Kanter gefahren. Dieter Schwarz fuhr meinen Wagen heim. Weil, weißt du, stotterte Pen etwas nervös, ich war nicht mehr in der Lage, zu fahren."

Nachdenklich kaute Rolf an seiner Unterlippe und antwortete geistesabwesend: „Das kann ich mir vorstellen. Aber – ich weiß nicht ..." murmelte er. „Irgendetwas gefällt mir an dieser Geschichte nicht. Wenn ich nur wüsste, was!?"

Penelope hatte sich nach dem Erzählen und nachdem sie einen weiteren Riesenschnaps gekippt hatte, zurück gelehnt und war während

Rolfs letzten Überlegungen eingeschlafen. Ratlos sah dieser auf das zuckende Nervenbündel und entschloss sich, sie im Sessel sitzen zu lassen. Diese Lage mochte ein wenig unbequem sein, aber das war immer noch besser, als sie aus dem ersten Tiefschlaf zu reißen. Stöhnend erhob er sich aus seinem Sessel und stellte fest, dass sein Rücken auch nicht mehr der jüngste sei. Es dauerte ein paar Schritte, bis er seine gewohnte Haltung erreicht hatte. Geräuschlos öffnete er die Tür zum Schlafzimmer und sah sich nach einer Decke um. Am Fußende von Pen's Bett lag ein quadratisches Plaid. Rolf nahm dieses und zwei Kopfkissen mit. Behutsam deckte er sie zu, legte kurz seine Lippen auf ihre Stirn und setzte sich vor dem Sessel auf den Boden. Die Beine ausgestreckt, den Kopf an die Sesselkante gelehnt, sinnierte er sich in einen unruhigen Schlaf, durch den immerzu die Ungereimtheiten dieses neuen, dritten Mordfalles, geisterten.

Die Nacht, die der Kommissar in Sitzstellung vor Penelopes Sessel verbrachte, hatte Spuren hinterlassen. Rolf Deterlich kam kaum auf die Beine. Seine Knie streikten, die Fußgelenke waren steif und der Rücken schrie auch Hurra. *Na wunderbar*, murmelte er vor sich hin, *jetzt muss ich selbst erst mal versuchen, in die Gänge zu kommen und dann zusehen, dass ich dieses Bündel ramponierter Nerven wach kriege.* Offensichtlich hatte der Alkohol fatale Folgen, bedingt durch die Tatsache, dass Penelope normalerweise dergleichen nicht trank. Langsam bewegte Rolf sich in Richtung Dusche und wollte gerade die Badezimmertür leise hinter sich schließen, als er Penelopes Stimme hörte: „Was ist los … haben wir schon Morgen?"
„Und wie", lächelte der Kommissar ermunternd und sprach im gleichen Atemzug weiter „ich hoffe, du hast einigermaßen geschlafen?"
Penelope dachte einen kleinen Moment nach: „Ich weiß es nicht. Ich war so fertig, dass ich noch nicht einmal mehr weiß, wie ich nach Hause gekommen bin, was ich gegessen oder getrunken habe …"
„He, du hast mir doch erzählt, dass du dich von Kanter hast heimfahren lassen und Schwarz dein Auto gefahren hat, weil du nicht

mehr dazu in der Lage warst."

„Richtig!" Penelope saß im gleichen Moment senkrecht im Sessel und starrte Rolf mit riesigen Augen an: „Ich habe das alles nicht geträumt? Das ist wirklich passiert?"

„Ja", seufzte Rolf, „es scheint so und ich werde mich auch gleich an den Versuch machen, diese seltsamen Fäden zu entwirren. Was mich am meisten stört ist die Tatsache, dass wir inzwischen drei Tote haben, deren Ableben, wenn man die Umstände betrachtet, keinerlei Zusammenhänge erkennen lassen, ich aber aber das Gefühl habe, dass sie trotzdem bestehen. Und genau das muss ich herausfinden. Am ominösesten ist die Geschichte mit Sauerteig, dem Auftauchen der Polizei auf dem Friedhof und die Tatsache, dass Kanter dich angeblich anrief und der davon keine Ahnung hatte. Aber", so schloss er grimmig, „ich finde es heraus. Verlass dich drauf!"

Penelope schüttelte sich wie ein nasser Pudel und gähnte: „Das ist alles sehr interessant, aber, entschuldige bitte, dass ich nicht so richtig mitkomme. Irgendwie habe ich die Geschehnisse noch nicht auf der Reihe. Also, mach, dass du unter die Dusche kommst. Normalerweise sollte ich bereits in der Gerichtsmedizin sein."

„Ja, ja", nickte Deterlich, „heute ist nichts mehr wie gestern. Also, reg dich ab und sieh zu, dass wir etwas in den Magen bekommen. Frühstück heißt das Zauberwort."

Worauf Pen lediglich das Gesicht verzog und sich schüttelte. „Brrr, danach steht mir ja nun gar nicht der Sinn!"

„Mir aber – und außerdem solltest du essen. Du musst den Alkohol aus dem Körper kriegen und vor allen Dingen bei Kräften bleiben. Kraft wirst du in den nächsten Tagen ganz bestimmt jede Menge benötigen. Denn", fasste der Kommissar zusammen, „vergiss nicht, dass du schließlich auch hier, also daheim, irgendwo noch ein Problem versteckt hast. Oder hast du den eingewickelten Stein und das kaputte Badezimmerfenster schon vergessen?!"

„Ja", nickte Pen, „hatte ich, „aber es ist reizend, dass du mich daran erinnerst."

*

Nach dem Spaziergang, der Benno in Gerlachs Begleitung problemlos genehmigt wurde, überschlugen sich insofern die Ereignisse, als das man ihn nach seiner Rückkehr ins Krankenhaus bereits erwartete. Schwester Hermine brachte ihn zum diensthabenden Stationsarzt, der ihn informierte, dass er noch am gleichen Tag nach Wolkenberg verlegt würde. Da Gerlach noch einen anderen Termin hatte und diese Verlegung nun doch ziemlich plötzlich kam, geriet dessen gesamter Plan durcheinander. Schwester Hermine, die dieses Kuddelmuddel mitbekommen hatte, betrat Bennos Zimmer: „Herr Gullis, ich habe jetzt Feierabend und fahre zu meinen Eltern raus. Die wohnen in der Nähe von Wolkenberg. Wenn Sie mögen und sich meinen Fahrkünsten anvertrauen wollen, nehme ich Sie gern mit. Normalerweise ist das auf dieser Basis nicht gestattet, aber da Sie quasi als Privatpatient gelten und Ihr Wunsch uns Befehl ist …" schmunzelte sie, „also – wenn Sie möchten!"

Erstaunt sah Benno auf die Schwester, die in Zivilkleidung so ganz anders wirkte und registrierte das Wort *Privatpatient* nur am Rande. „Ja", stotterte er, „gerne. Was sagt denn Doktor Hollmann dazu?"

„Dass das prima passen würde!", tönte es von der Tür her. Hollmann grinste. „Allerdings gelten Sie dann nicht als Krankentransport und sind auch nur über die Haftpflicht von Hermine versichert. Außerdem – und da sah Hollmann ihn ernst an: „Das ist ein riesiger Vertrauensbeweis; quasi als posthume Ehrung für Ibo Golalal … Wenn Ihnen das also Recht ist?"

„Sehr sogar!" Und plötzlich begann Benno zu strahlen. Ihm wurde schlagartig klar, dass er diese unzugängliche Schwester sehr mochte und freute sich darüber, dass sie offensichtlich Zugang zu ihm gefunden hatte. Er nahm sich vor, wenn er in Wolkenberg nach den ersten sechs Wochen wieder Gesellschaft von auswärts haben durfte, nachzufragen, ob sie ihn vielleicht einmal besuchen würde. Vorderhand stand jedoch die Fahrt in das Suchtzentrum an und er gestand sich ein, dass ihm alles andere als wohl war. Gegen seinen Willen machte sich eine gewisse Niedergeschlagenheit breit und er ging mit einem *bis gleich* zurück ins Krankenzimmer, um seine wenigen Habseligkeiten zu holen. Hermine erhielt im Stationsbüro die erforderlichen Papiere ausgehändigt; kurze Zeit später stieg er in das Auto der Schwester und verließ das Krankenhausgelände.

Die Schwester steuerte ihr Fahrzeug zügig und wortkarg durch den Verkehr. Sie beschränkte sich auf ein paar Erklärungen der Landschaft, die sie durchfuhren. Einerseits war Benno dankbar, seinen Gedanken nachhängen zu können; andererseits hätte er sich gern unterhalten. „Schwester Hermine", kam es leise anfragend aus seinem Mund, „darf ich Sie um etwas bitten?"

„Na, immer doch." Sie lächelte zurück, während sie einem Radfahrer, der ihr nicht ganz fahrtüchtig erschien, auswich, „um was geht es denn?"

„Ich – ich – " druckste er, „ich würde mir wünschen, wenn ich wieder Gäste von draußen haben darf, dass Sie mich einmal besuchen. Kann ich hoffen?"

Hermine, die normalerweise nicht so schnell etwas umwarf, musste schlucken und antwortete, um ihre Rührung zu verbergen, burschikos: „Na, was denken Sie denn? Glauben Sie wirklich, ich ließe Sie einfach in der Versenkung verschwinden? Bestimmt nicht. Immerhin schulden Sie mir etwas!"

Benno Gullis guckte erschrocken hoch. „Ich schulde Ihnen etwas? Was denn, um Himmels Willen?"

„Sie schulden mir", schmunzelte Schwester Hermine, „dass Sie trokken werden und bleiben, damit ich endlich sehen kann, wer sich hinter Benno Gullis wirklich verbirgt."

Benno räusperte sich mehrmals, bevor er heiser entgegnete: „Das, Schwester Hermine, kann ich Ihnen – soweit es in meiner Macht steht – versprechen."

„Papperlapapp! Was heißt hier *in meiner Macht steht*", polterte die Schwester. Das steht ganz allein *nur* in Ihrer Macht – und wir wollen doch mal sehen, ob wir Sie nicht wieder hinkriegen …! So, wir sind da", schloss sie und hielt mit dem Auto genau vor dem Eingang, wo, so hatten beide den Eindruck, ein regelrechtes Empfangskomitee bereit stand, um zu prüfen, ob Benno Gullis wirklich ankam.

Schwester Hermine stieg aus und stellte Benno vor. Der Chefarzt der Wolkenberg Klinik, Dr. Brader, schüttelte Benno fröhlich die Hand und meinte: „Kommen Sie erst einmal herein. Ich bringe Sie auf Ihr Zimmer und dann haben wir Zeit, uns noch ein wenig zu unterhalten. Es kann ja nicht schaden …"

Benno hatte gerade noch die Gelegenheit, sich mit einem warmen Händedruck und einem leisen *danke, danke für alles* von Hermine zu verabschieden, als er auch schon den Flur entlang geleitet wurde. Sein Zimmer war das letzte auf dem Gang und hatte drei Fensterseiten, rechts, links und frontal blickte er ins Grüne. Gleichwohl waren sie alle vergittert. Dr. Brader setzte sich auf die kleine Couch und bedeutet Benno, ebenfalls Platz zu nehmen. „Wir haben noch etwas Zeit. Ich habe Sie bewusst persönlich abgeholt, weil ich mit Ihnen sprechen wollte, bevor alle Anderen über Sie herfallen. Ibo Golalal legte Sie mir besonders warm ans Herz und ich betrachte Sie sozusagen ein wenig als sein Vermächtnis. Dass ich Ihnen nur helfen kann, wenn Sie mir auch helfen, das wissen Sie selbst. Immerhin habe ich Ihre Krankenakte eingesehen und weiß, dass Sie nicht gerade zu der Kategorie gehören, der man geistige Minderbemittelung vorwerfen kann. Aber", fuhr er nachdenklich fort, „gerade die sind am meisten gefährdet. Der alte Spruch von Genie und Wahnsinn hat immer wieder seine Berechtigung. Ich erlebe es täglich neu."

Benno, der sich auf das Verhalten des Arztes keinen rechten Reim machen konnte, sah den Doktor nur erwartungsvoll an. Der sprach auch gleich weiter. „Soweit ich weiß, haben Sie auf Anraten eines Arztes in Ihrem bisherigen Krankenhaus begonnen, Ihr Leben aufzuschreiben. Ich möchte unbedingt, dass Sie diese Aufzeichnungen vor Ort weiterführen. Das könnte nicht nur für Sie, sondern auch für uns, eine sehr wertvolle Hilfe sein …"

Tage später … Benno Gullis hatte nicht gut geschlafen. Mitten in der

Nacht erwachte er und musste erst einmal überlegen, wo er sich denn nun schon wieder befand. In der letzten Zeit war so Vieles einem ständigen Wechsel unterworfen, dass er inzwischen Schwierigkeiten hatte, einzelne Positionen nachzuvollziehen. Sarkastisch meinte er zu sich selbst: *Prima, alter Junge, soweit ist es mit deinem Gehirn also schon gekommen. Du weißt nicht einmal mehr, wo du bist.* Langsam stand er auf und ging an seinen Schrank. In der Tasche, ganz unten auf dem Boden, lagen seine Aufzeichnungen. Dr. Hellwig hatte sich Gott sei Dank Kopien gemacht und ihm die Originale am Tag der Verlegung zurückgegeben.

Nachdenklich kaute er auf dem Ende seines Stiftes herum. ... *ein langer Weg liegt noch vor mir* ... waren die letzten Worte seines ersten Teils. Erneut dachte Benno daran, nicht weiter zu schreiben. Was hatten andere Leute seine Probleme zu interessieren? Andererseits waren es genau diese anderen Leute, die ihm, dem herunter gekommenen Alkoholiker, dem stadtbekannten Penner, helfen wollten. Warum eigentlich? Er dachte intensiv an Ibo Golalal und war nach wie vor geschockt, dass der ermordet wurde. *Unbegreiflich, wirklich unbegreiflich!* murmelte Benno vor sich hin. Der Polizeiarzt war sicher zu seinen Lebzeiten nicht immer der Wohltäter gewesen, als der er sich gerne sah – darüber war Benno sich im Klaren. Aber warum? Warum, warum? hatte man ihn beseitigt und, vor allem, wer?

Langsam senkte er seinen Stift in Richtung Papier und begann doch zu schreiben: ... *Mein Studium bekam ich zwar gut über die Bühne, brauchte aber wesentlich länger als geplant, weil ich immer ein Semester aussetzte. Ich musste zwischendurch Geld verdienen und zog es vor, dieses mit richtiger Arbeit zu tun. Das bedeutete für mich, ein halbes Jahr in der Fabrik Schicht zu arbeiten und dann wieder ein Semester zu studieren. Von meiner Mutter hatte ich nichts zu erwarten; sie war inzwischen zur Komplett-Alkoholikerin avanciert und wurde so gut wie überhaupt nicht mehr nüchtern. Während meines letzten Studiensemesters starb sie dann, allerdings im Gefängnis. Sie hatte im volltrunkenen Zustand versucht, ihren Arbeitgeber, bei dem sie putzte, umzubringen. Mit einer Schere, die sie ihm in den Rücken stach. Anscheinend fühlte sie sich wie eine Romanfigur von Sidney Sheldon, aber später, bei der Vernehmung, wusste sie nichts mehr. Die Ausnüchterung und die Haft überlebte sie nur wenige Wochen. Ich kann nicht sagen, dass ich um sie getrauert hätte. Zum Schluss habe ich sie ganz einfach gehasst. Sie war keine Mutter – nie – doch das begriff ich erst nach ihrem Tod. Da reifte auch der Entschluss in mir, mich im Rahmen der Pädagogik besonders der Sucht-Prävention zu verschreiben. Dass ich schließlich selbst Schiffbruch erleiden könnte, hätte ich niemals erwartet.*

Benno machte eine Pause und schüttelte sein Handgelenk aus als er hörte, dass sich Schritte näherten. Es klopfte kurz und dann stand Doktor Brader, sein Betreuer im Haus Wolkenberg, vor ihm. „Herr Gullis", hub er an, „normalerweise sollten Sie sechs Wochen von der Außenwelt abgeschottet sein, aber bei Ihnen müssen wir wohl andere Maßstäbe anlegen." Mit diesen Worten reichte er ihm sein kabelloses Telefon.

„Gullis", meldete Benno sich mit einem immer noch verblüfften Seitenblick auf Dr. Brader.

„Deterlich", tönte es aus dem Hörer.

„Hoppla", schnaufte Benno, „was ist denn das?" Deterlich knurrte zurück: „Berechtigte Frage, wo Sie doch so unter Verschluss sind! Ich habe allerdings einen wirklich triftigen Grund, dass Ihr Cerberus sogar ein Einsehen hatte."

„Cerberus ist gut", kicherte Benno, „aber ohne Spaß, Kommissar, was ist denn passiert?"

„Wir haben eine weitere Leiche!" Während Deterlich die Geschichte, soweit er es vertreten konnte, an Benno weitergab, arbeitete dessen Gehirn fieberhaft.

„... und dann stellte Doktor Angelika fest, dass der augenscheinlich männliche Tote eine Frau ist ..." vollendete der Kommissar seine Ausführungen.

Benno hielt das Telefon krampfhaft ans Ohr und sah gleichzeitig blicklos aus dem Fenster. Vor seinem geistigen Auge lief zum tausendsten Male die gleiche Szene ab. Er sah sich wieder den Gang in der Bücherei entlang laufen. Da kam ihm dieses Geschöpf entgegen. Er konnte es nicht beweisen, doch Benno war überzeugt, dass diese Person, trotz ihrer Größe, eine Frau war. Und jetzt beschrieb Deterlich eine Tote, die in Bennos Augen mehr als nur ein bisschen Ähnlichkeit mit diesem Individuum hatte. Als würde Deterlich es sehen, hob Benno die Hand, um den Kommissar zu unterbrechen. „Sorry", meinte Benno, „aber ich glaube, die geschilderte Person ist die, die mir in der Bücherei auf dem Gang entgegenkam."

Deterlich nickte am Telefon. „Das habe ich gehofft, Benno. Deshalb werde ich in circa vierzig Minuten mit zwei weiteren Polizisten bei Ihnen auftauchen und Sie zum Leichenschauhaus mitnehmen."

„Das dürfte nicht hinhauen", zweifelte Benno. „Vergessen Sie nicht, ich bin hier unter Verschluss. Dass man das Telefonat zu mir durchgestellt hat, ist eine große Ausnahme; eher ein Wunder."

Deterlich lachte verhalten. „Nee, das ist kein Wunder! Das war einfach Druck von mir. Ich habe Ihrem Doktor Brader gedroht, Sie in eine andere Klinik zu verlegen und, da Sie ja Privatpatient sind ...!"

„Wie bitte?!", fiel Benno ihm ins Wort. „Privatpatient?"

„Ja", konnte er Deterlichs Kopfnicken fast durch das Telefon sehen. „Ibo Golalal hat umfassend für Sie gesorgt. Das gibt uns natürlich eine Möglichkeit, außergewöhnliche Wege zu beschreiten."

„Privatpatient!"

Der Kommissar konnte förmlich Bennos fassungsloses Gesicht sehen als es dann auch schon kam: „Wieso Privatpatient? Das hat die Schwester Hermine im Krankenhaus auch schon einmal erwähnt ... Und wieso Ibo? Ich dachte, er wolle mich unterstützen, glaubte aber, dass das durch seinen plötzlichen Tod hinfällig geworden wäre. Ich habe mir schon tage- und nächtelang den Kopf zerbrochen, wie ich den Aufenthalt hier bezahlen soll. Wenn ich nach drei Monaten rauskomme, kriege ich nach wie vor keine Arbeit. Jedenfalls keine, von der ich einen derartigen Klinikaufenthalt bezahlen kann. Ich müsste die Summe abstottern und muss als erstes wohl eine Schuldnerberatung aufsuchen ...!"

Der Kommissar unterbrach ihn: „Stopp Benno! Schön der Reihe nach. Ich komme im Laufe des Tages, nachdem die Geschichte mit dem Leichenschauhaus erledigt ist, noch einmal vorbei. Dann reden wir über den Rest. Abgesehen davon, dass mit den Folgemorden – so hart es sich anhört – Ihre Unschuld zweifelsfrei erwiesen ist, denke ich sogar, dass Sie uns bei der Aufklärung helfen können. Ich bin davon überzeugt, Benno, dass Sie etwas wissen, von dem Ihnen nicht bekannt ist, dass Sie es wissen."

Gullis lachte leise. „Hört sich gut an, Kommissar. Lassen wir uns also überraschen. Bis gleich."

Mit diesen Worten gab er das Telefon an Doktor Brader zurück, der ihn fragend ansah. Aus dem, was er einseitig Bennos Antworten entnehmen konnte, wurde kein Sinn ersichtlich und der Arzt erwartete entsprechende Aufklärung. Erwartungsvoll sah er ihn an. Benno räusperte sich: „Nun, Kommissar Deterlich wird in einer guten halben Stunde hier sein. Mit zwei weiteren Polizisten. Sie nehmen mich mit ins Leichenschauhaus, um eine Person zu identifizieren, von der sie annehmen, dass ich sie kenne. Oder besser – zumindest schon einmal gesehen habe."

Neugierig wartete Benno auf die Reaktion des Arztes. Normalerweise hätte er jeden Schritt nach draußen untersagen müssen. Der sah seinen Schützling jedoch nur kurz an und nickte: „Ich komme mit!", drehte sich auf dem Absatz herum und schloss die Tür hinter sich.

Nachdenklich sank Benno Gullis auf den Polsterstuhl, der vor seinem Schreibtisch stand und nahm gleichzeitig, ebenfalls zum ersten Mal, bewusst wahr, wie heruntergekommen und zerkratzt das Mobiliar aussah. Völlig widersinnig dachte er, dass er als Privatpatient wohl Anspruch auf bessere Möbel und ein angenehmeres Zimmer habe. Aber vielleicht, sinnierte er, gehen die davon aus, dass ich gar nicht weiß, dass ich Privatpatient bin ... Stimmt schließlich, ich wusste es bis vor wenigen Minuten ja auch nicht.

Mitten in diesen Gedankengang platzte Doktor Brader: „Nanu, Sie sind ja noch gar nicht fertig! Wo haben Sie denn Ihre Schuhe?"
Benno schreckte auf, antwortete aber lakonisch: „Ich habe keine gescheiten Schuhe mehr. Aus denen, die ich habe, wurden mir von Ihnen eigenhändig die Schnürsenkel heraus genommen. Und so kann ich nicht gehen ..."
Schweigend hielt der Arzt ihm die Schnürsenkel hin und wartete, bis Benno sie in die Löcher eingefädelt hatte. Ganz nebenbei registrierte er, dass die Hände seines Schützlings wesentlich weniger zitterten und auch beim Binden der Schleife eine fast normale Motorik aufwiesen. Na wunderbar, dachte er, bei dem hier scheint es sich wirklich zu lohnen. Laut bemerkte Doktor Brader: „So, ich glaube, ich höre schon den Wagen. Kommen Sie, wir gehen zum Eingang."

Neben Deterlich waren noch Oliver Klemm, Doktor Angelikas Gehilfe aus der Pathologie, und Kanter mitgekommen. Etwas verblüfft stellte der Kommissar fest, dass der Klinikarzt mitfahren wollte und konnte sich einen bissigen Kommentar nicht ganz verkneifen. „Glauben Sie, ich würde Herrn Gullis in eine Kneipe entführen?"
„Nein", schüttelte Brader den Kopf, „aber normalerweise darf er gar nicht raus. Wenn ich dem aber zustimme – und aufgrund der Fakten bleibt mir nichts anderes übrig – trage ich die Verantwortung. Folglich nehme ich mir das Recht heraus, dabei zu sein."
Deterlich nickte. „Irgendwie stimmt das. Also, quetschen wir uns halt zu dritt auf die Rückbank. Trotzdem", murrte er, „Sie hätten mir das sagen können; wir wären dann mit dem Kleinbus gekommen."
„Warum nicht gleich mit der Grünen Minna", prustete Benno dazwischen und bekam völlig grundlos einen Lachanfall. Nachdem er sich wenige Minuten später beruhigt und wegen des unmotivierten Ausbruchs entschuldigte, meinte Doktor Brader: „So, das hätten wir also auch hinter uns. Darauf habe ich schon länger gewartet."
Auf den fragenden Blick von Deterlich erläuterte der Arzt. „Herr Gullis gehört zu den Alkoholikern, die sich nicht nur ihrer Sucht

ständig bewusst waren, sondern auch die negativen Seiten voll wahrnahmen. Die verächtlichen Bemerkungen, üble Beschimpfungen und was sich die so genannten normalen Leute alles einfallen lassen, um Menschen wie ihn zu demütigen. Häufig war er nicht in der Lage zu reagieren, aber wenn, dann traute er sich nicht! Wer hätte ihm auch schon zugehört?"

Benno stand daneben und nickte wie ein Wartburg-Eselchen immer mit dem Kopf, während er verzweifelt versuchte, Haltung zu bewahren. Fast nahm er dem Arzt übel, dass er so offen über seine Empfindungen sprach. Es waren schließlich seine – ureigensten – Gefühle, die da ein Fremder vor Fremden ausbreitete. Gleichzeitig wurde ihm klar, dass er dankbar sein musste. Dankbar, hier zu sein und noch einmal, ein letztes Mal, eine Chance zu erhalten. Er räusperte sich vernehmlich, entschuldigte sich noch einmal wegen des unpassenden Lachanfalls und fügte hinzu: „Ich weiß, das war unmöglich ... aber manchmal habe ich das Gefühl, meine Nerven spielen mir einen unkontrollierbaren Streich."

„Das werden sie noch öfter tun", erwiderte Doktor Brader, „aber Sie werden lernen, damit zu leben." Und zu Deterlich gewandt meinte er: „Was ist?, gehen wir?"

„Nein", grinste der hinterhältig, „ich ziehe es entschieden vor, zu fahren."

Schlagartig lockerte sich die Stimmung und plötzlich störte es auch niemanden mehr, dass sie sich zu dritt im Fond zusammendrücken mussten.

Während der knapp dreißig Minuten dauernden Fahrt sprachen sie kaum. Benno sah aus dem Seitenfenster und bemerkte für sich verwundert, dass man ihn nicht in die Mitte platziert hatte. Wenn ihm danach gewesen wäre, hätte er an der nächsten roten Ampel aussteigen können. Während dieses Gedankenganges traf sich sein Blick mit dem Deterlichs. Der lächelte in den Rückspiegel und sagte halblaut: „Das tun Sie nicht. *Sie nicht!*"

Die anderen Insassen ließen Erstaunen erkennen, mischten sich aber nicht ein. Als spürten sie, dass hier ein Dialog stattfand, den sie nicht nachvollziehen konnten und in den sie sich auch nicht einmischen sollten. Deterlich war dankbar dafür und Benno Gullis auch. In diesem Moment fühlte er sich als Mensch akzeptiert. Selten genug in den letzten Monaten. Obwohl, und, das gab er sich vorbehaltlos zu, nachdem er die ersten zehn Tage überstanden hatte, fühlte er sich nicht nur viel besser, er war auch bedingt in der Lage, am gesellschaftlichen Leben in der Klinik teilzunehmen. Dazu musste er sich allerdings noch zwingen und verfiel damit in sein altes Muster, was ihm seine Mutter schon immer vorgehalten hatte. Arroganz! Unsicher wie er war, versuchte er, diese durch hervorstechende Eigenschaften, wie seine Intelligenz, zu überspielen. Aber Intelligenz und Klugheit sind zwei paar Schuhe. Benno war das klar, doch seine seelische Kraft reichte zu einem normalen Gruppenverhalten derzeit nicht aus.

Wenige Minuten später erreichten sie das Präsidium und der Kommissar meldete für alle den Zutritt zur Pathologie an.

Benno Gullis hatte zwar seit geraumer Zeit keinen Alkohol mehr getrunken und war auch überzeugt davon, dass seine Speisen *versetzt* waren, so dass ihn der eigenartige Geruch von Desinfektionsmitteln und Tod jetzt wie ein Hammer traf. Innerhalb von Sekunden verfärbte er sich leicht grünlich und grapschte nach irgendetwas, um sich festzuhalten. Das war der Arm von Doktor Brader. Erst nachdem er mehrmals verhalten durchatmete und sich notgedrungen an den Geruch gewöhnte, führte man ihn in den Sezierraum. Dort stand er hilflos vor der abgedeckten Bahre. „Muss ich da jetzt draufgucken?" fragte er überflüssigerweise.

Oliver Klemm, der fast ein wenig Mitleid mit Benno hatte, nickte: „Das geht nicht anders. Wir alle – machte er eine umfassende Bewegung, die auch den Kommissar mit einschloss – hoffen außerdem, dass Sie uns weiterhelfen können … sagen Sie uns einfach Bescheid, wenn Sie sich stark genug fühlen, sie anzusehen. Das Gesicht ist ausserdem nicht betroffen und den Rest müssen Sie nicht betrachten."

Benno blickte unverwandt auf die Bahre und ging mehrmals um die abgedeckte Person herum. In Gedanken stellte er sie auf die Füße und kleidete sie schwarz ein. Dazu setzte er ihr einen breitrandigen Hut mit Gesichtsschleier auf und zog schwarze Handschuhe über die langen, schlanken Finger, die nun die käsige Farbe des Todes aufwiesen. „Bevor Sie gleich das Tuch entfernen", begann er mit krächzender Stimme, „kann ich fast mit Sicherheit sagen, dass das die Person ist, die mir in der Bücherei begegnete So", endete er mit einem tiefen Atemzug, „und nun können Sie den Lappen wegziehen …"

Äußerlich wirkte Benno gefasst, innerlich zitterte sein ganzer Körper. Die unter dem Laken verborgene Person hatte er immer nur in der Phantasie gesehen; jetzt aber musste er sich mit einer echten Leiche auseinandersetzen. *Alter Junge, mahnte er sich selbst, du tust ja gerade so, als hättest du noch nie einen Toten gesehen. Immerhin starben sie, wer auch immer, oft genug im Winter neben dir und du hast sie sogar noch zugedeckt.* Trotzdem, diese Situation war für ihn nicht vergleichbar … Er riss die Augen auf und sah in ein Gesicht, dass er nur zu gut kannte. Bestürzt starrte er es an und gleichzeitig blickte der Kommissar auf ihn: „Und – kennen Sie sie?"

Benno schluckte und nickte mechanisch mit dem Kopf. „Das ist Annelore Mathern, eine Bardame aus der Kajüte." Sarkastisch murmelte er weiter: „Zu meinen besten Zeiten, so ich die jemals hatte, bin ich ab und zu in die Kajüte gegangen, weil man dort unter der Hand Marihuana und Ähnliches bekam. Annelo, so wurde sie dort genannt, verkaufte immer nur Minimaldosen, sozusagen für den eigenen Bedarf. Wenn man dann damit erwischt wurde, war der Besitz, zumindest soweit mir das bekannt ist, nicht strafbar. Sie war immer nur hinter der Theke, sie ist nie nach oben gegangen …"

„Was heißt *nach oben gegangen?*", fragte der Kommissar irritiert.

„Das heißt", grinste Benno jetzt diabolisch, „dass in der oberen Etage ein verschwiegenes Bordell von Hans Tellhaber, der auch Besitzer der Kajüte ist, betrieben wird. Dort bin ich allerdings nie gewe-

135

sen. Abgesehen davon, dass mir dazu das Geld gefehlt hätte, wollte ich näheren Kontakt mit verschiedenen Kollegen von Ihnen grundsätzlich vermeiden."

Fassungslos guckte der Kommissar auf den ehemaligen Penner. „Das ist nicht dein Ernst", verfiel er wieder einmal in das vertrauliche Du. Das ist *alles* nicht dein Ernst …!"

Oliver Klemm zog das Laken wieder über die Tote und Benno setzte sich erschöpft auf die Kante des benachbarten Seziertisches. Mit stupidem Gesichtsausdruck betrachtete er den Raum um sich herum und schüttelte sich in dem Gedanken, dass er womöglich auch auf einem dieser Tische hätte landen können, wenn er nicht rechtzeitig die Gelegenheit bekommen hätte, in der Wolkenberg-Klinik noch einmal einen Neustart zu machen. Er dachte wehmütig an Helene Matthies und daran, wie sie hatte sterben müssen – andererseits war er im gewissen Sinne für ihren Tod dankbar. *Sie sind nicht umsonst gestorben*, flüsterte er leise in sich hinein, *ich werde dafür in ein normales Leben zurück finden und vielleicht kann ich dem Kommissar ja auch helfen, Ihren Mörder zu finden,* blickte er hoch und guckte direkt in das Gesicht von Rolf Deterlich, der ihn durchdringend ansah. Benno schüttelte den Kopf. „Mehr gibt es im Moment nicht zu sagen. Ich kenne die Tote als Bardame mit dem Namen Annelore Mathern, etwas anderes weiß ich nicht …"

Deterlich seufzte. „Okay; kommen Sie, Gullis, wir fahren sie zurück in die Klinik. Wenn Ihnen noch irgendetwas einfällt, was uns weiterhelfen könnte, sagen Sie Bescheid. Ich bin sozusagen Tag und Nacht für Sie zu erreichen. Eventuell gibt es auch im Umfeld der Verblichenen jemanden, den Sie kennen und der uns behilflich sein könnte. Wir brauchen jeden Fingerzeig. Das Fatale ist, diese drei Morde ergeben, zusammen gesehen, keinen Sinn. Trotzdem werde ich das Gefühl nicht los, sie gehören zusammen, zumal in allen Fällen das gleiche Mordinstrument benutzt wurde."

Seufzend und mit resigniertem Gesichtsausdruck wandte er sich zur Tür und drückte auf den elektrischen Öffner.

Mürrisch ging Pen in die Küche und inspizierte den Kühlschrank, der normalerweise sowieso nur für die Beköstigung einer einzelnen Person ausgerichtet war. Brot fand sie noch drei Schreiben; na gut – also ein und eine halbe für jeden. Butter suchte sie vergeblich; Quark mit Kräutern und ein wenig Käse waren noch vorhanden. Sie machte alles fertig, kochte Tee und stellte die Sachen auf einem Tablett zusammen. Während sie darauf wartete, dass der Tee fertig wurde, sah sie aus dem Fenster und stellte fest, dass sie eigentlich einen wunderschönen Garten besaß. Wenn sie denn mal Zeit gehabt hätte, sich darin aufzuhalten. *Das muss sich ändern*, überlegte sie halblaut. *Vielleicht sollte ich wirklich meinen Beruf an den Nagel hängen. Aber zuerst werde ich, wenn ein wenig Licht in diese seltsame Angelegenheit gekommen ist, einen Anwalt aufsuchen und die Scheidung einreichen. So geht das nicht weiter ...*

Das Servierbrett in der Hand drückte Penelope mit der Hüfte die Tür zum Wohnzimmer auf und stellte das Tablett auf den Tisch. Zufällig blickte sie auf ein Blatt Papier, auf dem Rolf verschiedene Punkte zusammengefasst hatte. Neugierig las sie sich die Details durch:

Helene Matthies, Bibliothekarin wurde ermordet durch einen Stich in den Rücken, der genau die Herzspitze traf – gezielt und gekonnt.
Nicht sehr kraftaufwendig, aber anatomische Kenntnisse vonnöten.
Mordinstrument ein abgebrochenen Brieföffner unbekannten Fabrikates. Bunt gemusterter Stiel und eine Klinge, die nicht durchgehend aus Stahl bestand.
Der augenscheinliche Mörder, lediglich von zwei Besucherinnen der Bibliothek beschuldigt, weil er nicht dem allgemeinen Bevölkerungs schema zuzuordnen ist, stellte sich als unschuldig heraus, weil:

a) *Ibo Golalal* gerade mal vierundzwanzig Stunden später ermordet wurde; gleiches Mordinstrument und
b) sich der vermeintliche Mörder – Benno Gullis – zu diesem Zeitpunkt aber in Untersuchungshaft, bzw. wegen einer Herzattacke

im Krankenhaus befand, und somit seine Unschuld zweifelsfrei festgestellt wurde.

Außerdem war der Ort, an dem Ibo umgebracht wurde, äußerst makaber – auf einem Friedhof. Nähere Umstände, außer der Tatsache, dass Ibo Golalal als Polizeiarzt offensichtlich selbst Drogen konsumierte, sind noch nicht bekannt. Die Bezugsquelle erklärte die Tatsache, dass *Annelore Mathern*, genannt Annelo, Bardame aus der Kajüte, die Benno Gullis aus der Vergangenheit kannte, ebenfalls ermordet wurde. Auf dem gleichen Friedhof. Mit dem gleichen Mordinstrument. Es liegt bislang kein Obduktionsbericht vor, ob die grauenhafte Schändung der Leiche, augenscheinlich mit einem Messer, nach dem Muster Jack the Ripper, vor oder nach der Ermordung vorgenommen wurde. Es bleibt abzuwarten, ob sich aus dem Befund neue Erkenntnisse ableiten lassen. Seltsam ist, dass einige Vorfälle, im Zusammenhang mit dem Todesfall, keinen Sinn ergeben.
Z.B.: Wieso wurde Frau Doktor Angelika von Kanter angerufen, sie solle zum Friedhof kommen. Als sie dort ankam, war außer ihr keine Menschenseele zu sehen und sie ging, laut eigener Aussage, mit einem mulmigen Gefühl an die Stelle, an der zuvor Ibo gefunden wurde. Dort stieß sie auf eine Gruppe volltrunkener Männer, die regelrecht um die Tote herum tanzten, ohne zu wissen, dass die Leiche zuvor übel geschändet wurde. Doktor Angelika wollte schreien (oder hat vielleicht auch geschrieen, was sie nicht mehr weiß) und in diesem Moment kam Sauerteig aus einem Nebenweg. Als er die Bescherung sah, funkte er die Polizei an, die, so fiel es der Gerichtsmedizinerin im Nachhinein auf, in diesem Augenblick mit großem Aufgebot und eingeschaltetem Martinshorn bereits am Friedhof ankam.
Was stimmt da nicht?
Wie hängen die Morde zusammen?
Hängen sie überhaupt zusammen?
Was hat Frau Doktor Penelope Angelika damit zu tun?
Warum hat sich jemand in ihrem Garten aufgehalten und einen, mit

Papier umwickelten, Stein durch ihr Badezimmerfenster geworfen? Jede Menge ungeklärter Fragen.

An diesem Schluss sah Pen hoch. Rolf stand in der Tür und blickte sie an: „Fällt dir dazu noch etwas ein? Möglicherweise habe ich noch etwas vergessen? Wenn du kannst, hilf mir."

Pen betrachtete abwechselnd das Blatt und den Kommissar. „Im Moment weiß ich auch noch nicht so recht. In meinem Kopf geistert etwas herum, was ich im Augenblick noch nicht artikulieren kann. Ich bin überzeugt, es fällt mir noch ein. Ich brauche nur ein wenig Zeit. Und", fügte sie hinzu, „die werde ich mir in den kommenden Tagen auf die eine oder andere Weise nehmen. Nehmen *müssen*. Ich brauche nämlich einen Anwalt ..."

„Stimmt", warf Rolf ein, „dringend. Ich kann dir Joachim Hannsmeier empfehlen, der ...."

Penelope hob leise lachend die Hand. „Stopp, du preschst mal wieder im Eilzugstempo vor. Immerhin solltest du erst einmal wissen, wofür ich den brauche, oder?"

„Na, wegen der ganzen Geschichte hier, und alles, mit deinem Garten und so." Ratlos brach der Kommissar ab. „Denn nicht?"

„Nein, du Schlaumeier. Setz dich hin, frühstücke und dann sage ich dir, wozu ich einen Anwalt brauche. Ohne Frühstück verkraftest du das nämlich nicht."

Widerwillig nahm Rolf im Sessel Platz, nicht ohne über seinen ramponierten Rücken zu stöhnen. Er würde wohl oder übel einen Arzt aufsuchen müssen. Anscheinend hatte die Nacht vor dem Sessel peinigende Folgen für seine Bandscheiben. Tapfer biss er in das Quarkbrot und nahm auch einen Schluck Tee. „Nun", meinte er, „bin ich gestärkt genug?"

„Von wegen, Neugier dein Name ist Weib!", lästerte Pen, „Ihr Männer seid doch noch viel schlimmer. Also", holte sie tief Luft, „ich brauche einen Anwalt, weil ich die Scheidung einreichen will."

Rolf sprang so heftig auf, dass die Teetasse umfiel, doch Penelope gebot ihm Einhalt. „Stopp, glaube bitte nicht, ich will damit erreichen, dass du und ich uns auf das nächste Abenteuer, wie eine Ehe, einlassen. Ich habe lediglich eingesehen, dass ich Ordnung in mein Leben bringen muss. Das ist der Hauptgrund. Außerdem", griemelte sie, „bin ich nun mal noch ein Relikt aus dem Mittelalter und habe einfach ein unangenehmes Gefühl dabei, mit dir zusammen zu leben, ohne meine Lage legalisiert zu haben. Verstehst du das?"

„Nein!" murmelte Rolf, völlig überrumpelt. „Aber vielleicht ändert sich das in den nächsten Wochen und Monaten."

*

Doktor Brader betrat Bennos Zimmer; dieser saß in seiner üblichen Haltung am Tisch. Die Arme aufgestützt, den Kopf in den Händen vergraben, studierte er zum x-ten Male die letzten Sätze seiner aufgezeichneten Erinnerungen. Dass jemand sein Zimmer betreten hatte, wurde ihm erst bewusst, als der Arzt ihn direkt ansprach. Benno schreckte hoch wie aus einer fernen Welt. „Nanu Doktor, Sie habe ich nicht kommen hören …"

Der Doktor ließ sich ihm gegenüber auf dem zweiten Stuhl vor dem kleinen Tisch nieder und betrachtete aufmerksam das Gesicht seines Patienten. „Geht es Ihnen einigermaßen gut?", fragte er.

Etwas ratlos antwortete Benno: „Ja, warum auch nicht. Die Übelkeit ist vorbei, mein Körper spielt ab und zu noch verrückt – aber im Großen und Ganzen bin ich zufrieden." Er blickte aus dem Fenster. als sähe er die Bäume und Büsche zum ersten Mal. Dabei wurde ihm schmerzlich bewusst, dass *dieser Klinikaufenthalt die letzte Chance wäre, in ein normales, bürgerliches Leben zurück zu finden.* Er stand auf, ging zum Fenster und schob den Riegel zur Seite. Kühle Luft strömte ins Zimmer, Benno atmete tief durch und versuchte, die plötzlich auftretende innerliche Unruhe in seinem Körper zu ignorieren. Er hatte das Gefühl, losbrüllen zu müssen, doch er unterdrückte es. Trotz der zwischen den beiden Männern herrschenden Ruhe war diese unterschwellige Aggression zu spüren. Doktor Brader machte sich auf einen neuen Ausbruch gefasst, der seines Erachtens schon lange überfällig war. Den unkontrollierten Lachanfall hatte Benno Gullis im Polizeiwagen hinter sich gebracht und nun wartete der Arzt auf einen Anfall, der, wenn er Pech hatte, sogar mit einem tätlichen Angriff von Bennos Seite enden könnte. Stattdessen wandte dieser Patient dem Zimmer den Rücken zu und sprach durch das vergitterte Fenster nach draußen: „Ich denke, ich mache mit meinen Aufzeichnungen Schluss. Wer will das denn lesen? Im Grunde interessiert es keinen Menschen, dass es überhaupt einen Benno Gullis gibt oder gab."

Doktor Brader reagierte blitzschnell. Gerade dass Gullis aufgab, konnte er nicht gebrauchen. Wenn er seine Zeit mit Schreiben verbrachte, versank er nicht in Selbstmitleid. Er musste sein Leben unbedingt Revue passieren lassen und damit aufarbeiten. Es war wichtiger als wichtig. Betont gleichmütig erwiderte der Arzt: „Schade. Ich weiß sehr wohl, dass es jemanden gibt, der Interesse an Ihnen hat. Ich wollte deswegen sogar eine Ausnahme machen und das Korrespondenzverbot lockern. Nicht ganz aufheben, das kann ich den Anderen gegenüber nicht vertreten, aber lockern. Sie wissen ja, eigentlich sechs Wochen keinen Kontakt zur Außenwelt. Nun, Schwester Hermine wollte gern Post von Ihnen und ich hatte vor, aus diesem Grund vorzuschlagen, Ihr Leben in Briefform an Hermine aufzuzeichnen. Aber wenn Sie partout nicht wollen …" Gleichzeitig notierte Brader sich im Kopf: *unbedingt Schwester Hermine einweihen, denn die hatte von dem, was sie angeblich wünschte, keine Ahnung.*

Langsam drehte Benno sich um: „Das haben Sie nicht ernst gemeint! Wieso Schwester Hermine? Sie kennt mich ja nun wirklich nicht gerade von meiner besten Seite. Im Gegenteil – und außerdem … ich würde mich vermutlich in Grund und Boden schämen."

Beschwichtigend unterbrach Brader seinen Patienten: „Sie haben ihre Wandlung in den letzten Tagen Ihres Klinikaufenthalts doch bemerkt, oder? Und, nicht zu vergessen, sie hat Sie hierher gebracht. Wie ich bei Ihrer Ankunft feststellen konnte, fiel es Hermine nicht leicht, Sie hier zu lassen. Ich hatte eher den Eindruck, dass sie Sie am liebsten wieder eingepackt und mitgenommen hätte." Das musste Benno widerwillig zugeben und auch, dass ihm an Schwester Hermines Meinung eine Menge lag. Gleichzeitig meldete sich der Teufel *Minderwertigkeitskomplex* in der hintersten Ecke seines Gehirns und Doktor Brader konnte die Verwandlung in seinen Gesichtszügen beobachten. Vorsichtshalber unterbrach er ihn ruppig: „Also Gullis (!), was ist? Soll ich Ihren ersten Brief an Schwester Hermine heute noch mitnehmen?"

Als würde er aus einer anderen Welt auftauchen, schüttelte sich Benno und krächzte rau: „Wenn Sie meinen. Ich kann es mir zwar nicht vorstellen, aber – nun gut. Ich werde es versuchen und ihr erst einmal schreiben. Ohne *Lebensbeichte*", kam es sarkastisch aus seinem Mund, der bei der Aussicht, überhaupt Kontakt zu bekommen, plötzlich trocken wurde. In diese Gedanken hinein sprach Doktor Brader: „Das freut mich und ich bin überzeugt davon, dass Schwester Hermine sich ebenfalls freut und Ihnen hilft es. Außerdem ist diese Art von Aufarbeitung zum Aufbau Ihres Selbstwertgefühls nicht zu unterschätzen."

Der Arzt schwieg. Nicht, weil er nichts mehr zu sagen gehabt hätte, nein, ihm war schlichtweg die Luft ausgegangen.

Benno bemerkte es und konnte sich ein Grinsen nicht verkneifen. „Hauen Sie ab, Doc, ich setze mich hin und sehe mal zu, was ich auf das Papier bekomme. Es kann ja wirklich nicht schaden!"

Bei diesen Worten erhob sich der Arzt. „Ich komme am Spätnachmittag wieder." Damitdrehte er sich zur Tür und verließ das Zimmer.

Benno zog seine Tasche unter dem Bett hervor und kramte sämtliche Kopien seiner bisherigen Aufzeichnungen hervor. Gott sei Dank hatte er Doktor Hellwig überreden können, seine Unterlagen zu kopieren. Er sortierte alles, soweit es möglich war und setzte sich mit einem, fast fröhlichen, Lächeln an den Tisch. Mit sorgfältigen und kaum noch zittrigen Buchstaben malte er die Überschrift seines ersten Briefes:

Liebe Schwester Hermine!

Von Doktor Brader erfuhr ich, dass Sie sich über ein paar Zeilen von mir freuen würden, darüber war ich natürlich sehr überrascht. Der Doc konnte mich überzeugen, Ihnen zu schreiben, wobei ich damit beginnen möchte, mich vor allen Dingen zu entschuldigen. Ich habe Ihnen eine Menge Unannehmlichkeiten bereitet und schäme mich dafür. Zwar war ich nicht Herr meiner Sinne, doch das ändert nichts daran, dass Sie einen denkbar schlechten Eindruck von mir bekamen. Es tut mir leid ...

Doktor Brader hat sich auch sehr dafür ausgesprochen, dass ich Ihnen meine Lebensgeschichte erzählen soll; ich weiß nicht recht? Nehmen Sie es mir bitte nicht übel – aber: wen interessiert eigentlich Benno Gullis. Ein stadtbekannter Trinker, der zeitweilig sogar unter Mordverdacht stand. Gott sei Dank hat sich dieser Vorwurf ohne Anstrengungen meinerseits in Luft aufgelöst. Ich hätte es zu alledem auch nicht ertragen, eines Verbrechens angeklagt zu werden. Wenn ich auch als Penner bekannt bin, wissen doch alle in meinem Umfeld, dass ich niemals einer Fliege etwas zu leide tun könnte.

Ich springe jetzt über meinen Schatten und füge die Kopien, die ich von meiner Lebensgeschichte habe anfertigen lassen, bei. In ein paar Tagen werde ich gewiss weiter schreiben – als Brief an Sie. Vorausgesetzt, Sie möchten es wirklich wissen. Bitte sagen Sie nur ja, wenn es tatsächlich so ist. Ich möchte Sie keinesfalls langweilen.

Bis zu Ihrer Antwort verbleibe ich, mit allen guten Wünschen für Sie und einem nochmaligen Dankeschön, Ihr

Benno Gullis

Aufatmend unterschrieb er diesen kurzen Brief, klebte ihn zu und sagte zu sich: hoffentlich antwortet sie. Ich würde mich freuen und wissen, dass ich doch noch ein Mensch bin und es Andere gibt, die das genauso sehen. Gleichzeitig machte sich in Benno ein Gefühl der Zufriedenheit breit. Er lächelte, sah wieder einmal aus dem Fenster und erfreute sich zum ersten Mal aufrichtig an der herrlichen Aus-

143

sicht. Selbst die Tatsache, dass er diese nur durch Gitterstäbe bewundern konnte, störte ihn derzeit nicht. Jetzt wartete er auf seinen Doc, wie er Brader bei sich nannte und überlegte, was in den nächsten Tagen und Wochen wohl auf ihn zukäme. Die Vorbesprechungen hörten sich nicht an, als sei das alles einfach. Aber, dachte er, vielleicht muss das so sein, wenn man neu geboren wird.

*

Widerwillig machte der Kommissar sich auf den Weg ins Präsidium. Seine Unterlagen hatte er bewusst zu Hause liegen lassen. Er wollte sich am Abend noch einmal hinein vertiefen und mit Pen gemeinsam überlegen, ob und wo vielleicht der Denkfehler steckte. Die ganze Geschichte lief in seinem Gehirn immer wieder darauf hinaus, dass, so widersinnig es klang, diese drei Delikte in einem Zusammenhang standen. Aber wo waren die losen Enden dieser Fäden. In Gedanken versunken hätte er beinahe einen von rechts kommenden Peterwagen übersehen und stieg im letzten Moment auf die Bremse. *Aua*, dachte er, *das sollte nicht passieren.* Er stellte sein Fahrzeug auf dem hinteren Parkplatz ab und maulte, dass er ausgerechnet unter der alten Kastanie noch einen Platz fand. Er hasste diesen Parkplatz, weil in dem Baum jede Menge Elstern ihren Mittagsschlaf hielten und dieses Ereignis niemals ohne entsprechende Verunreinigungen nach unten abging. Und das waren vielleicht Flecken!
Immer noch missmutig stiefelte Deterlich in sein Büro. „'n Morgen Mittländerin", murmelte er und wunderte sich, dass keine Antwort kam. Erst als er sich umsah, stellte er fest, dass seine Sekretärin, ganz gegen die bekannte Gewohnheit, nicht im Büro war. Hoppla – wo steckt denn die? Na ja, vielleicht mal auf'm Topf; drehte er sich um und betrat sein Büro. Im gleichen Moment klingelte das Telefon und der Kommissar nahm den Hörer ab. „Deterlich", meldete er sich. „Einwohnermeldeamt, Heringsmann", kam eine Stimme zurück, die eindeutig weiblich war. Rolf Deterlich musste nun doch grinsen.

144

Heringsmann und dann eine Frau – nun ja „Was kann ich für Sie tun?", fragte er.

„Ich habe eine Anfrage von Ihnen vorliegen, die sich auf eine Annelore Mathern bezieht. Diese Annelore Mathern gibt es in unserem Verzeichnis nicht. Da der Vorname etwas ungewöhnlich ist, habe ich den Computer einfach alle Annelores in unserer Stadt suchen lassen und bin dabei auf eine Annelore Matthies gestoßen …"

„Stopp", unterbrach der Kommissar Frau Heringsmann. „Zunächst einmal, was für eine Anfrage? Wer hat die gestellt? Ich kann mich nicht erinnern, ein solches Formular ausgefüllt zu haben."

„Sie nicht", erwiderte die Dame am anderen Ende der Leitung. „Das war ein Herr Sauerteig."

Deterlich hatte Mühe, seine Stimme unter Kontrolle zu halten. Er bekam das Gefühl, dass sich hier das lang gesuchte lose Ende des Fadens verbarg. Gleichmütig sprach er weiter: „Ach ja – Sauerteig, das ist mein Chef. Kann sein, dass ich seine Kopie noch nicht vorliegen habe, aber sprechen Sie doch weiter. Ich notiere alles und setze mich dann mit ihm zusammen."

Frau Heringsmann gab ihm die Daten durch. Annelore Matthies, geboren am 14. September 1943 in Westhausen und seit Oktober des vergangenen Jahres wohnhaft in Wiesdorf, Friedenstraße 286. Der Kommissar hatte alles notiert und bedankte sich, nicht ohne zu fragen, ob der Name Mathern, den er in den Ausweispapieren der Toten gelesen hatte, wirklich nicht zu finden sei. Frau Heringsmann bestätigte das noch einmal und fügte hinzu: „Seltsam ist das schon. Herr Sauerteig nannte mir nämlich den Namen Mathern, aber die komplette Adresse, die wir für die Person Matthies vorliegen haben. Irgendwie habe ich das Gefühl, da stimmt etwas nicht."

„Das Gefühl habe ich allerdings auch. Jetzt muss ich nur noch herausfinden, was da nicht stimmt. Und wenn wir das geschafft haben, haben wir auch unseren Fall gelöst. Hoffe ich", murmelte Deterlich und legte auf.

Nachdenklich besah er sich seine Notiz und schrieb die Anschrift noch einmal in Schönschrift ab, um den Zettel auf Sauerteigs Pult zu legen. Er stand auf, ging an seinen Aktenschrank und holte den Hefter *Mathern* heraus. Hinter ihm knallte mit voller Wucht eine Tür zu und der Kommissar erschrak. „Himmel", drehte er sich um und sah verdutzt auf seine Sekretärin, die, ganz gegen ihre Gewohnheit, über eine halbe Stunde zu spät kam, „haben Sie mich jetzt erschreckt …!"

„'n'tschuldigung – ich bin zu spät, ich weiß! Aber mir ist heute früh alles schief gegangen. Als erstes hatte der Radiowecker seinen Geist aufgegeben; dann stand ich auf der Zoobrücke im Stau und zum guten Schluss bin ich das letzte Stück des Weges zu Fuß gekommen. Ich habe kein Benzin mehr!"

Obwohl ihm seine Sekretärin leidtat, konnte er sich das Lachen nicht verkneifen. „Also liebe Frau Mittland", wenn Sie wirklich mal zu spät kommen, reiße ich Ihnen doch ganz bestimmt nicht den Kopf ab – oder."

„Nein", schniefte sie plötzlich los, „aber mir ist das furchtbar peinlich."

Der Kommissar ging um den Schreibtisch, legte die Akte Mathern hin und legte seiner Mittländerin die Hand auf die Schulter: „Da ich weiß, dass Sie diese Berührung nicht als sexuellen Übergriff anprangern werden", drückte er leicht ihre Schulter, „beruhigen Sie sich. Das ist überhaupt kein Thema – okay?"

Helga Mittland atmete tief durch. „Danke, Herr Kommissar, aber darum geht es gar nicht. Ich habe gestern, unter Sauerteigs Namen, etwas angeleiert, was ich unbedingt selber entgegennehmen wollte …"

In Deterlichs Kopf schrillten sämtliche Alarmglocken. „Geht es darum?", fragte er und hielt ihr den Zettel mit den Daten von Annelore Mathern alias Matthies unter die Nase.

Helga Mittland nickte. „Ja; ich habe das Gefühl, dass Sauerteig damit irgendetwas zu tun hat. Seine Sekretärin, die Gundula Fabbri, erzählte mir nämlich, dass er an dem Abend, als die Leiche auf dem Friedhof gefunden wurde, etliche Stunden gar nicht im Haus war.

Sie hatte auf ihn gewartet und Sie", wandte sie sich zu ihrem Chef, „mit ihr, bis Sie beide merkten, dass er gar nicht im Büro war. Erinnern Sie sich?"

„Und ob! Wissen Sie Näheres?"

„Nein", schüttelte Helga den Kopf, „bis jetzt noch nicht. Aber ich denke, das kriegen wir raus. Ich habe einfach nur ein äußerst ungutes Gefühl."

„Dem kann ich nur beipflichten", nickte der Kommissar und dachte an den Zustand, in dem Penelope an jenem Abend heimgekommen war. Was sollte das alles bedeuten? Was, zum Teufel, hatte Sauerteig mit einer Bardame zu schaffen, die nicht nur ganz offensichtlich einen falschen Namen benutzte, sondern auch Benno Gullis bekannt war und, wenn er den Faden weiterspann, wohl auch Ibo Golalal gekannt haben musste. Im Geiste sah er sich vor seinen Aufzeichnungen in der Wohnung und beschloss, zunächst einmal Sauerteig von der Entdeckung keine Kenntnis zu geben, zumal seine Sekretärin ihren obersten Chef als Deckmäntelchen benutzt hatte. „Gut gemacht, Mittländerin", lächelte er *seine rechte Hand* an, „das behalten wir aber für uns, nicht wahr?"

Helga Mittland nickte. „Ich bin froh, dass Sie das auch so sehen. Ich hatte wirklich ganz schön Bammel. Wenn das einer raus bekommen würde!"

„Was dann?", erwiderte der Kommissar, „meinen Sie nicht, dass ich mir auch was hätte einfallen lassen? Aber, es ist ja gut gegangen. Ich werde jetzt in Sauerteigs Büro gehen und schauen, ob ich irgendetwas finde, was mir weiterhelfen könnte. Und Sie halten bitte Wache. Können Sie sich bemerkbar machen? Pfeifen oder so?"

Die Sekretärin schüttelte den Kopf. „Nein, aber Sie haben doch bestimmt eine Tasse, die Sie immer schon mal kaputt schmeißen wollten. Die nehme ich mit und lasse sie, wenn Gefahr im Verzug ist, auf den Steinboden im Flur fallen."

„Das ist eine prima Idee", grinste Deterlich. „Also kommen Sie."

„Halt! Ich muss noch die Tasse holen."

Nachdenklich betrat Deterlich das Büro seines Chefs. Er wusste nicht, was er suchte, aber irgendwo musste er einen Anfang machen. In ihm wuchs die Gewissheit, dass sein Boss in diese mysteriösen Morde verwickelt sein könnte, bloß war ihm noch nicht klar, wie. Auf dem Schreibtisch stand ein Familienfoto. Sauerteigs Frau guckte nicht nur äußerst missmutig in die Kamera, sie gehörte auch zu den Personen, die der Kommissar in die Abteilung nichtssagend und langweilig einstufte. Vor seinem geistigen Auge erschien Pen und ein leiser Schauer lief ihm über den Rücken. Sie war so durch und durch weiblich und er gestand sich ein, dass er, gegen seinen Willen, den Kopf verloren hatte und sich nichts mehr wünschte, als sie endlich zu besitzen. Trotz der Tatsache, dass er in ihr Haus gezogen war, hielt sie ihn auf Abstand. Eine liebevolle, aber derzeit nicht zu durchbrechende Festung. Jeder Annäherungsversuch wurde von ihr im Keim erstickt, indem sie ihm lächelnd für seine Anwesenheit dankte und den Schutz, den er ihr allein dadurch gewährte. Sie legte auch schon einmal die Arme um seinen Hals, aber mehr – nein, zu mehr war es nicht gekommen. Obwohl, sinnierte Rolf weiter, Penelope ihn in den letzten beiden Tagen verblüffte. Sie hatte ihm mitgeteilt, sich scheiden lassen zu wollen um frei zu sein und gleichzeitig hatte sie Rolf eindeutig klargemacht, dass das nur bedingt mit ihm zu tun habe. *Da kenne sich einer mit Frauen aus*, murmelte er leise und konzentrierte sich wieder auf Sauerteigs Schreibtisch. Ein Ohr ständig auf den Flur gerichtet, öffnete er die oberste Schreibtischschublade. Normale Akten, nichts Besonders. Er zog sie weiter heraus und stellte fest, dass sie etwas klemmte. Um nichts zu beschädigen, schob er sie zunächst wieder in Position und dabei hatte sich aus der zweiten Schublade etwas nach vorne geschoben. Einige Blätter Papier, die mit einem Rehrücken zusammengehalten wurden. Er zog sie heraus und traute seinen Augen nicht. Darunter lag etwas, was er im Schreibpult des Leiters einer Kriminaldienststelle wirklich nicht vermutet hätte… ein Fotoalbum. *Nanu*, dachte Deterlich, *dem hab' ich gar nicht zugetraut, dass er seine Familie im Büro rumliegen hat.*

Er öffnete das Album und hielt die Luft an. Das gab es nicht! Sauerteig und Ibo Golalal – in eindeutigen Positionen. Er wollte gerade weiterblättern, als er hörte, wie auf dem Flur die Tasse auf den Steinboden knallte. Hastig steckte Deterlich alles wieder an seinen Platz und hatte gerade Zeit genug, an seinen Schreibtisch zurück zu kehren als Sauerteig auch schon im Rahmen stand. „Ihre Sekretärin ist eine dumme Kuh", tobte er los. „Sie hat meine Lieblingstasse fallen lassen. Wieso eigentlich…?"

„Soweit ich weiß, hat Gundi heute einen Gleitzeittag; deshalb hat meine Mittländerin Ihre Tasse ebenfalls gespült. Dass sie dabei zu Bruch ging, ist sicherlich nicht schön, aber kein Weltuntergang." Deterlich stand auf, ging an den Büroschrank und gab ihm eine seiner Tassen. „Hier, da haben Sie zunächst einmal einen Ersatz. Sie hat auch die gleiche Größe, so dass Sie nichts vermissen werden", fügte er ein bisschen maliziös hinzu. Gleichzeitig tobten in seinem Gehirn die unterschiedlichsten Gedanken. Abgesehen von den Fotos, fragte er sich gerade, wieso die Mittländerin statt, wie vereinbart, seine Tasse fallen zu lassen, Sauerteigs genommen hatte. Da Rolf wusste, dass seine Sekretärin sich mit Sicherheit dabei etwas dachte, wartete er ab, bis Sauerteig endlich verdrießlich in seinem Büro verschwand um gleich danach auf den Flur zu laufen. Helga Mittland hatte sich inzwischen mit Handfeger und Kehrblech bewaffnet, um die Scherben aufzufegen. Dabei arbeitete sie besonders langsam, sie hoffte darauf, dass Deterlich aus seinem Büro käme und hatte sich nicht getäuscht. Als er vor ihr stand, entschuldigte sie sich so wortreich, dass der Kommissar sofort begriff, dass sie ihm etwas Besonderes sagen wollte. Als sie mehrmals hintereinander die Worte unfassbar und falsche Tasse benutzte, war ihm klar, dass das eine außergewöhnliche Mitteilung sein musste. Nur welche? Ratlos blickte er auf die noch immer am Boden hockende Gestalt und wiederholte fast wörtlich, was er zu Sauerteig gesagt hatte: „Nun, das ist nicht schön, aber kein Weltuntergang."

„Nein", antwortete Helga Mittland, „aber die Tasse ist nicht zu ersetzen. Ich bringe Ihnen die Scherben ins Büro", fügte sie leise hinzu. „Diese Tasse hat es in sich…" Mit diesen Worten erhob sie sich und ließ einen völlig verdutzten Deterlich auf dem Flur zurück. Der schüttelte den Kopf und ging zunächst einmal auf die Toilette. Damit wollte er seiner Sekretärin die Möglichkeit geben, sein Büro zu betreten und die Scherben irgendwo zu platzieren, ohne dass Sauerteig einen eventuellen Dialog mitbekam. Wenn Helga Mittland der Ansicht war, das er diese Tasse, d.h. die Scherben davon, unbedingt sehen müsse, dachte sie sich hundertprozentig etwas dabei. Außerdem lag der Zettel mit den Angaben über Annelore Mathern – das heißt: Matthies – noch auf seinem Tisch und den sollte Sauerteig nun wirklich nicht sehen.

Kurze Zeit später trafen sich beide in Deterlichs Büro und Helga bedeutete ihm, dass er besser mit zu ihr herüber käme. Er schnappte sich den Zettel vom Tisch, steckte ihn in die Tasche und ging ins Sekretariat. Einen Teil der Scherben hatte Helga in einer Tüte neben den Papierkorb gestellt, doch die, auf die es ankam, lagen in der obersten Schreibtischschublade. Neugierig wartete er darauf, was Helga ihm zeigen wollte. Sie öffnete die Lade; legte ein Stück Zeitung auf die Schreibtischplatte und setzte die wenigen Stücke zusammen. Der Kommissar blickte auf ein etwas undeutliches Foto, so als hätte man die Tasse viele Male gespült und das ursprüngliche Bild sei im laufe der Jahre verwischt worden. Doch dem war nicht so; es war eindeutig genau das Foto, was Deterlich in dem Album als erstes gesehen hatte. Nun, jemand der dieses Bild nicht kannte, konnte die Brisanz auf dieser Fotografie nicht erkennen, da sie offensichtlich mit Absicht unscharf aufgetragen war. Deterlich sah seine Sekretärin an. „Wieso haben sie nicht die vereinbarte Tasse genommen?" fragte er „und wie kommen Sie ausgerechnet an diesen Kaffeepott?"

Helga Mittland legte den Finger auf die Lippen und schob ihm einen Zettel zu: „Wenn es Ihnen recht ist, treffen wir uns heute Abend kurz beim Italiener. Hier kann ich darüber nicht sprechen. Sie wissen, dass die Wände Ohren haben…"

Deterlich guckte verdutzt, nickte aber zustimmend.

„Außerdem könnte vielleicht Frau Doktor Angelika mitkommen? Ich möchte nicht, dass sie vielleicht denkt…!"

Der Kommissar lächelte leicht. „Ich glaube nicht, dass sie *irgend etwas* denkt", meinte er. „Aber ich werde sie trotzdem fragen. Ausserdem kann ihre Anwesenheit nicht schaden, oder? Da fällt mir ein", drehte er sich um wie Kommissar Colombo, „wo steckt eigentlich Gundula Fabbri? Ich hatte Sauerteig gesagt, dass sie wohl einen Gleitzeittag habe, aber stimmt das eigentlich?"

Helga Mittland schüttelte den Kopf. „Ich weiß nicht, was mit ihr los ist. Sie war gestern schon reichlich komisch und von Gleitzeit hat sie auch nichts gesagt. Abgesehen davon, dass sie das gar nicht darf, wenn Sauerteig im Haus ist. Er hat ihr schlichtweg verboten, frei zu nehmen, wenn er da ist. Sie darf ja auch immer nur in Urlaub gehen, wenn er ebenfalls Ferien hat. Ist Ihnen das noch nie aufgefallen?"

„Nein – aber das hat er doch gar nicht zu bestimmen!"

„Dürfte er nicht", verbesserte Helga ihren Chef. „Sauerteig darf alles. Außerdem hat er Gundi in der Hand."

„Gundi? Was, um Himmels Willen, könnte dieses biedere Mädchen angestellt haben, dass er sie in der Hand hätte. Und", polterte Rolf plötzlich los, „wo sind wir eigentlich! In einer Polizeibehörde und dann … hört sich das nicht an wie Erpressung?"

„Das hört sich nicht nur so an. Das *ist* Erpressung", erwiderte die Sekretärin. „Gundi hat den Fehler gemacht, bei einem dafür nicht zugelassenen Arzt eine Abtreibung machen zu lassen!"

„Wie bitte? Die Gundi?"

Helga nickte beklommen. „Ja, die Gundi. Und ich weiß auch, von wem das Kind war", fügte sie leise hinzu. „Von Ibo Golalal! Und Sauerteig hat es erfahren."

Deterlich schluckte. „Wie hat Sauerteig davon erfahren?"

„Der Arzt war sein *Freund*."

„Und wenn! Er hat immer und unter allen Umständen Schweigepflicht. Abgesehen davon, dass er selbst illegal gehandelt hat, durfte

151

er das niemals preisgeben. Welche Sauerei steckt denn da wieder …"
Deterlich brach ab. „Egal, das werde ich später genauer untersuchen.
Jetzt kommen wir erst einmal wieder zum Thema zurück." Mit diesen Worten steckte er die Fragmente der Tasse in seine Rocktasche,
wandte sich dem Zettel mit den Angaben über Annelo Mathern zu
und ging in sein Büro zurück.

Ziemlich geschockt setzte er sich an seinen Schreibtisch und versuchte, die Gedanken wieder auf das richtige Thema zu konzentrieren. Annelore Mathern. Wer war sie? Warum wurde sie umgebracht
und vor allen Dingen, von wem? Während er Papier aus seiner
Schublade kramte, um einen neuen Plan zu erstellen, wie weit die
Untersuchungen gediehen waren, klingelte das Telefon. Das kann
ich ja nun gar nicht gebrauchen, knurrte der Kommissar und nahm
den Hörer hoch. „Deterlich", bellte er in den Hörer.
„Ich bin's, Pen. Ich werde mir wohl einen anderen Anwalt suchen
müssen."
Rolf brauchte eine Weile, um zu kapieren, um was es ging. Doch da
sprach Penelope schon weiter. „Ich war heute morgen bei dem Anwalt, den du mir empfohlen hattest, doch der kann mich in meiner
Scheidungssache nicht vertreten, weil …"
„Moment mal!" Der Kommissar hatte endlich den Faden gefunden
und fragte: „Warum kann er dich nicht vertreten?"
„Weil vorgestern ein gewisser Leonhard Angelika bei ihm war und
die Scheidung eingereicht hat."
Nach einem Augenblick der Sprachlosigkeit meinte er dann: „Das
kommt dir doch eigentlich entgegen? Wer von Euch sie zuerst ein-
reicht, ist doch egal, oder?"
„Ich weiß nicht recht", kam es konsterniert vom anderen Ende, „eigentlich wollte ich diejenige sein, die das Ende herbeiführt. Und
jetzt?"
„Jetzt ist es eben umgedreht und ich hoffe, dein Ego ist stark genug,
diesen Tatbestand einfach als einen solchen hinzunehmen und den

Schluss-Strich von dieser Seite zu akzeptieren. Ich denke, wir werden heute Abend ausführlich darüber reden. Aber halt! Bevor wir das können, sollen wir uns mit der Mittländerin beim Italiener treffen. Sie bittet darum, dass du auch kommst. Wenn ich sie richtig verstanden habe, weiß sie etwas, was mit unseren Mordfällen zu tun hat. Das heißt: wissen ist vielleicht zuviel gesagt, aber zumindest kann sie uns über bestimmte Zusammenhänge aufklären. Sie bat mich um dieses Treffen und meinte, du solltest mit dabei sein, damit du nichts Böses denkst."

„Was soll ich denn denken?", fragte Penelope zurück. „Ich kann mir nicht vorstellen, dass du mit deiner Sekretärin ein Verhältnis anfangen würdest. Und", mit einem verhaltenen Glucksen in der Stimme fügte sie hinzu, „wenn ich das richtig beobachtet habe, ist sie enorm tüchtig, aber absolut nicht dein Typ."

„Womit du Recht hast. Also dann, bis heute Abend. Und – lass dir bitte wegen des Anwaltes keine grauen Haare wachsen. Ich werde bis dahin einen Anderen ausfindig gemacht haben. Denn brauchen wirst du einen. Heutzutage kann man das nicht mehr mit einem gemeinsamen Anwalt über die Bühne bringen. Außerdem hängt da ein Haus dran, oder?"

Penelope bejahte und schloss mit den Worten: „Ich werde kommen. Gehen wir zum Tempi moderni?"

„Darüber habe ich mit Helga noch gar nicht gesprochen. Aber ich sage ihr, dass du das vorgeschlagen hast. Wenn du nichts mehr von mir hörst, treffen wir uns dort. Sagen wir mal gegen neunzehn Uhr? Immer vorausgesetzt, dass nicht noch irgendetwas dazwischen kommt."

„Klar – das kennen wir ja schon."

Der Kommissar wandte sich nun endgültig seinen Notizen zu und begann, die vorläufigen Ergebnisse der Untersuchung erneut aufzuschreiben.

1. Mord an Helene Matthies; der vermeintliche Mörder, Benno Gullis, der zufällig in der Nähe war, stellte sich als unschuldig heraus, da der

2. zweite Mord, gerade einmal vierundzwanzig Stunden später auf die gleiche Weise verübt wurde und Gullis zu dieser Zeit bereits in Untersuchungshaft saß.

Wer könnte daran interessiert sein, diese beiden Menschen umzubringen, die anscheinend nichts miteinander zu tun hatten, die sich nicht einmal kannten. Und dann kam der

3. dritte Mord an Annelo (Annelore) Mathern, die, wie sich jetzt herausstellte, gar nicht Mathern hieß, sondern Matthies.

Das, sinnierte der Kommissar leise vor sich hin, sind die Fakten. Jetzt geht es darum: wie hängt das alles zusammen. Es hängt zusammen, da bin ich ganz sicher. Und die Lösung ist vermutlich einfacher als wir denken. Also, gab er sich einen Ruck, fangen wir mit dem an, was augenfällig ist. Zum Beispiel, dass Helene Matthies und Annelo Mathern zusammen gehören. Wie auch immer. Er nahm wieder das Blatt zur Hand und schrieb:

Helene Matthies, wohnhaft Schulstraße 112, Wiesdorf
Annelore Mathern, wohnhaft Friedensstraße 286, ebenfalls in Wiesdorf …

Nachdenklich betrachtete er seine Schrift, als könnte die ihm weiterhelfen. Welche Verbindungen hatten die beiden Frauen? Nicht untereinander? Das müsste sowieso noch herausgefunden werden.
Nein, Freunde, Bekannte, Kollegen. Am besten fange ich mit Helene Matthies an. Die Nachbarn werden sie wahrscheinlich über Jahrzehnte gekannt haben. Kanter und Schwarz sollen sich als Erstes das

Umfeld von Helenchen vornehmen.

Und wer, außer Benno Gullis und Sauerteig, kannte Annelo Mathern näher. Ach ja – Ibo Golalal. Bloß den kann keiner mehr fragen. Die Geschichte wurde immer verwickelter. Allein die Tatsache der gefundenen Fotos in Gegenüberstellung, dass Ibo ein Verhältnis mit Sauerteigs Sekretärin hatte und offensichtlich auch mit Sauerteig? Der Kommissar wunderte sich vor allem darüber, dass ihm niemals etwas aufgefallen war. Normalerweise sah und hörte er alles in seinem Umfeld, das brachte schon der Beruf mit sich; sollte er in diesem Fall so blind gewesen sein. Irgendwo übersah er etwas, da war Deterlich sicher. Nur wo? Nun, vielleicht fand sich heute Abend eine Erklärung. Helga Mittland war eine ebenso gute Beobachterin, wie auch er es war. Mit diesen Gedanken ließ er die angefangene Analyse auf seinem Schreibtisch liegen und packte den Rest zusammen. Er musste unbedingt mal an die frische Luft. Bei der Gelegenheit würde er auch gleich die Scherben in seinen Kofferraum packen, um sie daheim zusammen zu setzen. Das war auf jeden Fall sicherer, als es im Büro zu machen. Vielleicht fiel ihm doch noch etwas Verwendbares auf.

*

Doktor Brader wog Bennos Brief sorgfältig in der Hand und überlegte, ob er damit sofort zu Schwester Hermine fahren sollte, entschied sich aber dann dagegen. Es war wohl besser, erst einmal telefonisch Kontakt aufzunehmen; außerdem wusste er von dem Stationsarzt, der Benno zuvor betreute, dass die Schwester einen Dienstmarathon hinter sich hatte und vor allen Dingen in ihren freien Stunden schlafen musste. Also beschloss er, die Kontaktaufnahme auf den nächsten Tag zu verschieben und sie im Krankenhaus aufzusuchen. Er hätte nur zu gern gewusst, was in diesem Brief stand, doch selbst als sein Betreuer, durfte er diesen nicht öffnen. Er würde mit Schwester Hermine sprechen, dass sie ihm diesen und eventuelle zukünftige Briefe zu lesen gab. Damit fuhr auch er nach Hause.

Eleonore, seine Frau, war erstaunt, ihn schon zu sehen. „Hoppla", entfuhr es ihr, „wie kommt es, dass du schon daheim bist?"

„Ich hatte ursprünglich vor, den Brief von Benno Gullis, du weißt schon, dem Neuen in meiner Abteilung, noch der Empfängerin zu bringen, doch dann habe ich es mir anders überlegt. Also, habe ich den Brief noch in der Tasche und bin jetzt auch mal ein wenig früher zu Hause. Ist dir das nicht recht?" fragte er schelmisch.

Eleonore drohte ihm mit dem Finger: „Pass auf, dass sie dich gleich kriegen. Ich bin froh, wenn ich von dir mal etwas mehr zu sehen bekomme, als hoch gelegte Füße und die Zeitung vor der Nase. Und zwar die Zeitung, die normale Leute morgens lesen", lachte sie.

Brader schmunzelte ebenfalls. „Du hast ja Recht; aber ich habe nun einmal einen Beruf, der vollen Einsatz fordert und das habe ich vorher gewusst. Und du auch … So, und jetzt verrate mir mal, was es zu essen gibt?"

„Nichts! Wir gehen essen. Ich möchte die wenige Zeit, die wir gemeinsam haben, nicht noch fern von dir in der Küche zubringen. Also essen wir heute auswärts. Am besten beim Italiener. Einmal ist es da sehr lecker und es wird relativ schnell serviert. Ich weiß ja, dass du nicht gern aufs Essen wartest. Also? Einverstanden?"

Michael Brader lächelte. „Einverstanden". Er machte auf dem Absatz kehrt und ging in sein home office. Den Brief legte er auf den Tisch. Dann ging er hinüber ins Schlafzimmer und zog sich für den Besuch beim Italiener erst einmal um. Die Krawatte wurde als erstes abgelegt. Er hasste diese Folterinstrumente, doch im Dienst blieb ihm nichts anderes übrig. Während der Sprechstunden kam es nicht so darauf an, aber wenn er Besucher empfing, oftmals Angehörige seiner Patienten, musste er wie aus dem Ei gepellt aussehen. Die Leute maßen seine Befähigung an Äußerlichkeiten, das hatte er öfter als einmal zu spüren bekommen. *Die sind doch blöd*, murmelte er vor sich hin und schlüpfte in seine weichen Wildlederschuhe.

Am nächsten Morgen machte er sich nach seinem, ausnahmsweise mal geruhsamen, Frühstück auf und fuhr in die Klinik. Schwester Hermine hatte Dienst und empfing ihn mit leichtem Staunen. „Nanu, Doktor Brader, was führt denn Sie hierher?"

„Benno Gullis."

Hermine wurde einen Schein blasser und fragte besorgt: „Ist mit ihm etwas nicht in Ordnung? Als ich ihn ablieferte, ging es ihm, zumindest den Umständen entsprechend, recht gut."

Brader beruhigte sie. „Das ist auch jetzt so. Im Gegenteil Ich glaube fast, dass wir ihn schneller auf die Beine bekommen, als ursprünglich angenommen. Er ist gewillt, wirklich mitzuarbeiten, hat gleichwohl Schwierigkeiten mit seinem Selbstwertgefühl."

„Na also, Herr Doktor! Was erwarten Sie denn? Benno ist völlig unten. Vor allen Dingen im Kopf. Und das ist sein großes Problem. Ich gebe zu, als ich ihn hier auf der Station hatte, habe ich mich geekelt. Aber… ich weiß nicht genau, wie ich das ausdrücken soll… irgendwann, als es ihm ganz dreckig ging und er sich auch noch im Zimmer übergeben hatte, entschuldigte er sich bei mir. Und das war der Grund dafür, dass ich überhaupt den Versuch machte, hinter die Kulissen zu blicken. Was dann mit einem Mal den Ausschlag gab, dass er lachen musste, weiß ich nicht mehr. Aber dieses Lachen, einen winzigen Moment so jungenhaft und unbeschwert, war der Auslöser. Ich wollte wissen, wer ist Benno Gullis wirklich und das habe ich ihm auf der Fahrt zum Wolkenberg auch gesagt. Er wollte mich zuerst abfertigen mit den Worten: wen interessiert denn schon ein Benno Gullis oder was aus ihm wird. Ich bin ihm da ganz schön in die Parade gefahren und das scheint geholfen zu haben. Er bekam offenbar das Gefühl, dass es doch einen Menschen gibt, den sein Leben tatsächlich beschäftigt und als ich ihn dann vor dem Therapiezentrum ablud, fragte er mich, ob ich ihn denn, wenn die Sperrzeit vorüber sei, besuchen würde."

Hermine schluckte plötzlich und Brader sah Tränen in ihren Augen. *Hoppla,* dachte er, *das lässt sich ja noch ganz anders an, als ich dachte. Aber auch nicht schlecht.* Laut sagte er zu ihr: „Wissen Sie,

Schwester, dann darf ich Sie sicherlich in Bezug auf Benno um einen Gefallen bitten."

„Selbstverständlich", nickte Hermine.

„Ich habe Benno überredet, sein Leben aufzuschreiben. Das heißt, eigentlich hatte das schon der Klinikarzt hier, der Doktor Hellwig, in die Wege geleitet und ich habe die Idee nur in ihm festigen wollen. Bei der Gelegenheit erzählte ich ihm über Ihren Kopf hinweg, dass Sie sich über ein paar Zeilen von ihm sehr freuen würden?"

Hermine strahlte ihn an. „Und ob ich das tät'. Benno liegt mir definitiv am Herzen und, wissen Sie Doktor, ich habe auch ein paar Sachen gekauft. So, wie der aussieht, kann er ja kein Selbstvertrauen aufbauen. Der muss was Anständiges zum Anziehen haben. Darf ich Ihnen das mitgeben? Wenn er sich Gedanken macht, dass er das vielleicht nicht bezahlen könne, sagen sie ihm einfach, das solle er später mit mir ausmachen. Sie wüssten nichts darüber. Und ich werde diesbezüglich ganz bestimmt mit ihm fertig. Sagen Sie mal, Doktorchen, ist Benno eigentlich verheiratet?"

Angesichts dieser herausgesprudelten Tirade musste Brader erst einmal die verschiedenen Inhalte sortieren. „Zu Ihrer letzten Frage zuerst: Ich weiß nicht, ob er verheiratet ist, glaube es aber kaum. Er macht seit fünfzehn Jahren Platte und Hellwig kennt ihn ganz gut. Vielleicht fragen Sie Ihren Chef mal. Der wird es wissen."

„Ich werde mich hüten", fiel Hermine ihm ins Wort. „Das fehlte mir noch, dass der weiß, was ich privat mit jemandem zu schaffen habe, oder auch nicht."

Doktor Brader gebot einem neuerlichen wortgewaltigen Ausbruch Einhalt, indem er die Hand hob und sagte: „Selbstverständlich nehme ich die Sachen mit und werde mich ansonsten auch raushalten. Allerdings könnte ich mir vorstellen, dass Benno daran ganz schön zu knabbern haben wird. Er ist ohnehin äußerst sensibel und jetzt ganz besonders. Aber da muss er durch und wenn Sie ihm dabei helfen, umso besser. Und die Briefe kann er Ihnen also schreiben und Sie verpfeifen mich nicht, dass das zunächst einmal eine abgekartete

Sache war?"

„Nix abgekartete Sache – ich freue mich auf seine Briefe."

Brader zog das erste Schreiben Bennos aus der Tasche und reichte es an die Schwester weiter. „So, da haben wir schon mal einen Anfang. Ich muss Sie aber bitten, mich die Briefe lesen zu lassen", sprach der Doktor. Hermine sah ihn an: „Das ist nicht Ihr Ernst, oder? Das wäre meinerseits ein wahnsinniger Vertrauensbruch Benno gegenüber. Er schreibt mir diese Briefe, weil er unter anderem auch glaubt, mir damit eine Freude zu machen, was sogar stimmt. Aber dann kann ich nicht zulassen, dass ein Anderer, noch nicht einmal Sie, Herr Doktor, diese Briefe liest."

„Ich brauche aber den Inhalt als Grundlage für meine Therapie", entgegnete der Arzt.

Schwester Hermine schüttelte den Kopf. „Diesen ersten Brief werde ich jetzt in Ihrer Gegenwart öffnen, lesen und entscheiden, ob Sie ihn ebenfalls lesen dürfen. Danach werden wir gemeinsam überlegen, wie wir weiter verfahren. Ich kann verstehen, dass Sie daraus Rückschlüsse ziehen wollen und auch können, aber ich kann nicht einfach das Vertrauen, das dieser Mann in mich setzt auf diese Weise missbrauchen. Wenn er jemals auch nur einen Hauch davon erführe, wäre jeglicher Therapieerfolg – den man eventuell auf das Lesen der Post zurückführen könnte – wieder zunichte gemacht. Und das wissen Sie so gut wie ich." Damit öffnete Hermine den Briefumschlag und zog, neben dem kurzen Anschreiben von Benno, auch die Fotokopien aus dem Umschlag. Diese Ausführungen überflog sie nur kurz und reichte Sie an Brader weiter. „Hier Doktor, ich glaube, das kann ich Ihnen unbesorgt geben."

Nachdem sie das kurze Anschreiben von Benno gelesen hatte, blickte sie auf: „Ich weiß nicht, aber gut … diesen Brief ja, aber alle weiteren, die an mich persönlich gerichtet und auf dieser Basis geschrieben sind, werden Sie nicht zu lesen bekommen. Sollte er sein Leben weiterhin separat aufzeichnen, wie auf diesen Fotokopien, ist das eine andere Sache. Das werde ich ihm in Hinblick auf Ihre Therapie

159

ans Herz legen; weil ich es auch verantworten kann."

Brader nickte und seufzte. „Ist schon recht. Aber, wenn Sie irgendetwas in diesen Briefen bemerken, was ich wissen sollte, dann sagen Sie es mir doch, oder."

„Das kann ich Ihnen hundertprozentig versprechen. So, und nun muss ich unbedingt zu meinen Patienten. Ich habe schon viel zu lange gebummelt. Machen Sie es gut Doktor und nehmen Sie bitte die Sachen mit." Damit drückte Sie dem Arzt zwei große Plastiktaschen in die Hand, drehte sich um und verschwand durch die Pendeltür auf ihrer Station.

Solche Menschen müssten wir mehr haben, dachte Brader laut und ging ebenfalls zurück zu seinem Auto, um zum Wolkenberg zu fahren. Er überlegte, wie Benno sich zu dem unerwarteten Kleidersegen stellen würde und, schmunzelte er in sich hinein, woher wollte Hermine eigentlich die Größe von Benno wissen. Aber er traute ihr zu, entweder über ein ausgezeichnetes Augenmaß zu verfügen oder vielleicht in Gullis alten Kleidungsstücken auf die Etiketten geschaut zu haben.

Nach einer halben Stunde war er wieder zurück und ging ins Ärztezimmer. Er packte die Sachen aus, betrachtete sie und stellte fest, dass sie seinem Schützling wirklich passen könnten. Damit Benno nicht gleich einen Schrecken bekam, sah er nach, ob auch überall die Preisschilder entfernt waren. Wie er das einmal mit Hermine regeln würde, wäre ohnehin seine Sache und es würde noch mindestens ein halbes Jahr dauern, bis er die Klinik verlassen konnte. Es wäre wünschenswert, wenn sich sein Verhältnis zu der Schwester bis dahin gefestigt hätte. Benno würde einen festen Anlaufpunkt brauchen und die Schwester war stark genug, ihm diesen auch bieten zu können. Zumal sie ihn wirklich mochte. Was Brader, angesichts des derzeitigen Aussehens seines Patienten doch arg verwunderte. Schwester Hermine war vielleicht keine Schönheit, aber sie hatte ein liebes Gesicht und war durch und durch ganz einfach fraulich.

160

Wie alt mochte sie sein? Doktor Brader konnte sie nicht schätzen, sicher jünger als Benno, der jetzt neunundfünfzig Jahre zählte, war sie auf jeden Fall. Immer noch in Gedanken versunken, machte er sich auf den Weg zur Station.

*

Penelope hatte die Obduktion von Annelore Mathern oder Matthies, wie immer sie heißen mochte, an Oliver Klemm weiter gegeben.
„Oliver", sagte sie, „ich kann das nicht. Bitte übernehmen Sie das für mich. Mir wird immer noch übel, wenn ich daran denke, wie ich die Frau auf dem Friedhof gefunden habe und wie diese besoffene Horde um sie herum tanzte!"
Oliver schüttelte sich bei der Schilderung und murmelte dann halblaut: „Das tu' ich aber nur weil Sie es sind, Frau Doktor."
„Danke Oliver, ich weiß das sehr zu schätzen. Am besten gehe ich jetzt raus, denn wenn ich hier bleibe, nützt das wohl wenig, oder?"
Klemm lachte. „Das glaube ich allerdings auch. Und", schmunzelte er, „war das nicht so, dass Sie heute noch eine Verabredung beim Italiener haben? Ich habe vorhin am Telefon so etwas gehört."
Penelope lachte. „Sie kriegen wohl auch alles mit, wie. Aber danke, dass Sie mich erinnern. Ich muss nämlich los, sonst warten die Anderen wieder stundenlang auf mich. Das muss ausnahmsweise einmal nicht sein. Damit verließ sie die Pathologie und fuhr nach Hause, um sich umzuziehen.

Als sie mit dem Wagen in die Garagenzufahrt einbog, sah sie gerade noch, wie ein dunkler Golf um die Ecke fuhr. Penelope registrierte das Auto nur am Rande; in Gedanken zog sie sich bereits um. Ganz nebenbei nahm sie die Post aus dem Briefkasten und stellte fest, dass ihr Mann von sich hatte hören bzw. lesen lassen. Aha, dachte Pen, er wird mir wohl persönlich mitteilen, was ich per Zufall durch meine Anwaltssuche bereits erfahren habe. Sie öffnete den Brief, fand ihre

161

Vermutung bestätigt und stutzte nur als sie die Mitteilung las, dass er wieder heiraten wolle. Eigentlich verblüffte sie nicht die Tatsache als solche, sondern *wen* er heiraten wollte, rief die Verwunderung hervor. Egal, dachte sie, ich werde es heute Abend zur Sprache bringen und wenn alles gut geht, ist diese Sache in wenigen Wochen ausgestanden.

Im Wohnzimmer betrachtete sie die chaotische Couch und lächelte. Rolf war anscheinend in aller Eile aufgebrochen. Normalerweise legte er sein Bettzeug ordentlich zusammen, aber heute Morgen hatten sie verschlafen und Pen verließ noch vor ihm das Haus. Immer noch schmunzelnd ordnete sie Kissen und Decken und überlegte, ob sie diesem Zustand nicht doch ein Ende machen sollte. Andererseits war sie der Überzeugung, dass sie, solange sie überhaupt noch darüber nachdachte, eine engere Beziehung vielleicht besser bleiben ließe?

Rolf hatte sie nie bedrängt, doch auf ewig konnte sie ihn auch nicht auf Abstand halten. Darüber war sie sich klar. Sie ging ins Schlafzimmer, öffnete den Kleiderschrank, legte ihre Sachen zurecht und ging ins Bad. Ein Blick auf die demolierte Fliese ließ ihre verdrängten Ängste wieder wach werden und mit der Fußspitze berührte sie die Kachel. Vor ihrem geistigen Auge sah Penelope das davon fahrende Auto und hatte plötzlich das Gefühl, dass es in irgendeinem Zusammenhang mit dieser seltsamen Geschichte stehen musste. Warum sie das glaubte, konnte sie allerdings nicht erklären. Sie entkleidete sich und ging duschen. Während sie genüsslich das heiße Wasser über ihren Körper laufen ließ, entschloss sie sich endgültig, Rolf in ihr Schlafzimmer umzusiedeln. Sie würde es ihm heute Abend, nach dem sie wieder daheim wären, sagen. Plötzlich freute sie sich darauf und sagte halblaut in die leere Wohnung: *Du bist ein Schaf, Doktor Penelope Angelika da Vinci.* Denn das war ihr voller Name, den allerdings keiner kannte. Sie hieß überall Doktor Penelope Angelika. Dass ihr kompletter Name nach einer solchen Berühmtheit wie Leonardo da Vinci klang, hatte sie nicht erzählt. Ihr Noch-Ehemann, Leonhard, hatte einmal ironisch bemerkt: „Ich weiß nicht, aber bei meinem Erfindergeist, muss die Verwandtschaft mit diesem Genie aus dem Mittelalter eigentlich nachvollziehbar sein." Pen antwortete damals maliziös: „Sicher, wenn man deinen Erfindergeist in Bezug auf Ausreden dazu rechnet, ganz bestimmt." Damit begann ein neuer Streit. In den letzten Wochen vor der Trennung hatten sie nur noch gestritten. Sie würde endgültig ein Ende machen. Rolf sollte ihr einen anderen Anwalt nennen und dann würde alles seinen Gang gehen. Seufzend hockte sie sich, noch eingewickelt in das Duschtusch, auf den Toilettendeckel. Ihr Nerven waren zum Zerreissen gespannt und sie konnte die Tränen nicht länger zurückhalten. Nachdem sie ein paar Strophen geheult hatte, ging es ihr besser; sie begann, sich anzukleiden und für den Abend zurecht zu machen. Ein wenig mehr make up als üblich, Lidschatten, Wimperntusche und Lippenstift. Dann kam die Frage, ziehe ich das an, was ich heraus gelegt habe oder entscheide ich mich doch für etwas Anderes. Sie blieb bei ihrer ersten Version. Dunkelblaue Caprihose, sonnengelbes T-Shirt, einen Blazer und hochhackige Schuhe. Himmel, dachte Pen, wann habe ich das zum letzten Mal getragen? Kritisch musterte sie sich im Spiegel, stellte fest, dass sie gar nicht so übel aussah und ging zurück ins Wohnzimmer. Dort räumte sie die Sachen vom Sofa ins Schlafzimmer. Es würde sich alles finden. Mit den Gedanken versperrte sie die Haustür von innen und ging durch die Waschküche hinaus zur Garage.

Eine viertel Stunde später parkte sie vor dem Polizeigebäude, schloss das Auto ab und ging hinauf in Deterlichs Büro. Der war auch gerade dabei, einzupacken. „Hallo", meinte er vergnügt, „das ist Klasse – du bist ja schon fix und fertig!"

„Ich war sogar schon zu Hause ...."

„Das sehe ich. Die Frau Doktor ist kaum wiederzuerkennen."

Wohlwollend glitt sein Blick über sie und er drückte die Schreibtischschublade mit den Worten zu: „So, dann also los. Fahren wir mit meinem oder mit deinem Auto?"

„Das ist mir gleich", antwortete Pen. „Ich trinke sowieso nichts, also

fahre ich nach Hause. Ich möchte daheim... wohlgemerkt daheim!"
betonte sie, „ohnehin noch etwas mit dir besprechen."
„Wegen deiner Scheidung?"
„Auch."
Mehr war aus Penelope nicht herauszubekommen und der Kommissar musste sich mit diesem, in den Raum gestellten *Auch*, begnügen.

Als sie im Tempi moderni ankamen, hatte Helga Mittland sich schon einen Platz gesucht und begrüßte die beiden mit den Worten: „Ich hoffe, diese Ecke ist Ihnen recht. Ich möchte Ihnen etwas berichten, was nicht unbedingt durch den Raum schallen soll."
Deterlich schmunzelte. „Liebe Mittländerin, da Sie keinesfalls zu den Quatschtanten gehören, kann ich mir denken, dass das, was Sie zu sagen haben, nicht nur irgendetwas ist. Also, wir werden es uns jetzt gemütlich machen, etwas zu trinken und zu essen bestellen und dann können Sie loslegen."
Helga überlegte, ob der Chef sie vielleicht nicht ganz ernst nahm. Vorsichtig fügte sie hinzu: „Wenn Sie meinen, dass ich das, was mir auf den Nägeln brennt, besser für mich behalten soll..."
„Wie kommen Sie denn darauf?" fragte der Kommissar verwirrt.
„Nun, ich – ich – ich!" Hilflos nahm sie einen neuen Anlauf. „Das ist nicht verbrieft. Ich habe es nur gehört und es betrifft vor allen Dingen Sie, Frau Doktor."
Verblüfft sah Penelope der Sekretärin in die Augen. „Mich?"
„Ja. Sie und Ihren Noch-Ehemann."
„Kann es sein, dass ich jetzt überhaupt nichts mehr verstehe?" fragte Pen zurück.
Helga Mittland nickte. „Aber, bitte. Wir warten bis wir das Essen haben. Wenn ich eine Gabel in der Hand halte, redet es sich leichter."
Verwirrt und ein wenig unsicher nickte Penelope erneut. „Wenn Sie das gern möchten, ist es okay." Penelope schätzte Helga Mittland sehr und wusste, dass diese sich niemals etwas aus den Fingern saugen würde, was nicht irgendwie oder irgendwo einen Hintergrund

hatte, den sie vertreten konnte. Unruhig und unsicher besprachen sie das Essen.

Bis alle versorgt waren, drehte sich das Gespräch, wie auch anders, um die Arbeit. Doktor Angelika berichtete, dass sie die Obduktion von Annelo Mathern an Oliver Klemm weiter gegeben hätte. „Er hat zwar noch nicht soviel Erfahrung, meinte sie, „aber ich habe auf dem Friedhof genug gesehen um hinterher sagen zu können, ob er seine Arbeit gut gemacht hat. Ich konnte sie nicht obduzieren. Sie nicht."

Rolf legte schützend den Arm um ihre Schultern. „Lass es gut sein. Das ist schon okay, dass Oliver diese Geschichte übernimmt. Wenn wir doch bloß einen Anhaltspunkt hätten, wer das getan hat und vor allen Dingen *warum?"*
Helga Mittland nickte. „Das ist es – warum? Aber vielleicht bringt das, was wir in den letzten Tagen überlegt und gesehen haben, Licht ins Dunkel."
„Was heißt *gesehen haben?"*, fragte Penelope, die von der Geschichte mit dem Fotoalbum und der zerbrochenen Tasse noch keine Ahnung hatte.
Während des Essens berichtete Rolf leise von dem, was er und die Mittländerin herausgefunden hatten und Penelope hielt die Luft an. „Sagtest du gerade, Gundula Fabbri habe eine Abtreibung vornehmen lassen? Abgesehen davon, dass dergleichen heute unter völlig anderen Vorzeichen gehandhabt wird, kann da was nicht stimmen. Wenn Gundi eine Straftat begangen haben sollte, hätte der Arzt diese gleichermaßen begangen. Das ist schon mal ein Fakt und kann keinesfalls gegen sie verwendet werden. Und der andere Punkt: Sie war schwanger, ausgerechnet von Ibo? Dem smarten Ibo? Das glaube ich nicht. Außer Euch (!) wusste doch jeder, dass Ibo Golalal vom anderen Ufer war."
Der Kommissar vergaß das Weiteressen und krächzte: „Wie bitte? Du hast das auch gewusst?"

Penelope nickte. „Natürlich. Ibo hat es mir selbst gesagt. Er meinte damals: „Die Verhältnisse daheim hätten ihn bewogen, sich niemals mit einer Frau einzulassen. Was er damit meinte, definierte er nicht, aber ich schloss daraus, dass er sich halt gleichgeschlechtlich schadlos hielt. Was ja, wie ich jetzt höre, auch zutraf. Damit steht allerdings völlig außer Frage, dass Gundi nicht von Ibo Golalal schwanger gewesen sein kann. Es sei denn, er hat sich inzwischen bisexuell entschieden. Das wiederum kann ich mir nicht vorstellen. Ich bin sogar sicher, dass Ibo es nicht war."

Sowohl Helga Mittland als auch Deterlich blicken Penelope erwartungsvoll an: „Und woher, bitteschön, willst du das wissen?" erkundigte sich Rolf.

„Ganz einfach. Ich habe vorhin einen Brief aus meiner Post gefischt. Von meinem Mann. Du weißt ja, dass ich diesbezüglich einen Entschluss gefasst habe wandte sie sich an Rolf, „und jetzt will *er* von jetzt auf gleich die Scheidung."

„Ja", entgegnete Rolf unwirsch, „was hat das damit zu tun?"

„Leonhard schrieb mir das, was ich ja nur deshalb bereits wusste, weil ich selbst zum Anwalt gegangen war, um meinerseits die Scheidung einzuleiten. Und er teilte mir auch mit, warum: er will wieder heiraten. Seine Auserwählte ist Gundula Fabbri!"

Rolf Deterlich fiel die Kinnlade herunter und Helga Mittland verschluckte sich. „Das ist doch wohl nicht wahr!" Die Sekretärin japste und musste sich vor Aufregung die Nase putzen. „Gundula hatte mir vor vierzehn Tagen erzählt, dass sie beabsichtige, ihren Freund irgendwann einmal zu heiraten, und dabei hat sie auch einen Namen genannt; der lautete aber nicht Angelika" schloss sie lahm.

Penelope grinste. „Doch, er heißt auch Angelika, aber ich heiße vollständig *Penelope Angelika da Vinci*."

Rolf lachte. „Das ist ja 'n Ding. Und dann heißt dein Mann mit Vornamen auch noch Leonhard! Da hat aber jemand ziemlich Humor bewiesen."

Pen musste nun auch lachen. „Stimmt. Leonhard wurde er ganz sicher in Anlehnung an den berühmten Namen von Leonardo da Vinci getauft. Trotzdem hat er nicht die geringste Ähnlichkeit mit diesem Genie aus versunkenen Zeiten. Doch ich könnte mir vorstellen, dass Gundi von ihm schwanger war. Da sie aber wusste, dass ihr Angebeteter noch verheiratet ist und sie auf jeden Fall vermeiden wollte, dass, zum Beispiel ich, davon erfuhr, hat sie die Schwangerschaftsunterbrechung vornehmen lassen."

„Moment mal! Warum denn das? Das ist doch völlig unsinnig, da sie ohnehin heiraten wollen. Abgesehen davon, dass man heute deshalb nicht mehr heiratet" widersprach Rolf.

„Das ist sicher richtig. Aber überlege mal: Gundi ist knapp über dreißig. Leonhard ist gut zehn Jahre älter und noch mein Mann. Auf dem Papier. Wenn das rausgekommen wäre, hätte Gundi unter Umständen ihren Dienst bei der Polizei quittieren können. Sauerteig ist ja so ein Moralapostel. Das heißt: man hält ihn dafür und bislang hat er alles getan, um diesem Ruf gerecht zu werden. Ich verstehe trotzdem die Zusammenhänge nicht. Okay. Gundula war schwanger und ist es nicht mehr. In unseren Augen hätte sie, auch wenn der Vater des Ungeborenen Leonhard Angelika hieß, diesen Schritt nicht zu unternehmen brauchen. Sauerteig hat von der Abtreibung erfahren, weil ein Arzt nicht dicht gehalten hat und ausplauderte, dass angeblich Ibo Golalal der Erzeuger gewesen sei. Kinners, seht es mir nach, aber da kriege ich keinen Sinn rein", ereiferte sich Pen.

Helga Mittland gab ihr Recht. „Das sehe ich auch so, aber irgendwo muss es einen Zusammenhang geben. Dass Ibo und Sauerteig liiert waren, haben wir nun durch Zufall festgestellt. Wenn man mal davon ausgeht, dass jemand das Gerücht über die angeblich von Ibo verursachte Schwangerschaft mit Absicht in Umlauf gebracht hat, gäbe der Mord an Ibo einen Sinn, aber…!"

Erschrocken brach Helga ab. „Um Himmels Willen, das habe ich nicht sagen wollen."

„Warum nicht?", erwiderte der Kommissar ungerührt. „Zudem sind wir unter uns und mir kamen diesbezüglich auch schon die kuriose-

167

sten Gedanken. Allerdings passt da die Geschichte auf dem Friedhof nicht dazu." Er sah Penelope an, die offensichtlich bei der Erinnerung an dieses Geschehen um Haltung bemüht war. „Ja" meinte sie, „das würde nicht dazu passen. Vor allen Dingen, weil die Leiche weiblich war. Wenn unser oberster Boss verkehrt herum gestrickt ist, macht es Sinn, dass er seinen Liebhaber wegen vermeintlicher Untreue ermordet, aber was haben die Bibliothekarin und die Tote vom Friedhof damit zu tun?"

„Ich weiß es nicht", seufzte der Kommissar. „Ich weiß nur, dass ich jetzt satt und vor allen Dingen müde bin. Ich möchte nach Hause und morgen weiter denken." An Helga Mittland gewandt fügte er hinzu: „Ihnen vielen Dank für diese Mitteilung. Das Ganze ist zwar noch nicht richtig zuzuordnen, aber immerhin haben wir Kenntnis davon bekommen, dass unsere allseits geschätzte Kollegin einen ganz berühmten Namen trägt!" Damit knuffte er Penelope in die Seite und sagte: „Kommen Sie, Frau Doktor *Angelika da Vinci!"*

Pen lachte und erhob sich. „Ehrlich gesagt, ich bin auch müde. Anstatt wir, wenn wir mal ein bisschen früher als üblich aus dem Laden kommen, entsprechend geruhsam daheim bleiben und zu einer vernünftigen Zeit schlafen gehen, setzen wir uns zum Abendessen zusammen und fachsimpeln weiter. Aber, schloss sie resignierend, „das ist wohl so bei Kriminalern."

Rolf hatte inzwischen für alle bezahlt und sie strebten dem Ausgang zu.

Die Sekretärin war ohne Auto gekommen. Pen brachte erst sie heim und dann steuerte sie ihre eigene Wohnung an. Unterwegs war sie wortkarg und Rolf überlegte, was da wohl noch auf ihn zukam. „Du wolltest noch mit mir sprechen", begann er.

Penelope nickte. „Warte noch einen Moment, wir sind gleich daheim:" Damit steuerte sie den Wagen in die Einfahrt und stellte den Motor ab. „Also, komm."

*

Benno lag auf dem Bett und betrachtete zum wiederholten Mal die Einrichtung. Eigentlich eher, um überhaupt etwas zum Betrachten zu haben. Der Blick aus dem Fenster rief in ihm eine Sehnsucht wach, die sich in den nächsten Wochen und Monaten nicht erfüllen konnte. Das wusste er auch. Langsam erhob er sich, schwang die Beine auf den Boden und sah in den gegenüber an der Wand hängenden Spiegel. Den hatte man ihm erst vor wenigen Tagen zugebilligt. Himmel, Gullis, du siehst miserabel aus, streckte er seinem Spiegelbild die Zunge heraus. Das muss anders werden. Benno stand auf und ging auf den Flur hinaus. Am Ende des Flures stand ein Ergometer, der in den meisten Fällen von den Therapiepatienten nicht benutzt wurde. Die gingen lieber schwimmen. Benno liebte das Meer, vom Schwimmen hielt er allerdings nicht viel. Ihm war eine halbe Stunde strampeln lieber. Also marschierte er hin und kletterte auf den Sattel. Der war für ihn ein bisschen hoch, aber dieses Monstrum von Hometrainer war so steinalt, dass sich der Sattel nicht verstellen ließ. Nun gut, murrte er, dann eben mit hin- und herrutschen.

Nach fast vierzig Minuten stieg er, ausgepumpt von der ungewohnten Anstrengung, vom Fahrrad, ging in sein Zimmer zurück, um zu duschen und stellte dabei fest, dass in der Zwischenzeit jemand dagewesen war. Auf dem Tisch lag ein Brief. Bennos Herz tat einen außerplanmäßigen Schlag und er drehte den Umschlag um. Schwester Hermine. Aha, Pallmann hieß sie mit Nachnamen. Neugierig öffnete er das Kuvert und fand darin die erhoffte Antwort auf seine Zeilen:

Lieber Herr Gullis,
zunächst sage ich Ihnen herzlichen Dank für Ihre netten Zeilen und das Vertrauen, dass sie in mich setzen. Ich freue mich wirklich, wenn Sie mir schreiben, sonst würde ich dem ganz sicher nicht zustimmen. Über das Alter, jemandem einen Gefallen zu tun, wenn ich es absolut nicht will, bin ich lange hinaus. Die Zeit, die ich fremdbestimmt leben muss, nähert sich ohnehin dem Ende. Das soll nicht bedeuten,

169

dass ich die irdische Welt verlassen will, nein, ich will nur den frühestmöglichen Zeitpunkt wahrnehmen, mein Berufsleben zu beenden. Dass meine Arbeit nur von einem Menschen ausgeübt werden kann, der seinen Beruf liebt, dürfte Ihnen sicherlich klar geworden sein, als Sie noch bei uns in der Klinik waren; aber wie viel Engagement dazu gehört, ich glaube, das können Sie nicht erahnen. Doch ich will Sie nicht mit meiner Einstellung oder mit meinen Problemen belasten, im Gegenteil – ich bin eher dafür, dass Sie sich von Ihrem alten Ballast trennen und dabei will ich Ihnen gern zuhören, bzw. etwas darüber lesen. Nehmen Sie diese Zeilen bitte als Ermunterung; ich freue mich schon darauf...

Benno stockte, weil er das Gefühl hatte, nicht allein zu sein. Mit einem *ist da jemand* drehte er sich um und sah, völlig perplex, Anke Fellner in der Tür stehen. Allerdings im Türrahmen zu seinem Badezimmer!

„Wie kommen Sie hier herein und was machen Sie hier", fuhr er die junge Frau an.

„Och, sei doch nicht so grantig", gurrte sie. „Dir geht es doch bestimmt wie mir – wir brauchen etwas Gesellschaft und was liegt näher, als sich da zusammen zu tun." Mit diesen Worten öffnete sie langsam die ersten Knöpfe der Bluse.

Benno wurde es heiß und kalt. Es gab äußerst strenge Regeln in dieser Klinik und ihm war klar, dass er verdammt schlechte Karten hätte, wenn dieses kleine Luder zum Beispiel anfing zu schreien, weil er ihr genau *nichts* tat. Er sprang auf und riss die Tür zum Flur auf:

„Raus!" schrie Benno, „aber ein bisschen fix." Und wie er es vermutete, brüllte sie los. „Hilfe...!"

„Halten Sie um Himmels Willen Ihren bösen Mund", kam ruhig, besonnen aber knallhart die Stimme von Doktor Brader, der soeben auf dem Flur entlang ging und sah, wie Benno die Tür mit Schwung aufriss. Das *Raus* hatte er ebenfalls gehört und auch bemerkt, dass der Hilfeschrei erst danach losgelassen wurde. Brader, der seine Schäfchen schließlich kannte, betrat Bennos Zimmer, schnappte Anke

Fellner am Arm und befahl: „So, Sie kommen jetzt mit mir."

„Aber der da!", wies sie mit ausgestrecktem Finger auf Benno, „der wollte mich vergewaltigen!"

„Ja, ja", erwiderte der Arzt ungerührt, „das kennen wir bei Ihnen." Mit dieser Bemerkung neigte er seinen Kopf zu Anke herüber und stellte fest: „So, liebe Frau Fellner, Sie packen jetzt Ihre Sachen und verlassen die Klinik. Sofort. Rufen Sie – wen auch immer – an, damit man Sie abholt. Sie haben getrunken. Wieder einmal!"

„Nein", begehrte Anke auf, „ich habe nicht getrunken! Der da, zeigte sie mit dem Finger auf den verdutzten und total verunsicherten Benno, hat mir das Zeug mit Gewalt eingeflößt."

„Ganz bestimmt! Wenn ich eines ganz sicher weiß, dann, dass Herr Gullis auch nicht einen Tropfen Alkohol mehr anrührt und ganz bestimmt würde er auch Sie nicht anrühren. Weder mit noch ohne Alkohol. Und jetzt kommen Sie endlich."

Benno war diesem Wortwechsel mit offenem Mund gefolgt. „Herr Doktor", stotterte er, „wie kommt diese Person darauf, dass ich ihr Alkohol gegeben hätte? Abgesehen davon, dass ich nicht wüsste, wie ich in diesem Hause da ran kommen sollte... mache ich mir doch meine einzige Chance nicht selber kaputt" Benno schluckte und Brader beruhigte ihn. „Machen Sie sich bloß keine Sorgen. Dieses kleine Luder ist nicht zum ersten Mal hier. Jeder kennt sie und weiß, dass sie von nichts, was Hosen anhat, die Finger lässt. Und wie die immer wieder an Alkohol kommt, wissen die Götter. Sie muss irgendwo eine Quelle haben. Bloß, die haben wir in all' den Jahren nicht entdecken können."

„In all' den Jahren?" Benno sah den Arzt ratlos an. „Ist das möglich, dass jemand öfter als einmal hier landet? Ich bin heilfroh, wenn ich das alles überstanden habe. Nicht, dass Sie meinen, mir ging es hier nicht gut", wehrte Gullis den Gedanken, dass dieser Ausspruch negativ ankommen könnte, ab, „nein, ich bin froh, ja froh (!), dass ich hier sein darf. Trotzdem ist es furchtbar anstrengend. Das dürfte ich

171

eigentlich auch nicht sagen, denn ich habe ja sogar Vergünstigen, die Andere nicht haben. Ich darf Post bekommen." Damit hielt er Hermines Brief hoch und strahlte über das ganze Gesicht. „Sie freut sich", schreibt sie, „sie freut sich wirklich, wenn ich ihr mein Leben anvertraue. Auf dem Papier natürlich nur", schniefte Benno verschämt hinterher.

Brader, der weiß Gott, hart gesotten war, kämpfte mit Tränen, als er sah, wie glücklich ein Mensch nur durch ein paar geschriebene Worte werden konnte und sagte leise: „Das freut mich, Benno, das freut mich wirklich," fiel er in das vertrauliche Du, was er noch niemals zuvor mit einem Therapiepatienten gemacht hatte. Er wunderte sich über sich selbst und als Gullis ihm dann auch noch den Brief zum Lesen in die Hand drückte, war es beinahe um seine Fassung geschehen. Da hatte sich der Arzt alle erdenkliche Mühe gegeben, die Schwester dazu zu überreden, ihn Bennos Briefe lesen zu lassen und er machte umgedreht mit der größten Selbstverständlichkeit genau das. Es war nicht zu glauben. Dieser Benno Gullis, studierter Pädagoge mit einer Lebenserfahrung, um den ihn mancher Regisseur beneiden müsste, war in seiner Freude wie ein Kind. Noch immer mit einem Kloß im Hals kämpfend, meinte der Doktor: „Lassen Sie es gut sein, Herr Gullis", womit er die gewohnte Distanz wieder herstellte, „ich freue mich für Sie, dass es so ist. Denn – nun", druckste er ein bisschen, „ich habe noch etwas für Sie. Aber hängen Sie mich bitte nicht gleich auf!!!"

„Warum sollte ich Sie aufhängen?"

„Schwester Hermine hat Sie sehr ins Herz geschlossen und erzählte mir, dass Sie, in ihren Augen, das nötige Selbstwertgefühl gar nicht aufbauen könnten, weil sie sich einfach selbst nicht akzeptieren. Und das, so meint sie, läge unter anderem an Ihrer Kleidung. Sie will Ihnen mit diesen Sachen hier über Ihre Depressionen hinweg helfen."

Damit legte er die beiden großen Plastiktüten auf Bennos Bett, der völlig fassungslos daneben stand.

„Aber, Herr Doktor, das geht doch nicht? Wie soll ich diese Dinge bezahlen?"

Der Doktor lachte. „Stellen Sie sich vor, eben diesen Wortlaut habe ich Schwester Hermine vorgebetet. Ich wusste genau, dass Sie das sagen würden und die Schwester wusste es auch. Sie lässt ausrichten, dass Sie sich darüber keine Gedanken machen sollten. Das könnten Sie beide gemeinsam regeln, wenn Ihre Zeit hier um sei. Sie ist sich sicher, dass Sie sich niemals mehr aus den Augen verlieren." Letzteres hatte Brader aus eigenem Ermessen zugefügt und sah, dass es richtig war. Benno strahlte wieder und schniefte: „Es ist einfach unfassbar, dass es *draußen* jemanden gibt, der sogar in mir einen Menschen sieht."

„Quatschen Sie keinen Unsinn", rief Brader, „setzen Sie sich lieber hin und schreiben Hermine einen Brief. Ich nehme ihn heute Abend noch mit in die Stadt, fahre an der Klinik vorbei und drücke ihr den Umschlag in die Hand. Damit schob er die inzwischen teilnahmslos gewordene Anke Fellner auf den Flur hinaus, schloss die Tür und durch den letzten schmalen Spalt rief er zurück: „Ich komme in ungefähr einer Stunde wieder. Sind Sie dann fertig?"

„Aber klar, Herr Doktor. Und danke schön!"

Benno ließ sich auf das Bett fallen und konnte die Tränen nicht mehr zurückhalten. Eigentlich wollte er der Schwester ein neues Stück seines Lebenslaufes mitschicken, doch, so entschied er, das hatte Zeit. Jetzt würde er sich erst einmal bedanken, wobei er nicht wusste, wie er seine Gefühle in Worte fassen könnte. Nachdenklich nahm er den soeben erhaltenen Brief von Hermine in die Hand und studierte ihn noch einmal:

– *ich bin eher dafür, dass Sie sich von Ihrem alten Ballast trennen und dabei will ich Ihnen gern zuhören, bzw. etwas darüber lesen. Nehmen Sie diese Zeilen bitte als Ermunterung; ich freue mich schon darauf ...*

Ja, dachte Benno, ich freue mich auch ... und dann las er weiter:

... von Ihnen zu hören, das heißt natürlich: zu lesen. Mit dem Hören

173

und vor allen Dingen mit einem Wiedersehen wird es noch eine Weile dauern. Aber ich bin optimistisch, dass Sie es schaffen werden. Diesmal wirklich! Ich glaube an Sie, Benno Gullis, und bin zuversichtlich, dass Sie in wenigen Monaten das Leben wieder lebenswert finden. Schreiben Sie bald zurück. Ich denke an Sie.

Ihre
Schwester Hermine

Benno ließ den Brief auf dem Tisch liegen und stellte sich ans Fenster. *Lieber Gott,* brach es aus ihm heraus, *wenn es dich gibt und du tatsächlich auf deine Schäfchen aufpasst, dann lasse nicht zu, dass ich noch jemals in meinem Leben einen solchen Blödsinn mache. Diese Frau kommt mir vor wie ein Engel und ich glaube, sie ist auch einer. Denk dran, lieber Gott, jetzt brauch' ich dich wirklich mal.*
Nach diesem Stoßgebet ging er zurück ins Zimmer, packte endlich die beiden Tüten aus und stellte schmunzelnd fest, Hermine hatte an alles gedacht. Liebevoll streichelte er über die beiden T-Shirts, auf denen ein Zettel befestigt war: „Ich glaube, Hemden sind hier nicht so toll. Immerhin wollen Sie sicherlich nicht unbedingt auch noch bügeln lernen. Es gibt anderes, was Sie lernen müssen und das ist viel wichtiger. Ihre Hermine
Lächelnd probierte Benno die Sachen an. Sie passten. Danach räumte er alles in den Schrank und setzte sich hin, um schriftlich danke zu sagen.

Liebe, liebe Schwester Hermine!
Was haben Sie da nur angestellt? Ich weiß nichts mehr zu sagen und fühlte mich einerseits furchtbar beschämt und andererseits – ja, andererseits bin ich ganz einfach glücklich. Dieser Brief wird nicht so lang und ich werde ihm auch keinen weiteren Abschnitt meiner Lebensgeschichte hinzufügen. Diese Zeilen sollen schlicht ein Dankeschön für einen Engel sein.

Danke – Ihr Benno Gullis

174

Dann fügte er nach kurzer Überlegung noch einen Nachsatz hinzu:

P.S.: Jetzt hätte ich doch beinahe vergessen, mich zusätzlich noch für Ihre lieben Zeilen zu bedanken. Die waren nämlich zuerst da. Ich schreibe in den nächsten Tagen ausführlicher. Ganz bestimmt. Aber im Moment kann ich es einfach nicht...

Sorgfältig klebte er den Umschlag zu und dachte: den Brief kriegt Brader nicht zu lesen. Ich glaube, das würde er auch nicht wollen.

Obwohl Benno immer noch mit heftigen Emotionen kämpfte, machte er sich, gleichsam beschwingt, daran, die bisherigen Aufzeichnungen noch einmal durchzulesen. In seiner üblichen Haltung, den Kopf in die Hände gestützt, auf dem Kugelschreiber kauend, stellte er fest, dass er eigentlich die Grundzüge recht gut geschildert habe. Er war sich klar darüber, dass er seinen Stil vermutlich noch einmal ändern müsse, schließlich hatte sein Gehirn mit jahrelangen Ausfällen zu kämpfen und musste erst einmal auf Vordermann gebracht werden. Benno begann an sich zu glauben und das bemerkte er selbst.
Danke Hermine, dachte er, während ihm erneut Tränen in die Augen stiegen, ohne *Ihre Hinwendung und der Tatsache, mich als Menschen zu behandeln, wäre ich ganz sicher noch nicht soweit.* Damit legte er sich das Blatt Papier zurecht und begann zu schreiben:

Wie bereits erwähnt, tat sich nun ein langer Weg vor mir auf. Das bezieht sich nicht auf das, was ich bei und mit den mir anvertrauten Schülern und Schülerinnen erreichte, sondern auf meinen Weg. Ich erarbeitete mir mein Studium, im wahrsten Sinne des Wortes. Obwohl ich im Grunde einigermaßen gut durchkam, gab es auch Rückschläge, wie nicht bestandene Prüfungen, weil ich einfach oftmals viel zu müde war, mich zu konzentrieren. Bedingt dadurch, wurde ich zwei Jahre später fertig, als es normal gewesen wäre. Es war nicht nur die ständige Müdigkeit; sondern auch die erhebliche seelische Überbelastung und der permanente Druck, der von meinem

Elternhaus ausging. Bis meine Mutter so wahnsinnig wurde, dass sie mit einer Schere auf einen anderen Menschen einstach, richtete sie in meinem Innern irreparable Schäden an. Ich entwickelte eine anormale Scheu, oder sollte ich vielleicht eher sagen Abneigung, gegen Frauen. Auch mit meinen Schülerinnen bekam ich demgemäß Probleme, als dass ich sie wesentlich strenger anfasste, als notwendig. *Es wäre sicher besser gewesen,* mich *damals in psychiatrische Behandlung zu begeben, doch wer kommt als junger Mann von allein auf die Idee, dass sein Verhalten gestört sein könnte. Ich dachte jedenfalls nicht soweit und habe mir damit auch einen gewissen Ruf an der Schule eingehandelt. Trotz meiner Strenge wurde ich aber von meinen Kindern geliebt; möglicherweise hatten die mehr Weitblick oder ein besseres Empfinden als ich. Und dass ich langsam drogenbeziehungsweise alkoholsüchtig wurde, habe ich lange selbst nicht gemerkt. Ich habe meinen dementsprechenden Konsum ganz regulär mit den Demonstrationen für meine Klassen begründet und mich damit selbst belogen. Fast fünf Jahre ging es gut, bis mich einer der jüngeren Lehrer, der mich ohnehin gefressen hatte, regelrecht in eine Falle laufen ließ. Der junge Mann hatte sich in meinen Augen verdächtig gemacht, weil er sich sehr häufig in unmittelbarer Nähe der Mädchentoiletten aufhielt. Mir kam das seltsam vor und ich ging deswegen auf ihn zu. Wolfhard, so hieß der Junglehrer, reagierte anders als ich mir das vorgestellt hatte, und ging gleich in die Luft. Er drohte mir damit, dass er mich nicht nur wegen Verleumdung, sondern wegen meines ständigen Gebrauchs von Drogen und Alkohol anzeigen würde, was das Ende meiner Lehrertätigkeit bedeutete. Ich nahm das nicht ernst, weil ich auch nicht wusste, dass mein Verhalten schon seit Monaten aufgefallen war und meine Kollegen sich im Lehrerzimmer, natürlich in meiner Abwesenheit, darüber unterhielten. Im Nachhinein mache ich den Rektor ein wenig mit verantwortlich, weil es besser gewesen wäre, mich darauf anzusprechen und mir die Pistole auf die Brust zu setzen. Dann hätte man wohl noch etwas retten können. Stattdessen startete Wolfhard einen Alleingang,*

176

zeigte mich an und dem Kollegium blieb keine andere Wahl, als mich vom Dienst zu suspendieren. Anfangs kamen die Kollegen mich daheim noch besuchen, wollten mich aufrichten ... Doch ich wusste, dass ich in meinem Beruf niemals mehr eine Arbeitsstelle bekäme.

Einige Schüler stellten sogar eine Kampagne zusammen, die mir die Rückkehr an die Schule ermöglichen sollte. Sie liebten mich. Eine der Schülerinnen, die ich oft nicht gerade sanft angefasst hatte, ging soweit, Allen sagen zu wollen, dass sie nicht drogenabhängig geworden sei, habe sie nur mir zu verdanken. Es war gut gemeint, doch es klappte nicht. Vielleicht lag es auch da schon etwas an mir. Ich war ausgepumpt; doch statt mir nun die Hilfe zu holen, die ich Anderen predigte, ließ ich mich fallen. Und das war der Anfang vom Ende. Rauschgift spielte dabei eine untergeordnete Rolle – aber der Alkohol. Abgesehen davon, war er schließlich auch billiger. Denn, nicht zu vergessen, ich hatte, nach dem Auslaufen des Arbeitslosengeldes, kein Einkommen mehr. Ich war kein Beamter, sondern angestellt. Und dann ging es genau so weiter, wie man es immer sieht und denkt: mich kann das nicht treffen. Von wegen! Das geht schneller als erwartet. In Null-komma-nix konnte ich die Miete nicht mehr bezahlen und bekam eine Räumungsklage auf den Hals. Ausziehen. Wohin? Wer gab einem arbeitslosen, alkoholabhängigen Lehrer eine Wohnung? Wer ihm eine Arbeit? Nun, gelegentlich durfte ich vor Großmärkten die Parkplätze fegen und kriegte ein paar Euro dafür; aber das war's dann auch. Ich will nicht jammern, es war alles meine eigene Schuld und jetzt muss ich wieder auf die Beine kommen. Und – wenn ich es geschafft habe, was mache ich dann?

Hier brach Benno seine Aufzeichnungen erneut ab und kam zu dem Schluss, dass das genau der Punkt sei, über den er mit Brader sprechen müsse. So schnell wie möglich. Er wollte nicht warten, bis er völlig wieder hergestellt war. Er wollte sich eine Perspektive erarbeiten – denn genau jetzt brachte er die besten Voraussetzungen dafür mit. Es war ihm klar, dass er diese letzte Chance nutzen müsse.

Doch nun wollte er erst einmal nachdenken. Sich ein wenig ausruhen und überlegen. Morgen würde Doktor Brader wiederkommen; dann konnte er mit ihm darüber sprechen. Benno setzte alles Vertrauen in diesen Arzt und in seine Schwester Hermine.
Hermine!

*

Langsam gingen Pen und Rolf Deterlich auf das Haus zu. Penelope berichtete, dass sie, als sie vorhin heimkam, um sich umzuziehen, ein dunkles Auto davonfahren sah, sich aber nicht darum kümmern konnte, weil sie ohnehin mal wieder äußerst knapp in der Zeit gelegen habe. „Ich bin nur schnell ins Haus, habe mich geduscht, umgezogen und bin gleich wieder los. Ich wollte nicht, dass du so ewig lange auf mich warten musstest."
Währenddessen hatte Rolf die Haustür aufgeschlossen, in der Diele Licht gemacht und steuerte auf das Wohnzimmer zu. Pen versuchte, ihn davon abzuhalten, die Wohnzimmertür zu öffnen, doch Rolf war einen Schritt schneller. Wie vom Donner gerührt blieb er im Rahmen stehen. „Pen", schluckte er, „warum…?"
Penelope, die sein Stottern völlig anders auslegte, strahlte ihn an. „So sieht das doch viel besser aus. Dieses Bett auf der Couch war so behelfsmäßig."
Fragend schaute sie Rolf an, der mit blassem Gesicht sagte: „Warum hast du mir das nicht gesagt. Dann hätte ich doch gar nicht erst bei dir einziehen brauchen."
Da dämmerte es Penelope, dass Rolf aus dem Verschwinden seines Bettzeuges schloss, dass sie ihn wieder ausquartierte. „Um Himmels Willen! Rolf! Glaubst du das im Ernst?! Komm – ich will dir etwas zeigen", nahm sie ihn an die Hand. „Da", deutete sie auf die Schlafzimmertür, „mach auf!"
Deterlich, immer noch blass um die Nase, öffnete widerwillig die Tür und sah Pen fragend an. „Was ist da zu sehen?"

178

„Mensch, Mann! Ist es denn die Möglichkeit? Sollte dir völlig entgangen sein, dass das zweite Bett nicht bezogen war? Kann es sein, dass ich bislang in diesem Zimmer allein geschlafen habe und dir jetzt das Recht einräumen wollte, neben mir zu liegen! Kann es auch sein, dass du darauf gar keinen Wert legst?" Bestürzt und den Tränen nahe brach Penelope ab. „Ich glaube", schluchzte sie auf, „ich habe einen Riesenfehler gemacht, als ich dachte, du würdest mich wirklich mögen."
Damit drehte sie sich auf dem Absatz herum und rannte in den dunklen Garten.

Rolf war so verdutzt, dass ihm erst nach einigen Minuten aufging, dass sich hier gerade ein Drama abspielte. „Ach du lieber Himmel – Pen! Komm zurück. Das habe ich alles total falsch verstanden!" Mit diesen Worten stürmte er ihr hinterher.
Deterlich hatte diesen Garten nur einmal kurz im Hellen gesehen und konnte sich nicht mehr genau erinnern, wo da eventuell etwas stand. Prompt stieß er sich an einem der dicken Steine und fluchte laut los. „Verdammt noch mal, Pen, wo bist du denn. Komm raus – ich will dir ja erklären, was ich gedacht habe. Aber du kannst mich doch nicht einfach so stehen lassen!"
„Doch", weinte es aus der hintersten Ecke. „Kann ich wohl. Ich hätte vorher wissen müssen, dass ich mit meinen Männern einfach kein Glück habe. Ich bin dazu verdonnert, allein zu bleiben."
„Nun rede nicht so einen Stuss. Komm endlich raus, sonst suche ich dich und verspreche dir, ich versohle dir den Hintern."
„Darfst du nicht; ist gesetzlich verboten", schniefte es neben ihm.
Pen sah zum Erbarmen aus. Rotgeweinte Augen und ein schneeweißes Gesicht. Rolf nahm sie in die Arme. „Mein Gott, Pen, kann es denn nicht auch mal sein, dass man falsch reagiert? Ich habe allen Ernstes gedacht, du wolltest mich wieder los sein als ich sah, dass mein Bett im Wohnzimmer verschwunden war. Ich konnte doch nicht ahnen, dass du plötzlich…" Hilflos brach er ab.

Pen schluckte und atmete tief durch. „Möglich", sagte sie leise, „dass ich wirklich überreagiert habe; aber bedenke bitte auch mal, in welchem Zustand ich mich derzeit befinde. Mein ganzes Leben steht auf dem Kopf und dazu noch diese fürchterliche Mordserie, die mich nicht schlafen lässt. Vor allem die Geschichte mit der Frau auf dem Friedhof. Ich sehe immer noch diese besoffene Horde. Oooh nein – war das widerlich!" Diesem hemmungslosen Ausbruch folgte noch aus tiefstem Herzen ein „Männer!"

Deterlich hielt Penelope einfach fest bis er merkte, dass sie langsam aufhörte zu zittern. „Was meinst du mit *Männer*?", fragte er. Du hast dieses Wort mit soviel Verachtung regelrecht ausgespuckt, dass ich denke, du hast generell etwas gegen diese Spezies Mensch, oder?"

„Nein", murmelte Pen, von einem Schluchzer unterbrochen in seine Achselhöhle hinein: „Ich habe nur immer wieder feststellen müssen, dass ich überwiegend negative Erfahrungen damit gemacht habe. Inzwischen bin ich soweit, dass ich diese Kategorie der Menschheit in drei Rubriken aufteile. Es gibt ungefähr eine Hand voll, die ich achte und schätze. Den weitaus größeren Teil *verachte* ich und der Rest ist mir entweder egal oder ich kenne ihn nicht."

„Hört sich nicht sehr ermutigend an", brummte Rolf und meinte anschließend: „Komm, wir gehen erstmal wieder hinein. Dann koche ich uns einen Tee. Alkohol, denke ich, hatten wir für heute genug. Ein Kräutertee, falls du so etwas hast, kann sicher nicht schaden. Dann werden wir die Füße hochlegen und beizeiten ins Bett gehen. Und zwar ins Schlafzimmer."

Pen nickte automatisch und meinte nur leise: „Bitte, du weißt aber, dass du nicht alles auf einmal erwarten darfst."

Rolf schmunzelte. „Wer erwartet hier was?", fragte er leise zurück und strich ihr ein paar Haare aus der Stirn. „Im Moment bin ich ganz einfach nur vollends zufrieden, dass ich bei dir bleiben werde. Ich habe versprochen, dich zu beschützen und auf dich aufzupassen." In Gedanken fügte er hinzu, glücklich bin ich auch darüber, dass mein Rücken sich nicht wieder auf eine halb sitzende Schlafmöglichkeit einstellen muss.

Als hätte Pen seine Gedanken gelesen äußerte sie: „Ich hatte dabei auch an deinen Rücken gedacht. Dem ist diese seltsame halb sitzende Stellung nicht sonderlich gut bekommen."

Jetzt musste Deterlich wirklich lachen. „Stimmt! Aber ich habe es klaglos in Kauf genommen, oder? Und das bestimmt nicht nur aus Dienstbeflissenheit." Penelope ganz fest im Arm haltend gingen sie ins Haus zurück. „Außerdem müssen wir auch versuchen herauszufinden, was es mit den seltsamen Attacken auf deine Person auf sich hat."

„Ja" gähnte Pen, „aber nicht jetzt. Jetzt will ich meinen versprochenen Tee und die Füße hoch legen. Bitte."

„Dann komm."

Im Haus angekommen, verschloss Rolf sorgfältig die Terrassentür und vergewisserte sich auch, dass vorne alles fest verriegelt war. Im Hintergrund klingelte das Telefon. Die beiden sahen sich an und kamen wortlos überein, dass sie nicht daheim seien. Nach einer guten Stunde, in der Pen sich zusehend erholte, ging Rolf duschen; in der Zwischenzeit hatte sie die Betten aufgedeckt und den Radiowecker umprogrammiert. Sie wollten recht früh aufstehen und gemeinsam die Unterlagen der Mordfälle noch einmal durchgehen. Rolf war immer noch der Ansicht, er habe irgendwo etwas übersehen.

Kurze Zeit später kam Rolf, in ein großes Duschhandtuch gewickelt, ins Schlafzimmer und meinte: „Wo habe ich denn überhaupt meinen Schlafanzug?"

„Weiß ich nicht; du hast deine Sachen selbst eingeräumt."

„Ja, aber nicht hier sondern in den Garderobenschrank."

„Warum denn das?"

„Ich konnte doch nicht ahnen…!"

„Hör auf", knurrte Pen, „ich denke, das Kapitel ist erledigt. Wir haben, glaube ich, beide nicht ganz richtig reagiert."

Deterlich ließ es dabei bewenden, ging in die Diele zurück und holte sich aus dem Garderobenschrank seinen Pyjama. Kurz darauf hörte er, wie die Dusche angestellt wurde und Pen vor sich hinpfiff.

Na, mein Mädchen, das passt aber nun gar nicht zusammen, dachte er und wollte es sich gerade in einem Bett gemütlich machen als ihm einfiel, dass er nicht wusste, welches für ihn vorgesehen war. Unsicher blieb er stehen und guckte aufmerksam aus dem Fenster in die Dunkelheit. Als Penelope wenige Minuten später ins Zimmer kam, blickte sie Rolf verblüfft an. „Warum hast du dich denn nicht hingelegt?", fragte sie.

„Weil ich nicht wusste, auf welche Seite."

„Ach ja", kratzte Pen sich am Ohr. „Das stimmt natürlich. Also – ich schlafe eigentlich in dem Bett am Fenster."

„Dann lassen wir das auch so", entschied Rolf und legte sich in das Nachbarbett.

Steif und unbeweglich lagen beide in ihrer Hälfte, bis Rolf sich umdrehte und leise sagte: „Was ist, sagen wir uns Gute Nacht."

Penelope nickte in der Dunkelheit und flüsterte ein wenig heiser: „Gute Nacht, Rolf und schlaf gut. Und… entschuldige bitte. Du weißt schon, wegen vorhin."

Langsam drehte Rolf sich um und tastete mit der Hand zur Nachttischlampe. „Da gibt es nichts zu entschuldigen", sagte er und legte seine Hand auf ihren Kopf. Er lupfte ein wenig die Decke. „Komm, kriech schon rüber, du fühlst dich an wie ein Eisklumpen und so kannst du ohnehin nicht schlafen."

Gehorsam rutschte Penelope rüber, legte ihren Kopf in seine Armbeuge und murmelte leise: „Das ist einfach nur schön – ich habe es so lange vermisst. Aber – mehr geht nicht. Noch nicht, verstehst du das?"

Eigentlich nicht, dachte Deterlich. Laut aber sagte er: „Es ist wie es ist. Und nun versuche zu schlafen. Alles andere klären wir morgen oder wie es sich ergibt. Du kannst auf mich zählen. Genügt dir das?"

„Ja", seufzte sie und rückte sich endgültig zurecht, was bei Rolf das Gefühl hervorrief, dass diese Nacht auch nicht bequemer sein würde als die im Sessel. *Doch was soll's. Ich muss ihr eben Zeit lassen.*

Am nächsten Morgen wurden beide unsanft durch den Wecker aus dem Schlaf gerissen. Die Natur machte ihr Recht geltend und sie hatten, entgegen ihrer ursprünglichen Befürchtung, tief und fest geschlafen. Missmutig kletterte Pen aus dem Bett, was Rolf dazu veranlasste zu fragen: „Sag bloß, du bist ein Morgenmuffel?"

„Merkst du das nicht?", kam es unwirsch zurück.

„Au Backe – na, dann bin ich wohl besser still."

„Ja, bitte. Wenigstens bis ich gefrühstückt habe. Danach bin ich auch ansprechbar."

Deterlich ließ sich auf keine weiteren Verbalattacken ein, er erhob sich und ging in die Küche. Dank des am Vorabend zubereiteten Tees wusste er in etwa, wo er was zu suchen hatte. Da der Inhalt des Kühlschrankes lediglich aus Orangensaft, Eiern, einer angefangenen Packung Müsli und einem halben Kopf Eisbergsalat bestand, bastelte er daraus so etwas wie ein Frühstück. Für jeden eine kleine Schale *Vogelfutter* und dazu, mangels Milch, einen Orangensaft. Der Eisbergsalat diente ihm mit ein paar Blättern als optische Unterlage für die Spiegeleier und dann ging er auf die Suche nach einigen Scheiben Brot. *Hurra,* dachte er, *na wenigstens noch zwei. Das muss für uns beide erstmal reichen.*

Eine viertel Stunde später stand Pen, fix und fertig zurecht gemacht, in der Küche und strahlte. „Mensch, das ist ja Klasse. Werde ich jetzt immer so verwöhnt?"

„Naja", schmunzelte Rolf, „wenn du lieb bist, ich nicht gerade erst im Morgengrauen heimkomme und du dann an der Reihe bist, mir ein mittägliches Abendfrühstück bereiten zu müssen."

„Uff", lacht sie, „ich könnte mir vorstellen, dass wir dann beide vermutlich ein… wie nanntest du das gerade?, einnehmen werden."

„Ein mittägliches Abendfrühstück."

„Aha – kann es sein, dass das eine deiner wilden Wortkreationen ist?"

„Ganz sicher. Du wirst schon noch merken, wie oft das der Fall sein wird."

Pen seufzte in komischer Verzweiflung. „Ich werde alles mit Sicherheit bemerken; immerhin übe ich einen ähnlich gelagerten Beruf aus. Will sagen, ich kann mir meine Arbeitszeiten auch nicht aussuchen. So, aber jetzt lass uns bitte frühstücken, sonst werden nämlich die Eier kalt. Und! – einkaufen muss ich heute auch noch. Irgendwie."

„Schreib schon mal auf, was wir brauchen. Und derjenige von uns, der Zeit hat holt es schnell zwischendurch. Dafür musst du natürlich zwei Zettel schreiben. Und, wenn ich die Zeit haben sollte, ruf ich dich an, damit wir nicht beide losrennen. Umgedreht genauso."

In trauter Zweisamkeit schrieb Pen die Einkaufszettel, nicht ohne zu fragen, ob er denn etwas Besonderes haben wolle.

„Nein", schüttelte Rolf den Kopf, „ich denke, wir sollten, bis sich unser Zusammenleben richtig eingespielt hat, mit kalter Küche zufrieden sein. Wenn es eben geht, werden wir in der Kantine gemeinsam essen und abends reicht ein Brot oder etwas Salat. Was meinst du?"

„Damit bin ich sehr einverstanden. Wie ist es mit Joghurt, Quark und Co.?"

„Gerne, nur bitte keinen Hüttenkäse, dieses Zeug mag ich nicht."

„Trifft sich hervorragend – ich auch nicht."

In bester Stimmung beendeten sie ihr Frühstück und Rolf ging hinüber ins Wohnzimmer, um die Akten zu holen. Nachdenklich saß er davor und Penelope sagte: „Gib mir doch bitte auch ein paar von deinen Aufzeichnungen. Am besten die von Benno Gullis. Die hast du schon x-mal gelesen und kommst nicht weiter. Vielleicht solltest du ihn ganz einfach noch einmal aufsuchen. Es könnte doch sein, dass ihm etwas eingefallen ist, was er noch nicht gesagt hat. Oder – was er für gar nicht so wichtig hält."

Deterlich nickte. „Damit könntest du Recht haben. Da der aber zur Zeit im Wolkenberg therapiert wird, ist es nicht einfach, an ihn heranzukommen. Sein Cerberus, also dieser Doktor Brader…"

„Wer?", unterbrach Penelope ihn. „Doktor Brader? Doktor Michael Brader?"

„Ob der Michael heißt, weiß ich nicht. Und, na ja, Cerberus ist vielleicht auch etwas hart ausgedrückt. Er passt nur eben sehr auf Benno auf."

„Das muss er doch auch. Immerhin trägt er die Verantwortung für einen Menschen, der ganz unten ist, wie du sagtest. Und da möchte ich keinesfalls mit ihm tauschen. Vor allen Dingen, wenn ich mir vorstelle, was alles um Benno Gullis herum los ist. Es kann durchaus sein, dass dein Schützling ganz okay ist, aber irgendjemand will ihm vielleicht was, wenn er in diesem Umfeld nicht genau so funktioniert, wie es die anderen Insassen gern hätten?"

„Das ist doch keine Haftanstalt!"

„Nein? Aber viel fehlt sicher nicht. Nun, das ist momentan nicht das Thema", erwiderte Pen. „Aber um auf Doktor Brader zurück zu kommen; ich habe ihn mal kennen gelernt als er einen Vortrag über forensische Anthropologie hielt und war hin und weg. Dieser Mann hat ein sehr umfangreiches Wissen und ich wundere mich eigentlich, dass ich ihn im Bereich der psychisch Kranken wieder finde. Weißt du zufällig warum?"

Deterlich schüttelte einmal mehr den Kopf. „Nein, weiß ich nicht. Ich habe ebenfalls einen sehr guten Eindruck von ihm. Vor allem hat er eine Hand für seine Schäfchen. Benno ist bei ihm bestens aufgehoben, zumal der immer noch damit kämpft, dass er keine Ahnung hat, warum Ibo Golalal ihm eine solch außergewöhnliche Behandlung zuteil werden ließ. Schlimm ist für ihn auch, dass er ihn nicht mehr fragen kann. Sicher, er hatte Ibos Sohn…!"

„He", rief Penelope dazwischen, „wieso Ibos Sohn. Ich denke, der ist vom anderen Ufer. Wieso kommt der an einen Sohn? Rolf", sagte sie ganz aufgeregt, „ich glaube, wir haben irgendwie das berühmte lose Ende eines Fadens erwischt. Dahinter muss mehr stecken."

Der Kommissar war sprachlos und musste mehrmals schlucken, bevor er völlig irritiert antwortete: „Dass das noch keinem aufgefallen ist…!"

*

185

Benno steckte noch mitten in seinen Zukunftsüberlegungen während er die von Hermine besorgten Sachen vollständig auspackte und in den Schrank räumte. Einen Teil legte er sich auf dem Bett zurecht, um sich nach dem Duschen frisch anzuziehen. Mittendrin lag auch ein kleines Plastikfläschchen mit einer bräunlichen Paste. *Das gibt es doch nicht,* dachte Benno, *das ist make up. Was soll ich denn damit? Ich bin doch kein Weib. Da hat Hermine sich aber bestimmt vertan.* Doch beim weiteren Auspacken fand er einen Brief.

Lieber Benno,
wenn Sie diese Sachen fast ausgepackt haben, sind Sie auf eine klei- ne Flasche mit bräunlichem Inhalt gestoßen. Ja, Sie haben völlig richtig geguckt, das ist tatsächlich make up. Und ich habe mich auch ganz gewiss nicht geirrt, als ich das dazu packte. Ich glaube Sie gut genug zu kennen, dass Sie mit frischen und neuen Sachen versehen, bestimmt besser ausschauen, aber wenn Sie in den Spiegel blicken und mit Ihrem Gesicht unzufrieden sind (was ich ganz stark anneh- me) dann nützt das alles nicht viel. Um sich wirklich wohlzufühlen muss man sich auch gefallen. Dieses wird ganz sicher dazu beitra- gen. Sie sollten es sparsam und gleichmäßig auftragen und vor allen Dingen: verraten Sie niemandem diesen kleinen Trick. Viel Glück – ich komme die Tage mal gucken, wie es an Ihnen so aussieht...!
Herzlichst Ihre Hermine

Mittlerweile hatte er sich soweit erholt, dass er begann, die Tage zu zählen, die noch zum Ende der ersten sechs Wochen fehlten. Er war gerührt von ihrer Fürsorge und konnte es kaum erwarten, offiziell Post erhalten zu dürfen und vielleicht auch mal zu telefonieren. Er wollte das make up ausprobieren, auch wenn er sich noch nicht vor- stellen konnte damit herumzulaufen. Schwester Hermine wollte er unbedingt selber sagen, dass er alles, aber auch wirklich alles, daran setzen würde, wieder ein normaler Mensch zu werden. Bei diesen Gedanken bekam er feuchte Augen; er musste ihr auch mitteilen, dass er jedes Teil bezahlen wollte. Wie immer er das bewerkstelligte. In diese Phantasien hinein hörte er ein leises Klopfen an der Zimmertür und wollte das Geräusch eigentlich ignorieren. Abgesehen davon, dass er von dem *überwältigenden* Besuch einer Anke Fellner weiß Gott genug hatte, glaubte er, sich verhört zu haben. Wer sollte schon bei ihm anklopfen. Doch es dauerte nur einen kleinen Moment und das Klopfgeräusch war zum zweiten Mal nicht zu überhören. Vorsichtig antwortete er *herein* und richtete sich darauf ein, sich gegen irgendetwas oder irgendjemanden wehren zu müssen. Stattdessen stand plötzlich Hermine, in ihrer Schwesterntracht, im Zimmer. Benno traute seinen Augen nicht, reflexartig stürmte er nach vorne und drückte Hermine ganz fest an sich. „Mein Gott, ich kann es nicht glauben! Gerade habe ich noch an Sie gedacht. Ich war dabei, all die schönen, neuen Sachen in den Schrank zu räumen – bis auf die, die ich nach dem Duschen anziehen wollte und jetzt…, jetzt stehen Sie wirklich hier im Zimmer!" Benno konnte die Tränen nicht mehr zurück halten. Hermine zog ihn zu seinem Bett, drückte ihn auf die Bettdecke, hielt nun seinerseits ihn fest und sagte leise: „Wein dich endlich aus. Wein Benno. Endlich einmal! Dann wird es auch besser. Vertraue mir."

Es dauerte fast ein halbe Stunde bis Benno endlich wieder ansprechbar war. Die Fassungslosigkeit stand ihm im Gesicht geschrieben und immer wieder betrachtete er Hermine als säße da ein Geist. Endlich fasste er sie ganz vorsichtig am Ärmel und meinte fragend: „Ich spinne nicht? Sie sind wirklich hier?"

„Ich bin wirklich hier", klang ein leises Lächeln in Hermines Stimme. „Ganz wirklich. Allerdings", schmunzelte sie ein bisschen verwegen, „musste ich natürlich etwas tricksen. Wie du siehst, bin ich als Schwester hier…"

Benno war während Hermine sprach aufgesprungen und zog sie vom Bett hoch. „Sie haben Benno zu mir gesagt. Und nicht Herr Gullis. Heißt das, dass ich auch Hermine und du sagen darf? Mit dem Vornamen hatten wir uns doch schon angesprochen, oder?", fragte

Benno unsicher.

Jetzt war es an ihr, ein wenig rot zu werden. Sie hatte nämlich nicht bemerkt, dass sie ihn geduzt hatte. „Klar", meinte sie burschikos, „das ist doch eigentlich schon überfällig, oder?"

Benno strahlte, brach in ein glückliches Lachen aus und Hermine betrachtete einmal mehr das Gesicht, das sich durch dieses Lachen so einzigartig veränderte. „Ich hoffe, dass du noch sehr viel mehr lachen wirst, in naher Zukunft. Und ich glaube auch, dass du Grund haben wirst."

Wieder einmal schluckte Benno und antwortete leise: „Ich weiß, das ich das Lachen wieder lernen werde, denn ich habe, kurz bevor du kamst, einen Entschluss gefasst. Ich werde versuchen, mit Doktor Brader darüber zu sprechen. Er wird mir vielleicht helfen können, weil..."

„Was ... weil?"

„Ich habe mir überlegt, dass ich Suchtberater werden will."

„Das ist das Beste, das ich seit langem von jemandem hier im Hause gehört habe". Und diese Bemerkung kam von Michael Brader.

„Herr Doktor!" Wie aus einem Mund kam dieser verdutzte Ausruf und Brader amüsierte sich königlich darüber, dass Schwester Hermine bis in die Haarspitzen hinein rot wurde. Doch dann machte er ein strenges Gesicht und wandte sich an sie. „Wie ist es zu erklären, dass ich Sie hier im Hause finde?"

Hermine druckste ein bisschen, sah dann den Arzt voll an und sagte: „Ich habe meinen freien Tag im Krankenhaus dazu benutzt, Benno zu besuchen. Da er aber eigentlich noch keinen offiziellen Besuch bekommen darf, habe ich die Schwesterntracht angezogen und bin als Schwester ins Haus gekommen. Ich hoffe", schloss sie ihre Ausführungen, „Sie werden Herrn Gullis meine Eigenmächtigkeit nicht ankreiden. Er wusste davon nichts."

„Beruhigen Sie sich, Schwester. Ich habe Sie sehr wohl kommen sehen und war überzeugt, dass Sie unserem Patienten nur nützen könnten. Deshalb habe ich Sie nicht nur unbehelligt gehen lassen, sondern Ihnen auch ein wenig Zeit zu zweit gegeben. Und", grinste er wie ein beschenkter Schuljunge, „ich habe mich nicht getäuscht." Zu Benno hingewandt sprach er: „Gut gemacht, Herr Gullis, das ist eine Perspektive und Sie können gewiss sein, dass ich Ihnen dabei helfen werde."

„Und ich", schaltete Hermine sich ein, „ganz bestimmt auch. Vielleicht können wir uns sogar damit selbstständig machen?"

„So etwas wie eine Ich-AG!", scherzte der Arzt. „Bitte, warum nicht. Aber soweit sollten wir noch nicht denken." Doktor Brader sah die Beiden an. „Ich glaube, Schwester Hermine, Sie kommen jetzt mit mir ins Büro. Herrn Gullis überlassen wir der Tätigkeit, die er gerade in Betracht zog, bevor Sie im Zimmer standen, nämlich, sich zu duschen und anschließend fein zu machen. Danach begutachten wir ihn beide gemeinsam noch mal und das war es dann für heute. Einverstanden?"

Hermine war klar, dass der Arzt mit ihr etwas besprechen wollte und nickte zustimmend. „Genau, so machen wir es", zu Benno gewandt: „Dann bis gleich."

„Bis gleich."

Benno schloss hinter ihnen die Tür ab, entledigte sich seiner Kleidung und stellte sich vor den Spiegel. Nüchtern, im wahrsten Sinne des Wortes, betrachtete er seinen Körper und ging mit sich ins Gericht. *Alter Junge, du siehst zwar schon besser aus als vor kurzem, aber von gut bist du noch weit entfernt. Dass ein Mensch wie Hermine dich überhaupt ansieht, grenzt an ein Wunder. Also reiß dich zusammen, dusch dich, rasiere dich vernünftig und tu ihr den Gefallen und schmiere das braune Zeug ins Gesicht.* Ein bisschen musste er nun doch feixen.

Eben das verging ihm eine halbe Stunde später. Fertig geduscht, rasiert und mit ein wenig make up im Gesicht kannte Benno sich nicht wieder. Er traute seinem eigenen Spiegelbild nicht und machte einen Finger nass, um die Schminke abzuwischen. Die darunter liegende echte Haut war tatsächlich so grau, wie er sie in Erinnerung hatte und staunte, was so ein bisschen Creme ausmachte. *Ha, da hat Hermine wirklich Recht, man fühlt sich ganz anders.* Gleichzeitig schlich sich die Überlegung ein, dass er was darum gäbe, die Mahlzeiten in seinem Zimmer einnehmen zu dürfen. So wie er sich jetzt fühlte, wollte er nicht unter Menschen gehen und war auch ehrlich genug zuzugeben, dass er sich allein genießen wollte. Andere würden ihm vielleicht das bisschen Selbstvertrauen, was Benno gerade dabei war, aufzubauen, mit dummen Sprüchen kaputt machen. Und das war genau das, was absolut nicht in seinem Sinn war.

Währenddessen saßen Hermine und Doktor Brader zusammen in dessen Büro. „Wissen Sie, Schwester Hermine, Sie sind mir mit Ihrem Besuch insofern zuvorgekommen, als dass ich Sie in den nächsten Tagen auch darum gebeten hätte. Ich habe den Eindruck, Benno verändert sich zusehends positiv. Das bedeutet, er geht inzwischen mal ein bisschen unter Menschen; geht in den Garten und spricht mit den Anderen. Obwohl sich das immer noch sehr in Grenzen hält. Er hat auch noch nicht alle Phasen des Nüchternwerdens hinter sich…"
Hier unterbrach Hermine den Arzt. „Wieso? Sagen Sie bloß, Benno war vorhin nicht nüchtern?"
Brader lachte. „So war das nicht gemeint. Wir haben Erfahrung mit den Entzugsstufen und Benno gehört zu den Menschen, die es durch ihre Intelligenz schwerer haben als Andere. Er beobachtet sich selbst und verzeiht sich nicht die kleinste Schwäche. So wie er mit aller Konsequenz abrutschte, kommt er jetzt mit der gleichen Konsequenz wieder hoch. Und das will er innerhalb kürzester Zeit und absolut hundertprozentig schaffen."
„Aber das geht doch gar nicht!"
„Natürlich nicht. Und das ist der Punkt, vor dem ich Angst habe. Dass Benno sich bei einer Schwäche erwischt und in das Muster *ach, ist doch sowieso egal* wieder abrutscht."
„Um Gottes Willen! Kann man das verhindern und wenn ja, wie?!"

Nachdenklich blickte Brader vor sich hin. Ich hoffe, wir können es verhindern. Dazu brauche ich Ihre Hilfe. Ich werde, wenn Sie einverstanden sind, mit Doktor Hellwig sprechen, der Benno noch von früher kennt, und ihn bitten, Sie für die nächsten, etwa vier Wochen, uns zu überstellen. Dagegen sollte unsere Schwester Heike bei Ihnen Vertretung machen. Es geht darum", führte der Doktor aus, „dass Benno sich geborgen fühlt. Und, das habe ich festgestellt, ist ganz besonders der Fall, wenn Sie in der Nähe sind."

Hermine nickte bedächtig. „Das stimmt. Abgesehen davon, dass ich Benno wirklich gern mag. Ich hätte niemals gedacht, dass das eintreten würde – so wie ich mich anfangs geekelt habe. Ich fand ihn einfach nur widerlich. Und jetzt liegt mir sein Wohl mehr als nur am Herzen. Ich könnte noch nicht einmal sagen warum."

Brader schmunzelte. „Ich schlage vor, Sie rätseln noch ein wenig darüber, sagen mir aber zwischendurch, ob Sie mit meinem Plan einverstanden sind. Ich muss ja auch unsere Klinikleitung informieren. Andererseits kann ich mir nicht vorstellen, dass die irgendwas dagegen haben sollte. Personal wird nicht zusätzlich belastet, ausfallen tut auch keiner. Also, was soll's!"

„Selbstverständlich bin ich einverstanden; Sie müssten mir nur bitte genauer erklären, wie Sie sich das vorgestellt haben. Ich kann doch nicht ausschließlich für einen Patienten da sein. Da gibt es sicherlich noch einige andere, die ebenso betreut werden müssen, oder?"

„Natürlich. Aber das klappt im Moment deshalb ganz gut, weil wir auf der Station, auf der auch Benno beheimatet ist, in den nächsten Tagen vier Abgänge aber noch keine Neuzugänge haben. Das bedeutet, Sie haben, außer Benno, gerade mal noch zwei weitere Patienten beziehungsweise Patientinnen, von denen eine allerdings besonders problematisch ist. Sie hat ihr Zimmer am anderen Ende des Ganges, kann aber ihre Finger von keinem Lebewesen lassen, das Hosen an hat. Diese Anke Fellner, so heißt die Frau, hat schon einmal versucht, Benno in eine unmögliche Situation zu bringen. Das ist ihr nur deshalb nicht gelungen, weil sie nicht weiß, dass ich sie immer im

Auge habe. Wenn nicht ich, dann unser Sani, der diese Station unter sich hat. Wir haben, wechselweise, immer unsere Türen offen, damit wir sehen, wer über den Flur geht und vor allem: wohin."

„Ist das so schlimm?", fragte Hermine etwas konsterniert. „Wie soll ich das verstehen?"

„Nun, bei uns im Krankenhaus hat man hinter vorgehaltener Hand gemunkelt, dass es in dieser Art Kliniken nicht gerade zimperlich zuginge. Von wegen Sex, jeder mit jedem und so…"

Michael Brader gab einen undefinierbaren Laut von sich. „Das kann ich so nicht stehen lassen. Wir haben natürlich Elemente dazwischen, die schlichtweg sexsüchtig sind und die bringen dann eine Klinik wie unsere in Verruf. Das hat aber mit Orgien und Co. wirklich nichts zu tun. Anke Fellner ist eine Ausnahme. Sie ist Nymphomanin, Alkoholikerin, und obendrein, damit es bei und für uns nicht so langweilig wird (!?) Morphinistin. Im Grunde eine tragische Gestalt. Das soll uns aber nicht hindern, sie unter allen Umständen von Benno fernzuhalten. Denn gerade *die* Frau bekäme es fertig, ihn völlig runter zu reißen. Wenn sie Ihnen unter die Augen kommt, wissen Sie, was ich meine. Aber", beendete er seine Ausführungen, „was ist – sind Sie einverstanden?"

Selbstverständlich – ich werde dann wohl hier im Hause wohnen, nehme ich an und Sie sagen mir nach dem Abendessen, wie das alles vonstatten gehen soll. Ich glaube nämlich, wir sollten uns langsam mal wieder um unser Sorgenkind kümmern. Ich könnte mir gut vorstellen, dass er schon wartet."

„Ganz bestimmt", lachte Brader, „und ganz besonders auf Sie."

*

Der Kommissar raufte sich die Haare. „Das darf wirklich nicht wahr sein. Kein Mensch hat gemerkt, dass da irgendwo etwas nicht stimmen kann. Da arbeiten zig Leute an diesem Fall und niemandem fällt das auf. Ich weiß nicht mehr, wer mir erzählt hat, dass…"

192

„Wenn ich mich recht erinnere, war das die Mittländerin. Die wusste anscheinend, dass Ibo schwul war. Inzwischen weiß ich überhaupt nicht mehr, was ich glauben soll", fügte Penelope hinzu. „Die Konfusion ist komplett. Ich empfinde das alles als ein heilloses Durcheinander und denke, ich fahre erstmal ins Institut. Da muss ich mich sowieso sehen lassen, weil Klemm doch die sterblichen Überreste von Annelo Mathern obduziert hat. Ich konnte es einfach nicht. Klar weiß ich, dass ich keine Gefühle dieser Art zeigen oder haben darf, doch ich hatte sie nun einmal. Was mit ihr gemacht wurde, ist wirklich mit Jack the Ripper zu vergleichen."

Deterlich nickte ein wenig geistesabwesend und erwiderte: „Das solltest du vielleicht mal nur für dich aufschreiben. Ich habe den Eindruck, dass das eine Rolle spielt. Abgesehen davon, dass wir in allen drei Fällen noch keinen Mörder haben, drängt sich mir immer öfter der Gedanke auf, es handelt sich dabei um jemanden, den…"

„Rolf! Was willst du damit sagen?!

„Gar nichts. Um Himmels Willen. Ich denke nur laut und da wir beide völlig unter uns sind, erlaube ich mir das sogar."

„Ja natürlich. Mir geistert auch etwas durch den Kopf. Die Werkzeuge, mit denen die Taten ausgeführt wurden. In allen drei Fällen das gleiche Instrument. Ein fremdartiger Brieföffner. Das heißt, das, was davon übrig war. Erinnerst du dich? Helene Matthies wurde von hinten erstochen; mit einem abgebrochenen Brieföffner. Die Spitze traf zielgenau ins Herz und der Griff war soweit abgesägt oder abgebrochen, dass, als man die Leiche auf dem Rücken liegend fand, man beim ersten Hinsehen gar nicht feststellte, da könnte etwas sein. Ibo traf es mit dem gleichen Werkzeug und auf die gleiche Weise. Und zum Schluss Annelo Mathern. Dieser seltsame Brieföffner weckt in mir eine gedankliche Verbindung. Ich kann sie nur noch nicht unterbringen. Eventuell hilft es mir weiter, wenn ich mir die Sachen von der Mathern ansehe, das heißt, ich müsste Klemm fragen, wo die überhaupt geblieben sind. Die Papiere hatte sie in ihrer Handtasche, aber was war sonst noch drin? Vielleicht gibt das Aufschluss."

Der Kommissar hörte aufmerksam zu, nickte und bestätigte diesen Gedankengang. „Das solltest du tun. Die Handtasche von der Mathern untersuchen und auch die Sachen, die sie trug. Möglicherweise ergeben sich daraus weitere Hinweise. Zum Beispiel: mit wem pflegte sie Kontakt. Abgesehen von den Leuten im Haus. Sind die eigentlich befragt worden, weißt du das zufällig?"

Pen schüttelte den Kopf. „Nein, aber ich habe gestern mitgekriegt, wie Kanter und Schwarz sowie Kallmann von der Spurensicherung sich auf den Weg machen wollten. Wenn die zurück sind, erfahren wir bestimmt mehr. Ach ja – und dann hat sich telefonisch ein Ottokar Fallwind gemeldet."

„Wer?"

„Ottokar Fallwind", grinste Pen. „Ich musste mir das Lachen verkneifen, er kann ja nicht dafür, dass er so heißt. Der Anruf war nur insofern interessant, als dass er bei *mir* falsch aufgelaufen war, sich jedoch nicht abwimmeln ließ und dadurch an mich berichtete, dass er am Tag vor Annelo Matherns Ermordung sie noch gesprochen habe. Gemeinsam mit seiner Frau. Simone Fallwind."

„Du betonst das so, muss mir das was sagen?"

„Kennst du nicht Simones Traumwelt?"

„Diesen Puff?"

„Na, na! Das sagt man nicht. Das heißt entweder Bordell oder, noch vornehmer, Etablissement."

Deterlich lachte. „Seit wann legst du auf solche Kleinigkeiten wert?"

„Ich nicht – Ottokar Fallwind!"

„Aha! Aber bitte, erzähle."

„Nun, Fallwind hatte einen Tag vor diesem Treffen, Annelo Mathern in der Kajüte gesehen…"

„Moment mal! Die Kajüte war doch auch Bennos Jagdrevier, bevor der vollends unter die Räder kam."

„Weiß ich nicht, aber höre weiter. Also: Ottokar Fallwind wollte mit Annelo in ein Separee, was diese aber heftig von sich wies, weil sie Animierdame aber keine Nutte sei. Ottokar klärte sie darüber auf, dass er lediglich ein wenig mit ihr habe reden wollen, sozusagen eine Unterhaltungspartnerin suchte. Das wäre ihr Schaden nicht gewesen. Da Annelo jedoch in Unkenntnis dieser Konstellation das Ansinnen nicht nur ablehnte, sondern auch noch höhnisch wurde, rief er sie am nächsten Tag stinksauer an."

„Was hat unsere Animierdame sich denn geleistet? Hat er das erzählt?"

Penelope grinste. „Hat er, dumm wie er ist. Sie nannte ihn Herr Adipositas und Fallwind korrigierte sie, indem er ihr seinen richtigen Namen nannte. Daraufhin muss sie wohl gesäuselt haben: *Ach, Herr Fallwind, Adipositas ist doch viel schöner – das hört sich so griechisch an.* Unser Ottokar fühlte sich einerseits geschmeichelt, war andererseits aber nicht sicher, ob er nicht vergackeiert wurde, und schlug daheim im Lexikon nach, was Adipositas überhaupt bedeutet beziehungsweise, wer (!) das gewesen sei. Du kannst dir vorstellen, wie sauer er reagierte, als er bemerkte, dass Annelo ihn schlichtweg geleimt hat. Eigentlich wollte er sich an ihr rächen, doch das Problem war seine Frau. Der musste er irgendein Märchen auftischen, warum er die Kajüte besuchte. Angeblich war er in einen Platzregen gekommen, hatte keinen Schirm dabei und was er ihr sonst noch vom Pferd erzählte, so dass sie regelrecht begeistert meinte: *Ottokar, diese Frau wäre doch eine würdige Nachfolgerin für unser Geschäft.* Die wollen sich anscheinend zur Ruhe setzen", fügte Pen hinzu.

„Und, wie geht es weiter? Ottokar muss doch einen Grund gehabt haben, dass er bei der Polizei anrief. Allein, dass er Annelo getroffen hatte, das kann es doch nicht sein."

„Stimmt. Fallwind ist also mit seiner Frau in ein Café gefahren, den Namen habe ich vergessen, und dort haben sie die Mathern getroffen. Die schien irgendwie nervös zu sein. Abgesehen davon, dass sie sich durch die Blume bei Ottokar entschuldigte, ließ sie beim Verlassen des Lokals ihre Handtasche fallen, die sich natürlich öffnete. Unter anderem fiel auch ein seltsam geformter Gegenstand heraus, den

Ottokar aufhob und ihr zurückgab mit der Frage, was das sei. Annelo gab ihm zur Antwort, das sei nur eine Metallspitze, mit der sie immer ihre Post öffnete. Fallwind beließ es dabei, wollte es uns aber wissen lassen. Er meinte, es könne vielleicht wichtig sein."

„Gut gedacht von Herrn Adipositas", griemelte Deterlich. „So, und nun zisch ab. Wir unterhalten uns später noch einmal ausführlich darüber. Sollte sich Kanter oder einer von unserer Truppe melden, sag ihnen, er möchte auch mich anrufen. Ich bin auf dem Handy zu erreichen und fahre jetzt mal zu Brader. Benno befragen." Mit dieser Bemerkung schnappte Rolf sich seine Tasche und hörte es klirren.

„Verflixt, jetzt habe ich doch vergessen, diese blöden Scherben zusammen zu setzen. Du erinnerst dich an die absonderliche Tasse von Sauerteig?"

Penelope nickte. „Hau ab; gib mir diesen seltsamen Pott – ich setze das Ding im Institut zusammen. Da denkt sich keiner was bei, weil ich öfter schon mal solche Sachen mache. Angeblich helfe ich dann immer dem jeweiligen Ermittlungsteam und bislang hat noch niemand daran Anstoß genommen. Aber", murmelte sie leise, „ich habe so eine Ahnung zu wissen, welches Motiv sich auf der Tasse zeigen wird. Erinnere dich bitte mal an das Fotoalbum, was du in Sauerteigs Schreibtisch gefunden hast. Die Tasse zeigt ganz bestimmt eines dieser verräterischen Bilder. Deshalb gab er sie auch nie aus der Hand und die Mittländerin war ganz schön raffiniert, ausgerechnet *den* Kaffeepott kaputt zu schmeißen. Hat Sauerteig nicht getobt?"

„Wenn ich daran denke, dass ich seinen Schreibtisch durchforstet habe, wird mir ganz mulmig. Das war ein absoluter Vertrauensbruch; aber zu deiner Frage – ja, er hat getobt. Das heißt, eigentlich mehr rumgemault."

„Mittlerweile haben wir aber alle in Bezug auf seine Person ein komisches Gefühl. Bevor wir nichts Näheres wissen, dürfen wir weder etwas sagen, noch was unternehmen. Demzufolge müssen wir im Verborgenen arbeiten, damit, wenn sich unsere Gefühle als falsch erweisen, wir kein Riesenspektakel am Hals haben um es mal vorsichtig auszudrücken."

„Stimmt", seufzte Deterlich, „trotzdem ist mir äußerst unwohl."

„Tröste dich, mir auch. Allein die Tatsache, dass er sich als Moralapostel aufspielt, selber aus dem anderen Karton ist und dann noch kompromittierende Fotos im Schreibtisch aufbewahrt, gibt uns meines Erachtens ein gewisses Recht zu diesen Gedankengängen, oder?"

„So gesehen ja, aber auch wieder nicht. Egal. Fahr ins Institut und nimm bitte die Scherben mit. Wenn was Besonderes ist, rufst du an, ja?"

„Klar, mach ich", nickte Penelope und räumte das Geschirr in die Spüle. „Abwaschen können wir heute Abend. Jetzt müssen wir erstmal los. Und", hielt sie inne, „solltest du bei Brader Schwierigkeiten bekommen, weil Benno eigentlich überhaupt niemanden sehen darf, jedenfalls jetzt noch nicht, dann melde dich. Vielleicht hilft es, wenn ich hinfahre. Er, Brader also, würde sich bestimmt freuen, mich einmal wieder zu sehen; vielleicht kann ich etwas erreichen."

„Die Idee ist nicht schlecht. Ich werde gegebenenfalls gern darauf zurückkommen. So, und jetzt tschüs."

Rolf nahm Penelope noch schnell in den Arm und sie merkte, dass er mit seinem Gedanken schon im Büro beziehungsweise bei Benno war. Sie schmunzelte. *Damit werde ich wohl leben müssen.*

Nachdem Penelope das Haus verlassen hatte, rief Deterlich zunächst im Wolkenberg an. Es dauerte eine Weile, bis er den Doktor an die Strippe bekam und der war vom Ansinnen des Kommissars alles andere als begeistert.

„Wissen Sie, Herr Deterlich, es ist ja so: Wenn wir bei Benno Gullis immerfort Ausnahmen machen, kriegen wir hier Ärger. Die anderen Insassen empfinden es als Zurücksetzung, dass sie keine Besuche bekommen dürfen und Benno darf unter Umständen sogar noch das Haus verlassen."

„Stopp!", rief der Kommissar dazwischen. „Da besteht doch wohl noch ein erheblicher Unterschied. Herr Gullis bekommt schließlich keinen Besuch, sondern er wird, wenn Sie so wollen, vernommen. Wenn auch auf einer anderen Basis; oder sagen wir besser, er wird befragt. Im Zusammenhang mit einem Mordfall und das sollten die Bewohner ihres Hauses sich besser nicht wünschen."

„Das sagen Sie; bringen Sie das den verschiedenen Elementen mal bei. Was glauben Sie wohl, wie gierig hier jede Abwechslung aufgenommen wird. Die Leute hier im Haus werden von uns zwar permanent beschäftigt, aber im Grunde langweilen sie sich fürchterlich. Vor allen Dingen die, die alles mitmachen, weil sie müssen, und zu nichts Lust haben. Da ist unser Gullis zwar ein anderes Kaliber, aber einfacher hat er es dadurch nicht. Der ist nämlich, so blöd sich das anhört, zu intelligent. Und nun kommen Sie und wärmen die ganze Geschichte wieder auf. Recht ist mir das nicht."

„Ich kapiere es ja", seufzte der Kommissar, „aber versuchen Sie bitte auch, mich zu verstehen. Wir kommen immer wieder auf Benno zurück, weil er möglicherweise etwas weiß oder gesehen hat, von dem er gar nicht wissen kann, wie wichtig es für uns ist. Ich verspreche Ihnen auch, dass ich mich sehr zurückhaltend geben werde."

Rolf konnte es nicht sehen, aber Doktor Brader nickte am anderen Ende. „Also gut, kommen Sie her; aber ich werde dabei sein."

„Das ist schon okay; kennen wir das nicht?"

Brader lachte. „Ich habe da so dunkel was in Erinnerung. Dann also bis später."

*

Kommissar Deterlich schnappte sich seine Autoschlüssel und machte sich auf den Weg zum Parkplatz. Im Flur lief ihm Sauerteig über den Weg. „Deterlich", schnauzte er los, „ich hatte sie um einen Bericht *gebeten* …"

„Weiß ich, Herr Sauerteig, aber Sie können gern mitkommen, dann berichte ich Ihnen unterwegs das Neuste; zum Schreiben habe ich momentan keine Zeit."

„Sie sollen den Bericht nicht schreiben, das kann die Mittland machen, dafür ist sie schließlich da. Die Bagage tut doch sonst nichts. Das sehe ich doch an der Fabbri."

Wütend schaute der Kommissar seinem Vorgesetzten ins Gesicht. „So", sagte er gefährlich leise, „die Bagage tut doch sonst nichts. Das ist also Ihre Meinung von unserem Personal. Ich kann nicht beurteilen, inwieweit Gundula Fabbri bei Ihnen nichts tut; ich kenne sie nur als eine sehr gewissenhafte und äußerst fleißige Mitarbeiterin, ebenso wie meine Helga Mittland. Ich wüsste wirklich nicht, was ich ohne meine Sekretärin täte. Abgesehen davon, dass sie sogar noch spät abends mit auf den Friedhof gefahren ist. Das kann man nun wirklich nicht *als die tut doch sowieso nix* bezeichnen."

Sauerteig begriff, das er mal wieder gewaltig ins Fettnäpfchen getreten war und versuchte sein Gesicht zu retten mit den Worten: „Naja, das gilt vielleicht nicht gerade für unsere Sekretärinnen, aber generell ist das so."

„Generell kann ich nicht beurteilen.Und jetzt muss ich fahren. Ich habe einen Termin in …" Deterlich brach mitten im Satz ab. Er hätte nicht erklären können warum, urplötzlich beschlich ihn das Gefühl, dass es Dinge gab, die Sauerteig besser nicht wissen sollte. Obwohl oder gerade weil er sein Chef war. Rolf räusperte sich, hüstelte kurz und sagte dann noch: „So – bis später also." Und ließ seinen Boss stehen.

Betont gemächlich ging er zu seinem Auto, schloss es auf und setzte sich auf den Fahrersitz. Er hatte zwar damit gerechnet, dass Sauerteig hinter ihm her kam, weil er ihn wegen des Berichtes hatte abblitzen lassen, aber nichts dergleichen geschah. Aufatmend drehte er den Zündschlüssel um, legte den Gang ein und gab Gas. Während der Fahrt nach Wolkenberg dachte er daran, dass er einen neuen Anwalt für Penelope finden wollte. Mit einer Hand angelte er nach dem Handy als ihm einfiel, als Polizist sollte er vielleicht nicht gerade während der Fahrt telefonieren. An der nächsten Ausweiche fuhr er

rechts ran und rief seinen alten Freund Harald Schuster an. Deterlich verfügte nur über die Handy-Nummer seines Freundes, so war dieser gleich persönlich an der Strippe. Rolf erklärte ihm, was anstand und bekam die Antwort: „Klar, für einen alten Freund tu ich alles."
Woraus Deterlich schloss, dass Pen bei Schuster einen Termin vereinbaren könne. Da der Anwalt in den vergangenen Jahren zweimal den Wohnort wechselte und bei einer Mobiltelefonnummer nie festzustellen war, wo sich jemand aufhielt, ließ er sich dessen derzeitige Adresse und die Rufnummer des Festnetzanschlusses geben. Erfreulicherweise wohnte Schuster in der gleichen Stadt, nur am anderen Ende. Das war nun wirklich kein Problem. Da er gerade eine Telefonpause machte, konnte er auch gleich Pen anrufen und ihr die Daten durchgeben. Sie war hoch erfreut, dass Rolf noch daran gedacht hatte und wollte sich gleich mit Harald Schuster in Verbindung setzen. Zufrieden schaltete Rolf sein Handy aus. Anschließend fädelte er sich in den laufenden Verkehr ein und fuhr gemächlich weiter. Bei der Fahrt durch diese wunderschöne Landschaft stellte er zum wiederholten Male fest, dass das Bergische und Oberbergische Land ein herrlicher Flecken Deutschlands sei. Nach einer dreiviertel Stunde erreichte er sein Ziel und fuhr auf den Parkplatz.

Deterlich war gerade ausgestiegen, da kam ihm Brader schon entgegen. „Einen wunderschönen guten Tag!", rief er dem Kommissar zu, der reichlich verwundert auf den gut gelaunten Chefarzt vom Wolkenberg blickte.
„Wie kommt's, dass sie so locker sind?", fragte er.
„Ganz einfach. Ich habe heute ein paar wirklich positive Erlebnisse mit meinen Schäfchen gehabt und das wirkt sich immer so aus."
„Ja dann", lachte auch Deterlich, „wollen wir mal. Weiß Benno auch schon, dass ich komme?"
„Ich habe es ihm gesagt und er nahm es mit einem gewissen Gleichmut auf. Doch das ist nicht weiter verwunderlich. In den letzten Tagen hat Benno enorme Fortschritte gemacht, das hat er allerdings

zum größten Teil Schwester Hermine zu verdanken."

„???"

„Die Schwester, die ihn bei der Entgiftung im Krankenhaus betreute, ist jetzt hier."

Der Kommissar nahm das zwar zur Kenntnis, hatte aber keine Ahnung, dass das eine eingefädelte Sache war. Er ging davon aus, die Schwester habe vielleicht den Arbeitsplatz gewechselt oder sei hierher abgestellt. Für ihn war das eine normaler Vorgang. „Nun ja", entgegnete er, „dann danken wir der Schwester sehr und begeben uns zu Benno. Schauen wir, was ihm vielleicht, oder hoffentlich, noch eingefallen ist. Er wird es doch wohl verkraften, wie?"

Brader nickte. „Wird er. Er ist relativ stabil. Wobei man natürlich nie voraussehen kann, ob er nicht plötzlich irgendeinen Rappel kriegt oder sich noch etwas Luft macht, von dem man glaubte, dass er es längst überwunden habe."

Inzwischen waren sie im Flur des Hauses und auf dem Weg in Bennos Zimmer, als sie ein wildes Gekreische hörten. „Verdammt!", brüllte der Arzt los, „ist die schon wieder ausgebrochen …!"

Irritiert sah Deterlich ihm hinterher, als er mit großen Schritten über den Flur rannte und eine weibliche Person, nur teilweise bekleidet, aus Bennos Zimmer schleifte. „Sie elendes Luder! Können Sie Ihre Hausgenossen nicht mal in Ruhe lassen! Ich habe Ihnen beim letzten Mal versprochen, dass wir Sie aus diesem Hause entfernen werden. Jetzt ist es soweit."

„Wieso ich! Dieser Besoffski hat sich doch an mir vergriffen. Ich bin ganz harmlos über den Flur gegangen …"

„Ja, ja, das kennen wir schon. Ganz harmlos über den Flur gegangen in eine Richtung, in der Sie absolut nichts zu suchen haben. Hier ist noch nicht einmal eine Etagentoilette. Abgesehen davon, dass Sie Ihr eigenes Badezimmer haben. Also, binden Sie mir keinen Bären auf. Kommen Sie mit."

„Wohin denn?", sträubte sich Anke Fellner. „Ich komme nirgend wo mit hin. Ich habe nichts getan." Damit setzte sie sich demonstrativ auf den Boden und für alle wurde sichtbar, dass sie keine Unterwäsche trug. Gott sei Dank reagierte Schwester Hermine, die gerade um die Ecke bog und den ersten Teil dieser Szene nicht mitbekommen hatte, weil sie ihrerseits auf der Toilette war, blitzschnell und warf der Frau ihre Kittelschürze über. Begütigend meinte sie: „Kommen Sie, Frau Fellner, ich begleite Sie zu Ihrem Zimmer. Dann sehen wir weiter." Damit drehte sie sich zu Brader um und gab ihm mit den Augen zu verstehen, dass sie sich darum kümmern würde. Mit einem „Wir sehen uns gleich", zog sie Anke hoch und schob sie den Flur entlang.

Kommissar Deterlich war der Szene fassungslos gefolgt und ächzte: „Sagen Sie mal, passiert das öfter?"

„Gott sei Dank nicht", entgegnete Brader. „Ich bin auch froh, wenn die endlich aus dem Haus ist. Und das wird in den nächsten Tagen der Fall sein. Sie macht hier alle Männer verrückt und ist für uns untragbar. Soviel Kontrolle können wir gar nicht ausüben, wie bei der erforderlich ist. Dazu kommt, dass wir auf der Verantwortung sitzen, wenn etwas passiert, was *ihr* zum Nachteil gereicht. Gott sei Dank ist sie nicht Bennos Typ, sonst sähe das vielleicht auch ganz anders aus."

Einen Augenblick später erschien Benno im Türrahmen. „Entschuldigung, aber die Dame war nicht aufzuhalten; ich möchte nur mal wissen, was die an mir gefressen hat. Die muss doch merken, dass sie nicht landen kann!" Brader legte beruhigend seine Hand auf Bennos Schulter. „Machen Sie sich keine Sorgen. Wir wissen Frau Fellner einzuordnen und dass Sie an diesem Vorfall absolut unbeteiligt sind, wissen wir ebenfalls. Anke Fellner hat Ausraster dieser Art nicht zum ersten, dafür aber ganz bestimmt zum letzten Mal in unserem Haus. Das kann ich Ihnen versprechen. Und nun", schloss er seine Ausführungen, „hier ist der Kommissar."

Benno wirkte zwar äußerlich ruhig, aber ein geschultes Auge sah, dass er seine Fassung immer noch nicht ganz wieder gewonnen hatte. In ihm nagte die Angst, dass man ihn irgendeines Vergehens beschuldigen könnte und er dieses Haus verlassen müsste. Als hätte Doktor Brader seine Gedanken gelesen sagte er zu ihm: „Denken Sie bitte nicht weiter darüber nach. Wir können diesen Vorfall wirklich einordnen. Also, ausputzen wie von einer Schiefertafel. Das haben Sie in den letzten Tagen mit Schwester Hermine doch schon mehrmals geübt, nicht wahr."

Lächelnd drehte Benno sich um, doch Hermine war mit Anke Fellner in deren Zimmer verschwunden. Komischerweise hörte man nichts und das verwunderte wiederum den Arzt so, dass er sich auf den Weg machte, um nachzusehen. In diesem Moment öffnete sich die Tür und ging gleich wieder zu. Schwester Hermine drehte einfach von außen den Schlüssel herum und meinte zu dem heraneilenden Arzt: „Das geht nicht anders; sie ist derart überdreht, dass wir uns auf ihr Wort nicht verlassen können. Außerdem hat sie getrunken. Wie sie an das Zeug kommt, weiß ich nicht, aber das ist wohl auch nicht das erste Mal. Sie hat in ihrem Zimmer (!) eine Flasche Johnny Walker stehen. Leer."

Doktor Brader sah seine Leihschwester perplex an. „Ich höre wohl nicht recht…!"

„Doch, durchaus. Wer sie mit dem Zeug versorgt, weiß ich nicht. Sie behauptete, dass Benno sie abgefüllt habe. Dass das nicht der Fall ist, wissen nicht nur sie. Das weiß ganz besonders ich sehr gut. Immerhin steht er vierundzwanzig Stunden am Tag unter Kontrolle."

Brader legte seine Hand auf Schwester Hermines Schulter. „Kommen Sie, Benno hat jetzt Besuch vom Kommissar. Eigentlich wollte ich dabei sein, aber ich glaube, die beiden kommen durchaus allein zurecht."

„Bestimmt, Doktor. Benno hat sich sogar auf diesen Besuch gefreut. Er mag den Kommissar. Zu mir sagte er, dass er ihm viel zu verdanken habe, ebenso dem toten Polizeiarzt. Allerdings habe ich den Eindruck, dass Benno seit ein paar Tagen versucht, gewisse Zusammenhänge auf die Reihe zu kriegen. Was er aber nicht schafft, weil ihm irgendein Hintergrundwissen zu fehlen scheint. Oder zumindest einige Fakten, die wichtig sein könnten. Er hat angefangen, das, was ihm in Erinnerung kam, aufzuschreiben. Aber nicht mehr sein Leben, das ruht derzeit."

„Verständlich, Schwester Hermine. Sie sind ja bei ihm. Warum sollte er etwas weiter schreiben, das er Ihnen erzählen kann."

Hermine grinste ein bisschen. Mit einer Handbewegung verwies Sie den Kommissar an die geöffnete Zimmertür. Benno stand in seiner üblichen Pose vor dem Fenster und blickte nach draußen.

„Guten Tag Herr Gullis", begann der Kommissar seine Rede. „Ich hoffe, es geht Ihnen, wie man so schön sagt, den Umständen entsprechend … gut."

Benno sah Deterlich offen an. „Es geht mir den Umständen entsprechend sogar sehr gut. Doktor Brader ist ein wunderbarer Mensch, ein sehr guter Arzt und ein noch besserer Beobachter. Ihm habe ich zu verdanken, dass die Schwester, die jetzt auf meiner Station Dienst tut, überhaupt hier ist. Und dieser Schwester habe ich noch wesentlich mehr zu verdanken. Aber nehmen Sie doch bitte Platz." Mit diesen Worten schob er Rolf Deterlich einen Stuhl hin und ließ sich selbst auf der Bettkante nieder. „Sagen Sie mir jetzt nur noch, was ich für Sie tun kann."

Der Kommissar holte tief Luft. „Herr Gullis, Benno, ich brauche Ihre Hilfe. Wir sind in den drei Mordfällen nicht nur völlig festgefahren; wir stoßen obendrein am laufenden Band auf Ungereimtheiten. Da sind Sachen bezüglich dieser Annelo Mathern, die nicht harmonieren ebenso wie Aspekte aus dem Leben unseres Ibo Golalal, die hinten und vorne nicht zusammen passen. Vielleicht können Sie mir, respektive uns, damit meine ich das gesamte Kommissariat, helfen."

„Fragen Sie, Herr Kommissar, ich werde mich bemühen, Ihnen weiterzuhelfen."

*

Penelope verließ das Haus, nicht ohne vorher sorgfältig alles abzuschließen. Sie schmunzelte, als sie an Rolfs Worte dachte: „Mach bloß alles richtig fest zu; wer weiß, wer sich hier herum drückt. Mir ist das Ganze nicht geheuer."

Mir auch nicht, dachte Pen und schob sicherheitshalber noch einen Keil in die Laufschiene der Terrassentür. Die Haustür wurde zweimal abgeschlossen, die Alarmanlage, die Deterlich am Vortag hatte installieren lassen, war bereits eingeschaltet. Mit einem Blatt, auf dem die Adresse des Anwalts vermerkt war, in der Hand, ging sie auf ihr Auto zu als sie wieder den dunklen Golf sah, der ihr zuvor bereits zwei weitere Male aufgefallen war. Dem Zettel sei Dank! Diesmal merkte Pen sich die Autonummer und schrieb sie auf die Rückseite des Papiers. Ein Wagen mit örtlichem Kennzeichen und in Pens Kopf klingelten die Alarmglocken. Ihr kam das Kennzeichen bekannt vor – sie wusste es nur derzeit nicht unterzubringen. Nachdenklich setzte sie sich in ihren Wagen und fuhr zu der angegebenen Adresse von Harald Schuster.

Da sie eine Viertelstunde zu früh war, stieg sie vor dem Haus aus und wollte sich gerade zu einem kleinen Spaziergang aufmachen, als ein Mann auf sie zukam. „Hallo junge Frau, das ist aber eine Überraschung!"

Pen sah den Sprecher ratlos an. „Müsste ich Sie kennen? Das ist in meinen Augen billige Anmache. Verziehen Sie sich!"

Der so Angesprochene reagierte allerdings anders als Penelope sich das vorstellte. Lachend erwiderte er: „Na sieh mal an! Immer noch die gleiche eisgekühlte Sirene wie damals. Liebe Pen, du scheinst mich nicht zu erkennen …"

„Ich wüsste nicht, wen ich in Ihnen erkennen sollte. Lassen Sie mich bitte durch; ich habe einen Termin."

„Ja – natürlich. Bei mir. Ich bin Harald Schuster."

„Entschuldigung, aber ich kenne Herrn Schuster nicht persönlich, sondern werde ihn jetzt erst kennen lernen."

„Das ist ein Irrtum. Wir haben ein paar Jahre gemeinsam die Schulbank, bis zum Abi, um genau zu sein, gedrückt. Du kennst mich wahrscheinlich unter dem Namen Harald Forstmann."

Penelope fiel der Unterkiefer herunter. „Das habe ich ja noch nie gehört, dass ein Mann seinen Namen wechselt. Bist du verheiratet und hast den Namen deiner Frau angenommen? Und wenn ja, warum?"

Schuster-Forstmann lachte. „Jawohl; ich bin verheiratet und habe den Namen meiner Frau angekommen. Warum? Nun, wir haben ein paar überaus schwarze Schafe in unserer Familie. Da ich mir als Anwalt eine solche Verwandtschaft aus geschäftlichen Gründen nicht erlauben kann, habe ich mich ganz offiziell abgenabelt. Mit dem Erfolg, so teilte man mir mit, dass ich keinerlei Ansprüche mehr auf eine Erbschaft hätte. Wobei mir niemand verraten hat, was es in unserer Familie überhaupt zu erben gäbe."

Penelope, die sich langsam von ihrer Verblüffung erholte, sah Harald genauer an. „Du sollst also jetzt mein Anwalt werden? So richtig glauben kann ich das noch nicht. Ich sehe dich immer noch auf der Schulbank und, wie du nach dem Abitur deine Schultasche in den Bach geschmissen hast."

In der Erinnerung begannen beide zu lachen. Das Eis war gebrochen und Schuster meinte: „So, jetzt komm erst mal rein. Ich habe dem Kommissar mit Absicht nicht gesagt, dass wir uns kennen. Ich wollte einfach dein Gesicht sehen, wenn du so richtig überrascht bist. Früher hast du immer ausgeschaut wie ein verdutzter Hase und", lachte er, „das hat sich immer noch nicht geändert. Obwohl du inzwischen einen gewissen Status der Berühmtheit erreicht hast."

„???"

„Ja, die Frau Doktor Penelope Angelika da Vinci ist ziemlich bedeutend. Und jetzt, nachdem diese drei seltsamen Morde geschehen sind und du die gerichtsmedizinischen Ermittlungen leitest, erst recht. Frau Doktor Angelika ist in aller Munde. Dazu kommen dein auffallendes Haar und deine geheimnisvollen grünen Augen. Es wimmelt von Verehrern um dich herum."

Penelope lachte. „Danke, auf die so genannten Verehrer kann ich

206

verzichten. Ich bin gerade dabei, mich von dem letzten dieser Gattung zu trennen, den ich seinerzeit auch noch geheiratet habe." Dabei unterschlug sie ihrem alten Schulfreund und neuen Anwalt, dass sie mit dem Kommissar quasi liiert war und Schuster kam gar nicht auf die Idee, jetzt schon diesbezüglich nach irgendetwas zu fragen. Ein Kommissar lag für ihn außerhalb seiner Vorstellungskraft, zumal die beiden sich von früher kannten. Sie waren mal Nachbarskinder.

Schuster öffnete die Tür und bat Pen, einzutreten. „So", meinte er, „setz dich und erzähle. Du willst dich also scheiden lassen?"
Penelope senkte ein wenig den Kopf und betrachtete angelegentlich ihre Schuhe. „Ja. Das heißt, eigentlich hat Leonhard den Anfang gemacht. Es war irgendwie verrückt", brach es aus ihr heraus. „Ich hatte mich endlich dazu durchgerungen, Nägel mit Köpfen zu machen, also mein Leben wieder in eine selbstständige Bahn zu leiten, als Leonhard zur selben Zeit genau das Gleiche anleitete. Und das auch noch bei dem Anwalt, den ich mir zuerst ausgesucht hatte. Bevor ich den aufsuchen konnte, flatterte mir ein Schreiben ins Haus, dass er in der Sache Leonhard Angelika da Vinci versus Penelope Angelika da Vinci die Vertretung von Leonhard übernommen habe. Mir ist wirklich die Klappe offen stehen geblieben."
„Kann ich mir denken", lachte Schuster. „Aber lass dir keine grauen Haare wachsen. Das kriegen wir schon hin. Die Frage ist ganz einfach nur, was willst du von ihm? Und ist das, was du willst, machbar? Hat er sich irgendetwas zuschulden kommen lassen, auf dem wir aufbauen können?"
Pen schüttelte den Kopf. „Nein, er hat sich nichts zuschulden kommen lassen, außer dass er in den Jahren, in denen wir verheiratet waren, unzuverlässig war. Diese Unzuverlässigkeit, vor allem seine Labilität habe ich gehasst und konnte damit einfach nicht leben. Ebenso, wie er mit meiner Gewissenhaftigkeit und der Tatsache, dass ich seinen Alkoholkonsum in der Öffentlichkeit nicht akzeptierte, nicht leben konnte. Deshalb haben wir uns ja schon vor zwei Jahren ge-

trennt. Räumlich. Aber ich will nichts von ihm. Ich will meine Freiheit zurück und meine Ruhe. Das Haus ist sowieso noch nicht schuldenfrei. Ich würde es gern behalten, denn wenn wir es verkaufen, wäre es ein enormer Verlust. Leonhard kann es nicht kaufen und ich kann es auch nicht kaufen. Ich wollte ihm vorschlagen, auf Unterhalt zu verzichten, dafür lässt er mir das Haus und ich erlasse ihm, sich an den monatlichen Raten zu beteiligen."

„Penelope", klang es ärgerlich aus dem Sessel, „bist du denn von allen guten Geistern verlassen. Dieser Mann will die Scheidung – gut, du willst sie auch. Aber er hat angefangen und willst ihm auch noch praktisch alles erlassen. Du spinnst!"

„Nein", erwiderte Pen ruhig. „Ich spinne absolut nicht. Überlege bitte mal nüchtern. Leonhard hat kein Geld; ich verdiene mehr als er, das könnte mir ohnehin schon zum Nachteil gereichen, weil ich unter Umständen für ihn aufkommen müsste. Gott sei Dank hat er wenigstens einen Beruf, in dem er auch arbeitet, will sagen, er ist nicht arbeitslos. Also, wie gesagt: Er hat kein Geld, beziehungsweise keinerlei Rücklagen. Ich biete ihm nur an, den Klotz am Bein, nämlich das Haus, auf elegante Art loszuwerden, indem er es mir überlässt. Die Hypothek stottere ich ohnehin seit zwei Jahren fast allein ab; also was soll's. Ihm wäre damit gedient und mir auch. Denn, wenn es etwas gibt, was ich hasse, dann ist es umziehen zu müssen."

Schuster lachte. „Wenn das dein einziges Problem ist, dabei würde ich dir ganz sicher helfen und wie ich meine Frau kenne, macht auch die mit Vergnügen mit. Sie liebt derartige Aktivitäten, vor allem deshalb, weil man immer was Neues erfährt. Neugier", hob er die Hände über den Kopf, „dein Name ist Weib."

„Nix da", wies Pen ihn zurecht. „Da habe ich aber schon ganz andere Erfahrungen gemacht."

Die Stimmung lockerte sich ein wenig und Schuster setzte zunächst einmal die Antwort an seinen Anwaltskollegen auf. Penelope las sich anschließend den Schriftsatz Punkt für Punkt durch und nickte. „Das ist absolut okay. Dann schicken wir ihn los und warten ab. Irgend wann wird ja was kommen."

Währenddessen war der Kaffee, den Schuster zwischendurch angesetzt hatte, fertig und beide begannen von alten Zeiten zu schwärmen. Nach und nach näherten sie sich der Neuzeit und Pen berichtete von ihrem Beruf. Als sie auf die letzten Todesfälle zu sprechen kam, unterbrach Schuster sie: „Du Pen, Euren Polizeiarzt, den Ibo Golalal, habe ich gekannt."

„Wieso das?"

„Wir sind uns öfter bei Gericht begegnet. Er galt allgemein als smartes Kerlchen, doch ich glaube vielmehr, dass das Selbstbetrug war. Auf mich machte Ibo vielmehr den Eindruck eines zutiefst verunsicherten Menschen, der, egal von wem und unter welchen Faktoren, fremdbestimmt wurde."

„Ich weiß nicht recht", gab Penelope zu bedenken, „immerhin schien er mit Rauschgift zu tun gehabt zu haben, das kam bei der Obduktion einwandfrei zutage. Außerdem hatte einer unserer beiden Streifenpolizisten auf dem Friedhof und Kommissar Deterlich das ebenfalls gerochen. "

Schuster winkte nachlässig mit der Hand: „Er hat sich ab und zu eine Marihuana-Zigarette gegönnt; immer dann, wenn ihm mal wieder alles über dem Kopf zusammen schlug. Es liegt schon etliche Jahre zurück, da wurde ich auf dem Gerichtsflur Zeuge einer hässlichen Auseinandersetzung, die Ibo betraf. Eine junge Frau, in meinen Augen vielmehr ein Mädchen, oder besser ein halbes Kind, wartete vor der Tür des Gerichtssaales. Als Ibo herauskam und ihrer ansichtig wurde, rastete er regelrecht aus. Sie schrieen sich in seiner Sprache an, deshalb konnte ich nicht verstehen, um was es ging, aber er packte das Mädchen, das übrigens hochschwanger war, und zerrte sie regelrecht aus dem Haus. Draußen, ich stand inzwischen auch schon vor dem Gebäude, verfrachtete er das arme Dingelchen in ein Taxi und nannte dem Fahrer die Adresse. Ich bekam noch mit, dass es seine eigene war. Später hörte ich dann von einem ausländischen Kollegen, dass dieses halbe Kind Ibos iranische Frau sei, die er, auf Befehl seines Onkels heiraten musste. Und zwar im Iran. Danach ist er wohl wieder nach Deutschland gekommen. Wie es dann weiterging, weiß ich nicht. Ich kann mich nur erinnern, dass er seinen Sohn auf eine hiesige Schule geschickt hat, wo der Schwierigkeiten wegen seines muslimischen Glaubens hatte. Aus der damals deutlich sichtbaren Schwangerschaft resultierte also ein Junge. Von einem weiteren Kollegen hörte ich dann noch, dass er seine Frau absolut unter Verschluss hielte. Sie durfte noch nicht einmal allein auf die Straße und deutsch durfte sie auch nicht lernen. Fürs Einkaufen hatte er Personal. Die junge Frau hat das nicht sehr lange ausgehalten. Gottlob fand sie in ihrem *eigenen* Onkel eine mitleidige Seele; der holte sie in die Heimat zurück. Der Onkel von Ibo dagegen war auf dem Ohr *Mitleid* völlig taub. Was aus dem Jungen wurde, weiß ich nicht."

Penelope hatte, ohne ihn zu unterbrechen, zugehört. „Das werde ich nachher dem Kommissar mitteilen. Ich glaube, das ist ganz wichtig. Er ist nämlich heute Nachmittag in eine Entziehungsklinik gefahren. Dort wird gerade ein Patient therapiert, der zufällig, wenn auch nur am Rande, mit dem Ausgangsmord an dieser Bibliothekarin zu tun hatte. Deterlich will ihn befragen, ob ihm inzwischen noch irgendetwas Außergewöhnliches eingefallen sei, was ihm weiterhelfen könnte. Wir sitzen alle fest. Der Mord an der Bibliothekarin macht keinen Sinn, weil wir nicht wissen, wo das Motiv liegen könnte. Wer bringt eine ältliche Dame um, deren Lebensinhalt die Bewachung wertvoller Folianten ist? Warum kommt unmittelbar danach der Polizeiarzt ums Leben? Auf die gleiche Weise! Kein Mensch kann mir sagen, ob da ein Zusammenhang besteht. Und zum Schluss diese Annelore Mathern, die gar nicht Mathern hieß, soviel wissen wir schon. Aber mehr auch nicht. Das Ganze ist äußerst undurchsichtig und der Kommissar versucht Licht ins Dunkel zu bringen …"

Schuster lachte. „Und du hast das Pech, dass die Toten alle bei dir auf dem Tisch landen."

„Pech! Das ist diesmal wirklich das richtige Wort. Wenn ich daran denke, wie die letzte Leiche zugerichtet war, wird mir immer noch übel. Abgesehen von Umständen, die mich persönlich tangierten."

„Wie soll ich das verstehen?"

„Tja – weißt du; das war eine sehr seltsame Geschichte. Ich wurde von Kanter, einem unserer Streifenpolizisten, angerufen, dass man schon wieder eine Leiche gefunden habe. Zutiefst erschrocken folgte ich der Aufforderung, schnellstmöglich zum Friedhof zu kommen, und dann kam es: Als ich auf dem Friedhof ankam, war ich allein auf weiter Flur. Von Kanter, der mich angeblich angerufen hatte, weit und breit nichts zu sehen. Dafür tauchte auf einem Nebenweg plötzlich Sauerteig auf, der angesichts dessen, was passiert war, sofort einen Streifenwagen rief, der in diesem Moment allerdings schon eintraf. Erst später ging mir auf, dass da was nicht stimmen kann. Fliegen kann unsere Streife nämlich noch nicht. Aber – psst!"

„Na klar!" Harald Schuster schüttelte den Kopf. „Das ist wirklich sehr komisch. Was sagt denn Rolf dazu?"

„Ihm kommt das auch nicht geheuer vor, aber wir wissen einfach nicht, wo wir ansetzen sollen. Naja", schloss Penelope, „ich werde mich jetzt trollen und dem Kommissar berichten, was du mir erzählt hast. Erst einmal danke für deine Aktivitäten."

„Die Rechnung kriegst du dann später präsentiert", scherzte Schuster. Penelope lachte ebenfalls. „Ich werde es überleben." Damit verließ sie das Büro und ging zurück zu ihrem Auto.

*

Benno Gullis sah Deterlich mit ruhigem Blick an. „Nun, Herr Kommissar, spucken Sie ruhig aus, was Sie auf dem Herzen haben. Wie schon gesagt, ich werde mich nach besten Kräften bemühen, Ihnen zu helfen. Immerhin", bemerkte Benno fast ein wenig verschmitzt, „habe ich nicht vergessen, wie anständig Sie sich mir gegenüber verhalten haben. Zu der Zeit war ich doch bloß ... *so einer!*"Rolf Deterlich schluckte unversehens; Geständnisse dieser Art machten ihn immer ein wenig verlegen. Nachdem er sich ein paar Mal geräuspert hatte, begann er mit einem Seufzer: „Benno, wir stecken in unseren Ermittlungen fest. Ich bin überzeugt, dass diese drei Morde miteinander zu tun haben, aber keiner von uns findet einen Ansatz – also das berühmte lose Ende des Fadens. Das heißt: ein Ende haben wir gefunden, aber das hat nichts mit dem Mord an Helene Matthies zu tun. Ich komme also noch einmal auf Sie zurück. So leid es mir tut, wir müssen alles noch einmal durchkauen, einfach weil ich die Hoffnung habe, dass Sie oder ich oder wir beide irgendwo etwas übersehen haben."

Benno lehnte sich auf seinem Bett so weit wie möglich zurück und verschränkte die Arme hinter seinem Kopf. „Nun", sinnierte er, „lassen Sie mich von vorne beginnen." Er wiederholte fast wortgenau das, was er dem Kommissar bereits erzählt hatte und wie es auf Band aufgenommen war. Deterlich schüttelte seufzend den Kopf. „Herr Gullis, das deckt sich absolut mit dem, was Sie schon mehrfach ausgesagt haben. Meine Hoffnungen, dass Sie irgendetwas übersehen haben könnten, schwinden immer mehr."

„Nun, mein Kopf war zu dieser Zeit sicherlich nicht das, was er heute (schon) wieder ist, ich kann mich vor allen Dingen deshalb so genau daran erinnern, weil ich Helene Matthies sehr schätzte. Sie hat mich auch in meinen schlechtesten Zeiten immer anständig behandelt, mir manchmal etwas zugesteckt und ansonsten liebte sie nur ihre alten Folianten. Allerdings", zögerte Benno plötzlich, „ich kann mich erinnern, dass, als ich das Zimmer betrat, wo sie auf dem Rücken lag, unmittelbar vor ihr eine kleine Leiter stand. Die brauchte sie, um an die oberen Regale zu kommen. Aus einem dieser Regale hatte sie offensichtlich ein Buch herunter geholt. Und damit muss sie etwas vorgehabt haben. Auf dem Stehpult lag nämlich ein Päckchen Zettel. Unter anderem auch ein beschriebener."

Der Kommissar unterbrach Benno. „Sind Sie sicher?"

„In welcher Beziehung?"

„Dass da beschriebenes Papier lag?"

„Ja", erwiderte Benno und stutzte. „Ich bin völlig sicher, aber mir fällt ein, dass die Frau, die mir auf dem Flur entgegen kam, also Annelo Mathern, wie wir später feststellten, eilig versuchte, während des Laufens Blätter in ihre Tasche zu stecken. Jetzt weiß ich natürlich nicht, ob jemand von ihren Leuten auf die Papierchen, die neben den Folianten auf dem Stehpult lagen, geachtet hat."

Rolf Deterlich schüttelte den Kopf. „Das weiß ich schlichtweg auch nicht. Es wäre eine unverzeihliche Unterlassung, wenn das niemandem aufgefallen wäre. Obwohl, und davon bin ich fest überzeugt, Felicitas Hammermann hätte uns bestimmt darauf aufmerksam gemacht."

„Das könnte sein. Sie ist sehr genau."

„Also", fasste Benno noch zusammen, „ich sah einen beschriebenen Zettel auf dem Stehpult liegen und sah ebenfalls, dass die Person auf dem Flur während des Laufens versuchte, Papiere in ihre Tasche zu stecken. Dazu kommt, dass ich die Mathern nicht erkannte. Es war einfach zu lange her, dass ich sie zuletzt gesehen hatte. Ausserdem war sie regelrecht maskiert. Als ich sie dann bei Ihnen, vielmehr in der Gerichtsmedizin, *wieder*sah, da wurde mir klar, wem ich auf dem Flur der Bibliothek begegnete. Und für mich bedeutet das, dass sie aus dem Büro von Helene Matthies etwas mitgehen ließ, doch offensichtlich nicht alles erwischte. Es gab möglicherweise mehrere Zettel, Notizen von Helene, und sie hat nicht alle gerafft? Was immer darauf geschrieben stand. Vielleicht liegt da die Lösung?"

Deterlich nickte. „Genau das vermute ich. Ich werde mich also mal darum kümmern, was aus der Kleidung und den Accessoires der Toten wurde. So, aber nun zum nächsten Punkt. Ibo Golalal. Was wissen Sie über ihn?"

Benno sah den Kommissar unsicher an. „Eigentlich möchte ich über Ibo nichts sagen. Ich habe soviel Gutes von ihm erfahren, dass ich sein Andenken nicht zerreden möchte."

„Kann ich verstehen. Aber hier geht es darum, einen Mord aufzuklären. Und zwar einen ganz besonders scheußlichen. Ich denke, sein Andenken können wir besser sauber halten, wenn wir dieses Geschehen aufklären?"

Benno sah auf seine Schuhspitzen. Inzwischen durfte er sogar wieder Schnürsenkel tragen. „Also gut, fragen Sie."

„Sie hatten mir berichtet, dass Ibo unter anderem soviel für Sie getan hat, weil Sie seinen Sohn aus der Pfütze gefischt hatten und ausserdem seiner Mutter einmal mit einem Geldstück in einem Supermarkt aushalfen. Stimmt das?"

Benno schluckte und nickte.

„Irgendwie haben wir mit der Tatsache, dass Ibo einen Sohn hatte insofern ein Problem, als dass er bei uns als homosexuell galt …"

Benno nickte wieder nur.

„Kommen Sie Gullis", polterte der Kommissar, „spucken Sie schon aus was Sie wissen. Sie hören doch, dass uns verschiedene Tatbestände auch nicht unbekannt sind."

„Ja, Ibo galt als andersrum gestrickt. Aber er hatte eine Frau. Sein Onkel, der ihn *damals* für ungefähr sechs Wochen nach Hause holte, verheiratete ihn dort. Ibo hat seine Frau gehasst. Nicht nur das, er musste die Ehe vollziehen und das bedeutete in diesen Kreisen, dass das Blut befleckte Laken am Morgen nach der Hochzeitsnacht herum gezeigt wurde. Ibo wäre am liebsten im Boden versunken. Sein Onkel bestand aber darauf, dass er seine frisch Angetraute wenig später mit nach Deutschland nahm. Ein paar Wochen danach stand fest, dass die Hochzeitsnacht die Folgen hatte, die der Onkel wünschte. Layla war schwanger. Er packte die Beiden ins Flugzeug. Ibo kam mit ihr hier an und hielt sie unter Verschluss. Niemand wusste, dass sie überhaupt existierte. Nur gemeldet hat er sie; und als das Kind auf der Welt war, wurde auch das angemeldet, damit die Familie das Kindergeld bekam. Außer, dass er dafür sorgte, dass seine Leute versorgt wurden, kümmerte er sich nicht weiter um sie.

Stattdessen drängte es ihn immer mehr zu gleichgeschlechtlichen Beziehungen hin. Mit wem er die allerdings unterhielt, entzieht sich meiner Kenntnis. Es waren mehrere Partner." Erschöpft holte Benno Luft. „Es tut mir Leid Kommissar, aber mehr weiß ich darüber auch nicht."

„Damit hast du mir beziehungsweise uns sehr geholfen. Das bringt vor allen Dingen etwas Licht in die Beziehung, die Ibo auch zu einem unserer Leute unterhielt." Rolf Deterlich wechselte wieder in das distanzierte Sie: „Und, Herr Gullis, nichts für ungut. Sie haben nichts Unehrenhaftes gesagt. Im Gegenteil. Mit einer fast väterlichen Geste legte er Benno die Hand auf die Schulter und drückte kurz zu. Benno kämpfte mit Tränen. „Entschuldigen Sie, Kommissar, aber je nüchterner ich werde, umso empfindlicher werde ich auch. Momentan stecke ich so gut wie gar nichts weg."

„Lassen Sie alles raus, bitte. Tun Sie sich den Gefallen und fressen Sie nichts in sich hinein. Auslassen – das tut Ihnen gut. Nochmals danke für Ihre Bereitschaft, mit mir zusammenzuarbeiten. Wenn es weiterhin nötig wird, komme ich auf Sie zurück."

Benno hob die Hand und verabschiedete sich wortlos von Deterlich, der ein bisschen bedrückt die Tür hinter sich zuzog. Draußen auf dem Flur kamen ihm Doktor Brader und Schwester Hermine entgegen, die im Gegensatz zu ihm einen zufriedenen Eindruck machten.

„Wie ist es gelaufen, Kommissar", fragte Brader.

„Ich bin zufrieden. Benno hat alles fast wörtlich wiederholt, was er schon mehrmals zu Protokoll gab, aber zum Schluss fiel ihm etwas ein, was von großem Nutzen sein könnte. Nur... Benno selber macht mir derzeit keinen sehr stabilen Eindruck."

„Wie meinen Sie das, Herr Deterlich?" Erschrocken blickte Brader ihn an.

„Ich meine, er ist ungemein empfindlich – übersensibel."

„Das war er immer schon", warf Hermine dazwischen, „sonst wäre er nicht soweit runter gekommen. Dafür werden wir ihn jetzt komplett aufbauen. Er hatte gestern eine Idee, die wir mit ihm gemeinsam schnellstens in die Tat umsetzen wollen. Wenn es etwas gibt, was Herrn Gullis auf die Beine hilft, dann ist es eine vernünftige Arbeit. Und die soll er kriegen. Er ist studierter Pädagoge und diesen Beruf will er als Grundlage nutzen, hier in diesem Hause den Grundstein für eine eigenverantwortliche Tätigkeit zu legen. Er will Suchtberater werden."

Rolf Deterlich guckte überrascht auf Schwester Hermine. „Das ist ein toller Gedanke. Wird ihm dabei jemand zur Seite stehen?"

„Ja, Hein Gerlach, ein Streetworker, den er noch aus seiner aktiven Zeit kennt. Gerlach war selbst alkoholabhängig und hat sein Laster ebenfalls auf diese Weise vollkommen in den Griff gekriegt. Benno hat noch den Vorteil, pädagogisch vorgebildet zu sein und ist zudem dermaßen sensibel, dass wir zu Beginn gewaltig auf ihn aufpassen müssen. Er darf sich nicht zu sehr in die Schicksale Anderer hinein versetzen, sonst geht er uns wieder unter. Aber", meinte die Schwester burschikos, „da bin ich ja noch vor. Jetzt gehen wir erst einmal in sein Zimmer und bringen ihm die erfreuliche Nachricht, dass Gerlach mitmacht. Das wird ihm Auftrieb geben. Auf Wiedersehen Herr Kommissar."

Deterlich stand noch immer im Flur, als die Beiden schon längst im Zimmer Nummer vierunddreißig verschwunden waren. Kurz darauf hörte er eine Art Jubelschrei und Gelächter. Benno Gullis schien es tatsächlich gut zu gehen.

*

Deterlich fuhr zurück ins Präsidium. Er gähnte ausgiebig hinter dem Steuer und stellte für sich fest, dass er besser daran täte, heimzufahren. Er war hundemüde. Doch es half nichts. Bevor er sich etwas Ruhe gönnen konnte, musste er sich um die Hinterlassenschaft von Annelo Mathern kümmern, die man im Kommissariat immer noch so nannte, obwohl man inzwischen wusste, dass dieser Name sozusagen ein Pseudonym war. Im Büro angekommen rief er als erstes Kallmann von der Spurensicherung an, der ihn ebenfalls mit einem unterdrückten Gähnen begrüßte. „Nanu", meinte der Kommissar, „sagen Sie bloß, Ihnen fehlt 'ne Mütze Schlaf?"

„Nö", kam es vom anderen Ende, „überhaupt nicht. Ich habe mich schon daran gewöhnt, gänzlich ohne auszukommen."

„Warum soll es Ihnen besser gehen als mir. Aber im Ernst. Es geht nochmal um die Handtasche und sonstige Sachen, die Annelo Mathern bei sich gehabt hat. Wissen Sie darüber etwas Genaueres?"

Kallmann schien einen Augenblick zu überlegen. „Sie hatte eine verhältnismäßig große Handtasche bei sich; die lagert mit dem gesamten Inhalt noch hier."

„Okay – ich komme rüber und sehe mir das an. Wer war eigentlich in der Wohnung und hat jemand die Nachbarn befragt? Dadurch, dass wir drei Mordfälle hintereinander hatten, konnte ich die Befragungen nicht überall selbst durchführen. Ich bin ja nicht Jesus. Auch wenn Sauerteig das anscheinend meint."

Kallmann knurrte: „Das können Sie laut sagen. Als Sie anriefen, war ich gerade dabei, diesen vermaledeiten Bericht zu verfassen, weil Sauerteig hier rumgetobt hat, er habe immer noch nichts auf dem Schreibtisch. Als ob wir nichts anderes zu tun hätten. Er hat sich wie ein Berserker aufgeführt. Mich wundert, dass er uns alle nicht als unfähig bezeichnete."

„Der kann mich mal! Ich komme rüber. Dann sprechen wir weiter."

Damit legte Deterlich den Hörer auf und machte sich auf den Weg. Logisch, dass auch er dem Boss in die Hände lief. Der wollte gerade mit einer erneuten Tirade anfangen, als der Kommissar ihm das Wort abschnitt: „Herr Sauerteig, je öfter Sie mich wegen Ihres Berichtes löchern, umso schlechter komme ich voran. Ich bin auf dem Weg zur Spurensicherung und will mir die Hinterlassenschaften unserer verschiedenen Toten – sagte nicht, von Annelo Mathern, was immer ihn davon abhielt – ansehen. Dann werde ich hoffentlich mehr wissen. Im Anschluss, Herr Sauerteig, fahre ich nach Hause und lege mich ins Bett. Das heißt, ich werde versuchen, vorher etwas zu essen zu bekommen. Wann ich das letzte Mal gegessen habe, weiß ich nicht mehr und wann ich zuletzt mal richtig durchgeschlafen habe, ebenso wenig. Das dürfte bei Ihnen vermutlich wesentlich anders aussehen…!" Damit ließ er seinen Chef, mit halb offenem Mund, einfach auf dem Flur stehen. Insgeheim konnte er sich ein Grinsen nicht verkneifen. Sauerteig war in seinen Augen ein absoluter Trottel. *Wer den zum Leiter dieser Dienststelle erhoben hatte, muss selber nicht ganz richtig gewesen sein*, murmelte er noch halblaut vor sich hin und sprintete weiter in Richtung Büro Kallmann. Der wartete schon vor der Tür. „Ist Ihnen Sauerteig auch noch über den Weg gelaufen?", fragte er etwas maliziös.

„Ist er; aber ich habe ihn einfach abblitzen lassen. Kommen Sie, machen wir uns an die Arbeit. Also, was haben Sie entdeckt?"

Der Beamte der Spurensicherung hatte die erforderlichen Sachen bereits aufgebaut und Deterlich nahm sich zunächst Annelos Handtasche vor.

Der Kommissar besah sich die verschiedenen Utensilien. Nagellack, Lippenstift, Papiertaschentücher, mit und ohne Farbspuren, Autoschlüssel und die gleich zweimal.

„Ist mir auch aufgefallen", lachte Kallmann. „Wer ist eigentlich so doof und trägt seine Ersatzschlüssel in der Handtasche mit sich rum. Das kriegen wohl auch nur Frauen fertig!"

Deterlich grinste. „Sie mögen keine Frauen, wie? Die Tote trug absolut *nicht* den Ersatzschlüssel mit sich herum. Gucken Sie sich die Schlüssel bitte mal genauer an", hielt er Kallmann die beiden Autoschlüssel unter die Nase. „Der eine Schlüssel ist, laut Anhänge-Etikett, von einem Fiat Punto und der andere gehört zu einem Porsche!"

„Au Backe! Das ist mir nicht aufgefallen", bekam Kallmann einen roten Kopf.

„Ich will zwar nicht meckern", entgegnete der Kommissar, „aber in der letzten Zeit ist dergleichen öfter vorgekommen."

Als Kallmann einen Einwurf machten wollte, winkte Deterlich ab: „Lassen Sie es gut sein; das war keine Kritik, ich weiß selber, dass wir absolut unterbesetzt sind und Sie, genau wie alle anderen Abteilungen, zu wenig Personal haben. Ich meine bloß mal – das sind doch Schlüssel von zwei verschiedenen Autos, oder?"

„Ganz eindeutig. Jetzt müssen wir nur noch herauskriegen, wo die beiden Autos zu finden sind. Vielleicht sollten wir mal im Straßenverkehrsamt nachhören, ob irgendwo jemand herrenlose Autos gemeldet hat."

„Tun Sie das." Deterlich gähnte noch einmal ausgiebig. „Ich glaube, den Rest vertagen wir auf Morgen. Ich kann einfach nicht mehr klar denken. Da kommt jetzt nur noch Schrott raus. Seien Sie so nett, kümmern Sie sich bitte um die fraglichen Autos. Morgen früh komme ich wieder und dann sehen wir uns den Rest gemeinsam an. Auch wegen dieser seltsamen Zettel, von denen Benno Gullis mir erzählt hat."

„Was für Zettel?" Kallmann sah den Kommissar fragend an und notierte sich noch schnell, auf was anderentags geachtet werden sollte, begleitete Deterlich danach zur Tür und sagte abschließend: „Ich lasse Sie jetzt hier raus und schließe hinter Ihnen zu. Dann mache ich mich auch startklar, um nach Hause zu fahren. Ich gehe hinten in Richtung Parkplatz raus. Ciao – bis Morgen."

„Bis Morgen."

In Gedanken versunken machte der Kommissar sich auf den Heimweg. Vor seinem geistigen Auge stand Annelos Handtasche und er fragte sich, was ihn daran irritierte. *Nun, ich werde es morgen klären. Jetzt fahre ich heim. Essen, duschen, schlafen!*

*

Penelope richtete sich aus ihrer gebückten Stellung auf und drehte sich zu Oliver Klemm um. „Zunächst einmal ganz herzlich danke. Dass Sie mir im Fall Mathern so geholfen haben, kann ich gar nicht gut machen. Außerdem", schmunzelte sie, „ich muss Ihnen auch einmal sagen, dass Sie hervorragende Arbeit geleistet haben. Ansonsten glaube ich, dass Sie besser Schluss machen sollten. So wie Sie ausschauen, brauchen Sie dringend ein Bett."

„Sie wohl nicht, Frau Doktor!", entgegnete Oliver. „Vielen Dank für das Kompliment. Ich habe Ihnen gern geholfen und freue mich, dass

ich es gut gemacht habe. Ich möchte einmal so werden wie Sie."
„Bloß nicht!", stöhnte Pen auf. „Das wünschen Sie sich besser nicht. Ich bin ein äußerst kompliziertes Menschenkind."
„Weiß ich", rutschte es Oliver heraus und er bekam einen puterroten Kopf.
Fragend sah die Ärztin ihn an. „Wie das…?"
„Nun", stotterte ihr Gehilfe ein wenig, „ich denke, Sie nehmen alles ganz furchtbar ernst und merken oft nicht, wenn es jemand gut mit Ihnen meint. Wie der Kommissar zum Beispiel. Der mag Sie wirklich gern und Sie sind manchmal recht grob zu ihm gewesen."
Penelope lachte. „Sie haben Recht. Inzwischen hat sich das Verhältnis zu Kommissar Deterlich vollkommen verändert. Ich musste ihn eines Abends anrufen, weil mir daheim etwas nicht geheuer war; da habe ich seine Hilfsbereitschaft kennen gelernt und musste feststellen, dass ich ihn ziemlich falsch eingeschätzt habe. Seit dieser Zeit klappt es zwischen uns wesentlich besser."
„Das freut mich aber! Nicht nur für Sie, auch für Herrn Deterlich. Den finde ich nämlich sehr nett. Und können tut er auch was."
„Über dieses Kompliment würde er sich ganz bestimmt sehr freuen", bemerkte Pen. „So, und jetzt mache ich, dass ich heimkomme. Ich falle bald um vor Müdigkeit. Und Sie machen sich ebenfalls auf die Socken. *Ich* muss ja heimfahren, weil *Sie* sonst auch keinen Feierabend machen und das kann ich nicht verantworten. Einen schönen restlichen Abend noch. Und – schlafen Sie ein paar Mützen, aber richtig!" Mit diesen Worten zog Doktor Angelika sich den Kittel aus, schlüpfte in andere Schuhe, nahm den Mantel vom Haken und verließ den Sezierraum. In Gedanken war sie schon zu Hause und hoffte, dass sie mit Rolf wenigstens eine gemütliche Stunde hätte, bevor sie beide im Sessel einschliefen. Sie kannte es mittlerweile. Wenn er an einem Fall arbeitete, tobten sämtliche Beteiligten am Abend oder am Wochenende durch das Wohnzimmer. Der Kommissar kam genauso wenig von seinem Beruf los wie sie selbst. Deshalb hatte sie Verständnis dafür. *Und das,* so dachte sie, *ist meinem Noch-Ehe-*

mann seinerzeit völlig abgegangen. Das ist mit einer der Gründe, weshalb es scheitern musste. *Aber wieso will der die Gundi heiraten?* Nachdenklich schloss sie ihr Auto auf, setzte sich hinter das Steuer und machte sich auf den Weg nach Hause.

Unterwegs hielt Pen noch schnell an einem Lebensmittelsupermarkt und kaufte ein. Da Rolf sich tagsüber nicht meldete, ging sie davon aus, dass ihm ebenfalls die Zeit zum Einkaufen fehlte. Nach einem Tag wie heute begrüßte sie die veränderten Ladenschlusszeiten. Ansonsten taten ihr sowohl die Verkäuferinnen als auch die Damen an der Kasse einfach nur leid. Insgeheim dachte sie, dass sie, ohne die Änderung dieses Gesetzes heute nichts mehr zu essen bekäme. Nun, dann wäre man eben zum Italiener um die Ecke gegangen. Oder auch nicht. Müde wie sie war, hätte sie eher nichts gegessen. Jetzt, wo Rolf auch nach Hause kommen würde, blieb ihr allerdings nichts weiter übrig, als noch irgendein Abendessen hinzukriegen. Und das, so überlegte sie, war eigentlich auch gut so. Sie aß sowieso immer viel zu wenig. Nicht, dass sie deshalb schlank geworden wäre, eher im Gegenteil, aber mit ein wenig mehr Kalorien versorgt, schlief es sich vielleicht auch besser. Trotz der Müdigkeit gut gelaunt, stieg sie nach ihrem Einkauf wieder ins Auto und legte die restlichen Kilometer bis zu ihrem Haus in etwas verkehrswidriger Geschwindigkeit zurück.

Rolf war kurz vor ihr angekommen und freute sich, als er das Auto vor dem Haus hörte. Inzwischen kannte er die Klänge verschiedener Motoren aus der Nachbarschaft, so dass er Penelopes Wagen heraushörte. Mit einem „Hallo meine Liebe und einen wunderschönen guten Abend" öffnete Rolf die Tür und Pen ließ sich lachend in seine Arme fallen. „Ist das schön, mal so richtig nach Hause kommen zu können."
„Das kann ich nur bestätigen. Komm erstmal rein." Er nahm ihr die Einkaufstasche ab und guckte neugierig, was sie denn gekauft hatte.

„Ach ja", meinte er, „einkaufen hätte ich sollen…"

„Einkaufen sollte der, dem die Zeit dazu blieb und offensichtlich hattest du keine."

„Zugegeben, tagsüber nicht, aber jetzt habe ich es schlichtweg vergessen."

„Macht nichts – ich habe ja dran gedacht. Und jetzt sei so gut und mache uns irgendetwas zu trinken, während ich in der Küche ein kleines Essen zusammenbastle."

Mit sich und der Welt zufrieden ging der Kommissar ins Wohnzimmer zurück und öffnete das Barfach. Ach herrje. Der Bestand sah immer noch genau so mager aus, wie an dem Abend, an dem Pen total aufgelöst vom Friedhof kam. Da muss Abhilfe geschaffen werden, dachte Rolf und rief in die Küche: „Was möchtest du denn. Das Sortiment ist nicht sehr ergiebig."

Pen erschien mit etwas zerzausten Haaren in der Tür: „ Gib mir irgendwas, was man mit Wasser verdünnen kann. Du weißt doch, Härteres ist nicht mein Fall."

Außer diesem seltsamen Pisco sour ist auch nix mit härter. Einen Whisky mit Eis oder Soda kann ich dir noch anbieten."

„Ja, nimm den – ich komme gleich." Damit verschwand sie wieder in Richtung Küche und kurze Zeit später zog ein verführerischer Duft durch die Wohnung. Nach zwanzig Minuten stand ein Zwiebelkuchen auf dem Tisch und beide langten herzhaft zu. Dazu gab es einen leichten Rosé und danach Espresso. „Satt, müde und zufrieden", lachte Rolf – und jetzt?"

„Müde… du sagst es. Aber unmittelbar nach dem Essen können wir natürlich noch nicht schlafen gehen. Andererseits habe ich keine Lust, noch mehr Beruf zu erläutern, obwohl das sicher richtig wäre. Trotzdem tendiere ich dazu, die anstehenden Themen auf morgen früh zu verlegen. Wir stehen einfach eine halbe Stunde früher auf und reden wieder. So wie wir es schon mal gemacht haben. Das ging ganz gut und wir konnten uns auch besser konzentrieren."

„Du hast Recht, vielleicht sollten wir es mal wie ganz normale ande-

222

re Leute machen – Fernsehen gucken?"

Penelope lachte los. „Warum nicht, wenn du was findest, was man sich ansehen kann? Ich fürchte nur, dass du derzeit auf allen Sendern mit dem so genannten Humor zugeschmissen wirst. Anscheinend ist dir entgangen, dass in Kürze der Karneval stattfindet."

„Ach du lieber Schreck – nee, dann lass bloß die Kiste aus. Den Kram kann ich nicht mehr hören. Außerdem werden wir dann wieder einmal mehr mit dem sogenannten Niveau unserer Gesellschaft konfrontiert. Das muss ich in meiner Freizeit nicht auch noch haben."

„Schön, dann such dir doch etwas zu lesen raus", deutete sie mit der Hand zum Bücherregal und Rolf stand folgsam auf.

„Sag mal, hast du tagsüber noch nicht genug Krimi? Und ausgerechnet Sidney Sheldon!"

„Was hast du gegen Sidney Sheldon. Für mich schreibt der mit Abstand die besten Krimis. Pfiffig, gekonnt, nachvollziehbar und, was ich besonders liebe, Psycho."

Rolf murmelte etwas Unverständliches und pulte ein uraltes Buch heraus. „Das würde mir gefallen *Für'n Groschen Brause* von Dieter Zimmer; okay, damit verziehe ich mich in die Sofaecke."

Lächelnd sah Penelope zu, wie er sich gemütlich in einer Ecke, eigentlich ihrer Ecke, einrichtete und ließ ihn gewähren. Sie räumte den Tisch ab und stellte das Geschirr in die Spülmaschine, ging kurz ins Bad, um ein Handtuch in den Wäschekorb zu legen und fand, als sie wiederkam, einen schlafenden Kommissar in der Couchecke. Nachdenklich betrachtete sie das erschöpfte Gesicht und dachte, dass es wohl besser sei, ihn schlafen zu lassen. Sehr bequem war es sicher nicht, gegebenenfalls könnte er sich strecken oder, falls er aufwachte, könne er ins Bett marschieren. Damit sah Pen auf die Uhr und dachte: Ungewöhnlich, aber eine Stunde Schlaf mehr wird mir sicher auch nicht schaden.

*

Wesentlich ausgeruhter als sonst, trafen die Beiden am nächsten Morgen zusammen. Rolf erhob sich von der Couch und Pen kam gerade aus der Dusche. „Na, einigermaßen geschlafen?", fragte sie.

„Wie ein Stein."

„Du warst aber auch vollkommen hinüber, deshalb habe ich dich liegenlassen."

„Ich glaube, ich muss mich bei dir entschuldigen", entgegnete Rolf.

„Warum?"

„Ich habe dir gestern noch nicht einmal geholfen, den Tisch abzuräumen."

„Lass gut sein", lachte Pen, „das habe ich nun wirklich noch allein geschafft."

„Darum geht es nicht – wir sollten gar nicht erst einreißen lassen, dass Einer für den Anderen mit arbeitet. Das haben wir in unserem Job genug."

„Hier arbeitet nicht Einer für den Anderen mit, hier macht jeder das, was gerade ansteht und gestern war es halt so, dass ich den Tisch abgeräumt habe. Heute machst du das vielleicht. Wer weiß."

Inzwischen blubberte die Kaffeemaschine vor sich hin und beide begannen, das Frühstück zuzubereiten. Brot, Quark, Marmelade und etwas Käse. Dann ließen sie sich Zeit. Es war gerade mal halb sechs morgens und es dauerte noch etwas, bis Pen richtig redebereit war. Nach der zweiten Tasse Kaffee berichtete sie. „Ich war gestern bei Schuster. Wusstest du, dass der bei seiner Heirat den Namen seiner Frau angenommen hat?"

„Hm", nickte Rolf mit vollem Mund. „Wusste ich – wir waren übrigens mal Nachbarskinder. Noch in Remscheid."

„Ach! Nun, jedenfalls übernimmt er meine Geschichte und sagt, dass es wohl kaum zu großen Komplikationen kommen wird, weil ich, in seinen Augen völlig spinnert, auf vieles verzichten will. Ich will nur meine Freiheit zurück, das Haus behalten und sonst nichts. Alles andere interessiert mich auch nicht. Allerdings haben wir uns dann noch ein bisschen über alte Zeiten unterhalten, denn – ach ja! das habe ich dir noch gar nicht erzählt: Schuster und ich haben bis zum Abi gemeinsam die Schulbank gedrückt."

„Weiß ich", grinste Rolf hinterhältig. „Hat er mir schon erzählt. Als er hörte, wen er vertreten soll, fragte er nach, ob du *die* Penelope Angelika seiest, die in aller Munde geführt wird. Und dann berichtete er darüber, dass ihr Euch noch von früher kennt."

„Und der hat mich vor der Tür erst so blöd angemacht, dass ich ihn ziemlich habe abfahren lassen."

„Kann ich mir bei dir vorstellen. Aber", wurde Rolf sofort ernst, „du wolltest berichten, über was Ihr Euch noch unterhalten habt."

„Richtig. also: Schuster kennt, beziehungsweise kannte, Ibo Golalal." Penelope gab die Unterhaltung mit Harald Schuster ausführlich weiter und Rolf hörte interessiert zu. Am Ende bemerkte er: „Das deckt sich vollständig mit Bennos Angaben. Nur, was machen wir mit der Erkenntnis? Wir wissen, dass Ibo verheiratet war, auch wenn es wie eine Alibi-Ehe aussieht. Wir können uns auch denken, dass genau diese Tatsache irgendetwas mit seinem Tod zu tun haben könnte. Aber was? Naheliegend ist der Gedanke, dass Ibo im Laufe der Jahre sich wirklich *bi* entwickelt hat, sein derzeitiger Liebhaber damit nicht fertig wurde und ihn umbrachte. Nur, das müssen wir nicht nur herausfinden, das müssen wir auch noch beweisen."

„Was mit viel Glück am ehesten über die Mordwaffe möglich sein wird. Mir schwirrt immer noch im Kopf herum, dass ich diesen Brieföffner kenne. Ich weiß bloß nicht woher. Da ich mich aber auf mein Gedächtnis verlassen kann, wird es mir ganz sicher einfallen. Und das noch vor Weihnachten."

„Das wäre schön, denn, wie du gestern Abend feststelltest, haben wir gerade erst Karneval."

„Abgesehen davon", resümierte Penelope nachdenklich, „dass Ottokar Fallwind die abgebrochene Spitze eines Brieföffners bei Annelo Mathern gesehen hat."

Deterlich nickte. „Stimmt. Also haben die beiden auch etwas miteinander zu tun, bloß wie? Ich komme derzeit noch nicht dahinter. Doch jetzt muss ich mich langsam fertig machen. Heute Morgen bin ich mit Kallmann verabredet; wir wollen die Sachen von Annelo noch einmal durchgehen. Dann muss ich im Straßenverkehrsamt anrufen, weil die nach den beiden Autos forschen müssen."

„Welchen beiden Autos?"

„Annelo Mathern hatte zwei Autoschlüssel in ihrer Handtasche. Einer passte auf einen Fiat Punto und der Andere auf einen Porsche."

„Das ist ja ein Ding! Aber, was hältst du davon, wenn ich diesbezüglich mal Ottokar Fallwind interviewe. Es könnte doch sein, dass der weiß, welche Autos die Mathern fuhr. Fragen kostet ja nichts."

„Tu das", sagte Rolf, stellte seine Tasse in das Spülbecken und ließ Wasser hineinlaufen. „Ich muss los. Sehen wir uns heute Mittag in der Kantine?"

„Gute Frage! Vielleicht sollten wir es mal mit einem telefonischen Kontakt zwischendurch versuchen", griemelte Pen. „So, und jetzt sieh zu, dass du raus kommst. Ach nee, halt! Sag mal, weißt du, wem dieses Auto gehört?" Damit hielt sie Rolf den Zettel unter die Nase, auf dem das Kennzeichen des schwarzen Golfs notiert war."

„Ja, das ist der Wagen von Sauerteig. Das heißt, eigentlich von seiner Frau. Er hat mir vorige Woche erzählt, dass er mit seinem Wagen Pech gehabt hat; ihm sei einer hinten drauf gefahren und deshalb kommt er im Augenblick mit dem Auto seiner Gattin. Warum?"

Penelope sah den Kommissar fassungslos an. „Weil das der schwarze Wagen ist, der mich hier mehrmals in Bedrängnis gebracht hat."

Jetzt war es an Rolf, äußerst beunruhigt zu sein.

*

Nachdenklich machte Rolf sich auf den Weg ins Präsidium, während Pen sich ans Telefon hängte, um Fallwind anzurufen. Zu ihrer Überraschung wusste er, dass Annelo Mathern ein Auto, den Fiat Punto, in der Tiefgarage der City geparkt hatte. Von dem Porsche wusste er allerdings nichts. Pen schrieb sich alles, was Fallwind ihr berichtete, auf und steckte den Zettel in ihre Tasche. Bei der Gelegenheit fiel ihr der Beutel mit den zusammen gesetzten Scherben in die Finger. Ach herrje, dachte sie, das hab' ich total vergessen. Vorsichtig nahm sie den zusammen geklebten Becher heraus und platzierte ihn auf dem Küchentisch. Sie würden sich später darüber unterhalten. Doch Rolf vermutete schon ganz richtig, dass das Motiv der Tasse Aufschluss darüber geben würde, warum Sauerteig diesen Kaffeepott unter Verschluss hielt. Zwei unbekleidete Männer, deren Köpfe allerdings so verschwommen waren, dass man nicht eindeutig erkennen konnte, wer es war, es sei denn, man hatte vorher das Originalfoto gesehen. So richtig verstehen konnte Penelope das alles nicht; Rolf würde die Lösung schon finden.

Inzwischen war der Kommissar im Büro angekommen und Helga Mittland erzählte, dass Kallmann bereits nach ihm gefragt habe. Eigentlich wollte Deterlich vorher noch etwas anderes machen, so aber stiefelte er als erstes in Kallmanns Büro. „Was gibt's?", fragte er, nachdem er ihm einen guten Morgen gewünscht hatte.
„Na, so toll ist der Morgen nicht. Sehen Sie mal, was sich zwischen dem doppelten Boden dieser riesigen Handtasche von Annelo Mathern verbarg!"
„Doppelter Boden? Jetzt weiß ich, was mich an dem Ding so gestört hat. Die Proportionen dieser Tasche stimmten nicht! Und, was haben Sie gefunden?"
„Einmal die Zettel, auf die Sie mich hingewiesen haben, und zum Anderen: das hier – ein altes Familienstammbuch."
Fragend besah der Kommissar sich die Unterlagen und argwöhnte: „Das sieht ganz danach aus, als hätten die beiden Frauen etwas miteinander zu tun gehabt."
„Das sieht nicht nur so aus", bemerkte Kallmann. Wenn ich die Zettel richtig zusammensetze, kommt dabei raus, dass Helene Matthies und Annelo Mathern möglicherweise Geschwister waren. Das heißt, Halbschwestern. Die Zettel sind Notizen, deren Inhalt irgendwo ab-

geschrieben wurde…"

„Ja, aus einem der Folianten. Uralte Familie? Diesen Gedanken hatte Benno Gullis, weil er sich daran erinnerte, dass zumindest ein beschriebener Zettel noch im Raum bei Helene Matthies gelegen hat und eines dieser alten Bücher aufgeschlagen auf dem Stehpult lag."

„Aha – und was besagt das?"

„Das es eventuell mehrere Notizen gewesen sein könnten. So wie es aussieht, war Bennos Gedanke durchaus richtig. Die Mathern hat also die Zettel an sich genommen und den Raum verlassen. Aber!", sprang Deterlich auf, „das würde bedeuten, dass sie Helenchen umgebracht hat. Warum, um Himmels Willen?"

„Wie wir soeben feststellten, waren die beiden Damen miteinander verwandt. Jetzt müssen wir nur noch herausfinden, warum diese Verwandtschaft tödlich ausging. Denn das erscheint mir eindeutig."

„Vielleicht eine Erbangelegenheit?", mutmaßte Deterlich. „Es fragt sich nur, wieso die Bibliothekarin in alten Folianten suchte, während ihre Halbschwester über ein Familienstammbuch verfügte. Von dem Helene Matthies anscheinend nichts wusste."

„Das ist die große Frage. Versuchen wir also, etwas Licht in die Geschichte zu bringen, da wir ja leider niemanden mehr fragen können. Denn", so stellte der Kommissar fest, „Verwandte, egal von welcher Toten, haben sich wohl nicht gemeldet?"

Kallmann schüttelte den Kopf. „Ich weiß jedenfalls nichts. Vielleicht könnte Sauerteig etwas sagen? Dass Informationen bei ihm eingegangen sind, die er uns bislang vorenthalten hat?"

„So wie der in der letzten Zeit gestrickt ist, kann ich mir das gut vorstellen. Aber ich werde mal meine Sekretärin interviewen; wenn jemand was weiß, dann sie. Es gibt wenig, was sie nicht mitbekommt. Normalerweise erstattet sie auch sofort Bericht, aber durch die Häufung der Todesfälle haben wir uns in den letzten Tagen kaum noch gesprochen. Jetzt will ich mir aber das Stammbuch noch ansehen, da müssten sämtliche Daten zusammenpassen."

Der Kommissar breitete die Zettel um sich herum aus und schlug das

Stammbuch auf. „Also", fasste er zusammen „Tatsache ist, dass unsere Helene Matthies die Tochter von Hermann Theodor und Thekla Louise Matthies ist. Das Stammbuch gibt uns leider keine Auskunft darüber, wer Annelo Mathern ist."

„Das", vervollständigte Kallmann die Überlegungen, „geht aus den Zetteln hervor. Offensichtlich ist Annelore Mathern von einem anderen Vater. Den müssen wir, falls er noch lebt, erst einmal finden, weil Annelo auf dem Zettel ebenfalls mit dem Namen Matthies steht. Da kann was nicht stimmen."

„Vielleicht war sie ein Kuckuckskind? Und Theodor Matthies hat sich aufgrund dessen von seiner Frau getrennt. In späteren Jahren nahm Annelo dann einen anderen Nachnamen an?"

Nachdenklich schüttelte Deterlich den Kopf. „Das ist alles fürchterlich kompliziert. Ich versuche, einfacher zu denken. Thekla Louise Matthies hat ein zweites Kind bekommen, was sie, weil es ein untergeschobenes war, in eine Pflegefamilie gegeben hat. Laut unserer Unterlagen führt Annelo den Namen Mathern zu Unrecht, darunter ist sie nirgendwo gemeldet. Also heißt sie tatsächlich auch Matthies und wollte vielleicht mit der ursprünglichen Familie nichts mehr zu tun haben. Weil man sie weggegeben hat. Aber inzwischen sind beide Elternteile verstorben und es geht ans Erben. Und da hat unsere Annelo festgestellt, dass da mehr ist, als in einer normalen Familie üblich. Warum auch immer. Vielleicht ein Lottogewinn? Jedenfalls muss etwas dahinter stecken. Das müssen wir herausfinden, dann können wir sagen – diese Geschichte wäre gelöst."

„Ja", seufzte Kallmann, „Sie sagen es überdeutlich: *diese* Geschichte! Aber warum musste Ibo sterben und die Mathern auch noch? Das sind unbekannte Faktoren, die keinen Sinn ergeben…"

Während die beiden Männer noch herumrätselten, klingelte das Telefon. „Ja", bellte Kallmann in den Hörer.

„Entschuldigung Herr Kallmann, ist der Kommissar bei Ihnen?"

„Wer ist denn da?"

„Angelika."

„Oh – Frau Doktor. Ich habe Sie an der Stimme nicht erkannt."

„Konnten Sie auch nicht, ich habe nämlich gerade in einen Apfel gebissen. Und, ist er da?"

Kallmann hielt Deterlich den Hörer hin. „Die Frau Doktor", sagte er und beugte sich wieder über die Zettel.

Der Kommissar meldete sich und fragte, ohne Luft zuholen: „Hast du was heraus gefunden?"

„Ja. In der City-Tiefgarage steht ein Fiat Punto von Annelo Mathern. Wie Fallwind mir erzählte, quitschgelb. Nicht zu übersehen. Das wollte ich dir nur eben sagen. Vielleicht kann einer der Streifenpolizisten mal hinfahren. Dann musst du nicht selber los."

„Danke. Das ist eine gute Idee. Ich werde Kanter oder Schwarz hinbeordern. Gibt es sonst noch etwas Neues?"

Doktor Angelika räusperte sich. „Nun… die Scherben."

„Ach ja, richtig. Die hatte ich völlig vergessen."

„Du hattest richtig geraten. Das gleiche Motiv wie auf dem Originalfoto. Nur, dass die Köpfe, offensichtlich bewusst, verschwommen aufgenommen sind. Aber das Foto stellt eindeutig Ibo und Sauerteig dar. Ebenso eindeutig, wie auch die Position."

„Scheiße!", sagte Deterlich aus tiefstem Herzen. „Jetzt haben wir ein Problem."

„Das sehe ich auch so. Seid Ihr denn in Bezug auf Annelo Mathern weiter gekommen?"

„Ja, unsere Bibliothekarin und die Bardame sind, das heißt waren, Geschwister, vielmehr halbe."

„Nee!"

„Doch! Jetzt müssen wir nur noch rausfinden, warum Annelo, die übrigens richtig Annelore heißt, die Bibliothekarin umgebracht hat. Denn, dass sie es getan hat, steht inzwischen außer Frage. Dank Benno Gullis Aufmerksamkeit. Er hatte nämlich einen noch geöffneten Folianten, was immer das für ein Buch war und was darin geschrieben stand, auf dem Schreibtisch in der Bibliothek gesehen und, dass

230

die Mathern ihm auf dem Flur begegnet war, wissen wir ja mit absoluter Sicherheit. Außerdem lag, laut Benno, noch ein beschriebener Zettel dort. Den müssen wir noch suchen. Falls er noch da ist. Zu dieser Geschichte müsste ich die Leiterin der Stadtbücherei fragen, Felicitas Hammermann. Das erledige ich später. Jetzt setze ich erst einmal Kanter in Bewegung. Den Punto suchen. Und danke für deinen Anruf."

„Gern geschehen. Heute Mittag fällt das Essen ja wohl wieder einmal aus; aber wie ist es, kommen wir heute Abend dazu?", fragte Penelope, „oder sollten wir uns von vorne herein auf einen Diättag einigen."

„Eigentlich eher nicht; ich werde mich, hoffentlich, im Laufe des Tages noch einmal melden." Damit legte der Kommissar auf und wandte sich erneut an Kallmann, der in der Zwischenzeit den erkennbaren Sachverhalt sorgfältig zu Papier brachte.

„Sehen Sie mal hier", wies Kallmann auf die Zettelwirtschaft. „Die Adressen der Beiden. Helene Matthies, Schulstraße 112 in Wiesdorf und Annelo Mathern, Friedensstraße 286 – ebenfalls in Wiesdorf. Im gleichen Stadtteil und quasi um die Ecke. Was die Eine von der Anderen gewusst hat, wird bedauerlicherweise ein Geheimnis bleiben."
Deterlich hatte zwar zugehört, schien aber mit seinen Gedanken woanders zu sein. Vor seinem geistigen Auge sah er wieder die Spitze des Brieföffners, wovon eine im Rücken der Bibliothekarin steckte und das Pendant dazu Ibo Golalals Leben auslöschte. Irgendwoher kannte er das, im Stiel nur ansatzweise erkennbare, Muster. Er fuhr regelrecht aus seinen Betrachtungen hoch, als Kallmann neben ihm plötzlich sagte: „...und da ist hier noch diese komische Metallspitze. Wozu immer die gehört."
Verblüfft guckte der Kommissar auf genau so ein Ende eines Brieföffners, das er gerade in seinem Kopf hatte Revue passieren lassen. Mit einem fragenden Blick auf seinen Mitarbeiter überlegte er laut: „Das ist genau das, was Fallwind der Frau Doktor beschrieben hat.

Woher, zum Teufel, kenne ich das bloß?"

Mit einem Achselzucken vertagte er den Gedanken daran auf später, weil gerade die Tür aufging und Kanter den Raum betrat. „Hier sind Sie ja, Herr Kommissar. Ich habe den Fiat gefunden und den Porsche gleich mit."

„Ach – wie denn das?"

„Beide sind in der City-Tiefgarage abgestellt. Die Wagen waren nebeneinander geparkt. Normalerweise hätte ich mich nur um den Fiat gekümmert, aber da von einem Porsche die Rede war, hatte ich mir den zweiten Autoschlüssel gleich mit eingesteckt und einfach probiert, ob er passte. Und das tat er ja dann auch. Silbergrau mit roten Ledersitzen. Kann sich ein normaler Mensch schon nicht leisten und eine stinknormale Bardame noch viel weniger. Da muss irgendwo der Schlüssel zum Geschehen liegen. Danach bin ich, mit Dieter, will sagen, also mit Herrn Schwarz, gemeinsam noch einmal zu der verwaisten Wohnung der Mathern gefahren. Die Nachbarn meckerten zwar rum, sie hätten bereits alles ausgesagt, aber ich habe nicht locker gelassen. Bei der Gelegenheit kam dann raus, dass eine der Nachbarinnen sich schon Gedanken über ihre Mitbewohnerin machte. Sie sei immer abends besonders extravagant gekleidet aus dem Haus gegangen. Perücke mit langen, auffallend blonden Haaren, die wie eine Kaskade bis auf die Hüften reichten. Oftmals trug sie ihre hochhackigen Schuhe in der Hand; die, wie die Nachbarin meinte, waffenscheinpflichtig gewesen seien. Zwölf Zentimeter hohe Absätze und bleistiftdünn. Angeblich machte sie Nachtdienst in einer Reha-Klinik... aber ich weiß nicht. In der Aufmachung! Zur Person konnte sie nichts aussagen, da die Mathern sehr zurückhaltend gewesen sei. Mehr", schloss Kanter, „konnte ich nicht herausfinden."

„Danke", seufzte Deterlich. „Ich habe das Gefühl, wir treten auf der Stelle. Es muss doch festzustellen sein, mit wem diese Dame Kontakt hatte. Vielleicht sollten wir noch einmal zur *Kajüte* fahren. Der Inhaber hat sie schließlich auch gekannt."

Rolf Deterlich schickte eine SMS an Penelope und teilte ihr mit, dass er zur *Kajüte* fahren würde. Das geplante Mittagessen sei damit tatsächlich hinfällig. Auf dem Weg dorthin, machte er einen Umweg über den Ortsteil Steinbüchel und stellte das Auto auf den Parkplatz am kleinen See. Er musste unbedingt mal ein paar Minuten frische Luft schnappen. Langsam machte er sich auf den Weg. In Gedanken versunken, umrundete er das Gewässer und sah den Enten zu, wie sie elegant auf dem Wasser landeten. Ente müsste man sein, dachte er. Dann wüsste man gar nicht, was Mord und Totschlag überhaupt ist. Oder vielleicht doch? Ganz für sich allein feixte er. Immerhin wusste niemand, was Enten denken. Bei der Gelegenheit fiel ihm ein, dass er vor vielen Jahren, während einer Kur, mit einer ebenfalls kurenden Dame einen Spaziergang machte und diese Reste einer Eiswaffel ins Wasser warf. Die heimischen Enten stürzten sich mit Vergnügen darauf und er ließ sich zu der Frage hinreißen, ob Enten an Diabetes erkranken könnten. Seine Begleiterin stutzte und entgegnete, wie er denn darauf käme. „Nun, antwortete er, „immerhin gehören Eiswaffeln nicht zur täglichen Speise dieser Tiergattung." In der Erinnerung lachte er vor sich hin und stellte fest, dass es ihm wesentlich besser ging als vor einer Viertel Stunde. Damit drehte er um, ging zu seinem Auto zurück und machte sich auf den Weg zur *Kajüte*, in der Hoffnung, den Wirt um diese Zeit anzutreffen.

Hans Tellhaber, der Besitzer der Bar, war tatsächlich im Haus. Ihm war eingefallen, dass Annelo Mathern einen Garderobenspind innehatte und wollte nachsehen, ob dort noch etwas lagerte. Bevor er diese Tätigkeit beginnen konnte, sah er den Wagen des Kommissars vorfahren und murrte: *Der hat mir noch gefehlt!* Er wartete, bis es klingelte und öffnete, höchst überrascht (!) die Tür. „Hoppla, Herr Kommissar, was verschafft mir zu dieser ungewöhnlichen Zeit die Ehre. Abgesehen davon, dass ich Sie hier noch nie gesehen habe, kommen die anderen Herrschaften immer erst abends und dann zur Hintertür…"
Rolf Deterlich schluckte. „Was soll das heißen, die anderen Herr-

schaften kommen immer erst abends und dann durch die Hintertür?"

„Kommen Sie, Deterlich, tun Sie doch nicht so, als wüssten Sie nicht, dass auch Polizisten gewisse Bedürfnisse haben, die daheim nicht …ehm… zufrieden gestellt werden oder werden können."

Der Kommissar sparte sich eine Antwort, die von Tellhaber ohnehin nur als Nichtwissenwollen oder Deckungsmanöver ausgelegt würde. Äußerlich gleichmütig kam er auf sein Anliegen zu sprechen.

„So, Sie möchten also wissen, inwieweit ich die Mathern gekannt habe. Nun, ich kannte Sie als Bardame mit einem äußerst eigenwilligen Charakter. In der letzten Zeit war sie regelrecht aufsässig, als hätte sie es eigentlich gar nicht nötig, hier zu arbeiten. Verschiedene Aufgaben verweigerte sie ganz einfach…"

„Zum Beispiel, in die obere Etage zu gehen", führte Rolf Deterlich die Aussagen seines Gegenübers fort. Ich weiß von einem Ihrer Kunden, dass es so geschah. Diese Person war es auch, die uns, also unsere Polizeibehörde, darauf hinwies, Ihre Bar sei ein Umschlagplatz für Rauschgift."

„Das stimmt nicht!" Tellhaber tat entsetzt. „Wenn hier jemand mit dergleichen hantiert, stammt es sicher nicht aus unserem Haus. Das müssen die betreffenden Personen sich selbst mitgebracht haben. Abgesehen davon, dass allerdings jemand hier ein und aus geht, den Sie sehr gut kennen. Aber", zog er den nächsten Satz maliziös in die Länge, „Sie werden sicher verstehen, dass das unter Betriebsgeheimnis zu verbuchen ist."

Der Kommissar schüttelte den Kopf. „Ich weiß inzwischen sogar, dass einer meiner indirekten Kollegen sich bei Annelo Mathern seine Marihuana-Zigaretten besorgte. Allerdings soll sie angeblich nur privat mal eine Zigarette spendiert haben. Ein anderes Verhalten fiele unter die Verbreitung von Betäubungsmitteln und wäre strafbar. Das heißt in diesem Fall wäre es strafbar *gewesen*."

Tellhaber legte den Kopf etwas schief. „Nun", kam es gedehnt, „sollte das so gewesen sein, weiß ich davon nichts. Dann muss Annelo auf eigene Rechnung gearbeitet haben. Aber bitte", fügte er hinzu,

„kommen Sie mit. Ich wollte ohnehin gerade in die Garderobe gehen und in ihren Spind gucken, ob da vielleicht etwas drin liegt. In dem ganzen Durcheinander hat offensichtlich keiner daran gedacht, dass dieser Garderobenschrank existiert und noch weniger, mal hineinzuschauen. Gehen wir also. Möglicherweise sind wir danach etwas schlauer."

Tellhaber zeigte dem Kommissar den Weg und ließ sich nicht abschütteln. Deterlich verwünschte sich, entgegen aller Regeln, keinen zweiten Polizisten dabei zu haben. Der hätte ihm Tellhaber vom Hals halten können. Nun musste er notgedrungen gute Miene zum bösen Spiel machen. Mit einem Seufzer schloss er sich dem vorausgehenden Barbesitzer an. Die Garderobenschränke befanden sich im Kellergeschoss und sahen aus, wie eben diese Art Schränke aussehen. Mit einer Zange kniff Tellhaber das Bügelschloss durch und öffnete die Tür. Beide hielten die Luft an. Wenn sie alles erwartet hatten, das nicht! In einem Rucksack befanden sich fast zwei Kilogramm Kokain, eingeschweißt in Tüten zu jeweils einhundert Gramm. Und in einem anderen, wesentlich kleineren Rucksack lag Bargeld. Insgesamt vierundfünfzigtausend Euro. Tellhaber fluchte in sich hinein. *Verdammter Mist – konnte dieser Polizist nicht 'ne halbe Stunde später kommen...!* Warum, dürfte völlig klar sein.

Deterlich machte die Tür mit einem Ruck wieder zu und fragte seinen Begleiter, ob er noch ein weiteres Bügelschloss habe. Missmutig nickte dieser und ging in sein Büro, um es zu holen. Kurz darauf hielt er dem Kommissar das Schloss hin und der grinste: „Danke, Herr Tellhaber, den zweiten Schlüssel geben Sie mir bitte auch gleich. Außerdem werde ich den Schrank versiegeln. Passen Sie gut darauf auf. Sollte das Siegel beschädigt sein, werden Sie dafür verantwortlich gemacht. Ich fahre jetzt zurück zum Präsidium und komme mit der Spurensicherung und ein paar anderen Leuten wieder. Ihre Damen aus dem Obergeschoss werden wir auch noch einmal verhören müssen."

„Warum denn das? Die haben doch nun definitiv nichts damit zu tun."

„Werden wir dann herausfinden. Bis später."

Mit diesen Worten verabschiedete er sich, setzte sich ins Auto und fuhr zurück ins Büro. Auf der Fahrt machte er sich Gedanken darüber, inwieweit das alles auch Ibo betraf. Annelo Mathern hatte eine Schwester und so wie es aussah, wurde die von ihr beseitigt, weil es um Geld ging. Helga Mittland hatte sich daran gemacht, Verbindungen zu finden, die eventuell Aufschluss geben konnten, warum dieser Mord passierte. Aus seiner Sicht konnte nur Geld dahinter stecken. Warum sollte sonst eine Frau ihre Schwester umbringen. Das wäre völlig widersinnig. Nachdenklich bog er nach zwanzig Minuten auf den Hof ein, parkte seinen Wagen und marschierte ins Büro.

Helga Mittland war gerade dabei, einen Stapel Zettel abzuarbeiten, indem sie Texte in den Computer eingab. Er staunte immer wieder, mit welcher Geschwindigkeit seine Sekretärin schreiben konnte und das auch noch ohne Fehler. Helga spürte im Rücken, dass sie beobachtet wurde und drehte sich um. „Ah, Herr Deterlich, schön dass Sie da sind. Ich habe eine Menge herausgefunden. Vor allen Dingen Tatbestände, die uns wirklich mal weiterhelfen."

„Lassen Sie hören, Mittländerin" Und mit einem, fast zärtlichen Lächeln, fügte er hinzu: „Wenn ich Sie nicht hätte!"

*

Doktor Brader und Schwester Hermine hatten Benno die Nachricht überbracht, sein Plan, sich als Suchthelfer zu betätigen, sei auf offene Ohren gestoßen. Abgesehen von der Klinikleitung, die es durchaus begrüßen würde, einen zusätzlichen Helfer auf diesem Gebiet in ihren Mauern wirken zu lassen, hatten die beiden Kontakt mit Gerlach aufgenommen, den Gullis noch von früher kannte und der ebenfalls damals alkoholsüchtig war. Nachdem der es geschafft hatte, über zwei Jahre trocken zu bleiben, hatte Gerlach sich den AA, also den *A*nonymen *A*lkoholikern, angeschlossen, verschiedene Kurse be-

236

legt und leitete seinerseits schon seit geraumer Zeit Seminare und Selbsthilfegruppen. Er schätzte Benno, hatte ihn vor einigen Wochen bereits im Krankenhaus besucht und erklärte sich sofort bereit, die für ihn erforderlichen Grundlagen zu schaffen. Voraussetzung war natürlich, dass dieser sein komplettes Programm im Wolkenberg erst einmal hinter sich brachte.

„Doktor", schniefte Benno ganz gerührt und wischte mit der Hand über sein leicht geschminktes Gesicht, „das kann ich Ihnen gar nicht gutmachen."

„Doch", fuhr Hermine resolut dazwischen und verfiel wieder in das vertrauliche Du, „indem du wirklich genau das leistet, was du dir vorgenommen hast. Abgesehen davon, dass wir beide", und damit deutete sie auf Brader und sich selbst, „an dich glauben und überzeugt sind, du schaffst es. Vor allen Dingen, weil du selber inzwischen in einer Verfassung bist, in der du beurteilen kannst, was für dich zumutbar ist. Das hat nichts mit Arbeit in dem Sinne zu tun, sondern eher damit, dass du weißt, inwieweit du mit dem Begriff Alkohol zusammen kommen kannst, ohne dass dich erneut eventuelle Gelüste überfallen."

Erschöpft hielt Hermine in ihrem Vortrag inne und Doktor Brader blickte die Schwester erstaunt an. „Donnerwetter Schwester Hermine", einen solchen Vortrag hätte ich Ihnen gar nicht zugetraut", stichelte er. „Sie können sich ja wirklich richtig ins Zeug legen."

„Wenn ich mir was davon verspreche schon", grinste sie verschmitzt und Brader verstand. Etwas Besseres als diese Schwester konnte Gullis gar nicht passieren. Hoffentlich machte er etwas daraus.

Benno war dem Mienenspiel ein bisschen ratlos gefolgt und nahm verschwommen zur Kenntnis, dass Hermine ihm sanft über das Gesicht strich. Sie hatte ihm in den vergangenen Tagen noch ein paar wertvolle Kniffe und Tricks verraten, wie man mit Schminke umging. In seinem Zimmer probierte er alles aus und stellte fest, dass man wirklich eine Menge vertuschen konnte, wenn man es richtig anfing. Die scharfen Linien, die von den Nasenflügeln zum Kinn hinunter führten, hatte er mit einer helleren Paste abgedeckt, so dass die getönte Creme das Gesicht glatt erscheinen ließ. Benno Gullis streckte sich vor dem Spiegel die Zunge heraus und bemerkte: *Jetzt fängst du an zu spinnen, Alter; oder wie sehe ich das.* Trotzdem war er stolz darauf, besser auszusehen und hoffte, die Spuren seines vergangenen Lebens mit der Zeit soweit tilgen zu können, dass er selbst sein Leben erzählen könnte und nicht sein Gesicht das übernahm.

Noch einmal atmete er tief durch und wandte sich an seinen Arzt. „Herr Doktor, was muss ich denn jetzt alles tun?", fragte er.

„Das besprechen Sie am besten mit der Schwester nach dem Abendessen. Ich habe Ihnen im Aufenthaltsraum einen Tisch in der Ecke reservieren lassen, dort können Sie sich ungestört unterhalten" und fügte er hinzu, „ich darf ja dienstlich nicht zulassen, dass Schwester Hermine länger als üblich in Ihrem Zimmer bleiben kann."

„Das ist klar; ich möchte nicht wissen, was unsere verehrte Anke Fellner sagen würde, wenn sie das mitbekäme."

„Und die", warf Hermine dazwischen, „bekommt alles mit, was Benno Gullis betrifft. Das habe ich schon festgestellt…"

„Fragt sich nur", entgegnete Benno, dem plötzlich aufging, dass in diesen Worten ein Anflug von Eifersucht zu spüren war, der ihn auf eine ganz verrückte Weise glücklich stimmte, „was ich dazu sage. Und ich sage, dass ich mit dieser Frau nichts zu tun haben will. Dabei geht es nicht um deren Krankheit, sondern darum, dass sie in meinen Augen niveaulos ist. Und Niveau stand und steht bei mir immer ganz oben."

„Gott sei Dank", kam es von der Seite des Arztes, „dieses Kriterium ist es unter anderem auch, was Ihnen so schnell auf die Füße geholfen hat. Also – es bleibt dabei. Sie beide", und damit wandte er sich an die Schwester, „treffen sich heute Abend nach dem Essen im Aufenthaltsraum. Ich werde versuchen, zwischenzeitlich Gerlach zu erreichen. Wenn möglich, sollte er dabei sein. Dann können Sie alles besprechen und später einen kompletten Plan ausarbeiten, den ich der Klinikleitung vorlegen kann. Was dann noch zu klären ist, machen wir danach. Denn", überlegte Brader laut, „Sie werden wohl ein bisschen etwas verdienen wollen, nicht wahr Herr Gullis?"

Benno guckte perplex. „Ja", kam es gedehnt, „das wird vor allem notwenig sein. Ich habe nämlich keine Ahnung, wo ich nach meiner Entlassung wohnen kann. Es gibt also einige Punkte, die der Klärung bedürfen."

Bevor Hermine dazwischen plappern konnte, trat Brader sie nachdrücklich auf den Fuß und sie hielt vorsichtshalber den Mund. Der Arzt würde wissen, warum sie ihre Gedanken noch nicht preisgeben sollte. Mit einem Lächeln wandte sie sich zur Tür. „Nun, dann bis gleich. Wir sehen uns."

*

Der Kommissar zog sich einen Stuhl heran und setzte sich neben seine Sekretärin. Gemeinsam gingen sie noch einmal alle Punkte durch. Nach einer halben Stunde reckte er sich und meinte: „Nun, das ist insofern aufschlussreich, als dass wir jetzt die Sicherheit haben, dass Annelo Mathern die Bibliothekarin umgebracht hat. Der Grund liegt vermutlich in irgendeiner Erbschaftsangelegenheit, die noch zu klären wäre. Fest steht, dass Tellhaber *davon* nichts wusste. Er war auch völlig perplex, als ich den Spind öffnete und er das Kokain und das Geld sah. Wo kommt das her?"

Helga Mittland zuckte die Achseln und spielte hingebungsvoll mit Sauerteiges Brieföffner. Es war Zufall, dass Deterlich ihr gedankenverloren zusah und plötzlich wie elektrisiert hochsprang. „Mittländerin, woher stammt dieser Brieföffner?"

Erschrocken ließ seine Sekretärin ihn auf die Schreibtischplatte fallen und erwiderte: „Ich glaube… hm… von Sauerteig. Den habe ich wohl ganz in Gedanken heute Vormittag, als ich die Post bei ihm im Büro für Gundi öffnete, mitgenommen. Warum?"

„Weil das genau das Muster ist…" Der Kommissar schluckte. „Frau Mittland, das darf alles gar nicht wahr sein. Dieser Brieföffner", begann er den Satz von vorne, „trägt genau das gleiche Muster der Mordinstrumente, das einmal in Helene Matthies Rücken steckte, das zum zweiten Ibo Golalal den Garaus machte und zum Dritten, Annlo Mathern ins Jenseits beförderte. Außerdem trug sie eine solche Spitze in ihrer Handtasche mit sich herum. Das hat einer der Kunden aus der Bar *Kajüte* unserer Frau Doktor Angelika erzählt." Und völlig zusammenhanglos fragte er noch: „Was ist eigentlich mit Gundula Fabbri?"

Helga Mittland setzte sich vorsichtig wieder hin und atmete erst einmal tief durch. „Um mit der Beantwortung Ihrer zweiten Frage zu beginnen: Gundi meldete sich heute früh krank. Es ginge ihr nicht gut. Sie hofft, morgen wieder im Büro zu sein. Und was Ihre Ausführungen wegen des Brieföffners angeht, Herr Kommissar", verfiel Sie in einen absolut distanziert geschäftlichen Ton, „das kann ich nicht glauben. Das würde ja bedeuten, dass Sauerteig…!"

„Psst! Liebe Mittländerin – ich kann das auch nicht glauben. Einmal, weil es mir einfach fern liegt, sozusagen einem Kollegen derartige Untaten zuzutrauen und zum anderen, weil es in meinen Augen überhaupt keinen Sinn macht. Warum? Das frage ich Sie! Warum?"

Die Sekretärin stützte ihren Kopf auf die Hände und Deterlich sah Benno Gullis vor seinem geistigen Auge. Der hatte die gleiche Haltung inne, wenn er an irgendetwas herumkaute. Und die Mittländerin kaute auch. „Herr Kommissar", schüttelte sie sich, „das kann nicht sein! Wir müssen irgendwo einen Denkfehler gemacht haben. sollen wir nicht noch einmal von vorne anfangen?"

Rolf Deterlich wollte gerade ablehnen, da klingelte das Telefon.

„Rolf? Bist du dran?", kam die aufgeregte Stimme von Doktor Angelika.

„Was gibt's, Pen? Du hörst dich total aufgelöst an."

„Ich *bin* total aufgelöst! Heute Mittag fuhr ich kurz nach Hause, weil ich mich umziehen wollte. Ich hatte einfach das Gefühl, aus allen Poren nach Tod zu riechen und musste einen anderen Geruch in die Nase bekommen. Abgesehen davon, überlegte ich mir, dass es mit einem Essen daheim ohnehin nichts würde und wir vielleicht gleich vom Präsidium aus zum Italiener fahren könnten. Da wollte ich nicht vorher noch nach Hause. Ja, und als ich dort ankam und den Briefkasten öffnete, um die Post gleich mit in die Wohnung zu nehmen, lag ein Stein darin. Eingewickelt in ein Stück Papier; du weißt, wie er schon mal durch das Badezimmerfenster geflogen ist. Aber diesmal", schluckte Pen, „steht was drauf…!"

„Nämlich?"

„Du bist die Nächste, wenn du dich nicht ganz fein zurückhältst."

„Was soll denn das bedeuten?" Wütend muffelte Rolf in den Hörer, dass der Schreiber wohl nicht alle Tassen im Schrank haben könne. Immerhin hätte sie, Penelope, gar nichts getan.

„Außer ein paar Leichen obduziert. Und, nicht zu vergessen, dass die Betroffenen alle auf die gleiche Weise ums Leben kamen."

Betroffen schnappte Rolf Deterlich nach Luft. „Da ist was dran. Hast du das Papier angepackt? Klar", beantwortete er seine Frage gleich selbst, „sonst könntest du ja nicht wissen, dass diesmal was darauf geschrieben stand."

„Und was soll ich jetzt tun?", fragte Penelope kleinlaut. Sie hatte schlichtweg Angst und der Kommissar bemerkte das. „Ich glaube, ich schicke dir erst einmal meine Sekretärin vorbei, damit jemand mit dir gemeinsam im Hause ist. Außerdem werde ich Kanter in Bewegung setzen. Er soll mir bitte das Papier und den Stein bringen. Ich will versuchen, von Jetzt auf Gleich eine DNA anfertigen zu lassen und vor allen Dingen soll er Fingerabdrücke nehmen. Das heißt, so schnell es eben geht. Ich habe keine Ahnung, wie lange man dazu braucht. Und dafür", wandte er sich an Helga Mittland, „lassen Sie mir bitte diesen Brieföffner hier."

„Wenn aber Sauerteig danach fragt?"

„Dann wissen Sie ganz einfach nicht wo er ist. Er soll gefälligst auf seine Sachen aufpassen oder *seine* Sekretärin fragen. Die Gundi ist ja Morgen wieder da."

„Aber die hat von allem, was hier läuft, überhaupt keine Ahnung."

241

„Genau. Und das ist auch gut so. Sie wird ihm ganz offen sagen, dass sie den Öffner nicht hat und auch nicht weiß, wo er ist."

„Ach so", atmete Frau Mittland auf, „das ist natürlich wahr. So, dann fahre ich mal zu Frau Doktor Angelika."

Deterlich gab noch einmal kurz Bescheid zu der am anderen Ende der Leitung wartenden Penelope, nickte dann und sagte zu seiner Sekretärin: „Und sonst … absolut kein Wort. Wir wissen nicht, was die Analyse ergibt. Vielleicht tun wir mit all unseren Gedanken einem Menschen ganz furchtbar unrecht. Also still. Aber ich brauche noch irgendetwas von ihm. Wir müssen ja eine Vergleichsmöglichkeit haben."

„Etwas aus dem Papierkorb"

„Hm, was ist drin?"

„Unter anderem ein Papiertaschentuch."

„Her damit. Packen Sie es bitte auch nicht mit Ihren bloßen Händen an…"

Helga Mittland verschwand und kam wenige Minuten später mit einem Tempotuch und einem anderen, zusammen geknüllten Stück Papier, an dem auch ein paar Haare klebten, zurück. „Mehr konnte ich aus dem Papierkorb nicht rausnehmen, ohne dass es auffällt."

„Das müsste reichen. Ich setze mich jetzt mit Oliver Klemm in Verbindung. Aus dieser Geschichte sollten wir Frau Doktor Angelika heraus halten. Sie steht eh kurz vor einem Kollaps."

„Das sehe ich auch so."

Der Kommissar machte sich auf den Weg zu Oliver Klemm, der gerade im Begriff war, den Sezierraum zu verlassen. Erstaunt blickte er auf den Kommissar und bemerkte: „Die Frau Doktor ist aber nicht da."

„Das weiß ich, Oliver. Ich habe eine Bitte an Sie. Vor zwei Minuten habe ich Kanter, Schwarz und die Mittländerin zur Frau Doktor geschickt. Sie ist daheim, weil sie sich eigentlich nur kurz umziehen wollte. Bei der Gelegenheit machte sie den Briefkasten leer und dabei fiel ihr eine Drohung in die Hände. Ein Blatt Papier, um einen flachen Stein gewickelt."

„Aber Herr Kommissar! Das hatte sie doch schon einmal. Bloß stand da nix drauf!"

„Diesmal steht aber was drauf. Nämlich die Worte: *Du bist die Nächste, wenn du dich nicht ganz fein zurückhältst.* Und deshalb habe ich Kanter gebeten, dieses Etwas hierher zu bringen und Sie möchte ich bitten, eine DNA anzufertigen. Dazu habe ich hier noch anderes Material, damit wir vergleichen können und, weil es wahrscheinlich schneller geht, auch die Fingerabdrücke zu sichern. Ich hoffe, damit kommen wir vielleicht einen Schritt weiter. Die DNA ist dann die letzte Sicherheit."

Oliver Klemm sah den Kommissar fragend an; der zuckte jedoch die Schultern und meinte: „Leider kann ich Ihnen nicht mehr sagen. Auch wenn es ungewöhnlich ist, aber ich hoffe, Sie können es auf Basis dieser Angaben machen."

„Weil Sie es sind, Kommissar, normalerweise brauche ich dazu einen Auftrag und zwar von Sauerteig unterschrieben."

Daran hatte Deterlich nicht gedacht. Äußerlich ganz ruhig nickte er. „Den werde ich, so schnell es geht, von ihm besorgen. Dafür müsste ich aber wissen, wo er ist. Ich habe ihn in den letzten Tagen kaum zu Gesicht bekommen."

Oliver nickte ebenfalls. „Ich auch nicht. Er lässt sich zwar sowieso nicht allzu oft hier unten sehen, aber das fällt sogar mir auf. Irgendwas scheint mit dem nicht zu stimmen. In den letzten Wochen macht er einen unheimlich zerstreuten Eindruck und klebt bei jeder Kleinigkeit an der Decke. Ich weiß auch nicht, was der hat. Vielleicht Ärger mit seiner Frau – soll ja ein hübscher Junge sein."

Der Blick, den der Kommissar Oliver Klemm zuwarf, sprach Bände. „Mensch, sagen Sie das bloß nicht laut. Der hat doch 'ne Frau, oder etwa nicht?"

„Klar ist der verheiratet; er hat sogar zwei Kinder. Die Familie ist doch auf dem Foto in seinem Büro vereint. Bloß, dass die Kinder nicht die Seinen sind, die hat seine Frau mitgebracht. Die war vor ihm nämlich schon einmal verheiratet. Ihr Mann ist bei einem Unfall ums Leben gekommen und, soweit ich weiß, hat sie Sauerteig geheiratet, obwohl sie wusste, dass er mit ihr eine Alibi-Ehe einging."

„Aber warum denn das bloß! Danach fragt doch heute kein Mensch mehr."

„Heute nicht. Aber damals, als Sauerteig unbedingt auf der Karriereleiter nach oben wollte, da wären ihm seine sexuellen Vorlieben zum Verhängnis geworden. So hat die Frau einen Ernährer und Vater für ihre Kinder gefunden und er konnte ungehindert seiner Neigung nachgehen. Ibo Golalal war dann wohl der Letzte seiner Gespielen."

Deterlich sah den Pathologiegehilfen wie ein giftiges Reptil an. „Das haben Sie alles gewusst?", fragte er. „Wieso weiß ich das nicht?"

„Sie haben nie danach gefragt, Kommissar, und warum sollte ich über etwas reden von dem ich annahm, dass es Ihnen bekannt ist."

„Da haben Sie natürlich auch wieder Recht. Weiß die Frau Doktor das auch?"

„Das entzieht sich meiner Kenntnis. Wir haben jedenfalls nie darüber gesprochen."

Rolf hatte das Gefühl, die Welt krachte über ihm zusammen und er musste unbedingt raus. Raus – irgendwo hin! „Wir sehen uns, Oliver. Geben Sie mir bitte Bescheid, wenn Sie ein Resultat haben, egal, wie es ausfällt", fügte er unnötigerweise hinzu.

*

Zwei Tage später. Es war Zufall, dass Gundi der Frau Doktor regelrecht in die Arme lief. Sie kam gerade aus Sauerteigs Büro als Pen ihr auf dem Flur entgegenkam. Die stutzte und sprach Gundi, die sich mit einem gemurmelten *Guten Tag Frau Doktor* an ihr vorbeimogeln wollte, an: „Hoppla, Gundula, was ist los mit Ihnen? Ich habe Sie ein paar Tage nicht gesehen und aussehen tun Sie, na ja, um es milde auszudrücken, nicht gerade umwerfend. Sie sind doch wohl nicht krank?"

Gundi blieb nichts anderes übrig als stehen zu bleiben. Sie schluckte und antwortete: „Nein, Frau Doktor Angelika, bin ich nicht. Ich –ich bin schwanger! Und", brach es wie ein Schwall aus ihr heraus, „von Leonhard Angelika da Vinci. Aber glauben Sie mir, ich habe nicht gewusst, dass er Ihr Mann war… ist. Ich habe es wirklich nicht gewusst, sonst hätte ich mich doch niemals mit ihm eingelassen. Mit einem verheirateten Mann! Aber ich kannte ihn nur unter dem Namen *da Vinci*."

Penelope legte beruhigend ihre Hand auf Gundula Fabbris Schulter. „Psst – nicht so aufregen. Liebe Gundi, ich weiß, dass da einige unglückliche Umstände zusammen gekommen sind. Abgesehen davon, dass ich bereits von ihrer Schwangerschaft Kenntnis habe, Helga Mittland hat es mir berichtet, weiß ich auch, dass Sie nicht den vollständigen Namen von Leonhard Angelika da Vinci kannten. Außerdem", und nun musste Pen ein wenig schmunzeln, „Sie konnten natürlich auch nicht wissen, dass Leonhard und ich zwar noch immer verheiratet sind, doch schon seit zwei Jahren getrennt leben. Sehen Sie, im Grunde haben weder Sie noch er sich etwas zuschulden kommen lassen, falls man in der heutigen Zeit davon überhaupt noch reden kann. Was ich viel weniger verstehe ist die Tatsache, dass Sie, wie ich hörte, schon einmal schwanger waren und eine Abtreibung vornehmen ließen. Warum denn das? Zumal doch Ibo Golalal sicherlich gut für sein Kind hätte sorgen können." Penelope wagte einen Schuss ins Blaue und beobachtete scharf, wie Gundula Fabbris Gesicht sich veränderte. Grenzenloses Erstaunen spiegelte sich darin und dann kam es auch schon: „Um Himmels Willen, wer hat denn in die Welt gesetzt, dass ich von Ibo schwanger gewesen wäre? Gott und die Menschheit wissen, vielmehr wussten doch, dass der vom anderen Ufer war. Nein", schüttelte Gundi den Kopf, „es tut mir leid, Frau Doktor, aber das erste Mal war auch von Ihrem Mann. Da ich aber erst zu diesem Zeitpunkt erfuhr, dass er verheiratet war, habe ich das Kind wegmachen lassen. Allerdings wusste ich damals nicht,

245

dass er Ihr Mann war und jetzt dachte ich, er sei geschieden. Es gab soviel, was ich nicht wusste. Und", Gundi schluckte erneut, „glauben Sie mir Frau Doktor, „ich habe, zusammengerechnet, Tage und Wochen damit zugebracht, mich in Grund und Boden zu schämen."

„Was nicht erforderlich war oder ist. Ich glaube, wir hätten eher miteinander reden sollen. Nur, da ich keine Ahnung von der verzwickten Situation hatte, konnte ich auch nicht auf Sie zukommen. Vielleicht…" Penelope sah ihr Gegenüber nachdenklich an, „vielleicht wäre ein kleines bisschen Vertrauen gar nicht so schlecht gewesen. Aber da Sie das nicht hatten, muss ich mich wohl an der eigenen Nase zupfen. Es scheint, als sei ich ein Mensch, der den Eindruck einer verschlossenen Auster macht." Penelope Angelika betrachtete den Anstrich im Flur. „Ich weiß nur nicht, was mich an der ganzen Geschichte, zum Beispiel auf Ibo bezogen, so stört. Es sind insgesamt drei Menschen gestorben. Die Bibliothekarin war die Erste. Nun, der Mörder, beziehungsweise die Mörderin, steht fest. Es war eindeutig Annelo Mathern. Über das Warum können wir nur rätseln, dieses Geheimnis hat sie, sicherlich nicht freiwillig, mit ins Grab genommen." Pen hütete sich, über die Verdachtsmomente gegen Sauerteig zu sprechen, die beiden fraglichen Todesfälle ließ sie derzeit außen vor. Doch Gundula kam von selbst darauf. Ihr war das eigenartige Gebaren ihres Chefs genauso aufgefallen und sie machte sich gewisse Gedanken. Allerdings gingen die in eine völlig andere Richtung. Das Verhältnis zwischen Ibo und Sauerteig schien ihr zwar bekannt zu sein, doch stufte sie das als unwichtig ein, was aus ihrem Kommentar eindeutig hervorging. „Wissen Sie Frau Doktor, ich kann einiges dabei nicht verstehen. Mein Chef war mit Ibo, hmm – ehh – näher bekannt, aber sein Verhalten in der letzten Zeit, ich weiß nicht, er tut so, als wäre durch die Tatsache, dass wir unseren Polizeiarzt verloren haben, eine ganze Welt zusammen gebrochen. Seine Welt. Dabei wurde ich öfters Zeuge, dass die beiden sich angeschrien haben. Durch die gepolsterte Tür drang die Schreierei heraus, doch ich konnte nicht verstehen, um was es ging. Leider", fügte sie hinzu. „Vielleicht wären wir jetzt schlauer."

Pen musste ihr Recht geben, Doch sie hielt sich nach wie vor bedeckt. „Lassen Sie es gut sein, Gundi, halten Sie vor allen Dingen den Kopf oben und denken Sie an Ihr Kind. Ich hoffe, dass alles glatt geht und dass Leonhard, nannte Pen ihren Noch-Ehemann beim Vornamen, ein guter Vater wird. Für uns war es wohl besser, dass wir keine Kinder bekamen. Und es kann durchaus sein, dass er in dem Bewusstsein, demnächst die Verantwortung für ein Kind zu haben, ein völlig anderer Mensch wird." *Alt genug ist er ja,* fügte sie in Gedanken hinzu und reichte Gundula die Hand. „Wir sehen uns; und wenn etwas ist, kommen Sie getrost zu mir. Keine Angst! Die Phase, wo etwas wehtat, ist lange vorbei. Innerlich habe ich mich schon vor vielen Monaten von ihm getrennt. Endgültig. Der letzte Schritt ist die Scheidung, vor wenigen Tagen in die Wege geleitet. " Damit drehte sie sich um und ging in den Sezierraum zurück. Sie musste allein sein. Nicht, dass ihr das Geständnis von Gundi zugesetzt hätte, das war es nicht, aber sie überlegte, wie verschiedene Fakten zusammenpassten und beschloss, nachdem sie sich alles notiert hatte, mit diesem Wissen zu Rolf zu gehen. Damit gäbe, die Verdachtmomente gegen Sauerteig einbezogen, der Mord an Ibo einen Sinn, da eventuell Eifersucht zugrunde gelegt werden könnte. Irgendjemand hatte es darauf angelegt, einen Keil zwischen beide Männer zu treiben und dem Kripochef erzählt, dass seine Sekretärin ein Kind von Ibo bekäme. Immerhin, unter den derzeitig bekannten Gesichtspunkten wäre das eine Möglichkeit. Trotzdem war das Ganze für Pen nach wie vor unvorstellbar. Sie nahm ihre Notizen und verließ das Büro.

*

Die Hände tief in den Taschen seines leichten Übergangsmantels vergraben, lief der Kommissar am nächsten Vormittag wieder einmal um den Steinbücheler Teich. Heute hatte er kein Auge für die Enten,

die elegant auf dem Wasser landeten und auch nicht für Elstern, die über ihm einen Höllenlärm machten. In seinem Kopf spukte nur der eine Gedanke: Es war wirklich Sauerteig. Die Beweise waren eindeutig. Trotzdem konnte er es nicht fassen. Abgesehen davon, dass der Täter sein Chef war, versuchte er immer wieder nachzuvollziehen, was ihn dazu animiert haben könnte. Wie kommt ein gut situierter Beamter dazu, einen Kollegen und eine Bardame umzubringen, die, außer der Tatsache, dass Annelo Mathern dem Polizeiarzt ab und zu eine Marihuana-Zigarette verkaufte, zumindest nach derzeitigem Augenschein, nichts miteinander zu tun hatten. Vor seinem geistigen Auge sah er immer noch Oliver Klemm, der ihm die Ergebnisse mit einem total versteinerten Gesicht in die Hand drückte. „Hier, Herr Deterlich", sagte er zu ihm, „ich kann das nicht glauben, obwohl der Beweis eindeutig ist. Die Fingerabdrücke auf den Mordinstrumenten stimmen mit denen, an Sauerteigs Brieföffner einwandfrei überein. Die DNA liegt noch nicht vor, aber ich denke…"
Klemm ließ den Rest des Satzes in der Luft hängen. Der Kommissar verstand auch so, was er sagen wollte.
„Warum Oliver? Sagen Sie mir um Himmels Willen warum?"
Der junge Pathologe zuckte die Achseln. „Ich weiß es nicht, Herr Kommissar. Das wird wohl das Schwierigste an der Aufgabe sein, herauszufinden, warum es soweit kommen konnte. Allein die Tatsache, dass Sauerteig nur eine Alibi-Ehe führte, kann nicht der Grund für zwei Morde sein."

Wortlos hatte Deterlich sich umgedreht und den Sezierraum verlassen. Er wollte allein sein und mit sich insoweit ins Reine kommen, dass er seinem Chef gegenübertreten konnte. Die Kollegen hatten in den vergangenen Tagen ohnehin Probleme mit Sauerteig. Er war nur selten im Büro, sah grauenvoll aus und tobte bei jeder Kleinigkeit los. Sein Gesicht hatte eine auffallend graue Tönung, als habe er nächtelang nicht geschlafen. Wenn man ihn fragte, wohin er ginge, wenn er sein Büro verließ, bekam man eine unwirsche und nichts sagende Antwort. Anschließend war er stundenlang nicht aufzufinden. Rolf Deterlich zog sein Handy aus der Tasche und rief Pen an. Die meldete sich umgehend und er hörte, dass im Hintergrund gesprochen wurde. „Wo bist du?", fragte er und Penelope gluckste. „Ist das nicht komisch", meinte sie, „früher hat man ein Telefonat mit den Worten, *hallo, wie geht es dir?* begonnen und heute fragt man erst einmal wo sich der Gesprächspartner aufhält."

Trotz seiner miserablen Verfassung musste Rolf lachen. „Da ist was dran", sinnierte er, „aber ich frage dich trotzdem noch einmal, wo du bist."

„Bei Harald Schuster. Wir besprechen gerade die Einzelheiten bezüglich des Erscheinungstermins vor Gericht und ich bin der Ansicht, dass er diese Geschichte für mich übernehmen soll. Ich habe keine Lust, meinem Noch-Ehemann zu begegnen. Es gibt von meiner Seite auch nichts mehr, was ich persönlich mit ihm besprechen müsste."

„Sei vorsichtig, Penelope", sprach Rolf die Ärztin mit ihrem vollen Namen an, was darauf hindeutete, dass er Schwierigkeiten sah, die sie vielleicht wegwischen wollte. „Denke daran, auch du hast etwas zu verlieren. Unter Umständen viel Geld."

„Das glaube ich deshalb nicht, weil Harald sehr genau weiß, worauf es mir ankommt. Er wird es schon machen. Aber sag mal warum rufst du an? Du wusstest doch, dass ich heute Vormittag nicht im Büro sein würde."

Der Kommissar holte tief Luft und räusperte sich: „Jaaa", zog er den Satzbeginn in die Länge, „erst einmal lieben Dank für deine Informationen, die du über Gundula Fabbri ermitteln konntest; aber wir haben den Mörder von Ibo Golalal und Annelo Mathern…"

Pen hielt den Atem an. „Und…wer?"

„Ohne Zweifel Hartmut Sauerteig."

„Nein!!!"

„Doch Pen. Ich kann es selbst noch nicht glauben, aber die Fingerabdrücke sind eindeutig. Wir müssen jetzt nur noch die DNA abwarten, dann gibt es kein Wenn und Aber mehr."

Penelope Angelika war so schockiert, dass sie aufstöhnte: „Mein Gott! Ich habe ihn zwar nie leiden können, aber das…!"

„Ja, Pen – aber das. Wir sehen uns nachher?"

Deterlich konnte förmlich sehen, wie sie am anderen Ende nickte und schaltete das Handy aus. Langsam steuerte er die nächste Bank an und setzte sich. Aus seiner Manteltasche zog er den DIN-A-4-Bogen, den Klemm ihm in die Hand gedrückt hatte und versuchte noch einmal, verschiedene Zusammenhänge zu konstruieren. Nach einer halben Stunde stellte er fest, dass er sich auch in dieser ruhigen Umgebung nicht konzentrieren konnte, ging zum Auto zurück, schloss die Fahrertür auf, ließ sich auf den Sitz fallen, startete den Wagen und fuhr zurück zum Präsidium.

Oliver Klemm stand vor dem Gebäude und blickte angestrengt über den Parkplatz. Endlich sah er den Wagen des Kommissars einbiegen, atmete tief durch und ging auf das Fahrzeug zu. „Endlich Herr Kommissar. Ich habe mir Sorgen gemacht, als Sie so Hals über Kopf davon stürmten."

Müde fuhr Deterlich sich über das Gesicht. „Danke Oliver, das ist nett von Ihnen. Ich bin, zugegeben, in keiner sonderlich guten Verfassung, weil ich immer noch nicht begreifen kann, dass er es wirklich gewesen sein soll. Nach wie vor hoffe ich, dass die ermittlungsdienstlichen Erkenntnisse auf einem Versehen beruhen. Das wäre zu schön."

Klemm lächelte ein wenig säuerlich. „Das wäre das erste Mal, dass uns ein Fehler zum Vorteil gereichen würde, wie?"

„Ja, das wäre wirklich das erste Mal. Ist Frau Doktor Angelika schon wieder zurück?", fragte er im gleichen Atemzug.

„Nein. Sie rief vor ungefähr fünfzehn Minuten an und teilte uns mit, dass sie erst am frühen Nachmittag erscheinen könnte."

Der Kommissar nickte. „Das ist mir in diesem Fall auch ganz recht. Ich werde jetzt mal Sauerteig suchen. Vielleicht weiß Gundula Fabbri, wo sie ihren Chef finden kann."

„Eher nicht – der verschwindet seit einiger Zeit immer, ohne etwas zu sagen. Außerdem sieht der Mann grauenhaft aus. Seine Auftritte, sein Äußeres und die Tatsache, dass er auch daheim nie ans Telefon geht, wenn mal einer von uns anruft, spricht dafür, dass alles wohl wirklich so ist, wie wir es herausgefunden haben. Und, ach ja! Das hätte ich beinahe vergessen. Die Frau Doktor hatte doch den Zettel mit dem Stein bei uns abgegeben, da sind ebenfalls seine Fingerabdrücke drauf. Allerdings auch noch ein paar andere. Zwei davon stammen von Frau Doktor selber und die beiden restlichen können wir nicht zuordnen. Wer immer das Papier sonst noch in den Händen gehabt hat, er oder sie ist nicht registriert. Unklar ist nur, warum er unsere Pathologin bedroht. Die hat doch damit nun wirklich nichts zu tun."

„Da bin ich nicht so sicher. Ich könnte mir vorstellen, dass Sauerteig erreichen wollte, dass sie von den Fällen abgezogen wird; immerhin lag eindeutig auf der Hand, dass sie früher oder später ebenfalls auf die Zusammenhänge stoßen würde."

„Nun gut, aber er musste sich doch auch klar darüber sein, dass, wenn die Frau Doktor sie nicht findet, es ein anderer sein würde. In diesem Fall ich."

Deterlich konnte Olivers Gedankengänge nur bestätigen; dann ging er in sein Büro. Ausgelaugt setzte er sich hinter seinen Schreibtisch und breitete erneut die zusammengetragenen Schriftstücke aus.

Auch die Akte von Bruno Gullis holte er aus dem Tresor und dachte, dass er wohl doch nichts übersehen hatte. Benno war eindeutig an gar nichts beteiligt. Abgesehen davon, dass er Annelo Mathern identifiziert hatte und er selbst in einer Entzugsklinik versuchte, sein Leben wieder in den Griff zu bekommen; ihm war nichts Ehrenrühriges vorzuwerfen. Aufseufzend legte er diese Akte beiseite. Der Fall war für ihn abgeschlossen. Als nächstes nahm er sich noch einmal Helene Matthies vor. Sie wurde eindeutig von der Mathern umgebracht und Helga Mittland hatte in mühevoller Kleinarbeit herausgefunden, dass die beiden Frauen Schwestern, beziehungsweise Halbschwestern waren. Warum diese Verwandtschaft tödlich ausgehen musste, stand außerdem noch im Raum. Seine Mittländerin vermutete, dass Geld dahinter stecken könnte. Aber wieso? Annelo Mathern hatte offensichtlich mit Rauschgift gehandelt. Der Inhalt ihres Garderobenspinds sprach dafür. Sowohl das Kokain als auch die Summe Bargeld, die sie dort aufbewahrte, waren eindeutige Beweise. Doch was hatte Helene Matthies damit zu tun? Die arme, ältliche Bibliothekarin war sauber wie ein neugeborenes Kind. Wie geistesabwesend kaute Rolf auf seinem Kugelschreiber herum und begann, noch einmal von vorne, die Verästelungen aufzuzeichnen.

Helene und Annelore waren Halbgeschwister. In diesem Fall hatten sie die gleiche Mutter, aber zwei verschiedene Väter. Das Stammbuch, was Annelore Mathern im doppelten Boden ihrer Handtasche aufbewahrte, besagte, dass sie diesen Namen zu Unrecht trug – wie immer sie an dazugehörende Papiere kam. Sorgfältig legte Rolf die einzelnen Abschnitte zueinander und zeichnete einen Lebensbaum. Und da! Da war genau das, was sie bislang übersehen hatten. Thekla Louise Matthies, die Mutter, war einmal verwitwet, heiratete später ein weiteres Mal und zwar, wie es aussah, den Vater ihrer zweiten Tochter Annelore. Dieser hieß Matthies und besaß eine Molkerei sowie eine Käsefabrik. Annelore war sein leibliches Kind, Helene wurde von ihm adoptiert. *Tja* – dachte Deterlich – *jetzt wissen wir es. Adoptivkinder sind genauso erbberechtigt wie leibliche Kinder und Annelo wollte nicht teilen. So wird's gewesen sein.* Immerhin stand hinter der Familie Matthies obendrein ein relativ großes Landgut und solides Kapital. Das wollte die leibliche Tochter allein. Nur deshalb musste die Schwester aus dem Weg geräumt werden. So unsinnig das auch war; es wäre für beide mehr als genug vorhanden. Seufzend stellte der Kommissar fest, dass es so gewesen sein könnte – eindeutig zu beweisen war es nicht. Durch den Tod der Mörderin waren auch die Möglichkeiten, endgültige Klarheit zu bekommen, auf ein Nichts zusammen geschrumpft. Trotzdem war er zufrieden.

Irgendwie schien es logisch und Deterlich war bereit, diese Logik zu akzeptieren. Blieb der nächste Mord an Ibo und dann der letzte Todesfall: Annelo Mathern selbst. Er nannte sie immer noch Mathern; die Frau in Gedanken umzutaufen, rief bei ihm insofern Schwierigkeiten hervor, als dass er einfach mit den Personen durcheinander geriet. Diese Zettel stapelte er sorgfältig aufeinander, sicherte die Reihenfolge mit einer Büroklammer und legte alles zur Seite. Dann nahm er sich den Fall Ibo Golalal vor. Vor seinem geistigen Auge erschien sein polizeiärztlicher Mitarbeiter und der Kommissar musste schlucken. Gut, es war nicht immer ganz problemlos gewesen, mit ihm auszukommen, doch so im Nachhinein: es gab schlechtere Kollegen. Da brauchte er sich nur dessen Nachfolger anzusehen. Dieser Hannes Mehring, furchtbar. Abgesehen davon, dass der alles tat, um der Frau Doktor das Leben schwer zu machen. Es gab kaum ein pathologisches Gutachten, an dem dieser Arzt nicht herummäkelte. Selbst wenn er die Fälle gar nicht bearbeitete. Mehring konnte Frauen im Allgemeinen nicht leiden und Frau Doktor Penelope Angelika war ihm ein besonderer Dorn im Auge. Sie war topp in ihrer Arbeit und er konnte sie nicht ignorieren. Nun wählte er eben einen anderen Weg. Mobbing. Ratlos blickte er auf die einzelnen Papierschnitzel, die Helga Mittland vorsortiert hatte. Er breitete wieder alles aus und begann mit der Zeichnung eines weiteren Lebensbaumes. Sorgfältig platzierte er die Familie von Ibo, dessen Frau und Sohn, neben den verstorbenen Kollegen und vermerkte, dass die Frau schon vor einigen Jahren wieder in ihr Heimatland zurückgeholt worden war. Ein Onkel von Ibos Frau Layla hatte das bewerkstelligt; die Passagierliste hatte Helga Mittland auch noch bei der Fluglinie ausfindig gemacht. Zumindest Frau Golalal war also wieder daheim und Ibo allein oder mit Sohn (?) in Deutschland zurück geblieben? Wie er inzwischen von verschiedenen Seiten hörte, soll sein Kollege diese Frau nur unter Zwang geheiratet haben, was natürlich einerseits irgendwie erklärte, dass sie schnellstens das Weite gesucht hatte, obwohl sie als verbrieftes Eigentum ihres Mannes keinerlei Rechte hatte, außer dem, immer und überall gehorsam zu sein.

In diesem Zusammenhang kam Deterlich die zerdepperte Tasse wieder in den Sinn und er beschloss, noch einmal in Sauerteigs Büro zu gehen. Unter Umständen befand sich dort etwas, das hilfreich sein könnte. Gegen jede Vernunft hoffte er immer noch, dass die ermittlungstechnischen Erkenntnisse auf einem Irrtum beruhten. Das konnte einfach nicht sein! Gut, Sauerteig war ein ausgemachtes Ekel, immer schon, aber ein zweifacher Mörder?
Tief in Gedanken überquerte er den Flur, um zum Büro seines Vorgesetzten zu kommen. Er vergewisserte sich, dass alle anderen Bürotüren verschlossen waren und überlegte, was er sagen sollte, falls sein Boss doch anwesend wäre. Gundula Fabbri war jedenfalls nicht am Platz. Sie hatte ein Schildchen aufgestellt, dass sie gleich wieder zurück sei. Damit rechnete er und außerdem könnte er, sobald er diese Tür hörte, durch eine weitere, die direkt auf den Flur führte, verschwinden.
Sorgfältig sah Deterlich sich in dem Raum um. Er machte einen unbewohnten Eindruck und es dauerte ein paar Minuten, bis dem Kommissar klar wurde, dass dieses Büro auch unbewohnt *war*. Von einer unerklärlichen Hektik befallen, ging er zu Sauerteigs Schreibtisch, fand ihn offen und ratzekahl ausgeräumt. Fassungslos registrierte er, dass auch sein Garderobenschrank keinen Hinweis mehr darauf enthielt, dass in diesem Raum jemand seinen Arbeitsplatz hatte. Nur ganz unten, in der hintersten Ecke, stand ein kleiner Karton. Neugierig geworden zog er ihn nach vorne und schaute nach dem Öffnen verdutzt auf mindestens ein Dutzend Brieföffner – genau diese Brieföffner, deren Herkunft er sich nicht erklären konnte. Der Kommissar hob den Karton auf und ging zum Schreibtisch zurück. Nur ganz kurz durchzuckte ihn der Gedanke, was er sagen würde, wenn Sauerteig nun doch plötzlich im Büro stünde. Es war nur ein gedanklicher Anflug, tief im Innern war ihm klar, dass sein Chef dieses Büro nicht mehr betreten würde. Er schien zu wissen, dass man ihm auf die

Spur gekommen war, was gleichzeitig die Frage aufwarf, wo er sich derzeit aufhielte. Nachdenklich räumte er den Karton bis auf den Grund aus und fand eine kleine Grußkarte mit einem Batikmotiv:

Lieber Hartmut,
du weißt ja manchmal nicht, was du deinen Besuchern als Werbe-
geschenk in die Hand drücken könntest; der Polizei sind ja
diesbezüglich enge Grenzen gesetzt. Da habe ich gedacht, so ein
Brieföffner ist mal was Anderes. Nicht wertvoll, aber außer-
gewöhnlich, weil er aus Brasilien stammt und dieses
Motiv in Deutschland unbekannt ist.
Vielleicht freut es dich ja.
Liebe Grüße deine „Zweite"

Ein Karton Brieföffner von seiner zweiten Ehefrau. Er nahm das Familienbild in die Hand, betrachtete die Dame und wunderte sich, daß ihm zuvor nicht aufgefallen war, dass sie anscheinend keine Deutsche ist. Die Mordwaffen stammten also aus Brasilien; nun, Frau Sauerteig wusste bestimmt nicht, dass mit diesen Utensilien insgesamt drei Morde begangen wurden. Mit einem der Brieföffner in der Hand ging er ins Vorzimmer zurück. Bei Gundi in der Bleistiftschale lag auch ein solches Exemplar. Schockiert setzte er sich auf den Besucherstuhl und angelte sich das Telefon herüber. Nach einigen Wahlversuchen, weil am anderen Ende immer besetzt war, bekam er endlich seine Sekretärin an die Strippe. „Mittländerin", seufzte er in die Muschel, „könnten Sie bitte mal in Gundis Büro kommen – ich glaube, ich habe was gefunden."
Bevor Helga Mittland antworten konnte, legte er auf, lehnte sich zurück und schloss die Augen. In seinem Kopf tobten die Gedanken durcheinander und er schrak förmlich hoch, als sich die Tür öffnete.
„Was ist denn los? Sie klingen, als seien Sie total durcheinander", stürmte die Sekretärin auf Deterlich los.
Der nickte nur. „Bin ich auch. Hier", hielt er ihr den Karton vor die

Nase, „wissen Sie, was das ist?"

„Brieföffner", guckte sie gleichgültig darauf um gleich danach zu rufen: „Mein Gott! Brieföffner! Ein ganzer Karton voll!"

„Genau das – ein ganzer Karton voll! Und wo ist Hartmut Sauerteig jetzt?"

Bevor Helga eine Antwort geben konnte, läutete das Handy in Rolfs Tasche. Missmutig wollte er es ausschalten, weil er jetzt wirklich keinen Anruf gebrauchen konnte, als er sah, dass es Penelopes Nummer war, die im Display blinkte. „Hallo – was ist? Wo bist du?"

Leise und gehetzt kam es aus dem Lautsprecher. „Wo ich bin weiß ich nicht; Sauerteig hat mir offensichtlich daheim aufgelauert. Als ich von Harald Schuster kam, mit dem ich noch kurz ein paar Einzelheiten wegen des Gerichtstermins besprechen musste, bin ich schnell nach Hause, weil ich unsere Einkäufe in den Kühlschrank legen wollte. Ich war nur ein paar Minuten in der Wohnung. Als ich raus kam, stand quer vor meiner Ausfahrt wieder der dunkle Golf; ich guckte rein, doch es saß niemand hinter dem Steuer. Als ich mich aufrichtete spürte ich ein feuchtes Tuch vor Mund und Nase, was fürchterlich stank. Dann warf mir jemand eine Decke über den Kopf und verfrachtete mich in ein Auto. Gott sei Dank blieb ich klar im Gehirn, weil ich eine Weile den Atem anhielt und dann die Möglichkeit bekam, mit einer hochgezogenen Schulter dieses Tuch so anzuheben, dass ich etwas frische Luft kriegte. Der Entführer sprach zwar kein Wort, aber ich weiß, dass es Sauerteig ist. Ich habe den Ring an seiner Hand erkannt und seine Anzughose. So wie es um mich herum riecht und wie sich der Motor anhört, liege ich im Kofferraum meines eigenen Autos. Es war nicht abgeschlossen."

Man konnte hören, in welcher Verfassung Penelope sich befand und Rolf sprach eindringlich auf sie ein: „Pen, pass auf; stecke dein Handy irgendwo an deinen Körper und lasse es eingeschaltet. Bis jetzt scheint er noch nicht auf die Idee gekommen zu sein, dass man dich darüber orten kann. Ich renne sofort rüber in die Radarstation und mache alles mobil, was Auto fahren kann. Wenn es eben geht, versuche ruhig zu bleiben", warnte er Penelope eindringlich. „Wir finden dich, das geht ganz schnell! Und – sage zu allem Ja und Amen, damit er dir nichts tut!"

Helga Mittland, die das Telefonat mitbekam, wartete irgendwelche Anweisungen Ihres Chefs gar nicht erst ab. Sie rannte aus dem Büro, stieß auf dem Flur mit Gundi zusammen, die ihr nur verdutzt hinterher sah und rief: „Wir müssen unbedingt den Sauerteig finden; er hat die Frau Doktor gekidnappt!" Gundula Fabbri schüttelte den Kopf und murmelte: „Inzwischen sind hier wohl alle verrückt geworden."

„Im Gegenteil", knurrte Deterlich, „wir haben noch nie so klar gesehen, wie in den letzten Minuten. Wissen Sie, wo Ihr Chef ist?"

„N-n-nein", stotterte Gundi. „Warum? Der ist in den letzten Wochen sowieso kaum hier und wenn, hat er eine Saulaune. Darauf kann ich verzichten."

Der Kommissar, der auf dem Weg zurück in sein Büro war, bemerkte nur: „Das ist das Einzige, was ich Bezug auf diesen Herrn derzeit wirklich noch glaube." Mit dieser wirren Aussage ließ er die Sekretärin seines Chefs stehen und eilte davon.

Helga Mittland hatte in der kurzen Zeit das gesamte Ermittlungsteam auf Trab gebracht. An Deterlich vorbei rannten bereits verschiedene Streifenpolizisten, außerdem Kanter, Schwarz, Hollmann und Oliver Klemm. Letzterer hatte den Sezierraum nur abgeschlossen und rief dem Kommissar zu: „Ich weiß, dass ich dabei eigentlich nichts zu suchen habe, aber je mehr Augen unterwegs sind, umso besser. Immerhin wollen wir unsere Frau Doktor lebend zurück."

Mit diesem Ausspruch wurde Rolf plötzlich klar, in welcher Gefahr Pen schwebte, wie viel ihm an ihr lag und er bekam zittrige Knie. *Mein Gott, bitte nicht Penelope!*

Pen beherzigte den Rat, das Handy eingeschaltet zu lassen und spürte nur wenige Minuten später, dass der Wagen irgendwo hielt. Dann dauerte es nicht mehr lange, bis sie ein Martinshorn hörte. Pen biss sich auf die Fingerknöchel, um nicht zu schreien. Sie betete, *lieber Gott, mach dass sie mich schnell finden. Ich habe Angst – einfach nur Angst. Wenn ich hier heil raus komme, werde ich die bravste Ehefrau unter der Sonne... falls Rolf mich überhaupt haben will...* Danach umfing sie ihre Unterarme, schloss die Augen und versuchte, flach zu atmen, dass sie möglichst wenig von dem Zeug, mit dem der Lappen getränkt war, mitbekam. Sie hatte anfangs gedacht, er sei mit einem Narkotikum getränkt, aber das schien doch nicht so. Es stank zwar fürchterlich, doch bewusstlos wurde sie nicht.

Wieviel Zeit vergangen war, konnte Penelope nicht abschätzen, Das Auto fuhr zwischendurch weiter und hielt dann erneut an. Das Fahrgeräusch war über die gesamte Strecke gleichmäßig gewesen, so dass sie vermutete, sich auf einer Straße zu befinden. Erst kurz vor dem Halt, änderte sich der Untergrund und sie hörte nichts mehr. Es fühlte sich auch anders an, so, als sei er mit dem Auto auf eine Wiese gefahren. Abgesehen davon, dass Pen sich ohnehin nicht großartig bewegen konnte, verhielt sie sich instinktiv ganz ruhig und hoffte, dass er den Kofferraum nicht öffnen würde. Sie glaubte fest daran, dass man sie, wenn sie sich nur ruhig genug verhielte, ganz schnell fände.
Der liebe Gott hatte ein Einsehen. Ein dumpfes Geräusch sagte Pen, der Fahrer war ausgestiegen und hatte die Autotür zugeschlagen. Soviel sie feststellen konnte, lag sie tatsächlich in ihrem eigenen Auto. Minuten später drangen Stimmen in ihr Gefängnis. Wutentbrannte Stimmen und dann fiel ein Schuss. Das war zuviel. Pen schrie los...
Kanter stand dem Fahrzeug am nächsten, er hörte etwas und spurtete zum Kofferraum. Abgeschlossen! Wo, zum Teufel, war der Ersatzschlüssel. In dem Durcheinander nicht zu finden. „Dieter", rief er seinem Kollegen zu, „komm mal ganz schnell – wir müssen den Kofferraum aufbrechen, da ist jemand drin."

„Jemand ist gut – das ist unsere Frau Doktor."

„Ja", knurrte Kanter unwirsch zurück, „das weiß ich auch, aber bis ich sie nicht mit eigenen Augen gesehen habe, ist *jemand* da drin."

Dieter Schwarz nahm einen Schraubenzieher und ein Stemmeisen. „Der Kofferraumdeckel ist anschließend aber hin", meinte er und hörte von drinnen eine dumpfe Stimme: „Was glauben Sie, wie egal mir das ist, ich will hier nur noch raus!"

„Ganz kleinen Moment noch Frau Doktor. Auf welcher Seite liegt denn Ihr Kopf?"

„Rechts."

„Okay – drehen Sie sich so gut es geht nach hinten. Ich schlage jetzt zu."

Auf diese Bemerkung hin ertönte aus dem Innern ein hysterisches Lachen: „Das hörte sich an wie bei Don Camillo und Peppone – halt dich fest, Jesus, ich schlag jetzt zu."

Und dann kamen die Schläge, kurz und heftig hintereinander. Fünf Minuten später sprang der Deckel auf und Kanter zog die verstörte Penelope heraus. „Mein Gott, Frau Doktor…"

Ohne ein weiteres Wort fiel Penelope einfach um, was Kanter zu der Bemerkung veranlasste: „Jetzt können wir sie gleich neben Sauerteig legen."

Deterlich telefonierte mit dem Polizeiarzt und beorderte ihn zu der Stelle, an der man Sauerteig gestellt hatte. Vor dessen eigenem Haus. Hinter dem Garten. Mehring, der den Sachverhalt nicht kannte und sich kein Bild von den Geschehnissen machen konnte, motzte erst ein bisschen rum, versprach aber dann, sofort zu kommen. In der Zwischenzeit verarztete Dieter Schwarz sowohl Sauerteig, der mit einem Steckschuss im linken Oberarm außer Gefecht gesetzt war, als auch Pen mit ein bisschen Riechsalz. Der Kommissar beugte sich zu ihm herunter. „Warum, Herr Sauerteig, warum?"

Sauerteig antwortete mit kalkweißem Gesicht: „Ich wusste, dass Frau Doktor Angelika die Zusammenhänge finden würde. Sie ist clever. Ich hatte sehr wohl mitbekommen, dass Ihre Sekretärin die zerbrochene Tasse an Sie weitergegeben hat. Damit war klar, dass Sie über kurz oder lang dahinter kommen würden, wie sich alles wirklich verhielt."

„Nein", unterbrach der Kommissar seinen Chef, „das ist mir immer noch nicht klar und noch viel weniger, warum Sie unsere Frau Doktor umbringen wollten."

„Ich wollte sie nicht umbringen. Ich wollte nur, dass sie solange aus meinem Gesichtsfeld verschwand, bis ich für Sie unerreichbar geworden wäre. Ich habe das Flugticket nach Belford Roxo, das liegt in Brasilien, schon in der Tasche. In den vergangenen Tagen habe ich immer, wenn abends niemand mehr da war, stückweise mein Büro ausgeräumt und gegen dreiundzwanzig Uhr heute Abend wollte ich fliegen. Mir ist nur nicht klar, wieso Sie mich aufspüren konnten. Und das so schnell." Mit einem bitteren Auflachen schloss er: „Es sollte wohl nicht sein."

„Nun", beeilte Deterlich zu sagen, „Sie haben ganz einfach die moderne Technik vergessen. Frau Doktor Angelika hatte ihr Handy dabei und konnte aus dem Kofferraum heraus einen Notruf starten. Damit wurde es uns möglich, sie zu orten. Außerdem machten Sie den Fehler, das Auto von Frau Doktor zu benutzen."

„Dafür musste ich meinen Wagen, oder besser den meiner Frau, erst einmal von der Einfahrt wieder wegfahren, aber da lag die Frau Doktor schon im Kofferraum."

Unwirsch unterbrach Rolf den Redeschwall. „Ehrlich gesagt, ist mir das im Augenblick noch völlig egal. Mich interessiert vielmehr, warum das alles? Es gab insgesamt drei Tote…"

„Mit dem Mord an der Bibliothekarin habe ich nichts zu tun!"

„Das wissen wir bereits. Aber warum Ibo? Und warum Annelo Mathern? Beide Delikte gehen doch auf Ihr Konto, oder?"

Sauerteig nickte. „Ja, aber das war ein furchtbares Missverständnis"

„Missverständnis? Mann, Sie haben Nerven." Damit zog er ihn hoch, drehte sich zu Kanter um und murmelte: „Handschellen brauchen wir wohl nicht."

Hannes Mehring war inzwischen eingetroffen und kümmerte sich zunächst um Pen, die in völliger Erstarrung auf dem Rasen hockte. Dieter Schwarz saß neben ihr, hielt ihre Hand fest und warf Mehring einen Blick zu, der besagte, *wenn Sie diese Frau jetzt auch noch so rüde behandeln, wie das sonst Ihre Art ist, bekommen Sie es mit mir zu tun.* Doch wider Erwarten ging der Polizeiarzt äußerst feinfühlig mit seiner Kollegin um, die wenige Minuten später endlich wieder auf ihren Beinen stand. Noch ein bisschen wacklig, aber immerhin. „Kommen Sie", meinte er, „diesen Schauplatz werden Sie jetzt erst einmal verlassen." Damit verfrachtete er sie in sein Auto, gab einen kurzen Bescheid an Deterlich und wies den mitgekommenen Sanitäter an, Hartmut Sauerteig zu verarzten, der später wortlos im Streifenwagen zum Präsidium gefahren wurde.

*

Die Beweislage war eindeutig und seitens der Staatsanwaltschaft wurde Anklage wegen zweifachen Mordes erhoben. Probleme gab es anfangs mit der Verteidigung. Es dauerte etliche Tage, bis sich ein Anwalt fand, der diese Pflichtverteidigung übernehmen wollte. Da Sauerteig mit der Idee, sich nach Brasilien abzusetzen, keinen eigenen Anwalt besaß, wollte sich niemand an einer Mordsache, in die der Chef der Kriminalpolizei verwickelt war, die Finger verbrennen. Hannes Mehring besorgte schließlich einen Pflichtverteidiger; seinen Bruder Jonas.
Dieser stand zwei Tage später Sauerteig im Besucherraum des Untersuchungsgefängnisses gegenüber. Jonas Mehring räusperte sich: „Also, Herr Sauerteig, an den Geschehnissen bestehen keine Zweifel. Wenn ich also etwas für Sie tun soll, müssen Sie mir vor allen Dingen die uneingeschränkte Wahrheit sagen. Aber", schloss er etwas maliziös, „das wissen Sie wohl selber."
Hartmut Sauerteig senkte den Kopf. In seinem Gesicht zuckte ein Muskel unkontrolliert und er murmelte: „Ja, das weiß ich selber.

Aber wo ich anfangen soll, das weiß ich nicht."

„Heute ist es üblich, mit der Kindheit zu beginnen."

„Ja. In meinem Fall können wir die aussparen. Ich hatte eine völlig normale Kindheit. Mein Vater war bei der Polizei und ich wollte auch dorthin. Meine Mutter war dagegen, weil sie die Ansicht vertrat, das sei nichts für mich. Ich sei viel zu weich." Bitter lachte er auf. „Von wegen zu weich! Was sie nicht wusste, war, dass ich mit Mädchen und Frauen nichts anfangen konnte. Meinem Vater war das sehr wohl klar und er dachte, in einem solch harten Job würde mir diese Veranlagung von allein vergehen. Er gab sich der Illusion hin, dass ich mir meine Homosexualität nur einbilden würde und wartete darauf, dass ich heiratete. Damit, so glaubte er, sei diese Phase überwunden. Nun, geheiratet habe ich ja auch – doch meine Frau wusste alles. Sie war mit dem Leben, das ich auf dieser Basis bieten konnte und wollte, einverstanden und für die Umwelt war alles in bester Butter. Meine verschiedenen Freunde akzeptierte sie; meine beiden Kinder wussten davon nichts. Irgendwann, einer meiner Bekannten hatte sich gerade von mir losgesagt, lernte ich Ibo in der Kajüte kennen. Dass er ab und zu Marihuana rauchte, übersah ich geflissentlich; für mich war nur wichtig, dass er mein Partner wurde. Das ging auch eine ganze Weile gut, bis hier im Haus das Gerücht die Runde machte, dass meine Sekretärin von Ibo schwanger sei. Da drehte ich durch und wollte ihn zur Rede stellen. Ibo lachte mich aus und setzte noch eines oben drauf, indem er sagte: „Na, dann hab ich gleich noch was mit der Bardame von der Kajüte. Mit Annelo, die kennst du doch auch." Ich habe in meiner wahnsinnigen Eifersucht nicht bemerkt, dass er mich lediglich reizen wollte und fasste den Plan, dass Annelo verschwinden musste. Dann hätte ich Ibo wieder allein für mich. Als Chef der Kriminalpolizei wähnte ich mich sicher; wer sollte schon auf den Gedanken verfallen, dass ich einen Menschen umgebracht hätte. Ich wusste, dass Annelo Mathern regelmäßig zum Friedhof ging, um die Gräber ihrer Eltern zu pflegen. Eines Abends passte ich sie ab; es war schon dunkel und ich habe nur einfach von hinten zugestochen. Erst als die Person zusammen sank stellte ich fest, dass ich nicht Annelo Mathern, die vorzugsweise Herrenkleidung trug, sondern Ibo getroffen hatte. Was der allerdings an diesem Abend auf dem Friedhof zu suchen hatte, weiß ich nicht. Es war ein schreckliches Versehen. Dazu kam die Sorge, Annelo Mathern würde von dem Vorfall in der Zeitung lesen und könnte ahnen, wer dahinter steckte. Immerhin wusste sie von unser beider Verhältnis. Also musste Annelo auch weg!"

„Aber, warum um Gottes Willen, haben Sie sie so grauenhaft zugerichtet?", fragte Mehring. „Das ist mir völlig unverständlich."

Sauerteig zuckte mit den Schultern. „Ich weiß es nicht. Es war wohl wie ein Blutrausch. Das, was ich Anderen nie zugestehen wollte, passierte mir nun selbst." Erschöpft hielt er inne. „Und was jetzt?"

Mehring sah ihn an. „Dass ich in diesem Fall nicht allzu viel für Sie tun kann, ist Ihnen klar. Nicht einmal Mord im Affekt wird man Ihnen zubilligen."

Er hatte seinen Satz gerade zu Ende gesprochen als es an der Tür klopfte. Deterlich betrat den Besucherraum. Er sah seinen Chef an und sagte nur leise: „Verstehen kann ich es nicht. Aber mit dem, was nun auf Sie zukommt, müssen Sie leben – viele Jahre."

Damit drehte er sich um und verließ das Zimmer.

*

Auf dem Flur atmete der Kommissar tief durch. Langsam beruhigte sich sein Puls und er lief die Treppe hinunter. Vor dem Haus wartete Penelope. „Wie sieht es aus?", fragte sie.

„Ich weiß nicht", seufzte Rolf müde, „Irgendwie kommt mir das alles so unwirklich vor. Als hätte ich nur geträumt. Dass das nicht so ist, verrät mir gleichwohl auch dein Gesicht. So erschöpft habe ich dich noch nie erlebt."

Pen nickte. „So habe ich mich auch noch nie gefühlt. Ich möchte nur noch eines – nach Hause. Kommst du mit?"

Nachwort

Rolf Deterlich übernimmt nach der Verurteilung von Hartmut Sauerteig zunächst kommissarisch und später fest die Leitung der Kripo. Er kümmert sich auch um Benno Gullis, der mit Hilfe seines Arztes und des Suchtbeauftragten in der Klinik eine Beratungsstelle eröffnet, die überdies von Außenstehenden genutzt werden kann. Hermine bleibt an seiner Seite; nach zwei Jahren heiraten die beiden. Sie hatten beide sich immer eine richtige Familie gewünscht, was aufgrund verschiedener Umstände aber auf normalem Wege nicht mehr möglich war. Deshalb nahmen sie ein fünfjähriges Zwillingspärchen, Leonie und Leon, in Pflege.

Rolf und Penelope überstanden noch etliche Stürme, da Pen einen Haufen Komplexe mit sich herumtrug, die sie nie wahrhaben wollte. Erst im Laufe der Jahre wurden diese mühselig abgebaut. Sie quittierte ihren Dienst. Inzwischen hatte sie eingesehen, dass sie nicht für den Rest ihres Lebens nur mit Tod umgehen wollte. Stattdessen belegte sie das Studienfach Sportmedizin und sattelte auf Sportärztin um. Rolf begrüßte diesen Entschluss, da er ohnehin die Ansicht vertrat, Pathologie sei kein Arbeitsgebiet für sensible Frauen und in ihrem neuen Beruf könne Pen sich nun etwas mehr ausruhen.
Sie lächelte dazu und meinte: „Ausruhen! Warte erst mal ab, bis unsere Kinder auf der Welt sind!"
„Wie ... Kinder? Gleich in der Mehrzahl?"
Pen nickte. „Jawohl, Herr Kommissar, wenn die Diagnose des Gynäkologen zutrifft, sind wir ab September zu viert!"
Rolf atmete einmal tief durch und ging ans Barfach des Wohnzimmerschranks: „Gott sei Dank haben wir noch einen Malt…"

***

264

Erschienen 2015

Geschichten aus der Zeit zweier Deutscher Staaten aus Sicht eines westdeutschen Bürgers

Erschienen 2016

Tiergeschichten für kleine und auch große Kinder

Erschienen 2017

…ein bisschen hiervon und ein bisschen davon – alles was eine gemütliche Lesestunde ausmacht

Erschienen 2018

Geschichten zum Schmunzeln und Nachdenken

Erschienen 2018

Mariness träumt vom Ruhm, doch der weg dahin ist hart

Erschienen 2019

Auch wenn man mal nicht so gut drauf ist –
Lesefutter geht immer!

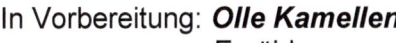

In Vorbereitung: **Olle Kamellen**
Erzählungen
Jochen und Renate Krohn